失踪者 上

シャルロッテ・リンク

イングランド南西部の田舎町に住むエレイン・ドーソンは幼馴染みのロザンナの結婚式に招待され，ジブラルタルに向かって出発したが，霧のためロンドンのヒースロー空港で足止めされ，親切な弁護士の家に一泊したのを最後に失踪する。何があったのか？　五年の時が流れ，雑誌の元記者だったロザンナはこの事件をはじめとする失踪事件について，調べることになる。当時疑われた弁護士は何か知っているのか？　障害のある兄の世話に疲れたエレインは自発的に姿を消したのか？　ロザンナは友人の不可解な失踪事件の調査に次第に深入りしていく……。

登場人物

ジェーン・フレンチ……………殺された売春婦
フィールダー警部……………スコットランド・ヤードの警察官
エレイン・ドーソン……………ジブラルタルへの途上、失踪した女性
ジェフリー・ドーソン…………エレインの半身不随の兄
ロザンナ・ハミルトン…………「カヴァー」誌の元記者
デニス・ハミルトン……………ロザンナの夫
マリーナ・ダウリング…………デニスの元妻
ロバート……………………………デニスとマリーナの息子（ロブ）
セドリック・ジョーンズ………ロザンナの兄
マーク・リーヴ……………………弁護士、失踪したエレインと最後に接触した男性

ジャクリーン……………マーク・リーヴの別れた妻
ジョシュ………………マークとジャクリーンの息子
ニック・サイモン………「カヴァー」誌の編集長
リンダ・ビッグス………殺された若い女性
アンジェラ・ビッグス……リンダの姉
ブレント・キャドウィック……下宿屋の主人
パメラ・ルーク…………ウエイトレス
ピット・ウェイヴァーズ……パメラの元愛人
ロン・マリコフスキ………ピットの仲間

失踪者 上

シャルロッテ・リンク
浅井晶子訳

創元推理文庫

DIE LETZTE SPUR

by

Charlotte Link

失踪者　上

二〇〇二年十一月

週末は雪になるだろう。天気予報でそう言っていたが、どうやら当たりそうだ。十一月の午後は、凍りつくように寒い。鋭い風が北東から吹いてくる。必要に迫られ家から出ると、たちまち目に涙が浮かび、肌がひりひりしてくる。日が暮れるのが早い冬の午後は、すでに暗くなりかけている。今日は一日じゅう、まともに明るくはならなかった。そしていま、黄昏《たそがれ》が早くも夜に移行しようとしている。

その若い女性は、惨めな姿だった。凍《こご》えて、顔は真っ青で、頬には赤いしみがある。まるで、外を支配している無慈悲な寒さからは屋内にいても逃れられないとでもいうように、両腕で自分の体を抱きしめている。ここ法医学教室の地下室には、しっかり暖房が効いているというのに。少なくとも、女性がエッピング・フォレストで見つかった身元不明の死体を確認した後、フィールダー警部と部下のクリスティ・マクマロウ巡査部長に連れられてきたこの小さな待合室には。

先ほど女性は、死体の蠟《ろう》のような顔にたった一度ちらりと目をやっただけで、すぐに顔をそむけた。喉の奥で吐き気と闘っている音が聞こえた。だが、ひどい損傷を受けた死体の身体のほうは、見てもいないのだ。

あれを見たらきっと失神しただろうな、とフィールダーは思った。

しばらくたって、女性はようやく話せるようになった。

「あの子です。ジェーン。ジェーン・フレンチ」

待合室に戻ると、女性は煙草がほしいと言った。フィールダーが火をつけてやった。女性の両手は激しく震えていたが、それはこの辛い状況のせいばかりではなかった。彼女が薬物中毒であることは、フィールダーには一目でわかった。服装を見れば、売春婦であることが推測できる。スカートは短く、はいていなくても同じようなものだったろう。薄っぺらい黒のストッキングは、この寒さから身を守るにはまったく適していない。かかとの高いブーツ。金属的な光を放つブルゾン風の上着は、豊かで形のよい胸をできる限り強調するように大きく開かれている。まだ若い女性だ。二十代初めだろうと、フィールダーは見積もった。

「さて、カーンズさん」と、なるべく実務的で冷静な印象を与えるよう心がけながら、フィールダーは切り出した。この若い女性に落ち着きを取り戻す機会を与えるためでもある。「あの死体が、その……ジェーン・フレンチという女性のものだということは、間違いないんですね？」

リル・カーンズは、煙草を大きく一口吸い込むと、うなずいた。「絶対間違いない。あの子だよ。すぐにわかった。そりゃちょっと……なんていうか、変わっちゃってたけど、でも絶対あの子だよ！」

「死体は、発見されるまでほぼ一週間、森に放置されていたようです。ということは、彼女が殺されたのはだいたい十一月の十日頃ということになります」

「殺された……それって、間違いないの？」

「はい、残念ながら。死体の傷の様子や、発見されていたときに縛られていたという事実から見て、ほかの結論はあり得ません」

「ひどい」とリル・カーンズは言った。

カーンズは今朝、連絡してきた。エッピング・フォレストで発見された死体の身元についてなんらかの情報を得ることを、警察がすでに諦めかけていた頃だった。ほぼ二週間にわたって、なんの手がかりも得られないまま、暗闇を手探りするような捜査が続いていた。死体を発見したのはたまたま散歩をしていて通りかかった人で、死体の主がひどい暴力によって苦しめられ、殺されたことを示す凄惨な傷には、経験豊かでタフな刑事たちでさえ、一瞬言葉を失った。「サイコパスの仕業《しわざ》だ」と、誰かがついに口を開き、全員がうなずいた。その若い女性は、完全に狂った人間の手に落ちたに違いなかった。

死体の服――というより、かつて服だったものの残骸と言ったほうがふさわしい――から、その女性が売春婦だったことが推測され、それゆえ、おそらくおかしな客の車に乗ってしまったのだろうと考えられた。残念なことに、そういった事件はあまり珍しくもなかった。もちろん、これほどの残虐な事件になることは滅多にない。だが、倒錯した欲望を持つ人間はいたるところにいて、通りに立つ売春婦たちほど簡単な獲物はいないのだ。一目で変質者だとわかる人間ばかりではない。これまでにフィールダー警部は、どんな母親でも娘の夫にと望むであろう外見と態度の変質者をたくさん見てきていた。

死体は身元を示す書類を身につけておらず、捜索願が出ている行方不明者のリストにも載っていなかった。写真が新聞で公開されたが、それでもしばらくはなんの反応もなかった。そこへついにリル・カーンズが現われて、死体の主はかつての同居人だと主張したのだ。

「三月初めに、どこかに消えちゃったの！　ひとことも言わずに。ある日、家に帰ってこなくなったの。それが急に、新聞に顔が載ってるじゃない！」

友人が行方不明になったのに、なぜ捜索願を出さなかったのかと、フィールダー警部は尋ねてみたが、カーンズは肩をすくめただけだった。理由は警部にも想像できた。リル・カーンズにとって、警察と関わり合いになることは、避けたいどころの話ではないのだ。薬物中毒患者なら、おそらく犯罪行為にも巻き込まれているだろうし、そうでなくとも、少なくとも犯罪世界に生きる人間をいくらでも知っているはずだ。だから、突然自分自身が面倒な事態に巻き込まれるのが嫌だったのだ。

友人の写真を古い新聞紙上で発見したのは今日になってからだと主張してはいるが、おそらくずっと前から知っていたのだろうと、フィールダー警部はにらんでいた。警察署へ向かう勇気を出す前に、何度か助走が必要だったのだろう。だがとにかく、カーンズはやって来た。彼女を困難な状況に突き落とすつもりは、フィールダーにはなかった。関心は死体の身元にしかない。

だが残念なことに、リルもそれほど多くの情報は持っていなかった。法医学教室の小さな部屋で、煙草を吸い、恐ろしいほど高いヒールを履いた足を神経質に揺すりながら、リル・カーンズは死体について知っていることを並べていった。

「ジェーン・フレンチ。出身はマンチェスター。たしか、家族でまだ生きてるのはお母さんだけだったと思う。三年前にロンドンに出てきたの。キャリアを積むために！」

「キャリア」という言葉を独特の抑揚で強調したために、そこにはほとんど倒錯的な響きがこもった。「まあでも、ここだけの話、本当はいい男と知り合いたかったわけ。結婚してくれて、これまでよりもいい人生をくれる男とね。いろんな仕事を転々としてた……どんな仕事なのか、詳しくは知らないけど。で、結局、通りに立つことになったってわけ。食べるものも、住む家もなくてね。でも最初は私、あの子に文句言ったのよ。だって、私の縄張りだったんだもん」

「それはいつのことですか？」とクリスティ・マクマロウが訊いた。

「一年くらい前かな。でもそれから、かわいそうになっちゃって。それで、家に来ればって言ったの。そして一緒にお客を取りに出るようになったわけ」

「元締めは誰？」

リルはクリスティをにらみつけた。「そんなのいない！　自分の稼ぎをろくでもないヒモに渡したりしないよ！　ジェーンも私も、独立してたんだから」

「それで、次の年の三月に、ジェーンは姿を消したんですか？」

「うん。ある日突然、家に帰ってこなくなったの。私が夜中に帰っても、ジェーンはいなかった。もちろん、珍しいことじゃないよ。でも、それからぜんぜん帰ってこなくなっちゃって！」

リルは煙草の吸殻をリノリウムの床に投げ捨て、足で踏んで消した。「でも、三月にはジェーンはまだ死んでなかったんでしょ？」

「そうです」とフィールダーは言った。「さっきも言ったとおり、亡くなったのは早くていまから三週間前です」

「変ね。じゃあ、それまでどこにいたんだろ？」

それはフィールダー警部もぜひ知りたいところだった。だが、リル・カーンズがこの問いに答えをくれそうには見えない。

「ジェーンの友達を知っていますか？　知り合いとか？　ジェーンとつき合いのあった誰かを」

「ううん。そんな人、いなかったと思う。あ、でも……一度、思ったんだけど……」リルはここで言葉を切った。

「なんですか？」とフィールダーが先を促した。

「一月頃だったかな。男ができたのかってジェーンに訊いたことがあったの。親しい男。だって、急に服がよくなったから」

「服がよくなるって、どういう意味です？」

「ええと、そりゃまだね……」リルはにやりと笑った。「仕事服だけよ。わかるでしょ。私のいま着てるみたいな。でもなんていうか……生地が高級になったっていうか。高いものになったの。急に、前よりお金ができたみたいだった」

「それで、あなたの意見では、ジェーンは自分で稼いだお金を服に使っていたわけではないというんですね？」

「そりゃないわ。だって、あの子の稼ぎは私にもわかってるもん。だいたいいつだって、ぜんぜん足りてなかったよ」

「それで、ジェーンには贈り物をくれる男性がいたと思うわけですね？」

「そう、そうかもって思ったの。でもジェーンは否定した。私もそれ以上くどくど訊かなかったし。ま、結局、どうでもいいことだしね」

フィールダーは溜息をついた。事件は、死体の名前と身元がわかるところまでは進展した。だが、そこで止まってしまったようだ。リル・カーンズは、自身も生きるための容赦ない闘いに精一杯で、同居人のことに気を配る余裕などほとんどなかったのだ。おそらくもうとうに、他人のことなどどうでもいいという心境に達しているのだろう。次の麻薬を買う金を出してくれる人間は別にして。

「大変参考になりました、カーンズさん」それでもフィールダーはそう言った。「わざわざおいでくださって、ありがとうございました」

「ま、そりゃ……だって……ジェーンのこと、すごくかわいそうだと思うもん。ほんとに運が悪かったよね！」リルは、まだ汗が光る額の髪をかき上げた。死体を目にする羽目になって以来、気分がよくないのだろう。

フィールダー警部はポケットから車のキーを取り出すと、「さあ、行きましょう」と言った。

「お宅までお送りしますよ」

「ほんとに？　すごく助かる！」と、リルは感謝を込めて言った。

ついでに、ジェーン・フレンチが消息を絶つまでのあいだ暮らしていた部屋を見ることができるだろう。だが残念ながら、それもなんの助けにもならないであろうことは、最初から予測がついた。

フィールダー警部には長年の職業的経験があり、ジェーン・フレンチ事件が迷宮入りするであろうことは、賭けてもいいほど確かだと考えざるを得なかった。ジェーンは社会的に困難な環境で生きていた。それが事態を複雑にしているのだ。

事件の目撃者もいないようだった。

それに万一若きジェーン・フレンチの残虐な死について、詳しいことを語れる人間がいたとしても、それは十中八九、ジェーンが生きていたのと同じ環境にいる者だ。その世界では、警察への情報提供にかけては誰もが非常に慎重だ。自分自身がなんらかの犯罪で逮捕される羽目にならないためでもあるが、復讐《ふくしゅう》を恐れるせいでもある。

つまり、目撃者が名乗り出てくる可能性はまずないだろう。

決して認めたくはなかったが、ジェーン・フレンチを殺した犯人はおそらくなんの罪にも問われずに逃げおおせるに違いないと、フィールダー警部には思えてならなかった。

二〇〇三年一月十日金曜日

もしも今朝ヒースロー発マラガ行きの飛行機に乗っていれば、いま頃はもうとうに目的地に着いていただろう。ジブラルタルに。イベリア半島の南端に突き出たイギリスの飛び領地ジブラルタルでは、おそらく天気もここロンドンよりずっといいに違いない。何しろ、ここでは早朝から霧が引かず、それどころかどんどん濃くなる一方なのだ。冬の初めの暗さもあいまって、街はあらゆる光ばかりか、音や動きまでもを飲み込んでしまう一種の不透明で湿った靄《もや》のなかに沈んでいる。

ジブラルタルではきっと、赤い火の玉のような太陽が、パステルカラーの空から濃紺の海へと沈み、最初の星が瞬き始める頃だ。おそらく。もしそうでないとしたって、かまわない。大切なのは、いま自分がそこにいたであろうことだ。

ジェフが昨晩泣き崩れたりしなければ、もとの計画どおりに午前中の飛行機に乗っていただろう。時間どおりにロンドンに着くためには、とても早起きをせねばならなかっただろうし、ということは、これから三日間のために雇った看護師が、早速ジェフの朝食を用意せねばならないところだった。だが、すべてきちんと話し合われていた。決然とした看護師は、時間どおりに来ると約束してくれたのだ。

「たまには気をもむのをおやめなさい、ミス・ドーソン！　安心して出発してくださいよ。子供はちゃんと揺りかごに入れてあやしておきますから」

だがいま振り返れば、エレイン・ドーソンは、ジェフが泣き崩れることを、ずっとひそかに予測していたのだ。エレインが三日間ジブラルタルに行くという知らせを、ジェフはあまりに落ち着いて受け止めた。うれしそうではなかったが、大人らしい対応だった。

「たまには家から出るのもいいよ、エレイン。もちろん僕はうれしくはないよ。でもいつもさんざん尽くしてくれてるんだから、僕だってわがままは言わないよ。おまえにも休息が必要だよ！」

「どうしてロザンナが招待してくれたのか、私にもわからないのよ。だって、そんなに仲がよかったわけでもないし。つまり、私、ロザンナの親しい友達ってわけじゃないから……」

ここでジェフは、エレインのジブラルタルへの旅行を、彼もまた不必要だと考えている様子を覗かせた。

「自分が何をしようとしてるか、よく考えないとな、エレイン。僕が思うに、これはロザンナからの施しだよ。たぶんロザンナのおふくろさんが娘を説得したんだろうな。昔から社会福祉活動に染まり気味だったから。『かわいい、かわいそうなエレインに、たまにはいいことをしてあげなきゃ』……てな感じで、結局ロザンナも溜息をついて承知したんだろうさ。まあ、ね……」ジェフはこれ見よがしに黙り込んだ。口には出されなかった言葉が、部屋にしっかりと響いていた。それでも、おまえが楽しめるなら……。

楽しくはないかもしれない、と、乗る予定だったスペイン行きの飛行機が、この一月の夕方にヒースロー空港を出発する予定だったほかのすべての飛行機同様に欠航になったことを示す電光掲示板を絶望的な思いで見つめながら、エレインは思った。でも、ひとつの可能性ではあったのに。何かが……変わる可能性。運命が贈ってくれたチャンスだったかもしれないのに。

あらゆるカウンターに、興奮した人間たちが押しかけている。これからどうなるかを知りたい旅行客たちだ。余裕をなくした空港職員たちが、なんとか平静を保ちながら情報を提供しようとしている。だが、変更の余地のない明快な事実は、基本的にひとつだけだ――今晩は、ヒースローから出発する飛行機はもうない。

エレインは、なんとか英国航空の職員に話しかけることに成功した。

「すみません……今晩じゅうに、どうしてもマラガに行かないといけないんですけど！」

職員は、職業的で無関心な微笑を浮かべた。「申し訳ありません。霧に対してはどうすることもできないんですよ。この状況での飛行はあまりに危険です」

「ええ、でも……」エレインにはとても理解できなかった。一度だけ――つまらない二十三年間の人生で本当にたった一度だけ、生まれ育った村を出て、旅に出て、日常の死ぬほど退屈な繰り返しから自由になろうとしたとたん、ロンドンで霧につまずくとは。涙が溢れそうになるのがわかって、パニックを起こしながらも、なんとか泣くまいとした。「本当は朝の飛行機に乗るはずだったんです」と無意味な説明を始める。「でも、予約を変更したら……」

「それは残念でしたね」と職員が言った。「今日の昼までは、まだなんの問題もありませんでしたからね」

昨晩、ジェフがまったくなんの前触れもなく、唐突に泣き崩れた。夕食のとき、急にスプーンを下ろしたのだ。それ以前から、どのおかずもしぶしぶつつきまわすばかりだったが、それは珍しいことではなかった。ところが、ジェフの頬を突然涙がつたったのだ。

「ごめん」と泣きながらジェフは言った。「ごめん！」

「ああ、ジェフ！　ジェフ、泣かないで！　私のせい？　私が……私がジブラルタルに行くから？」

純粋に形式上の問いだった。ジブラルタルのせいであることはわかりきっていたのだから。だが奇妙なことに、そこからの会話はすべて、旅行そのものではなく、エレインが出発する「時間」をめぐるものだった。

「せめて朝食のあいだだけでもいてくれたらな！　そんなに早く出発しなきゃいけないなんて……そしたらすぐに、あのよく知らない看護師の世話になるしかないと思うと……」

「もしかしたら」と、エレインはしぶしぶ申し出たのだった。「一本遅い飛行機でも大丈夫かも。結婚式は土曜日なんだし……」

ジェフはすぐに食いついてきた。「そうしてくれるかい？　本当にそうしてくれる？　午後の飛行機に変えてくれる？　ああ、エレイン、そうすれば、何もかも僕にとってはずっと楽になるよ！」

どうしてだろう？　ほんの数時間のことで？　朝食のことで？　だがエレインはこれまでの年月で、ジェフのこういった振舞いにはすっかり慣れていた。非合理的。理解不能。共感不能。だが、それがジェフなのだ。これからも変わらないだろう。

「これからどうすればいいんでしょう？」と、いま空港で、エレインは職員に尋ねた。「ほかの空港ならどうかしら……ガトウィックは？　スタンステッドは？　飛行機、そこからなら飛んでると思いますか？」

英国航空の職員は首を振った。「ほかの空港でも、問題はここと まったく同じです」

「ええ、でも……」

「ロンドンにお住まいですか？」と職員が訊いた。

「いえ。キングストン・セント・メアリーです」あんな田舎を知っている人がいるなんて、私ったら本気で考えてるの？　とエレインは自問した。そして、「サマセットの」と急いで付け加えた。「残念ながら、ここからあまり近くないんです」

それに交通の便もものすごく悪くて、と、さらに説明を続けたかったが、そこで職員が顔からとうに微笑を消して、苛立《いらだ》ちと嫌悪感の境をさまよっていることに気づいた。「今晩じゅうには、もう帰れないと思うんです」

「じゃあ、私なら急いでホテルを探しますね。今晩はこのヒースロー空港で人勢の人が足止めを食っているんですから、周辺のホテルはすぐにいっぱいになりますよ。でなければ、ロビーのどこかに場所を確保して、一晩そこで過ごすか。食べ物と飲み物は、ここならいくらでも調達できますからね」

「明日の朝早くには出発できると思います？」

すでに先を行きかけていた職員は肩をすくめた。「それは誰にも保証できません。でも、可能性はありますよ！」

ふたりの会話を聞いていた女性が、大声で文句を言い始めた。「なんてことかしら！ この人、誰も助けてくれないんだから！ 私、これからどこへ行けばいいっていうの！ 職員がなんとかするべきでしょう！」

エレインはチェックインカウンターの並ぶロビーを見回した。これほどの人ごみは見たことがない。こんなところで、いったい誰が「なんとかする」ことなどできるだろう？ さっきの職員がくれたのが、おそらくたったひとつの現実的な忠告なのだ。一晩過ごすための、多少なりとも快適な場所を探さなくては。

またも涙が溢れそうになった。エレインはそのまま何分間も、混雑の真っ只中にうなだれたまま立ち尽くしていた。動くこともできず、冷静に計画を立てることもできない。大勢の人が発する声が、ふくれ上がってハリケーンのようになる。スピーカーからのアナウンスが、その雑音にかぶる。急ぎ足で通り過ぎる旅行者たちがぶつかってくる。だがエレインはなんの反応もできなかった。四年前に買ったときからすでにお洒落とは言えず、いまとなっては肩からぶら下がる袋のように見える茶色い冬のコートを着て、ただ立ち尽くしていた。足もとにはトランク。片手にはナイロン製の鞄《かばん》。《ウールワース》で十ポンドで買った、デザイナーズブランドのコピー品だ。もう一方の手は、コートのポケットに入っているパスポートを握りしめている。いつでも取り出して見せられるように。だが、どうやら今日はもうその必要もないようだ。

これからどうするか考えなくちゃ、とようやくエレインは思った。

今回、非常に軽率なことに、ロザンナの結婚式のために本当に高価なドレスを買ってしまった。いつもなら、お金の扱いにはとても慎重だというのに。近くの村トーントンの医院での半日勤務で稼げるお金はわずかだ。ジェフリーが少しばかりの年金をもらっているので、ふたりでなんとか暮らしていくことができる。だが大きな出費をする余裕は決してない。でも、たまに小額のへそくりをすることができた。「もしものときのための小銭」と呼んでいるものだ。もちろん、本当に困ったときのための貯金で、お洒落なドレスとジブラルタルへの飛行機のチケットを買うためのものではない。だが突然、エレインはこう思ったのだった――こういうものを、私も一度くらい手に入れたっていいじゃない！　きれいな服！　素敵なパーティー！　ほんの少し……羽目をはずした遊び。

普段のエレインは、自分の生活で羽目をはずすことなどほとんど許さない。介護の必要な車椅子の兄ジェフリーのせいで、軽薄で浮《うわ》ついたことがらなど生活に持ち込む余裕がない。そもそもジェフリーという人間自身が、あらゆる観点から見て、余裕を持ってつき合える相手とはとても言えない。

ジェフリーはまるでダイオウイカだ。長くて強い脚でからみついてくるイカ。ジェフリーはエレインにしがみついて離れない。人生にただひとつ残されたもの――妹に。きっとこれからも、決して離れてはくれないだろう。

そして、エレインの側からの自己解放の試みはすべて悪い星のもとにあるのは明らかだった。何しろ、運命に対してほんの少しだけドアを開けようと決意するやいなや、あらゆる力が結託して対抗してくるのだ。一晩この混み合った出発ロビーで過ごした後の自分がどんな姿になっているか、エレインにはありありと想像できた。運がよければ、飛行機は明日飛ぶだろう。だがきっと到着は結婚式の時間ぎりぎりで、一度ホテルに寄るのは無理だろう。おそらくマラガ空港のトイレで着替えることになるだろう。もちろん、シャワーを浴びることも、せめて髪を洗って少しはましな形にドライヤーで整えることもできない。ドレスはきっとトランクのなかで押しつぶされて、すっかり皺《しわ》くちゃだろう。大慌てで、まるでボサボサの箒《ほうき》みたいな髪で、最後の瞬間に教会へ滑り込むことになるだろう。結婚のミサのあいだじゅう、自分の惨めな姿のことを痛いほど実感し、どこかの時点から先は、家に帰るまでの時間を一分ごとに数えて過ごすことになるのだ。自分が陽気に人生を楽しもうと思っても、結局こんなものなんだ！

自分はまた、これまでどおりのイメージを皆に印象づけることになるだろう。何ひとつ変わってなどいないと、皆が知ることになるだろう。花嫁のロザンナはもちろんその場にいる。それにロザンナの両親。兄。エレインが生まれたときから知っている人たち。エレインが育つ歳月、近くにいた人たち。エレインが昔から常に人生の陰の側にいたことを、あまりにもよく知っている人たち。ジェフリーが何かぴったりの言葉で表現していなかったっけ？　かわいい、かわいそうなエレインに、たまにはいいことをしてあげなきゃ。

かわいいエレイン。かわいそうなエレイン。飛行機が霧で飛ばないこと、結婚式に遅れそうなこと、皺くちゃの布切れにしか見えないドレスで現われること——すべてが、エレインという人物の全体像に、なんとぴったり当てはまることか。シャワーも浴びず、髪もとかさず。それに、いずれにせよ地味なことには変わりがない。

エレインのかわいそうなこと、と皆が言うだろう。

涙がついにほとばしるような勢いで溢れてきて、それ以上押しとどめることができなくなった。ひとりの男性が驚いたようにエレインを見つめた。ふたりの女性が何やらささやき合いながら、ちらちらと視線を送ってくる。子供がひとり、エレインを指差し、興奮したように母親に向き直る。

このままここに立ったまま泣いているわけにはいかない。あと少しで、ダムが決壊するような有様になってしまうだろう。エレインはトランクを持ち上げると、しゃくりあげながら、ろくに前も見えないまま、よろよろと歩きだした。トイレ。どこかにトイレがあるはずだ。悪臭漂う小さな個室にこもって、薄暗い明かりの下、ひとりきりで、周囲にいる、大声を出しながらせかせかと通り過ぎる急ぎ足の人間たちの好奇の視線から隠れるのだ。便器の蓋の上に座り込んで、胎児のように身体を丸めて泣きたい、泣きたい、泣きたい……。

霞《かすみ》がかかったような視界のなかに、探し求める表示を見つけた。身を隠す場所を約束してくれる、小さな人の形の表示。トランクを引きずりながら、エレインはよろよろとドアに向かった。涙でほとんど何も見えず、ドアにぶつかったと思うと、人でひどく混み合った白いタイル張りの空間からちょうど出てきた男性と衝突した。

「うわっ」と男性が言った。

エレインはその男性の横をすり抜けようとしたが、腕をつかんで引き止められた。「すみません。こちらは男性用ですよ。本当に入るつもりですか？」

しゃくりあげ、震えているとはいえ、男性の言葉はなんとなく耳に入ってきた。

エレインはその見知らぬ男を見つめた。「男性用？」と訊いた自分の声は、まるでそんな言葉はこれまで聞いたことがないかのような響きだった。

「あなたが入るなら、ひとつ向こうのドアですよ」と男性は言って、隣のドアを指差した。

「あら、そんな」とエレインは言い、トランクを床に落とすと、また泣き始めた。

トイレに入ろうとする、またはトイレから出ようとする男たちの通り道をふさぐ形になっているため、見知らぬ男性はトランクを持ち上げると、誰の邪魔にもならないところへと、エレインを引っ張っていった。

「大丈夫ですか」と男性は言った。「何か私にできることはありますか？　ええと……この空港にはひとりでいらしたんですか？　それともどこかに……」男性は視線をあたりにさまよわせた。まるで、見通しのきかない人ごみのなかから誰かが現われて、この泣きじゃくる女を引き取ってくれるんじゃないかと期待するかのように。だが、この見知らぬ女の同伴者らしき人間が現われもしなければ、本人からの答えもないので、結局男はポケットからハンカチを引っ張り出すと、それを差し出した。

「泣くのはやめてくださいよ。きっと、思っているほどひどい状況じゃないはずだ。さあ。大丈夫ですか?」

不思議なことに、その穏やかな声のおかげで、気分は本当に少し晴れてきた。ハンカチを広げると、力一杯鼻をかみ、濡れた顔を拭く。

「すみませんでした」と、エレインは小声で言った。

「気にしないでください」と男性が言った。本当は立ち去りたいが、なんらかの義務感に駆られて、決心がつかずにそのまま立っているといった様子だ。

「その……乗るはずだったマラガ行きの飛行機が欠航になって」とエレインはつぶやき、次の瞬間、くだらないことを言ったと後悔した。

男性が微笑んだ。「ロンドン発の飛行機は、今晩は全部欠航ですよ。このいまいましい霧のせいでね。私はベルリンに行くところだったんですけど、結局家に帰るしかなさそうだ」

「明日、ジブラルタルで友達の結婚式があるんです」

「明日の早朝に飛べるかもしれませんよ。その頃運航が再開していれば」

またしてもエレインの目に涙が溢れてきた。「そうかもしれないけど……」

男性は苛立ってきたようだった。一瞬エレインは、いまこの人は何を考えているだろうと想像してみた。おそらく、どうして今日はこんなについていないんだろうと自問しているだろう。ベルリンには飛べず、もしかしたらそのせいで、重要な仕事が駄目になったのかもしれない。その上、魅力的でもない女が、泣きじゃくりながら男性用トイレにふらふらと入ろうとしたところにぶつかり、礼儀正しすぎるばかりにそれを放っておけないとは。

「じゃあ、私は家に帰ります」と男性は言った。「どこかにお送りしましょうか？　空港内に車を停めてあるんです」

「家はロンドンじゃないんです」エレインはもう一度鼻をかんだ。きっとひどい姿だわ、と、惨めな気持ちで考えた。真っ赤な顔と、腫《は》れ上がった鼻。「私の家は……もう今日じゅうに戻るのは無理。世界の果てみたいな場所なんだから。絶対に無理」

「そうですか……」男性はあたりを見回した。「この空港内で夜明かしするのは、あまり快適ではなさそうですね。どこかのホテルは……？」

「まだどこかに空いている部屋があるかどうか。それに……」

「なんですか？」

もう見栄を張ってもしかたがない。いまでももう充分に恥ずかしいのだから。「それに、たぶんホテルに泊まるにはお金が足りなさそう。ジブラルタルのホテルの料金だって、たとえ今日たどり着かなくても、払わなくちゃいけないだろうし……」

「そうとは限りませんよ」と男性が言った。「でも、確かにおっしゃるとおりですね。このヒースローにまだ部屋があるかとなると」

「いいんです」エレインは微笑もうとした。せめて涙が引いてくれたことがうれしかった。

「それなら、ロビーにどこか快適な場所を見つけることにします。ここは少なくとも温かいし、雨漏りもしないし」

男性がためらった。「あの、もしよければ……うちに泊まりますか？　うちの客用寝室は狭いけど、たぶんここのロビーよりはいくらか快適だと思いますよ。それに明日の朝、地下鉄で簡単にまたここに戻ってこられるし」

男性の申し出に、エレインは驚いた。いまではまた視界も頭もはっきりしていたので、目の前にいる男がとてもハンサムであることに気づいていた。背が高く、すらりとしていて、顔は細くて知的だ。三十代後半か、四十代前半。高価なコート。指をぱちんと鳴らすだけで、魅力的で話していて楽しい女たちの群れのなかから、誰でも好きなように選ぶことのできる種類の男だ。空港内をうろうろしながら、計画が狂ったからと言って駄々をこねる、泣き腫らした地味な二十三歳の女に惹かれるような人ではない。でも、この人が家の客用寝室を提供してくれるのは、自分になんらかの魅力を感じたからではない。自分ともっと親しくなりたいからでもない。ただ親切で、自分のことをかわいそうだと思ってくれているのだ。普通の状況でなら、自分のことなど目にも入らないだろう。

「そんなご親切を受けるわけには」と、時間を稼ぐためにエレインは言った。

男性は肩をすくめた。少し苛立っているように見えた。「私に言わせれば、受けていただいてちっともかまいませんよ。でなければ、最初からこんな提案はしませんからね。ちなみに、私はリーヴといいます。マーク・リーヴ。ほら」と、男性は上着の内ポケットに手を入れると、名刺を取り出してエレインに手渡した。「名刺です」

「弁護士さんなんですか？」

「はい」

もちろん、亡くなった母は、知らない男についていってはいけないと教えてくれた。決してそういう男の車に乗ってはいけないし、ましてや家にまでついていくなど言語道断だと。

「そういうことをすると、男の人は必ず誤解するのよ」と母は言ったものだった。「そして、結局あなたが馬鹿を見ることになるの。自分の価値を落とすような状況に自ら進んではまったわけじゃないなんていくら言っても、誰も信用してくれないんだから」

ああ、お母さん、とエレインは思った。お母さんはいつも善意で忠告してくれたのよね。でももし、あれも駄目、これも駄目ってあれほど言われなかったら、いまの私の人生は、こんな身の毛もよだつ袋小路じゃなかったかもしれない。

おまけに、エレインがこのマーク・リーヴを怖がる必要は、不幸なことにまったくなかった。魅力的で、明らかに裕福な——つまり成功しているロンドンの弁護士。エレインになど、置きっぱなしで気の抜けた水に対するほどの刺激も感じないだろう。ただ、社会奉仕の精神に富んでいるだけなのだ。

きっと私は、この人の今日の善き行ないの対象なんだ。それなら、かまうもんか！

「私、エレイン・ドーソンです」とエレインは言った。「お宅に泊まらせていただければ、本当に助かります」

「じゃあ決まりですね」とマーク・リーヴは言って、エレインのトランクを持った。「ついてきてください。車は駐車場です」

もう一度だけ、エレインは観測気球を上げてみた。「突然人を連れていったりして、奥様に叱られませんか？」

「別居中なので」と、リーヴは簡潔に答えた。

エレインはマーク・リーヴについて、人ごみのなかを抜けていった。大勢の人にもかかわらず、マークはとても速足で、エレインは彼を見失わないようにするのに少しばかり苦労した。心臓が、いつもよりも速く、強く打っていた。

たとえ何もなくても、何ひとつ生まれなくても、キングストン・セント・メアリーよりはましだわ、とエレインは思った。いつも同じ毎日よりはまし。来る日も来る日も同じ毎日。それよりはずっとまし！

こっそりとナイロン製の不格好な鞄に手を入れて、少し手探りした後、携帯電話を見つけると、電源を切った。意地悪なのはわかっている。でも、今日だけは例外的に、ジェフリーから連絡がつかない状態でいたかった。

今夜一晩だけは。

第一部

二〇〇八年二月八日金曜日

金曜の晩になると、ほぼ毎週のようにデニス・ハミルトンとその息子ロバートとのあいだに喧嘩が持ち上がるため、ロザンナはいい加減うんざりしていた。どちらのことも理解できる。十六歳のロバートが友達と街へ繰り出し、夜遊びをしてみたいと思う気持ちも、息子がそんなことをするにはまだ早すぎると考え、いたるところにアルコールや麻薬やその他様々な誘惑のにおいを嗅ぎ出す父親のデニスの気持ちも。

「俺が十六歳のときに、夜中にふらふらしたいなんて言ったら、俺の親父は黙っちゃいなかったぞ」とデニスが言った。そして、この「ふらふらする」という言葉が、当然のことながら、即座に息子の激しい反応を引き起こした。

「ふらふらなんてしない！　どうして、僕のすることならどんなことにでも――本当にどんなことにでも、文句をつけなきゃ気がすまないんだよ？　どうしていつも……」

「俺は議論をするつもりはない！」

「そんなのずるいよ！　父さんはすごくずるい！」

今週の金曜日も、その他の金曜日とまったく同じ言葉が交わされた。そしてこの場面は、やはりいつもと同じ終わり方をした。つまり、ロバートが自分の部屋へ駆け込み、ものすごい音を立ててドアを閉めるのだ。そしていま、ステレオの音が響き渡る。ベースがうなり、家じゅうが震動する。

デニスが肘掛け椅子から飛び上がりかけた。「ちゃんと言ってやる、あいつ……」

隣に座っていたロザンナは、デニスの腕に手を置いて引きとめた。「やめなさい。でないと、もっとひどい喧嘩になるわよ。いまは放っておいてあげなさいよ」

「延々と大音量で音楽をかけるなんて、配慮がなさすぎるだろう！」

「不満を発散してるのよ。十五分たったら、私が行って、少し音を絞ってくれるように頼むから。そうすれば収まるわ」

「不満とはな」とデニスは鼻で笑った。「あの若い紳士は、この上、不満を持つ権利まで主張しようってわけか！　俺があいつの年の頃には……」

「時代が違うのよ、デニス。もう少し信用してあげたほうがいいのかもよ」

「へえ、そうか？　俺たちが喧嘩ばかりしている責任は、俺にあるってわけか？　態度が悪いのはどっちなんだ？　ちくしょう！」デニスは立ち上がったが、幸い息子の部屋には向かわず、ただ棚からグラスを取って、ウィスキーを注いだだけだった。「思春期の息子なんて、天罰だとしか思えんな！」

ロザンナは、今晩だけは例外的にある程度の平和が保たれないかと望んでいた。ロザンナ自身が、デニスに話したい難しい話題を抱えていたからだ。だがいまは、それを切り出すには最悪の状況と言えた。デニスの機嫌は氷点下にまで落ち込んでいる。それも、息子の態度のせいばかりではなく、妻のロザンナが、ふたりのあいだでバランスを取ろうと懸命に努力しているにもかかわらず、デニスの意見や見方よりも、息子のそれのほうに共感を示すことを感じているせいでもある。

「結局おまえには、最終的な責任はないんだもんな！」と、デニスが怒鳴った。

ロザンナはびくりとして、「ごめんなさい」と言った。「もちろん、私が口を出すべきじゃなかったわね。あなたは父親。でも私は母親じゃないんだから。ただね、私がロバートのために料理して、洗濯して、宿題を手伝って、学校の先生の機嫌を取って、ロバートをコンピューター一式と一緒にLANパーティーとやらに車で送ってやるときには、ロバート自身も、あなたも、私が母親かどうかっていう点はあまり気にしていないような気がするけど！」

「なにもそんな意味で言ったんじゃ……」

「あら、そういう意味よ。私にはロバートに対して最終的な責任がないってあなたが言うのは、形式的には確かにそのとおりだけど、結局それは、私は関わるなってことでしょ。でもそういうわけにはいかないじゃないの、私は……」

「おまえはあいつの洗濯物を洗ったり、ほかにも色々してやってるわけだからな。わかってる。悪かった」デニスは突然、疲れたように見えた。「そういうことを言うつもりじゃなかったんだ」と、デニスは折れた。

ロザンナはすぐに、自分のほうでもこの平和協定に寄与するつもりになった。「あなたが心配するのもわかるわ。十六歳なんて、本人は大人だと思っていても、実際にはまだ半分子供だもの。だから心配になるのよね」

デニスの気持ちは本当に理解できた。ロザンナとデニスが結婚したとき、ロバートは十一歳で、そばかすだらけの愛らしい少年だった。デニスがまだとても若い頃、さらに若い女子学生とのあいだにできた子供だ。その女子学生には子供の存在はあまりに荷が重く、決して手もとに置いて育てたいとは思わなかった。デニスが単独で親権を取ったときには、安堵したという。父と息子は、それ以来ふたりきりで暮らしてきた。ロザンナがふたりの人生に登場するまでは。ロバートにとっては、ロザンナは最初に会った瞬間から、一度も持ったことのない母親そのものだった。基本的にはデニスもそう思っている。だがときに、法的に見れば親としての権利はデニスにしかないという事実を、自分の目的のために利用することがある。当初はそんなことは決してなかったのだが、ロバートが思春期に入って、当然のことながら難しくなってくるにつれ、そういった状況は増えていった。そのことは、デニスが自覚している以上に、夫婦の関係に影を落としていた。

でも、デニスがいったい何を自覚してるっていうんだろう？　とロザンナは自問する。

ロザンナは、デニスとロバートのうまく行かない関係に悩んでいる。だがそれを伝えても、デニスは聞く耳を持たない。

ロザンナはここジブラルタルで不幸せで、イギリスに帰りたいと思っている。だがそれを伝えても、デニスは聞く耳を持たない。

ロザンナはジャーナリストの仕事をやめたことを悔やんでいる。だがそれを伝えても、デニスは聞く耳を持たない。

誰かに尋ねられたら、デニスはきっと心からの確信を持って、妻は幸せであり、ふたりの生活は平和そのものだと答えるだろう。

今晩さらにロザンナ自身の話を持ち出すのは賢明ではないとわかっていた。だが考えてみれば、もうほかの機会はないのだ。

「私、明日イギリスに行くから」とロザンナは言った。

デニスは再び腰をおろし、グラスのなかのウィスキーを優しく揺らした。「わかってる。それに、おまえは本当は俺にも……」

ロザンナは急いでデニスをさえぎった。「ううん。本当にいいの。あなたはここに残ってくれていいのよ」

ロザンナの父が、日曜日に六十六歳の誕生日を祝うことになっているのだ。昨年の暮れに、なんの前触れもなく突然妻に先立たれて以来、初めての誕生日だ。それがロザンナの旅行の理由だった。当初は、夫にもついてきてほしいと思ったが、デニスは翌日に重要な仕事の予定があると言った――言い訳かもしれないが、本当のところはわからない。デニスは義父のことは好きだが、イギリスへ行くのは好きではない。仕事ではイギリス行きは避けられないが、私生活ではできる限り行かないようにしている。五年間の結婚生活でも、ロザンナは夫の故郷に対する不快感が正確にはどこから来ているのか、突き止められないままでいた。

「もちろん、日曜日にはお義父さんに電話するから」とデニスが言った。

ロザンナは深く息を吸うと、冷たい水に飛び込むつもりで切り出した。「エレイン・ドーソンのこと、まだ覚えてるでしょ？」

「エレイン・ドーソン？」

「キングストン・セント・メアリー村の友達……まあ、直接的には友達ってわけでもないんだけど。エレインのお兄さんが、私の兄と同級生だったの。エレインは私よりもずっと年下」

デニスが眉間《みけん》に皺を寄せた。「それ、俺たちの結婚式に来るはずだったのに、行方不明になった子じゃないか？」

「そう、なんの痕跡も残さず行方不明。今日までずっと」

「覚えてる。なんとなく。もちろん、俺は会ったことは一度もないけど」

「これまで何年も、よくエレインのことを思い出したわ」とロザンナは言った。「あのとき何が起こったんだろうって、考えてきた」

デニスはそんなことにはかけらも興味を持っていないことが、顔を見ればわかった。「たぶん、自分から行方をくらましたんだろう」と言う。「で、たぶんいまはどこかで幸せな生活を送ってるんだ」

「そういうタイプの子じゃなかった。でも警察も、そのうちそう考えるようになって。でもそれまでには、犯罪に巻き込まれたんじゃないかっていう推測もあったのよ」

「俺が覚えている限りでは、たしか霧のせいでヒースローに足止めされたんだったよな。人でごった返してる空港で、いったい誰がエレインを殺したり、誘拐したりするっていうんだよ？」

「エレインは男性についていったのよ。それは突き止められたの。ううん、その男性が、自分から警察に伝えたんだった。ホテルの部屋がもうどこも空いてなかったから、エレインを自宅に泊まらせてあげたって」

「で、その男が実は切り裂きジャックで、エレインを……」

「まさか。当時その人は、翌朝エレインを空港行きの地下鉄の駅まで送っていったって明言したのよ。そうじゃなかったって証拠もなかった」

「じゃあやっぱり、俺の推理が当たってるんだ」とデニスが言った。「きっとエレインは、いま頃どこかで元気に暮らしてるのさ」

「そうだといいと思うわ」とロザンナは言った。そして、間をおかずに付け加えた。「この事件のルポルタージュを書いてほしいって言われてるの」

デニスがグラスを下ろし、ロザンナを見つめた。「何を言われてるって？」

「実際は、この事件についてだけじゃないんだけど。今朝、ニック・サイモンが電話してきたの」

「ニック・サイモン？」

「『カヴァー』誌の編集長よ。知ってるでしょ、あの……」

「ニック・サイモンが誰かは知ってる。以前おまえの上司だった男だ。そいつがなんの用で？」

「雑誌に新しい連載を企画してるの。なんの足跡も残さずに消えてしまった人たちについての。二度と消息を聞くこともなく、でも死体が発見されてもいない人たち。まるで……地面に開いた穴に飲み込まれたみたいに消えてしまった人たち」

「なるほど。それで、どうしておまえに電話してきた？　もう五年間、あいつの下では働いてないじゃないか！」

ロザンナは夫のほうを見ずに続けた。「何か仕事の依頼をもらえればうれしいって、言ったことがあるの。それを思い出してくれたのね。それにニックは、私がエレイン・ドーソンの知人だってことも知ってるの。だから、この連載を書くのにふさわしいって思ってくれたのよ」

「当分のあいだは仕事をしないって、ふたりで決めたじゃないか！」

「ふたりで決めたんじゃないわ。あなたが望んだのよ。それに、ここジブラルタルでは、私にできる仕事なんてどっちにしてもないから、私も同意したのよ。でも、仕事をしていないのが辛いって、しょっちゅう伝えたはずよ」

「だから俺の事務所で半日働いたらいいって、俺のほうでもしょっちゅう言ってたはずだぞ！」

デニスがもう少し理解を示してくれたらいいのにと、思わずにはいられなかった。「デニス、あなたは不動産業者でしょ。その業界は、私にはなんの関係もない。私はジャーナリストなのよ。私も自分の仕事をしたいってこと、想像できない？」

「想像はできるさ。でもおまえにはある程度の柔軟性もあると思ってたんだがな」と、デニスがふくれっ面で言った。それから、突然グラスをテーブルに叩きつけると、椅子から飛び上がった。「いい加減にロバートに言ってやる。このクソ音楽を……」

ロザンナもやはり立ち上がった。「私に対する怒りをロバートにぶつけないで。音楽のことは、私がなんとかするから！」

ふたりは立ったままにらみ合った。デニスが、自分に相談もなく勝手に話を進められたと怒っているのが、顔に出ていた。ロザンナは経験から、たとえもっと都合のいい瞬間を選んでも、またはロザンナ自身の切り出し方がもっとうまくても、デニスは結局同じように感じただろうとわかっていた。デニスは、どんな点においても妻が自分と違う意見を持つことに、我慢がならないのだ。決して亭主関白ではないが、ロザンナは、夫のコントロール癖がたまに強迫的な様相を帯びると思うことがある。ロザンナが魂も思想も一〇〇パーセント自分に従っているという感覚が、デニスに安心感を与えるのだ。ほかの人間とのそんな種類の融合など耐え難いものであること、そして、そもそも強制などできるものではないことが、冷静な計算のできる非常に現実的な男であるにもかかわらず、デニスにはわからないようだった。

「たぶん」とデニスがついに口を開いた。「もうサイモンには了承の返事をしたんだろう」

「月曜日に一緒にロンドンでお昼を食べることに了承の返事をしたわ」とロザンナは言いながら、心のなかに忍び寄ってくる罪の意識を憎んだ。私は三十六歳なのよ！　あらかじめ夫の許可を取らずに職業上の予定を決める権利くらいあるんだから。

「月曜日の昼には、もうこっちに戻ってくる予定じゃなかったか」とデニスが言った。

「わかってる。飛行機はキャンセルしたの。ニックとこの仕事について話したいの。どっちにしてもこの依頼は気に入らないかもしれない。そうしたら、月曜日の夜か火曜日の早朝にジブラルタル行きの飛行機を取るつもり。そうでなければ……」

「そうでなければ？」

「そうでなければ、もちろんもう少し長くイギリスに留まることになるわ。いくつか調べものをしないといけないから。それが終わったら、記事を書くのはここでもできる」

デニスは一瞬黙り込んだ。

「完璧な計画だな」とやがて言った。「おめでとう。俺には、ただ親父さんの誕生日のお祝いにイギリスへ行くだけで、すぐに帰ってくると言っておいて。実はもうずっと前から、以前の上司と約束してあったわけだ。で、その約束が、最初からこの旅行計画の本当の理由だったんだろう！」

「それはぜんぜん違う」とロザンナは慌てて言った。「本当にお父さんの誕生日だけが理由だったの。でもニックが電話してきたとき、思ったのよ。どうせイギリスにいるんだし、そもそもここに戻ってくるためには月曜日にロンドンへ出なきゃいけないんだから、会う約束をしたっていいじゃないって。ああもう、デニス、いったい何が気に入らないの？」

デニスはウィスキーを一息にあおった。

「何も。基本的には何も。ただ、連載記事のすべてについて調べものをするには、相当長いあいだイギリスにいなきゃならないってこと、わかってるんだろうな。それが、俺たちのこのささやかな家庭のためにはよくないってことは、俺が言うまでもないよな」

「私たちのささやかな家庭ね……あなたが何に怒ってるかわかったわ、デニス。自分は息子との多少なりともまともな関係はすっかりなくしちゃったから、私が仲介役ってわけなんでしょ。私を通してのみ、なんとか息子へのわずかな影響力を保ってるんだものね。あなたたち親子の喧嘩がどんどんエスカレートしないように気を配ってるのは、私だけだもの。私がいなかったら、どうやって朝ロバートをベッドから叩き起こして、学校へ行かせればいいかもわからないんでしょ！」

「もしそのとおりだとして、それがなんだっていうんだ？　あいつはとても難しい年頃なんだ。父親の言うことなんて聞かない息子はいくらでもいるじゃないか！」

「だからって、私だって延々とあなたたちのあいだに立って、最悪の事態を回避し続けるわけにはいかないわ。あなたがもう一度、息子に対する自分自身の関係を築き上げないと。私が代わりに父親役をやるわけにはいかないのよ。それじゃあロバートにとってよくない——それに、私に対しても、どんどん配慮が足りなくなってる」

「おまえはロバートのこと……」

「ロバートのことは好きよ。喜んで母親の代わりにもなるわ。でも、父親の代わりにはなれない。それに私は、一週間留守にしたらあなたたちのあいだに戦争が起きるからってだけの理由で、この家に縛りつけられて生きていくわけにはいかないの。そんなことになったら、気が狂うわ。私の人生には、あなたたちの仲介役以外にも、なんらかの役割があるはずでしょう！」

「おまえのほうがその役割を求めてるんだろう。俺がロバートに音楽の音量を絞れって言おうとしただけで、おまえがもう止めに入る。あいつにそんな図々しいお願いをするには、おまえのほうがうまいやり方を心得てるからって理由でな」

「確かに、こういう状態になったことに対する責任は、私にだってあるわ。きっと口を出しすぎるのね。それでも、よくないことには変わりない。だからこそ余計に、少しのあいだ留守にするのはいいことよ」

「少しのあいだ、ね。ということは、おまえはもうとっくに、その連載を引き受けることを決めてるわけだ。決断を下すためってことになってる、その昼食での話し合いとやらは、ただの茶番なんじゃないか！」

「どうしてそんなことがわかるのよ？　たとえば、まだ報酬がいくらかだって知らないのよ」

「へえ――そりゃ、サイモン氏は気前のいいところを見せるだろうさ。なんといっても、おまえは昔、あいつの子飼いの優秀なサラブレッドの一頭だったんだからな。おまえに戻ってきてもらえれば、あいつだってきっとうれしいだろう」

「そうじゃなければ、電話してきたりしなかったでしょうね」と、怒りに震えてロザンナは言った。これ以上この会話を続けても、基本的になんの意味もないことはわかっていた。デニスの機嫌は悪く、怒っている。ロザンナのほうは、弁解しなければならない立場に追い込まれたような気がしていて、このまま会話を続けたいとは思えない。自分のほうが正しいとは感じていたが、デニスには、ものごとには別の見方もあるという可能性を考えさせることさえ無理だということも知っていた。

それでも、ロザンナはこう付け加えた。「どっちにしても、キングストン・セント・メアリーに着いたら何を感じるか、確かめてからでないと。エレインの暮らした場所で。もしかしたら、私には話があまりに重すぎて、もう一度詳しく掘り起こしたりできないと思うかもしれない」

「じゃあ、俺にもまだ希望があるってわけだな」とデニスは皮肉な口調で言った。そしてまた棚に向かうと、ウィスキーの瓶をもう一度取り出して、グラスになみなみと注いだ。

ロザンナは、ロバートに音量を少し落としてくれと頼むために、ドアに向かった。

実際、少しのあいだ別れて暮らすほうがお互いのためになるわ、と、部屋を出ながら思った。

二月九日土曜日

いまだに、夜更けに《ザ・エレファント》の前の静まり返った広場を横切り、右に曲がって、自宅アパートのある、すべてが死に絶えたような狭い路地を歩くときには、嫌な気持ちになる。違う、と、うつむいて先を急ぎながら、彼女は思った。嫌な気持ちというのは、適切な言葉じゃない。私は怖いんだ。いまだに怖い。

金曜の夜と、土曜の最初の数時間は、特に嫌いだった。金曜日には、最後の客が帰ったあと、その週の売上が計算され、最後の一ペニーにいたるまできっちりと分厚いファイルに記入される。パブのオーナーであるジャスティン・マクドラモンドは、金には非常に細かい。もちろん、それに生活がかかっているのだから当然ではあるが。ふたりの従業員は、すべての計算が済み、最後の一ペニーにいたるまで帳尻が合うまで帰してもらえない。そのせいで、店を出るときには真夜中をうんと過ぎている。アルバイトたちは、その時間にはもうとうに家に帰ってしまっている。コックのバートとウェイトレスである彼女だけが、残っていなければならない。

運の悪いことに、バートの家は逆方向で、ほんのわずかな距離でさえ一緒に歩いて帰ることはできない。おまけにバートはいつも、妻と幼い子供たちの待つ家へ帰るために、ひどく慌てて店を出る。

でも、どっちにしたって、私を家まで送ろうなんて、バートは思いつきもしないだろう、と彼女は思う。誰も、この町で何かが起こるなどとは思っていないのだ。このランバリーで。キツネとウサギがお休みの挨拶を交わしても不思議ではないのどかな田舎で。

時計を見た。午前一時半を少し過ぎている。もちろん、通りにはもう誰もいない。そもそも人でごった返すような通りではないが、明るい夏の夜には、少なくとも時々はカップルや、遅い時間に犬の散歩をする飼い主と行き合う。だが、もちろん二月にはそんなことはない。今日は凍えるほど寒い夜で、風が通りを吹き渡り、わずかな雪のかけらを空に巻き上げている。どの窓も真っ暗だ。

パブの前の広場を渡って、円頭石を敷き詰めた路地に入ったところだった。わずかに上り坂になっている路地はあまりに狭く、左右の家から人が身を乗り出せば、握手をすることもそれほど難しくないような気がする。実際、立ち並ぶ家は非常に古く、上のほうの階はほとんどがわずかに前に傾いている。ランバリーを訪れる観光客は、まさに幅が狭くて傾いているがゆえに、こういった家々を見て感動する。すごく古くて、すごくイギリス的！

きちんと閉まらない小さすぎる窓と、ちっぽけな部屋に、転げ落ちそうな急な内階段を備えたこんな隙間風の吹く狭苦しい箱のような建物に感嘆の声をあげられるのは、そこに住む必要がないからだ、と彼女は思う。観光客たちは、部屋に入ってくる光がどれほど少ないか、考えたことはあるのだろうか？　夏にさえ、どれほど部屋が暗いかを？　どんなに狭苦しいかを？

もちろん、そんなことを考える人などいない。このノーサンバーランドのちっぽけな村の印象を、人はロマンティックと名づけ、その後、ここよりもずっと明るく快適で、広々した家へと帰っていくのだ。

もちろん、アパートを見つけられたことには感謝しなくてはならない。当然だ。それに、マクドラモンドの店での仕事も。最後の仕事をなくしたときには——靴店の倉庫で、商品の仕分けとラベル貼りをしていた——すっかり絶望したものだ。仕事が特に面白かったわけではない。だが、あの閉ざされた空間にいると、外の世界から遠く離れていて、安全だと感じることができた。同僚たちを除けば、ほとんど誰にも会わなかった。かつて夢見ていたような生活ではなかったが、徐々に心に平安がもたらされた。それは、孤独や、本来の人生が自分の脇をすり抜けていくという自覚よりも、ずっと大切な感覚だった。最悪なのは不安だ。不安に対する防波堤なら、たとえそれが人や友情や愛をも一緒にはじくものであっても、歓迎すべきだった。

パブは、本当ならいちばん働きたくない場所だった。ほとんどの客は村の住民だが、特に夏には観光客もやって来る。見知らぬ人たち。誰がいつ入ってきても不思議ではない。あの男も……。

パブ《ザ・エレファント》では、昨年の六月から働いている。だがいまだに、ドアが外から開けられると、びくりとする。いまだに掌《てのひら》に汗が吹き出る。いまだに、鼓動と脈拍がある程度元どおりになるまで何分もかかる。

あそこで働いているのは、単にほかの仕事が見つからなかったからだ。すでに二か月分の家賃を滞納していた。彼女の一階下に住む大家のキャドウィックが、常に階段で待ち受けていた。

「このままにはしておけんよ。ここにただで住まわせるわけにはいかないからな。うちは慈善団体じゃないんだ。来週になっても金がないなら、警察を呼ぶぞ！」

追い詰められた彼女は、《ザ・エレファント》での仕事を引き受けたのだった。店主のジャスティンはいい給料を支払ってくれたし、チップと合わせれば、以前の仕事より稼ぎは多くなった。だが代わりに、よく眠れなくなり、また体重が落ちた。ほかの仕事がないかと探しているが、いまのところ何も見つかっていない。

家までの道のりの半分を来たところで、彼女は一瞬立ち止まった。本来は健康だったが、緊張と恐れとでまた呼吸が乱れていたようで、脇腹に鋭い痛みが走ったのだ。手を腰に当てて、深く息を吸おうとした。左右には、建物の奥深い玄関口が黒々と沈黙している。どんなものも人も、どれほど簡単にそこに隠れることができるかと考えると、すぐにまた息が詰まり、痛みがひどくなるのを感じた。ここに立ったままでいるのはよくない。どんどん気がおかしくなるばかりだ。

ノイローゼなのよ、と、歩きだしながら彼女は自分を叱った。完全にノイローゼよ。いつかすっかりおかしくなっちゃうから！

でも、彼女が見たものを、同じように見た人がいたとしたら。彼女が体験したことを……。

これ以上考えちゃいけない。家まではあと二百メートルほどだ。家に着いて、誰も隠れていないと確かめたら、そして窓の鎧戸《よろいど》をかんぬきで閉めきり、暖かいベッドのなかにもぐり込み、湯たんぽをお腹に載せて、蜂蜜入りのホットミルクを一杯脇に置いたら、きっと気分もよくなるだろう。もっと安心できるだろう。そして、また一日を生き延びたと確信できるだろう。

建物の玄関の少し手前で立ち止まり、鞄から鍵を出そうとした。あたりは真っ暗で、何も見えない。突然、懐中電灯の光が現われて、彼女の顔を照らした。

彼女は顔を上げて、叫ぼうとした。だが、声が出なかった。

二月十日日曜日

1

セドリックがまた煙草を吸っているのを見て、ロザンナは驚いた。

「このあいだ……お母さんのお葬式のときには、やめてたじゃない」と言ってみる。

セドリックはうなずいて、おいしそうに深々と吸い込んだ。「クリスマスの頃、また挫折しちゃってね。わかるだろ、クリスマスパーティーだのなんだのって続いてさ。ほかのみんなは煙草を吸ってる。それで、ついついまた始めちゃうってわけ」

「アメリカでは節制生活を送らざるを得ないもんだと思ってたけど。あっちでは、喫煙はいまじゃほとんどの場所で禁止でしょ」

セドリックはにやりと笑った。「意志あるところに道は通じる。禁止が多いほど、抜け道も多いんだ。だいたい、禁酒法の時代にはその前後の時代より飲酒量が少なかったとでも思うのかい？」

ロザンナは愛情のこもった微笑みで兄を見つめた。兄が父の誕生日のためにわざわざニューヨークから戻ってきたことに、感嘆していた。とはいえ、心のなかでは、兄の訪問の第一の理由は、やもめになったばかりの父への思いやりではなく、兄自身の孤独なのだろうと推測していた。セドリックは奔放で浮ついた生活を送っている。やむにやまれずそんな生活をしているようだが、あまり本人のためにはなっていない。昨年秋に行なわれた母の葬儀に、セドリックは恋人を同伴して参列した。衝撃的なアイメークを施した、ティーンエイジャーといくらも変わらない年齢の女の子だった。セドリックは彼女を「僕のパートナー」と紹介したが、どうやらその関係は、今回もまたすでに終わっているようだ。だが正直ロザンナも、それ以外の予想はしていなかった。セドリックのこれまでで最長の恋愛関係は、半年間続いた。それ以外はすべて、もっと短期間で破局している。現在三十八歳。ロザンナは、兄もいい加減に人生に居場所を見つけるべきだと思っていた。家庭を築き、心の故郷を持つべきだと。

「おまえも吸う？」とセドリックが言って、煙草の箱を差し出した。ロザンナは首を振った。

「結構よ。私は節度を守るから」

「おまえの愛《いと》しいデニスからお説教を食らうだろうし、だろ？　煙草を吸う女なんて、間違いなくあいつの保守的な世界観には合わないもんな！」セドリックは義弟を、最初に会った瞬間から嫌っていた。そしてその嫌悪感に、デニスのほうでも心の底からの嫌悪感で応えた。だいたい、このふたりの男ほどタイプの違う人間は滅多にいないだろう。

ロザンナと兄のふたりはいま、ヘイゼルの庭に立っている。ずっとそう呼んできた――ヘイゼルの庭、と。もちろん、家族全員の庭で、家族全員が過ごした場所だ。だが、母のヘイゼルは、この庭を愛し、丹精し、ほかには類のない独特の「顔」をここに与えた。木々、灌木、花を植えた。敷地を囲むどこか暗い雰囲気の壁がすっかり蔦《つた》の下に隠れ、晩夏には庭の奥で果物をお腹いっぱいほおばることができるのも、母のおかげだった。ブラックベリー、セイヨウスグリ、アカスグリ、それにもちろんリンゴ、梨、プラム――ほしいだけ、いくらでも食べられる。ロザンナが母のことを思い出すとき、いつも目に浮かぶのは、ゴム長靴かサンダルを履いて植物のあいだを歩き回り、どんな客にも――たとえ偶然やって来た人にも――庭から取れたなんらかの贈り物をして喜ばせる姿だ。床に置く花瓶のための花のついた長い枝、丸々と太った輝くチューリップの花束、ほかのどこにもない香りを放つ一輪の薔薇《ばら》。母へイゼルは、贈り物をするのが好きだった。母が木々のあいだから姿を現わし、微笑を浮かべて家に近づいてくることが二度とないとは、とても想像できない。

今日は灰色に曇った二月の日曜日で、早朝に雪が降った。晩冬の湿った重い雪で、昼のいまはすでに溶け始めている。草の茎が雪の白から突き出ている。また、たくさんの紫や黄色のクロッカスも、すでに芝生のいたるところで花を咲かせ始めている。それは哀しい光景で、孤独と憂鬱を表わしているように見えた。

この庭は見放された、とロザンナは思った。へイゼルに見放された。私たちみんなと同じように。特に今日は。

デニスに関するセドリックの挑発には乗らず、震えながら肩をすくめた。「寒い。もうすぐ吸い終わる？　家のなかに戻りたいんだけど」

「薄着しすぎなんだよ。南国のジブラルタルにいたんじゃ、本物の冬のことなんて、もうほとんど覚えてないんだろうな」

「覚えてるわよ。それに、なつかしく思ってるわ」ロザンナは哀しい庭を見つめた。「これは、今年最後か、最後から二番目の雪ね。来週あたり、春がすごい勢いで爆発する。それをどんなになつかしいと思ってるか、とてもわからないでしょうね。四季のはっきりした移り変わり。

イギリスの春は、世界じゅうのどんなものとも比べられない」

セドリックは煙草を雪と泥の混ざり合った足もとの地面に投げ捨てた。「ふうん。でも僕の理解が間違ってなければ、しばらくこっちに残るんだろ。その雑誌の仕事の件で」

「仕事を引き受ければね。明日のニックとの話し合いがどうなるか、まずは見てみないと」

「おい、よせよ！　話し合いがどうなろうと、仕事は受けろよ！　もう一度ちゃんとした仕事をすることにおまえがどれほど飢えてるか、見てわからないとでも思ってるのか？　母さんの葬式のときから、もうわかってたよ。すごく不満をため込んでるように見えたぞ！」

「お母さんのお葬式のときには、悲しそうだったはずよ。実際悲しかったんだし。でもそれは、仕事がないこととは関係ないわ」

「そりゃもちろん、悲しかっただろうさ。でもおまえの顔には、母さんが死んだこととは別の何かがあった。長いあいだに彫り込まれた皺ができてた。かわいい妹よ、おまえはデニスとジブラルタルで幸せじゃないんだ。それが顔に出てるんだよ」

「で、兄さんのほうは、ニューヨークで文句なしに幸せってわけ？」

「そんなことは言ってないだろ。でも昔のおまえは、まるでデニスがこれまでこの世に存在したなかで最高の男で、ジブラルタルは人間がまともに暮らせる唯一の場所だって勢いだった。

耳にタコができるほど聞かされたよ。でもこの五年で、色々変化したみたいじゃないか」

「そりゃ、五年もたてばね」とロザンナは冷たく答えた。「で、私の知ってる限りでは、兄さんの恋愛関係はどれも、五年に遠く及ばず破局してるわよね。デニスと私の関係のメッキが少しはがれたからって、そんなの普通のことよ。それでも、私たちはちゃんとつながってる」

セドリックは何か答えようとした。その表情から察するに、どうやら友好的な言葉ではないようだ。だがちょうどそのとき、背後の窓が開いて、父のヴィクターが身を乗り出した。

「ロザンナ！　セドリック！　そろそろなかに入らないか？　食事の用意ができたぞ！」

セドリックは口にしかけた言葉を飲み込み、妹について家のなかに入った。ダイニングルームにはテラスから直接入れる。そこにヴィクターが、すでにテーブルの準備を整えていた。ヘイゼルの高級食器。先ほどロザンナは、父の一番の好物を作ると申し出たのだが、ヴィクターは、自分が子供たちの大好物を作ると言って聞かなかった――ヘイゼル特製のアイリッシュ・シチューだ。

「おまえたちふたりをこれほど久しぶりに家に迎えるんだから、母さんだってきっとこれを作ったよ。きっと喜んだだろうなあ！」

ロザンナは、シチューを盛りつけ、ワインの栓を抜く父を見つめた。その優しい微笑みも、温かく思いやり深い態度も、妻の死によって失われることはなかった。だが当時は何週間もショック状態だった。昨年十一月末の土曜日、ヘイゼルは午前中に夫と一緒に市場へ買い物に出かけ、午後にはもうクリスマス用のお菓子を作り始めるつもりでいた。ところが突然気分が悪くなり、目がよく見えないと訴えて、まっすぐ歩くことさえできなくなった。家に呼ばれた医師は、軽度の卒中と診断を下し、すぐに救急車を呼んだ。救急車で運ばれる途中で、ヘイゼルは二度目の卒中発作を起こし、数分後に息を引き取った。その夜遅くジブラルタルから駆けつけたロザンナは、すっかり混乱した父が台所でクリスマス用のお菓子を焼いているのを見たのだった。

「母さんは、もう生地をこねてたんだ」と、父は何度も繰り返した。

いまでは父はすっかり通常の状態に戻っているが、まるで分厚くて重いコートのように、孤独にくるまれている。その重みが、ほとんど誰も気づかないほど少しずつ、父を地面へと押しつぶしていくようだった。

三人そろってテーブルにつき、外の灰色の景色を眺めたとき、ロザンナは、たったひとりで家のなかで過ごすこんな日曜日は、父にとってどんなものだろうと考えた。雪がもたらす静寂と、時計が時を刻む規則正しい音。突然、ロザンナは寒気を覚えた。先ほど庭にいたときよりもずっとひどい。寒気は、心の奥深くから来るものだった。

昼食での会話は、ほぼセドリックの独壇場だった。ニューヨークとここ最近の体験について、これ以上なく楽しくユーモアたっぷりに語った。大量のワインを速いピッチで飲み、いつものとおり、酒が入るとさらに生き生きとした面白い話し手になった。ロザンナは、父がよく笑い、とてもリラックスしている様子なのを見て安堵した。デザートが終わると、父が言った。「さあ、おまえたち、食器洗いは父さんがやるから、ふたりで楽しく散歩でもしておいで。もう長いあいだキングストン・セント・メアリーには来てなかったんだから、きっとあちこち見てみたいだろう！」

「そんなわけには……」とロザンナは言いかけたが、セドリックが即座に口を挟んだ。「一、二時間、解放してくれたら、すごくうれしいよ、父さん。実は……ええと、実はジェフを訪ねてみようかと思ってたんだ。長いあいだ会ってないから」

「だからって、お父さんの誕生日に行くことないでしょう！」とロザンナは怒った。

「でも、今度いつここに来るかわからないじゃないか！」

「まさか、明日もうニューヨークに戻るつもりなの？」

「いや。でもロンドンに行くつもりなんだ。昔の知り合いに何人か会いたいと思って」

「兄さんらしいわね。キングストン・セント・メアリーには、一日いたらもう長すぎるってわけ。あと何日かはここにいるんだと思ってたのに！」

「なんだよ！」セドリックがテーブル越しにロザンナに怒りのまなざしを向けた。「僕の聞き間違いじゃなければ、おまえだって明日ロンドンに行くつもりなんだよな。おい、妹よ、どうなんだ？　おまえだってかなり急いでるみたいじゃないか！」

「私はロンドンで仕事の打ち合わせがあるの。それとこれとは別でしょ！」

「あのな、どうしてそんな……」とセドリックが言いかけたが、そのときヴィクターがなだめるように両手を上げた。突然ぐったりと疲れきって、実際の年齢よりも老《ふ》けて見えた。

「頼むよ、おまえたち。喧嘩しないでくれ！　理由がなんであろうと、ふたりとも明日ロンドンに行きたいことは、よく理解できる。父さんのことは気にしなくていいんだ。自分の生活はちゃんと自分でなんとかしてるんだから」

「でも今日はお父さんの誕生日でしょう。納得いかないわ、そんな……」

「食器を洗った後、少し昼寝したいんだ。たとえ誕生日でもね。セドリックと一緒にジェフリーのところに行ったらいいじゃないか、ロザンナ。おまえだって、ジェフリーとは昔、親しかったんだから。五時にお茶を飲みに帰ってきてくれればうれしいよ。それまでは休ませてもらうから」

セドリックはこの提案に、すぐに大喜びで飛びついた。「いいね。じゃあロザンナ、そうしてくれるかな？　おまえがついてきてくれれば、僕もずっと気が楽だよ。ジェフと話をするのは……まあ、わかるだろ。あの事故以来、楽じゃないんだ」

「そりゃ、脊髄横断麻痺で、将来への展望なんて何ひとつなしに施設で暮らしてるんじゃ、楽な人生とはとても言えないじゃない」

「ジェフリーと話してみるのも興味深いかもしれないよ、ロザンナ」とヴィクターが言った。「おまえの連載のことを言ってるんだ。エレインが行方不明になったことについて、ジェフリーの意見も聞いてみなさい。きっと彼には彼の考えがあるに違いないからね。それに、おまえたちがふたりともここに来ているのに、ジェフリーを訪ねないのは、よくないと思うよ。子供の頃は、あんなによく一緒に遊んだじゃないか」

ロザンナは溜息をついて立ち上がった。「わかった。よくわかりましたよ。一緒に行くわ。

たしかトーントンに暮らしてるんだったわよね？」

「僕たちが訪ねていったら驚くぞ！」とセドリックが言った。

ロザンナは兄について居間を出ながら、セドリックには人生を可能な限り楽にする驚嘆すべき才能があると考えた。気難しく、攻撃的でさえあるかもしれないジェフリーとの困難な会話は、妹に任せられることになった。だがあとからセドリックは、古い友達のことをしっかり思いやったという晴れ晴れした気持ちでニューヨークに帰ることができるというわけだ。

だが、考えてみれば父の言うとおりでもあった。エレイン・ドーソンについての記事を本当に書こうと思うなら、いずれにせよエレインの兄と話をしなくてはならない――エレインの最後の存命の親族であり、彼女があとかたもなく姿を消したことで、一番の被害をこうむった人間と。

2

《ザ・エレファント》は日曜日にも店を開けている。だがしばらく迷った後、彼女は店主のジャスティンに電話をかけて、今日もまた病欠する旨を伝えた。予想したとおりジャスティンは不平と文句を言ったが、いまの季節にはほとんど観光客も来ない上、日曜の晩には村の住民の大半もパブへ向かおうとはしないため、ウェイトレスがいなくては過労で倒れてしまうとまでは主張できなかった。今日来店しそうな三、四人の客くらいなら、アルバイトで充分対応できる。昨日の土曜の晩にさえ店はあまり混まなかったが、ジャスティンは、彼女が休んだせいで自分の生存が危ぶまれると言わんばかりだった。

「昨日は、今日にはもう元気になってるって言ってたじゃないか」とジャスティンが文句を言う。

「そう思ってたんですけど。でも今日もすごく気分が悪くて」と彼女は答えた。「もしかして、悪いものを食べたんじゃなくて、ウィルスに感染したのかもしれません」

「それじゃあどうしようもないな」ジャスティンは苦々しく言うと、電話を切った。

「本当に具合が悪そうだね」と、大家のキャドウィックが同情のまなざしを送ってきた。彼女は電話を持っていないので、すでに昨日も、キャドウィックの家の電話を使わせてくれと頼まねばならなかった。キャドウィックが通話をひとことも漏らさずじっと聞いていることはわかっていたが、同時に、キャドウィックなら、胃の調子が悪く、もしかしたら深刻な胃腸インフルエンザかもしれないという彼女の作り話をすぐに信じてくれるだろうこともわかっていた。何しろ彼女は、いまだに顔色が悪く、目の下には深いくまができているのだ。

「本当にあまり気分がよくないんです」と彼女は言った。階上の自分の住居に戻りたい。そしてドアに鍵をかけて、ベッドのなかで丸くなりたい。キャドウィックの親切ごかしのおせっかいなおしゃべりにだけはつき合いたくない。家賃を滞納していた彼女を、キャドウィックは追い出そうとした。だが彼女が再び規則正しく家賃を払い、《ザ・エレファント》での安定した仕事を見つけて以来、親切になった。実際、階上の暗い穴ぐらのようなあの部屋を借りる人間を新しく見つけるのは簡単ではないだろう。そもそも、わざわざランバリーに引っ越して、おまけにこの界隈《かいわい》で最も暗い場所に引っ込むような人間が、どこにいるだろう？　すぐに代わりの間借り人が保証されるほど、この世界はノイローゼの人間だらけではない。

「医者に行くべきだよ」とキャドウィックが言った。「こう言っちゃなんだが、本当にひどい様子だからね。こういう病気を甘く見ちゃいかんよ」

「とにかくあと一日ベッドで寝ていれば、またよくなりますから」と彼女は言った。

「お茶をいれてあげようかね？　世話をしてくれる人は誰もいないんだからね！　そもそも、家に何か食べるものはあるのかね？」

　家賃を滞納していたあいだにあれほど冷淡だったキャドウィックを知らなければ、すぐに感謝の気持ちが湧いてくるところだろう。たとえ、粘着質の偽善的な男だとしか思えなくても。キャドウィックはもうすぐ七十歳で、結婚はしていない。もしかしたら偏見かもしれないが、彼女はしょっちゅうキャドウィックのなんとも言えないみだらな視線に追われていると感じる。

証拠こそなかったが、キャドウィックが、何年にもわたる数えきれないほどの食事のにおいが壁にしみついていそうな、この風通しが悪くかび臭い居間で、定期的にポルノヴィデオを鑑賞していることは間違いないと思っていた。とにかく、キャドウィックはそういうタイプなのだ。月に二回、バスと電車を乗り継いでニューキャッスルに行くが、そこで何をするのかは、決して漏らしたことがない。彼女は、きっと売春宿に行くのだろうと確信していた。そして、倒錯したセックスが好きなのだろうと。文字どおり、そんなにおいがするのだ。彼女が毎晩、小さなチェストを住居のドアの前まで引っ張ってくるのも、キャドウィックへの嫌悪感からだった。キャドウィックは合鍵を持っている。夜中に彼女のベッドの脇に立って自慰をするキャドウィックのせいで目を覚ますのは避けたかった。

「食べ物は充分あります。ありがとうございます」と彼女は言った。事実は違っていたが。「でも正直言って、いまはあんまり食欲がないんです。とにかくいまは、この嫌な病気をなんとか治さないと。そうすれば、また元気になります。じゃあ、電話を貸してくださってありがとうございました、キャドウィックさん」彼女は部屋を出ようとした。

「もし助けが必要なら……」と、キャドウィックは未練がましく彼女の背中に声をかけたあと、ひとりぼっちで、不満をためたまま、またつまらない日曜日の生活に戻っていった。

でも、あの人のつまらない日曜日なんて私には関係ない、と彼女は思いながら、階上に着くと、ほっと息をついて、住居のドアを閉め、すぐにチェストをその前に置いた。私の人生にはもう、つまらない毎日しかないんだから。でも誰がそんなことを気にかけてくれる？

安全な場所にいると思ったとたんに、気分がよくなった。これでもう二日間、ここに閉じこもっていられる。明日の月曜日は、《ザ・エレファント》の定休日なのだ。だがその後は、また闘いのリングに戻らなくてはならない。新たにリングに上がるだけの元気を自分が取り戻していることを祈るしかない。これほど神経がまいってしまったのは、二年半ぶりだ――吐き気、熱、震えにめまいといった症状を、「神経がまいった」と名づけられればの話だが。二年半前に彼女は、突然モーペスの魚屋の前で、ピットを見たと思い込んだのだった。ピットに間違いないと確信した。薄い髪の生えた平らな後頭部。筋張った身体にどれほどの力がひそんでいるのかは、その拳《こぶし》を味わった者でなければわからない。後ろ姿でさえ、息を呑むほど残虐なオーラを発している。彼女はいつも、ロンよりもピットのほうをずっと恐れていた。ロンのほうが知的で、行動の予測がついたからだ。ピットはサイコパスだと、彼女は確信していた。いつなんどき狂ってしまうかわからない。そしてそんなときにたまたまそばにいた者は、ひどい目に遭うことになる。

モーペスに行ったのは、どうしてもすぐに新しいジーンズが必要になったからだった。彼女は、自分の人生もこれで終わったと確信した。今日でもまだ、あのとき自分がどうやってバス停まで歩き、当時暮らしていた村まで戻り、自宅に帰ったのか、思い出せない。

その日の残りは、何度も嘔吐を繰り返し、夜まで熱があった。何度も何度も、ピットがノーサンバーランドのモーペスなんかにいる合理的な理由は何もないと、自分に言い聞かせた。たったひとつ理由があるとすれば、それは彼女自身だ。

あのときは、靴店の仕事さえ二日休んだ。あまりに具合が悪く、手の震えを止めることができなかったからだ。当初は、痕跡をすべて消して別の場所へ引っ越そうと思った。ここからずっと離れた遠い場所へ。たとえばスコットランドか、またはヘブリディーズ諸島はどうだろう……だが二日目の晩になると、魚屋にいたのが本当にピットだったのかどうか、自信が持てなくなっていた。頭のなかで、あのときの光景を何度も繰り返し再現した。すると突然、もう確かだとは思えなくなった。あの男は、ピットよりも背が高かった。それに、身体全体の感じが、なんとなく違っていた。髪の色も少し濃かった。ほんのわずかな違いにすぎないが、それでもやはり——濃すぎた。

突然彼女は、いったいどうしてモーペスのあの男をピットだなどと一瞬でも信じたのだろうと、自分でも驚きながら自問した。すると急に気分がよくなった。

今回起こったのは、もっとたわいもないことだ。土曜日の深夜、暗い路地、まぶしい懐中電灯の光。もうおしまいだと思った。見つかったのだと。ピットは建物の暗い玄関口に隠れて、自分を待ちかまえていたのだと。慈悲を期待することはできない。待っているのは凄惨な死だ。

だがそのとき、そこにいるのが斜め向かいに住む小柄な老嬢ミス・プルエットだと気づいた。バセットハウンドをリードにつなぎ、手に懐中電灯を持って、やはり死ぬほど驚いて立ち尽くしている。だがそのときには、彼女の身体はすでに馴染みの経過をたどっていた。吹き出る汗、止められない全身の震え、大地をも揺るがすに違いないと思えるほどの動悸。叫ぼうとしたのに、突然喉が詰まったようになり、声も出せなかったことを思い出した。

おそらく、懐中電灯の光に目をくらまされたままそうやって立っていたのは、ほんの数秒のことだっただろう。だが彼女には永遠にも思われた。やがてミス・プルエットがようやく懐中電灯を下ろして、震える声でこう言ったのだった。「あら——あなただったの。こんなところで、何をしてるの？」

彼女は声を出そうとして、二度失敗した。「ミス・プルエット」と、ようやくあえぎながら言った。「そ……それは、私のほうが訊きたいくらいです！」

結局、ミス・プルエットが恥ずかしそうに打ち明けたところによると、飼い犬のゼブが膀胱炎にかかって、しょっちゅう家から出なければならないということだった。ミス・プルエットの住む建物には、前にも裏にも庭がないので、一晩じゅう、一時間おきに外に出るしかないというのだ。

まったく害のないこんな話が、またも大げさな結果をもたらしたというわけだった。

こんなふうにいつも不安を抱えたまま生活するのはやめないと、と彼女は自分に言い聞かせ、眉をひそめて、ドアの前に移動させたチェストを見つめた。このままじゃ病気になっちゃう。頭がどうかしちゃう。そして壊れちゃう。

もうあれから何年もたった。もしかしたら、もう恐れることなど何もないのかもしれない。暗い穴に深く身をひそめる獣のように、びくびく怯《おび》えながら暮らしているのは、まったくの無意味なのかもしれない。もうとうに、過去を振り切り、新しい生活を立て直すべきときなのかもしれない。

この馬鹿ばかしいチェストをドアの前からどけることで、その一歩を踏み出すべきだろうか。キャドウィックは危険な男ではない。ただ気持ちが悪いだけだ。彼女は懸命に、階下からキャドウィックの立てる物音が聞こえるかと耳をすましたが、すべては静まり返っていた。キャドウィックがいまどの部屋にいるか、普通ならたいていはわかる。彼の引きずるような足音も、たびたびの咳払いも、はっきりと聞こえるからだ。いまのようになんの物音も聞こえないときには常に、もしかしたら靴を脱いで忍び足で階段を上がり、彼女の部屋のすぐ前の段に身をひそめているのではないか——おそらく、性的な興奮をもたらすなんらかの物音を聞きたいという目的で——という想像をしてしまって、息苦しくなる。

けれど、そんな想像も、やはり自分のいかれた不安神経症のせいなのかもしれない。結局キャドウィックは、階下でただのんびりと肘掛け椅子に座り、新聞を読むか、お茶を飲んでいるだけなのかもしれない。そして、階段を忍び足で上がろうとも、ましてやこっそりと賃借人の部屋へ忍び込もうなどとも、夢にも考えていないのかもしれない。

それでも——チェストをドアの前からどける勇気は出なかった。このバリケードが、彼女には必要だった。キャドウィックに対しても、襲いくるかもしれないその他の危険に対しても、そして彼女自身のパニックに対しても。

普通の状態にはまだほど遠いわ、と彼女は思った。

うまく閉まらず、暖気を間違いなく逃がし、寒気はしっかり運んでくる小さな窓のひとつに歩み寄ると、外を眺めた。路地には人の姿はなく、わずかな雪のかけらが宙に舞っている。このあいだの夜と同じだ。ここでは天気は変わらない。いつも寒くて曇っている。この北国では、まだ春のきざしは少しも見られない。

ベッドに横たわると、天井を見つめて、建物のなかの音に耳を傾け、なんの音かを聞き分けようとした。すっかり身体の芯にまで染み込んだ習慣だ。いつも注意を怠らないこと、気を配っていること、自分の置かれた状況を知ること、自制心を保つこと。

いつか、それが生死を分かつことになるかもしれない。

だが、建物はすっかり沈黙に包まれている。その音のない世界で、彼女はいつしか眠りについた。

3

部屋に入ってきた看護師にお客だと告げられて、ジェフリー・ドーソンは面食らった。近郊にはまだかつての友人や知人がたくさん暮らしてはいるが、誰かが訪ねてくることなど滅多にない。最初のうちは、皆がよく顔を出した。事故のあとの二年間は。だがその後、同情的な人間たちの波は、驚くほど急速に引いていった――当然だ。いったい誰が、障害を背負った人間と何時間も同じ部屋で、その辛そうな顔を眺めていたいものか。エレインが姿を消した後、ジェフリーがトーントンの介護施設への引っ越しを余儀なくされたときには、短いあいだではあったが、再びジェフリーへの関心が息を吹き返した。ジェフリーが我が家を失い、介護施設という昔からの悪夢がついに現実になってしまったことを本当にかわいそうだと思う者も、少しはいたようだ。だがジェフリーは、幻想は抱いていなかった。ほとんどの人間は、ただサスペンスを楽しみたかっただけなのだ。エレインの行方不明はかなりの話題になり、多くの者は、メディアからは知ることのできない詳しい情報を、兄のジェフリーから聞き出したいと思っていたのだ。それに、介護施設という刺激的な場所も、皆を楽しませた。長い廊下のぴかぴかに磨かれたリノリウムの床、常につけっぱなしの人工照明、左右に並ぶちっぽけな部屋、そのなかには、ここで人生を過ごすしかない生き物たち。経済的に余裕のある者は、ひとり部屋を望むことができる。だがジェフリーはそうではなかった。彼はふたりの男とひとつ部屋に暮らしている。そのうちひとりは、しょっちゅうわけのわからないことをつぶやいては、同居人たちの神経を死ぬほどまいらせている。

残念なことに、文字どおり「死ぬほど」でしかないのだが。ジェフリーは自殺について、よく徹底的に考える。だが、自力でやってのける方法が思い浮かばない。

いずれにせよ、誰かの訪問はいまや珍しい出来事だ。この五年間、エレインの消息はさっぱりわからず、いまではエレインの運命に対する世間の関心もすっかり薄れている。それに介護施設がいまさら誰かの背中に心地よい刺激を与えることも、ない。どうしてわざわざ時間を割《さ》いてジェフリーに会いに来る必要があるだろう。ジェフリーの運命はもはや変わりようがないのだから、どんな慰めの言葉――またきっとうまく行くようになるよ！――も皮肉にしか聞こえない。いまでもたまに訪ねてくるのは、キングストン・セント・メアリーのヴィクター・ジョーンズくらいだ――それも純粋な同情心から。ジェフリーはこの点について、なんの幻想も抱いていなかった。

「いったい誰？」驚きから少し立ち直ると、ジェフリーは訊いた。

親切な女性看護師が微笑んだ。ジェフリーを訪ねてくる人がいることを、本当に喜んでいるようだ。「ジョーンズ氏とハミルトン夫人という人ですよ」と看護師は言った。「ふたりとも下の休憩室でお待ちです」

なんと、とジェフリーは思った。ジョーンズ兄妹ではないか！　セドリックとロザンナ。もう長いあいだ会っていない。それが突然、こんなところに現われるとは。

ロザンナが結婚してジブラルタルに暮らしていることは知っている。どうして忘れることができるだろう？　エレインがどうしても出かけたいと言って聞かなかったのは、まさにロザンナの結婚式だったではないか。エレインの最後の足跡は、ロンドンのヒースロー空港で終わっている。その後、二度と彼女を見た者はいない。

セドリックのほうは、もう長いあいだニューヨークに暮らしていて、滅多にイギリスには戻ってこない。兄妹がそろってトーントンに現われながら、凶運に見舞われた幼少時代の古い友人を訪ねる以外にましなことを思いつかないとは、不思議なことだ。

一瞬、招かれざる客たちを追い返してほしいと看護師に頼みたいという誘惑に駆られた。よりによってあのふたりとは！　人生の成功者とは言い難いものの、その分恐ろしいほど女性にもてる魅力的なセドリック。そして、ロザンナがエレインを結婚式に招待したことは、決して許す気になれない。

「いや……」とジェフリーは言いかけたが、看護師はすでに車椅子の取っ手をつかんで、力強く回転させていた。

「いやも何もありませんよ！」と看護師は言った。「すぐにおふたりに会ってもらいますからね！」

ジェフリーの顔から、その心中を読み取ったに違いない。

「でも、僕は……」とジェフリーは再び言いかけたが、看護師はすでに車椅子をドアから廊下へと押し出していた。

「この試練は乗り越えないと！」と看護師は言い、突然ジェフリーはそんな彼女に憎しみを覚えた。彼女が自分をあのふたりとの出会いへと導くことに。自分のことを自分で決める権利をこれほど簡単に奪い取ってしまうことに。

それも純粋な善意でやっているんだから始末に悪い、とジェフリーはぐったりと考えた。


ジェフリーは最初、施設の向かい側にあるカフェへ行くことを——正確に言えばそこまで車椅子を押していってもらうことを——拒んだ。だがロザンナが、たいていの看護師と同じように、親切であると同時に強情に言い張った。

「たまには少し新鮮な空気にあたることが必要だと思うわ」と言って、休憩室を見回したのだ。部屋の蛍光灯の下ではどんなに健康な者でさえ病気に見えるし、リノリウム張りの床は、施設中のほかの床同様、古くなった低脂肪乳のような陰気な色だ。窓際には花の鉢植えが置いてあり、壁には患者たちが描いた絵がかけられてはいるが、それでも雰囲気は暗く、この部屋はまさにその名前どおりのものだった——重度身体障害者の介護施設の休憩室。

「ここでもコーヒーは飲めるさ」とジェフリーは言った。「それに、もし食べたければ、ケーキを買ってくればいいし……」

だが、居心地が悪いと思っているのがありありと顔に出ているセドリックは、すでに立ち上がっており、「いい考えだ」と言った。「ロザンナの言うとおりだよ、ジェフ。たまには外に出ないと！」

こうして三人はいまカフェに座って、カップの中身をかき回しながら、全員が気まずい思いをしていた。ジェフリーは、少なくとも両腕を自由に動かすことができ、テーブルと膝にぼろぼろと屑《くず》がこぼれはしても、とにかく自分ひとりで飲食ができることを、創造主に感謝した。施設にはそうでない者もいる。頸髄損傷患者たちは、ほとんど何ひとつ自分ではできず、赤ん坊のように食べさせてもらわなくてはならない。だが、自分だったらそんなことはさせない。もし自分がそんな状態だったら、きっと手足をばたつかせてこの馬鹿ばかしい外出を拒否しただろう。

手足をばたつかせて——ジェフリーは自分にはそれすらできないことを思い出し、思わず笑ってしまうところだった。そこであまりの悲しみに襲われなければ。

セドリックが、少しニューヨークのことを話した。その姿があまりに健康的で、力強く、魅力的なので、つい何度も横目でちらちらと見てしまう。だがセドリックの話し方は朗《ほが》らかでくったくがないとは言い難く、どこかぎごちなかった。ほかの健康な人間たちも同じようになるのを、これまでさんざん見てきた。皆、雰囲気を明るくしようと努めるのだが、相手にとっては永遠に不可能な生活の話をしているのだという自覚があるため、自分たちの日常を描写しながらも、聞いている相手をあまり気落ちさせてはならないというジレンマに陥って苦労するのだ。ジェフリーにはいつも、彼らが自分に同情していること、そして実際にはこの場から遠く離れたいと思っていることが手に取るようにわかる。そしてそんな状況を、どれほど憎んでいることか！　結局、訪問などないほうがずっといいのだ。

「僕が間違ってなければ、たしか写真家のところで働いてるんだったよな？」と、ジェフリーは礼儀正しく質問した。別に関心があるわけではないが……。

セドリックがうなずいた。「うん、写真の勉強をしたんだ。いつか自分のスタジオを開けるといいなと思ってる」

「結婚は？　子供は？」

「短い情事ばっかりだよ。まだふさわしい相手にはめぐり合ってない」とセドリックが言った。そして、多少の自己批判を込めて、こう付け加える。「たぶん、原因は僕のほうにあるんだろうな。もう三十八歳だよ。家庭に関しちゃ、とっくにちゃんと地に足をつけてなきゃならないはずなのに。何かが間違ってるんだろうな。男と女のあいだがうまく行かない理由はいくらでもあるし」

「確かに」と、ジェフリーはかみつくように言った。「いくらでもあるよな。たとえば、男のほうがひとりで歩くことも、クソをすることも、小便することも、ましてやセックスすることもできないってのも、ひとつの理由になり得るし。いや、これは本当に、パートナーの選択肢をひどく狭めるもんだぞ！」

ロザンナとセドリックが当惑した顔をしたので、一瞬ジェフリーはうれしくなった。周りにショックを与えるのは、ときに楽しいものだ。特にこのジョーンズ兄妹のように、恥知らずなほど運に恵まれた人間たちに対しては。だがジェフリーは経験から、この小さな勝利感がほんの束の間のものでしかないことを知っていた。いずれにせよ、本物の勝利ではないのだ。何しろ、事態は何ひとつ変わらないのだから——相手は健康なまま、そしてジェフリーは病気のまま。

セドリックがケーキをつつきながら、こっそりと腕時計を盗み見る一方で、ロザンナのほうが背筋を伸ばした。そして、どことなく……攻撃に転じるかのような姿勢を取った。何か具体的に言いたいことがあるようだ。おそらく不愉快なことだろう。だが少なくとも、このぎごちない世間話を終わらせることはできる。

「ジェフリー、私がイギリスに来たのには、もちろん父の誕生日を別にすればだけど、特別な理由があるの」とロザンナが切り出した。「それで、あなたとちょっと話したいんだけど……」

「なに？」

ロザンナはためらっていたが、「エレインのことなの」と、ついに言った。

ジェフリーは深く息を吸って、吐いた。最初から不愉快な話題だとわかっていたではないか。

「エレインの？」

「正確に言うと、『カヴァー』誌に執筆を依頼された連載のことなの。知ってるでしょ、あの……」

「知ってるよ。あのかなり派手なゴシップ雑誌だろ。君が前に働いてた」

ロザンナが挑発されたと感じると強情になることはわかっていた。普通なら、馬鹿にするようなことを言われたら、ロザンナは反論する。だがジェフリーとは争いたくないと思っているようだ。障害者に対しては、誰もが嫌になるほど礼儀正しい。

「痕跡を残さずに消えてしまった人間たちについての連載を依頼されてるの。そして、エレインから始めてほしいって言われてる」

「へえ」自分をひっぱたきたいほどだったが、この話題には身体が自然に反応した。鼓動が速まり、口が渇き、掌に汗がにじんだ。いまだに。五年もたったというのに。

「ニック——編集長の名前だけど——が私を選んだのは、エレインを個人的に知っていたかららしいの。私、できればこの仕事を受けたいと思ってる」

「受ければいいじゃないか。別に僕の許可はいらないだろう」

「確かに。でもあなたは、エレインについて私と話すことを拒否することはできるわ。もしそうでも、気持ちは理解できる」

「本当に？　いったい何を書くつもりだ？　わかっていることはすべてもう公表されてる。新しい情報はない。いったいなんのための記事だよ？」

「当時の出来事を、もう一度まとめることになってるの。ヒースローで、あの晩何があったのか。記事では、警察の捜査に光を当てて、それから少しエレインについても描写することになってるの。エレインという人について。とにかく……」と、ロザンナは少し困ったように肩をすくめた。「とにかく、背景がわからないままになっている不可思議な出来事についての記事なのよ」

「みんなが大喜びで読みたがるような、だろ。わかってるさ！」ジェフリーは、ほとんど手をつけていないケーキの皿を押しやった。目の端に、居心地の悪さに身悶えせんばかりのセドリックが映った。ロザンナもまた、いつもの自信を失ったようだ。このふたりには当然の報いだ。

「どうだろう」とジェフリーは言った。「エレインのことを話すよ。それから、エレインを結婚式に呼ぶなんていう、君のいかれた思いつきのことも話す。それに、ここでの僕の惨めな暮らしのことも話そう。たったひとりで残されたかわいそうな障害者の兄なんて、『カヴァー』の読者が大喜びするテーマだもんな。なんでも話してやるよ。その代わり、こっちにも要求がある。君の記事で、マーク・リーヴをもう一度きっちりと吊るし上げてほしい。あいつをもう一度、世間の餌食《えじき》にしてやってほしい。あいつにもう一度、悪夢を見せてやるんだ。近所の人間に後ろ指を指され、いまいましい依頼人が最後のひとりまで逃げ出すように。それが僕の条件だ。飲めないんなら、僕からは何ひとつ聞き出せない。ひとことたりとも！」

ロザンナはすっかり混乱しているようだった。「マーク・リーヴ？」

「マーク・リーヴ」とジェフリーは繰り返した。「あの夜、エレインを家に誘い込んだ男だ。あいつがエレインを殺したんだよ、ロザンナ。ただ証拠がないだけで。マーク・リーヴが僕の妹を殺して、僕の人生をめちゃくちゃにしたんだ。僕がこんな惨めな障害者でさえなければ、とっくにあいつに復讐してる。誓ってもいい。あいつを叩きのめしてくれ、ロザンナ。そのためなら、僕はいくらでも力になる！」

ロザンナがその大きな瞳で、考え込むように見つめてきた。

二月十一日月曜日

1

アンジェラ・ビッグスは、自分の望みをよく知っていた。イズリントンのこのみすぼらしい福祉住宅を出て、もっとましな生活をしたい。この先まだ何年も、八十平米の息詰まるような狭い空間に、両親と三人の弟、妹ひとりと一緒に暮らす気は毛頭なかった。アンジェラはちっぽけな部屋を妹と分け合っている。三人の弟たちは、少し大きめの部屋にベッドを並べて寝ている。両親は夜になると居間のソファの背もたれを倒してベッドにする。父はたまに仕事を見つけるが、たいていは働いていない。母は早朝から酒を飲むようになって久しい。いちばん上の弟は最近、ほかの少年たちと一緒に酒屋に泥棒に入って、警察に伴われて家に帰ってきた。アンジェラの妹で十六歳のリンダは、数か月前から何ポンドもありそうな化粧品を顔に塗りたくり、はいていないも同然の短いスカートをはくようになった。そのせいで父と喧嘩になった。三日前のことだ。

「そんな格好で家から出すわけにはいかんぞ!」デニムのミニスカートと膝上まであるブーツで出かけようとしたリンダに、父がそう怒鳴ったのだった。

「もう、いったい何よ?」と、リンダも怒鳴り返した。「周りを見てよ! いまはみんな、こういう格好でしょ！」

　もちろんリンダの言うことは間違いだと、アンジェラにはわかっていた。若い娘たちの多くは、確かにとてもセクシーな格好をしているが、リンダほどけばけばしく派手な服を着てはいない。リンダは化粧のしすぎでほとんど目の形もわからなくなっているし、鉛筆の先端のように細いブーツのヒールは、恐ろしいほど高い。スカートはお尻さえほとんど隠していない。だが、今回もアンジェラの目を引いたのは、その服の品質だった。デザインは安っぽいかもしれないが、服自体は決して安くなかったはずだ。よりよい生活を夢見て、よくハロッズの高級服売り場を歩き回り、こっそりと高価な生地に触れては目に焼きつけているアンジェラには、少しばかり知識がある。品物にどれほどの価値があるかを測る目を養ってきたのだ。高校を中退し、職業実習も投げ出し、自動車修理工場の事務所での仕事も辞めたあと失業中のリンダが、こんな服を買うお金をどうやって工面しているのか、アンジェラには謎だった。

　リンダに訊いてみようと思っていたが、結局訊けないまま今日にいたる。というのも、あの晩の父との喧嘩はエスカレートし、彼らが暮らす福祉住宅棟の住民全員にも一言一句漏らさず聞こえるほどの激しい口論の末、父がこう怒鳴ったのだ。「そんな格好のおまえをこの家で見るのはもうごめんだ！　この娼婦が！」

「どんな格好だろうが、私を見ることはもう二度とないからね！」とリンダが怒鳴り返し、ドアを叩きつけて家を出ていった。

　そしてそれ以来、戻ってこないのだ。三日前の夜から、リンダのベッドは空っぽのままだ。

最初の二晩は、リンダは元恋人のところへ行ったのだろうと、皆が考えていた。半年前に別れたのだが、いまだに仲はよさそうだし、その後も二、三度、リンダは彼のところに泊まったことがある。だが日曜日に、アンジェラは偶然バス停で、ほかの少年たちとたむろしてビール缶を蹴っているその元恋人に出くわした。そこでリンダのことを訊いてみたが、彼は驚いてアンジェラを見つめるばかりだった。「リンダ？　俺のところにはいないよ。もう長いあいだ会ってない」

アンジェラは家に帰ってそれを伝えたが、最初のうちは誰も大騒ぎしなかった。

「それなら別の男のところにいるんだろ」と、父がうなるように言った。「いつだってどこかの男といちゃついてるじゃないか。ちやほやしてくれる男なしでは生きられないやつなんだよ！」

いまは月曜日の朝で、アンジェラは起きるとすぐに、もうひとつのベッドに目をやった。リンダが夜のあいだに戻ってきていて、最近輝くようなプラチナブロンドに染めた長い髪が枕の上に見えるんじゃないかという淡い期待を抱いて。だがベッドは空っぽで、アンジェラはだんだんおかしいと思い始めた。急に変な気持ちになった。

アンジェラは起き上がり、狭い廊下に出た。ちょうど母のサリーが、前夜に飲んだビールのせいでむくんだ顔で、息子たちをベッドから叩き出し、学校へ行くようにと言い聞かせているところだ。父のゴードンは台所のテーブルに座って、新聞を読んでいる。アンジェラは父の隣に腰掛けた。

「リンダがまだ帰ってこないのよ」と言う。

父は目を上げなかった。「それがどうした？　どこかで適切な服装ってのがどういうものかを考えてるんだろ。それがあいつのためだ」

「でも、ずっとどこに泊まってるのよ？　外は寒いのよ。公園に寝泊りするわけにはいかないでしょう」

「昨日言っただろう。男のところにいるんだよ。いまじゃロンドンじゅうのほとんどの男と寝てるんだから、家に泊めてくれるやつだってひとりくらいはいるだろうさ」

母のサリーが台所にやって来て、うめきながら隅の古いスツールに腰をおろした。そして煙草に火をつけ、深く吸い込む。

「あいつら全員、無事に学校を卒業させたら」あいつらというのは三人の息子のことだ。「蠟燭に火をともして教会に供えるよ。誓ってもいい」

父ゴードンは笑ったが、サリーは本気だった。「ほんとだよ。絶対にそうする。あいつらは私の神経をくたくたにするんだから」

浴室から乱暴な怒鳴り声が聞こえてきた。弟たちがシャワーの順番をめぐって殴り合いをしているようだ。

サリーはあたりを見回した。「リンダはどこ？」

「ちょうどそれを、父さんと話そうとしてたところなのよ」とアンジェラは言った。「まだ帰ってきてないの。だんだん心配になってきたわ」

「私も心配だね」とサリーが言った。「もう三日だよ！　なんてこと！　私の若い頃には考えられなかったね！　十六歳だよ！」

「おまえが甘やかしすぎたんだ！」と、父がうなるように言った。「なんでも許してやって。あいつが一流のあばずれになったのも不思議じゃないさ」

「私の娘はあばずれじゃないよ！」

「へえ、違うのか？　ここ最近のあいつを、よく見てみたことがあるか？　あいつがどんな格好でうろついてるかを？　もうおまえのかわいい小さな女の子じゃないんだ！」

「あの子は十六なんだよ！　いったい何を期待してるのさ？」

「少しわきまえてほしいだけだ！　行儀よくしてほしいんだよ！　せめて親の前でくらいはな！　勝手に飛び出していって、何日も戻らないなんて、いったいどういう了見なんだ！」

「リンダをもうこの家では見たくないって言ったのは、父さんでしょ」とアンジェラは言った。父がついに新聞を下ろした。「あんな格好のリンダは見たくないって言ったんだ。普通の服を着て、あんな化け物みたいな化粧をしなきゃ、また戻ってきていいさ！」

「リンダの服がかなりの高級品だってこと、気づいてた？」とアンジェラは訊いた。

両親がじっと見つめてきた。

「高級品？」とサリーが訊き返す。

「あいつの服なんて、着てないほうがましなくらいのもんじゃないか」と父が言う。「あんなものが、どうして高級品なんだ？」

「高い生地なのよ。高い店の。どうやって払ったのかしら」

「よし、もし盗んだってことがわかったら……」と父が脅すような顔で言いかけたが、母がすぐに口を挟んだ。「あの子はそんなことしない！　私の子供たちは、泥棒じゃない！」

「へえ、違うってのか？　つい最近も警察が家に来たばかりだがな。おまえの息子が……」

「あの子は友達に引き入れられたの。悪い友達がいるのよ。自分から進んでなんて……ああ、もう飲まなきゃやってられないわ！」母はこの機会を、今日最初の酒を飲む口実に利用した。

「金持ちの男を最近見つけたのかもしれんぞ」と父が言った。「そいつがあいつにいい服をプレゼントしてるのかも。だとしたら、あいつにも少しは理性ってもんがあるんだな。このあいだの男は、イズリントンきっての負け犬だったからな。あの男とつき合い続けてたら、頭がおかしいとしか思えないところだ」

酒のにおいが台所じゅうに漂った。サリーはグラスになみなみと注いで、またスツールに戻ってきた。「どうして。あの子は私に似てるのかもよ」と、口を尖らせて言う。「負け犬をつかまえるって点にかけちゃね！」

父が新聞を床に叩きつけた。そして細めた目で妻をにらみつける。「どういう意味だ？」

サリーはまだ酔ってはいなかったため、恐怖を感じたらしく、「別に」と答えた。

アンジェラは絶望した。両親はまたしても酒と喧嘩に移行しそうだ。すぐに、もう話しかけても意味はなくなるだろう。

「もしリンダに何かあったんだったらどうする？」とアンジェラは訊いた。「だから家に帰ってこられないんだとしたら?」

「何があったって言うんだよ?」と父が訊き返した。「いま頃どこかの男とベッドのなかで、よろしくやってるんだろう。いつかひょっこり戻ってくるさ。まあ見てろって!」

「でも、アンジェラの言うとおりよ」と母が言った。「まだ十六歳なのに、もう三日も家に帰ってきてないんだよ」

「へえ、それで、俺にどうしろって言うんだ?」と父が訊いた。「探しに行けとでも言うのか、え?」

「警察に届けるべきよ」とアンジェラは言った。「リンダは未成年で、行方不明になったのよ。ここ最近は羽振りがよくて、なのにその理由はわからない。そりゃ、もちろん全部なんでもないことなのかもしれないけど、でも……」最後までは言えなかった。両親の顔がゆっくりとこわばっていくのが、はっきりと見えたからだ。イズリントンのこの地域では、特にこの福祉住宅地区では、誰もが警察とはなるべく関わり合いになりたくないと思っている。決して、警察がこの地域には滅多にやって来ないというわけではない。ほとんどどの家庭でも、感心するほど定期的に暴力沙汰があり、危険な状態にまで発展すると、近所の誰かが匿名で警察を呼ぶことはしょっちゅうだ。このあたりに住む少年少女たちも、繰り返し犯罪に巻き込まれる。失業率は高く、酒の消費量はその上を行く。ほとんどどの家庭にも、なんらかの犯罪行為に関わっている者が少なくともひとりはいる。それもあって、どうしてもやむを得ない理由がない限り、警察を訪ねたり呼んだりすることなど、誰も思いつかない。そもそも警官は敵だ。ただときたま必要になるだけだ。

「あいつに愛人がいるってだけでか」と父が言った。

「そんなことしたら、リンダが困ったことになるかも」と母も父に賛成した。グラスの酒はほとんど飲み干してしまっている。そろそろ次の一杯を注ぐ頃だ。

今日はもう両親の協力は期待できないと、アンジェラにはわかった。それに、確かに両親の言うとおりかもしれない。リンダには新しい恋人がいるのだ。気前よく贈り物をして、リンダが父と喧嘩した後には家に泊めてやる恋人が。警察に居所を探させたりしたら、リンダはきっとものすごく怒るだろう。でも……アンジェラは嫌な気持ちを抑えられなかった。自分でも説明がつかない。妹のことはよく知っている。何日か姿をくらまして、家族に心配をかけるくらいのことは、平気でする子だ。だが心のなかのもうひとつの声が、何かがおかしいと告げていた。論理的な理由はない。それは単なる勘で、こういう状況に陥った場合の大半の人と同じように、アンジェラもまた、そんな勘には大いに不信感を持っていた。

それでも、午後には警察に行ってみよう。造園会社での仕事は四時半に終わる。そのあと、リンダの失踪を届けに行くのだ。

もしこの不安な気持ちが間違っていたとわかれば、心から安堵できる。

2

「そうだ」とニック・サイモンが言った。「もちろんマーク・リーヴには絶対に会わないと、ロザンナ。ただ、リーヴを吊るし上げるべきかどうかはまた別の話だがね。僕の意見では、あの男はエレインの失踪とは関係ない。なのにひどい目に遭った」

ふたりはいま、ロンドンのインド料理店にいて——ロザンナのかつてのお気に入りの店で、ニックがそれを覚えていてくれたことは、ロザンナを喜ばせ、感動させた——ちょうどジェフリー・ドーソンとの対話について報告したところだ。マーク・リーヴに対するジェフリーの憤怒に満ちた攻撃のことも話した。ロザンナにこの仕事を引き受けさせることができてニックがどれほど喜んでいるかは、その顔にありありと表われていた。エレイン・ドーソンに関しては、ロザンナはほかの誰よりも事件の素材に近いところにいる。

ロザンナのほうもうれしかった。ロンドンにいること、たくさんのジャーナリストが昼食をとっているレストランにいることがうれしかった。すでにかつての同業者を何人か見つけ、うれしい再会の挨拶を交わしていた。周りの雰囲気は、活力と慌ただしさと興奮に満ち満ちている。大急ぎで食事しながら情報交換し、すぐにまた今日の予定を消化するために急いで店を出ていく、仕事をする人間たち。

かつてはそれがロザンナの世界だった。日常だった。それが普通だった。いまになって初めて、自分がどれほどそういう生活をなつかしく思っていたかがわかった。毎日どれほど閉塞感を抱き、退屈を感じていたかを。セドリックが言ったように、不満が顔に表われているだろうか？　ニックは何も言わなかった。だが、かつてしょっちゅう言ってくれたようなお世辞も言わなかった。

突然ロザンナは、軽いパニックを感じながら、本当に顔に表われているんだろうかと考えた。でも、何が？　というのが、次に来た必然的な問いだった。不幸な人生？　不幸な結婚生活？　思うようにいかない色々なこと？

そんなことを考えてる場合じゃない、と思った。後から考えよう。いまは駄目。ニックと会話とに意識を集中させる。この仕事を受けよう。そして素晴らしい成果を出すために努力しよう。

「マーク・リーヴ」とロザンナは繰り返した。「エレインに会い、エレインと話した最後の人間。当時、どうしてリーヴを見つけることができたの？　もしかして、自分から警察に連絡してきたんじゃなかった？」

結婚式のあとの数週間に具体的に何があったのか、ロザンナにはもう思い出せなかった。もちろん、すでにジブラルタルに住んでいて、事件とは遠く離れていたせいでもある。メディアがこの事件について報じた内容は、電話で母が教えてくれた。当時警察がひとりの男性に、エレインの失踪に関連して事情聴取をしたこと、だがその男性には違法行為は何ひとつ認められなかったことは知っていた。だがそれ以上の詳しいことは知らなかった。

「僕の覚えてる限りでは」とニックが言った。「近所の人間から通報があったってことだった。でもほとんど同時に、リーヴ本人も連絡してきたんだ。うちの資料室から、当時の新聞のコピーを持ってきたよ。君がもう一度全部読めるように。エレインの写真が『デイリー・ミラー』

に載って、すぐにあちこちから電話があった。こういう事件の場合はいつもそうだがね。エレインをスコットランドで見たってやつもいれば、同時期にランズエンドで見たってやつもいて、また別の誰かは、一週間前にハイヒール姿でパリの街角に立って客を引いてたって言い張る。そういう類《たぐい》の電話さ、わかるだろ？　だけどそのなかで、信憑性が高くて、お互いに矛盾しない電話が二件あった。それがマーク・リーヴの近所の人間のものと、リーヴ自身のものだ。隣人は、エレインがあの霧の夜にリーヴと一緒に彼の家に入っていくのを見た。そしてリーヴ自身もそれを認めた。ヒースローで偶然エレインにぶつかって、一晩客間に泊まればいいって申し出たんだ。空港は麻痺状態で、何千人もの旅行者が足止めを食らってた。ホテルの部屋が取れる可能性はまずないから、空港ホールで夜明かしする方向にみんな動いてた。エレインがリーヴの申し出を受けたのも、不思議じゃないのかもしれない。リーヴは、誓って次の日の早朝にエレインを地下鉄のスローン・スクエア駅まで送っていったと言っている。エレインはそこからもう一度ヒースローへ行って、なんとかジブラルタルにたどり着くつもりだったってね。駅までの道でふたりを見た者はいないが、それも不思議じゃない。なんといってもまだ暗い時間だったし、おまけに霧も出ていたから。そして、リーヴがそうしなかったという証拠は何も出てこなかった。結局エレインの足跡は……消えてしまったんだ」

「それでも、足跡には違いないわ」とロザンナは言った。「最後の、ね。でも、どうしてジェフリー・ドーソンは、マーク・リーヴが妹を殺したんだって、固く信じ込んでるのかしら？　何かほかに理由があるの？」

ニックは首を振った。「いや、ないね。もちろん、見ず知らずの若い女を、一晩自宅に泊めてやろうと誘うなんて、それだけでこの上なく疑わしいっていうんなら別だがね。ただ、別の見方をすれば、本当にただの親切心から、なんの下心もなく言ったことなのかもしれないし。新聞にはリーヴのことが色々書かれたよ。それを読む限りじゃ、殺人鬼だの強姦魔だの、そういった類の人間だとはとても思えない。当時のリーヴは有名な弁護士で、ロンドンでも最も格の高い弁護士事務所のひとつに移って輝かしいキャリアを積もうってところだった。金と成功。見た目もいい。女を家にわざわざ誘い込む必要なんてまったくない男だ。どっちかといえば、まとわりついてくる女たちを追っ払うほうに苦労してただろうと思うね。たぶんジェフリー・ドーソンは、犯人を必要としてたんだろう。で、リーヴがちょうどぴったりだってわけだ。実際、犯人を必要とする人間は多かったんだ」

「たとえば？」

「まず何よりもメディア。もちろん、ドーソンとは違った意味でね。リーヴのことを警察に通報した隣人が、メディアにもしゃべったんだ。たぶんただの目立ちたがり屋だろう。それともリーヴに何か恨みでもあったのか、そこはわからない。いずれにせよ、もしあの隣人があれほど大騒ぎしなければ、事件はあまり一般の関心を引かないまま忘れられただろうと思うね。まあその隣人も、復讐に燃えるジェフリー・ドーソンには熱烈に支持されたわけだが。それに、新聞っていうのがどんなものか、知ってるだろう――もちろん、僕自身のことも、『カヴァー』のことも、例外だとは思ってないよ――とにかくストーリーが必要なんだ。常に。エレインが行方不明になっただけなら、別にどうということはなかった。子供なら別だが、成人女性の失踪なんて……ま、単に恋人と駆け落ちしたとか、そんなことかもしれないじゃないか！　そこで、世間はリーヴを袋叩きにしたってわけだ。エレインにヒースローで話しかけ、家へ連れ帰った男。その直後に、エレインは忽然と姿を消す。ここからならストーリーが作れそうだってわけで、実際徹底的に作ったんだよ。リーヴはすっかり泥のなかを引きずりまわされることになった。リーヴに不利な証拠は結局何ひとつ見つからなかったっていう事実も、彼を本当に救うことにはならなかった」

ロザンナは眉をひそめた。「さっき、リーヴはひどい目に遭ったって言ったわよね？」

「世間の疑いが晴れなかったんだ。無実を証明された男じゃなくて、罪が証明されなかった男だと見られた——これは非常に大きな違いだ。まず、格式高い弁護士事務所でのキャリアはおじゃんだ。依頼人もいなくなった。それまでアソシエートとして働いていた事務所にも、もういられなくなった。たしか、独立したんだと思う。たぶん自分の事務所を設立して、いまじゃまたうまくやってるだろうさ。つまり、もう世間もリーヴのことを疑いの目で見たり、後ろ指をさしたりはしないってことだ。でも、あの事件はリーヴのキャリアに大きな傷をつけた。その傷を、リーヴはまだ完治させていない。リーヴは本当に無実だという前提で考えれば、もちろん悲劇さ」

「結婚はしてるの？」

「離婚した。再婚したかどうかは知らない。エレインの事件があった頃、リーヴはちょうど離婚調停中だった。妻はすでに息子を連れて家を出ていた。それもまた、メディアで不利な材料に使われたんだ。どうして妻はリーヴのもとを去ったのか？　このことはリーヴのどんな人間性を表わしているか？」ニックは首を振った。「もちろん、馬鹿ばかしい話さ。夫婦のあいだがどうしてうまく行かなくなったのかなんて、誰にもわからない。そんなこと、しょっちゅうあることだ。結婚生活に失敗したからって、すぐに犯罪者予備軍になるっていうなら……おお、神よ、我を守りたまえ！」ニックがにやりと笑った。ロザンナも笑顔を返した。ニックにすでに三回の離婚歴があることは知っている。

「リーヴの住所はわかる？」とロザンナは訊いた。

「事務所の電話番号ならわかる。ちなみに、もう当時の住所には暮らしていない。僕の知る限りじゃ、離婚後、小さいアパートに引っ越したらしい。リーヴに連絡を取るために必要な情報は、この新聞記事のファイルに入ってる。ロザンナ」ここでニックは、真剣な目でロザンナを見つめた。「僕がこの連載をどうしても君にやってもらいたいと思ってたことは知ってるだろう。特にエレイン・ドーソンと個人的につながりがあるっていうのが理由だ。でも、ドーソン事件は連載の第一話目にすぎないことは、忘れないでくれ。あまりこの事件だけに没頭しすぎるな。ほかにも手がけなきゃならない事件はたくさんあるんだ。それから、この連載の目的は、謎を解くことじゃない。ただ、当時の出来事をもう一度おさらいして、事件がほかの人間たちにどんな影響を与えたかを描写することなんだ。ドーソン事件では、興味深い登場人物は間違いなく、介護施設に移された兄と、キャリアを棒に振った弁護士のふたりだ。それ以上のことを、君が知る必要はないんだ」

ロザンナはうなずいた。「この仕事、受けるわ、ニック。喜んで」と言う。「でも急に、思ってたよりも気持ちのうえで辛くなりそうだって気がしてきた。キングストン・セント・メアリーに戻って、トーントンのジェフリーに会ったとき――急に、たくさんの光景が目に浮かんできたの。昔の光景。私たち子供はいつも集団で、そこらじゅうを走り回って遊んでたのよ。兄のセドリックとジェフリーは大の親友で、同時に私たち全員のリーダーだった。何をして遊ぶかを決めて、指示を下した。エレインは私よりもずっと年下だったから、個人的にそれほど仲がよかったわけではないけど、それでも仲間のひとりだった。なんて言うか……エレインは、私の子供時代の一部だったのよ。だから、エレインがどうなったのか、心から知りたいと思うわ」

「気持ちはわかるよ」とニックが言った。「でもその考えに凝《こ》り固まっちゃ駄目だ。君が真相を探り出すことはない。警察だってなんの痕跡も見つけられなかったんだ。おまけにいまでは、もう五年もたっている。ときには、解けないままの謎を抱えて生きていかなきゃならないもんだよ」

「難しいわね」

「君ならできるよ」ニックは楽観的にそう言うと、ウェイターを手招きした。「デスクに戻らなきゃ。君はこれからまずどうする？」

「ホテルに戻って、夫に電話するわ。仕事を受けるから、イギリス滞在が長くなるって伝えないと」

「君の顔から想像するに、きっと難しい会話になりそうなんだな」

「夫は私に、ジブラルタルの家に戻ってきてほしいと思ってるから」

「僕に言わせてもらえば、それは有能な人材の無駄遣いだ。君はいいジャーナリストだった」

ロザンナは微笑んだ。「今回も失望はさせないわ、ニック。きっと私の仕事に満足してもらえると思う。約束するわ」ニックがテーブル越しに差し出した新聞記事を入れたクリアファイルを受け取る。いちばん上には、マーク・リーヴの名前と電話番号を書いたメモ用紙があった。

「これがその次に電話する先」とロザンナは言った。「マーク・リーヴ。単独インタビューの約束を取りつけられるよう、やってみる。会うのが楽しみ」

「僕のほうは、君がこの男についてどんな報告を上げるかが楽しみだ」とニックが言った。そして、勘定書の横に札を何枚か置くと、立ち上がり、テーブルの上にかがみ込むようにしてロザンナの左右の頬にキスをした。「じゃあまた。協力や支援が必要だったら電話してくれ!」

ロザンナはニックの後ろ姿を見送りながら思った――デニスとの電話を無事に済ませることさえできれば!

3

サリーはあまりに酔っていて、警官とまともに話せる状態ではなかった。一方、基本的に暗くなってからしか飲まないゴードンは、まだ意識がはっきりとしており、それゆえ、アンジェラが勝手に警察に行ったことにかんかんだった。アンジェラはいま、ふたりの警官と一緒に自宅アパートの玄関ドアの前に立って、できれば遠くへ行ってしまいたいと願っていた。妹の失踪を届け出たら、そのまま家へ帰れると思っていた。だが警察は、どうしても両親と話をしなくてはと言い張った。二人の警官がバーンズ巡査とカーリー巡査と名乗り、アンジェラを車で家まで送って、一緒に住居まで上がってきた。父の表情から、よくないことが起こるのがわかった。父は激怒している。きっと後からひどく叱られるだろう。

「娘さんのリンダさんが、先週の金曜日から行方不明だそうですが、そのとおりですか？」と、ふたりの巡査のうち年長のバーンズが訊いた。「少なくとも、アンジェラさんが派出所にそう届けてきたのですが」

「行方不明か。行方不明って、いったいどういう意味だ？」と父がうなるように言った。「どっかの男のところにいるんだ。いつものことだ」

「いつものこと？　娘さんは、しょっちゅうそんなに長く家を空けるんですか？」

「これほど長くってことはなかったが」と、父もしぶしぶ認めざるを得なかった。

「入ってもかまいませんか？」とカーリーが訊いた。「廊下で立ち話することもないでしょう」

父はふたりの警官を台所に案内した。母サリーがテーブルの前に座って、蒸留酒の瓶を前に、じっと壁を見つめている。

「あら……お、お客さん」と、ろれつの回らない舌で母が言った。

「お嬢さんが泊まっているのは、どの男のところか、わかりますか？」とバーンズが訊いた。

ゴードンは嘲《あざけ》るように手をひらひらと振った。「娘が関係を持ってる男どもの全員を知ってるわけじゃないんでね」と言う。「だいたい、そんなこと不可能だ。今日はこいつ、明日はあいつって具合で。そういうやつなんだ。あばずれなんだよ。残念ながらね」

「わ、私の娘は、あ、あばずれなんかじゃ……」と母が口を開いたが、途中でなんの話だったかわからなくなったようで、また口を閉じた。

バーンズはそれでも、サリーに話しかけてみた。「お嬢さんがどこにいるか、やっぱりわかりませんか、奥さん？」

サリーは眉間に皺を寄せ、必死で考え込むような目つきになったが、何も言わなかった。バーンズが溜息をついた。

「アンジェラ・ビッグスさんは、妹さんがここ最近明らかに、以前より経済的に潤《うるお》っていたとおっしゃっています」とバーンズが再び口を開いた。「特に、服装にそれがよく表われていたそうです。お嬢さんが急にどこからお金を手に入れたのか、わかりませんか？」

「知らんね」とゴードンが言った。「まったくわからんよ。仕事からじゃないことだけは間違いないが。何しろ、あいつは働いてないからな。たぶん、ついにまともな男と寝ることにしたんだろ。金のある男と。それ以外には考えられん」

「お嬢さんが金曜日に家を出る前に、喧嘩なさったということでしたが？」とバーンズが尋ねた。

父がアンジェラを怒りの視線で射抜いた。「正確には喧嘩とまでは言えんよ」と、なんとかことを穏やかに見せようと試みる。

「もう家には帰ってこなくていい……ちゃんとした服装をするまでは、というようなことをおっしゃったとか？」

「あいつの格好を見たらわかる！　まるで娼婦だ！　十六歳の娘を、あんな格好でうろつかせるわけにはいかないんだ！　本当にひどい格好だったんだぞ！」

「それでも、そんな格好でうろつくことを、止めなかったんですね」とバーンズが言った。「逆に、出ていけと言った。もしかしてリンダさんは、家に戻る勇気が出ないのかもしれませんね？」

「あいつが？　あいつはどんなものにも怖気づいたりしない。絶対に確かだ。あいつはなんでもやってのける。家に帰ってこないとしても、俺のせいじゃない」

「じゃあ、誰のせいだと……？」

「知らんよ。言っただろう。男のところにいるんだ。賭けてもいい！」

「それでも、捜索願を出すことをお勧めします」とバーンズが言った。「娘さんはまだ十六歳です。親に居場所も知らせずに、何日も家を空けるのはよくありません」

「なんだ、アンジェラがもう出したんじゃ……」

「親権者でなければ駄目なんです」

「わかったよ」とゴードンがうなった。「じゃ、何をすればいいんだ？」

カーリーが一枚の書類とペンを取り出して、勧められもしないのに、すっかり心ここにあらずのサリーの前にあるテーブルを挟んで向かい側の椅子に腰をおろした。

「娘さんに関する情報が必要です。名前、生年月日、年齢、身長、髪の色など。行方不明になった日には、何を着ていましたか？　それから、娘さんの写真があれば役に立つんですが」

「馬鹿ばかしい」とゴードンはつぶやいたが、もうひとつの椅子を引っ張ってきて、腰をおろした。

「さて、リンダ・ビッグス、と」と書き始める。「十六歳、一九九一年十二月八日生まれ、金色に染めた髪……」

アンジェラの喉が、不安で締めつけられた。突然の出来事だった。きっとこの状況のせいに違いない。汚れた台所の散らかったテーブルの前に座って、リンダの存在を書類一枚にまとめてしまう警官たちのせいだ。リンダは行方不明なのだ。

妹は行方不明なんだ。

神様、どうかただの家出でありますように、と、アンジェラは心のなかで祈った。普段は決して祈ったりしないアンジェラが。

だがどういうわけか、ただの家出だとはとても思えなかった。

4

窓の外では、低く垂れ込めた、ほとんど炭のように暗い灰色の空から、地面に向かって雪が激しく舞っている。だが雪は積もることなく、アスファルトの道路に触れるやいなや溶けていく。夕方のロンドンのラッシュアワーのなかをじりじりと進む車はどれも、激しい吹雪のなかでもなんとか視界を保とうと、ワイパーを最速で動かしている。街の光景は灰色で陰鬱だ。ロンドンの街中には、まだ春も腰をすえるにいたっていないようだ。

ロザンナは窓から離れて、これから二週間暮らすことになるホテルの部屋を眺めた。ニックは費用を惜しまなかった。ヒルトン・オン・パークレーン。印象的な高層の建物で、ハイドパークに面している。部屋は広々として豪華だ。幅の広いベッド、趣味のいいソファセット、テレビ、ミニバー、マホガニー張りのウォークイン・クローゼット。大理石のタイルを張ったバスルーム。部屋には大きな書き物机もあり、パソコン用のインターネット環境も整っていた。快適な環境での徹底的かつ能率的な仕事は約束されたようなものだ。

ドアにノックの音がして、セドリックが入ってきた。かつての友人や知人を訪問することを第一の目的としたロンドン滞在のために、妹のすぐ隣の部屋を借りたのだ。それがセドリックの予算をかなり上回っているだろうことは推測できたが、ロザンナは何も言わなかった。セドリックは三十八歳の大人だ。頼みもしないのに誰かに口を突っ込まれるのは嫌だろう。たとえそれが妹でも。いや、妹だからこそ。

セドリックはこげ茶色の革のコートを着ていたが、濡れててらてら光っている。髪からもしずくが滴《したた》っている。まるで犬のように、ぶるっと一度身体を震わせる。「ああもう、なんてひどい天気だ！　地下鉄の駅からここまで歩くあいだに、びしょ濡れだよ！　タオル貸してくれないかな？」

「バスルーム」とロザンナは言った。兄は、明るいグレーの絨毯《じゅうたん》と白いタイルとに大きな濡れた足跡をつけながら、バスルームに消えた。

最初に自分の部屋へ行けばいいじゃないの、と思って、ロザンナは苛立った。

セドリックは、大きな白いバスタオルを手に戻ってくると、濡れた顔を拭き、それから髪をごしごしとこすった。兄らしい、とロザンナは思った。大きくてふわふわのバスタオルを使うなんて。バスルームにはもっと小さなタオルだってあるのに、それでは満足できないというわけだ。

「どこにいたの？」とロザンナは訊いた。

「大学時代の同級生の女の子を訪ねてたんだ。おまえの知らない子だよ」そう言って、セドリックはバスタオルをロザンナのベッドの上に放り投げた。ロザンナは、ぼさぼさの髪と、くだけた服装のセドリックを観察してみた。自分の兄とはいえ、セドリックが女たちを惹きつける魅力を持っているのはよくわかる。指をぱちんと鳴らすだけでどんな女も手に入れられるのも、不思議ではない。ただ残念なことに、兄はいつも間違った女に向かって指を鳴らすのだ。

ロザンナは一瞬、手で左右のこめかみを揉んだ。

「頭痛か？」とセドリックが訊く。

「ううん。ただ……さっきデニスと電話したの。今回の仕事を受けるから、しばらくこっちに残るって。なんていうか……楽しい会話じゃなかったわ」ロザンナは唇をかんだ。本当なら、デニスに対するセドリックの嫌悪感に、新しい燃料をくべたくはない。だが、先ほどの会話であまりに疲れていて、誰かに苦しみを打ち明けずにはいられなかった。正確に言えば、ふたりのさっきの電話は、とても会話と呼べる代物ではなかった。ロザンナは話し、説明し、論点を明確にし、要するに絶え間なく自己弁護をし続けた。一方のデニスは、すねたようにかたくなに黙り込んだままだった。そして最後にひとことだけ、こう言った。「自分が何をしているかは、よくわかってるんだろうな。何週間も家族と離れて暮らしたいって言うんなら――どうぞお好きに。俺には禁止する権利なんてない。それがどういう結果になるかなんて、どうせ興味がないんだろうしな」

「いったいどんな恐ろしい結果になるって言うのよ？　私が二週間イギリスに残って、それで……」

「もう話は済んだ」とデニスはロザンナをさえぎり、一方的に電話を切ったのだった。

「僕に言わせれば」とセドリックが言う。「おまえの愛しいデニスにはコントロール癖があるんだよ。僕には最初からわかってた。それがどこから来るのかは知らないけど。もしかしたら、何かを失うことへの恐怖と関係があるのかもな。とにかくあいつは、おまえを自分の手もとに置いていない限り、楽に息もできないみたいだな。おまえがイギリスに残って、昔の仕事を始めて、自分の知らない人間に会う――たぶん、そういうことすべてが、あいつを恐怖のどん底に突き落とすんだよ」

ロザンナは面食らった。「よりによって兄さんが、デニスに理解を示すわけ？」

「いや、理解とは言えないよ。ただ、あいつの妙な態度がどこから来るのかを考えてみただけだ。あいつのことは好きじゃない。それは知ってるだろう。だいたい、ずっと理解できなかったんだ、どうしておまえが……」

「わかってる」と、ロザンナは急いで言った。避けられない堂々巡りに行き着く前に、話を終わらせたかった。デニスが犯す間違いやデニスの欠点について、セドリックが厳しい分析をするたびに、ロザンナはいつも、そこに多くの真実が含まれていることに気づいて愕然とする。そして、激しくデニスを擁護する。だがそうしながらも、何より自分自身を納得させなければならないという重い気分に囚われるのだ。「セドリック、これからもう一件、大事な電話をかけないといけないの」と、ロザンナは唐突に、面倒くさい夫に関する話題を終わらせた。「マーク・リーヴに電話して、会ってほしいって頼むつもりなの。残念ながら、これもそう簡単にはいかないと思うのよ」

「また昔の話が蒸し返されるのは、うれしくはないだろうな」とセドリックが言った。「リーヴにとっては、忘却というベールにすべてを覆い尽くしてほしいだろうから」

「ずいぶん詩的な表現ね。とにかく、そういうわけだから……」ロザンナは頭でドアのほうを指した。「わかってるでしょ。兄さんと違って、私は仕事でここに来てるのよ」

「わかったよ」とセドリックは言った。

突然ロザンナは、あまりにもそっけない態度を取ってしまったような気がした。「待って、セドリック」と小声で言う。「久しぶりにまた一緒に過ごせて、うれしいのよ。もうずいぶん……」

「僕もだよ」と言って、セドリックがドアを開けた。「今晩、下の《トレイダー・ヴィックス》で一緒に飯を食わないか？」

「喜んで。じゃあ後でね」セドリックが部屋を出てドアを閉めるのを待ってから、再び電話に向かった。おそらくいま頃ふくれっ面で事務所に座り、妻が再び電話してきてご機嫌取りをするのを待っているであろうデニスのことは、これ以上考えるのを自分に禁じ、ニックにもらったマーク・リーヴの電話番号を押した。リーヴ弁護士が、怒りから苛立ち、果てしない悲嘆まで、どんな反応を示すかが怖かったので、誰も電話に出ないことを半ば期待したが、リーヴは二度目の呼び出し音ですぐに受話器を取った。

「もしもし。リーヴです」と声がした。

ロザンナは咳払いをした。「あの……ええと、リーヴさん、こんにちは。ロザンナ・ハミルトンと申しますが……」

「はい」感じよく、我慢強い声だった。おそらく、依頼人になるかもしれない相手だと思っているのだろう。

「ジャーナリストです。現在フリーランスで、『カヴァー』誌の仕事をしています。この雑誌は……」

「ありがとう。『カヴァー』なら知っています」好意的な響きが若干薄まった。「それで、私になんのご用ですか？」その声から、話の続きを予感していることがわかった。

ロザンナはだんだん居心地が悪くなってきた。「とある連載を書くことになっています。痕跡を残さずに消えてしまい、その後の運命がわからないままになっている人たちについての。それで……」

「それで、そのひとりがエレイン・ドーソンだというわけですね」突然、声に諦念がにじんだ。「まったく、いまからほぼ正確に五年前、わんわん泣いている見ず知らずの若い女性を、家に泊めてやろうと申し出たりした私は大馬鹿者だ。あれからどれほど頻繁に、どれほど激しく後悔してきたか、きっとわからないでしょうね！　いまでは用心に用心を重ねて、ヒッチハイクの人間さえ車に乗せない始末ですよ。まあ、それでいまさら何が変わるわけでもないんですがね」

「よくわかります、リーヴさん。その……世の中に否定的なお気持ちを持っていらっしゃることは。それで……」

「否定的なんかじゃありません」とリーヴがさえぎった。「まさにそうならないように、かなりの努力をしてきました。ただ、あの事件は当時、私の生活をすっかりめちゃくちゃにしたんですよ。だから、正直申し上げて、もう一度すべてを蒸し返して、またゴシップ紙の大見出しを飾るのは気が進みませんね」

「見出しになんてなりません。ただ単に様々な事件を取り上げて、事情がわからないままの不思議な失踪が、色々な意味で関係した周りの人間にどんな影響を与えたか、という記事なんです。ドーソン事件の場合には、もちろんエレインの兄のジェフリーです。ご存じかもしれませんが、重度の身体障害者で……」

リーヴが再びさえぎった。「ありがとう。ジェフリー・ドーソンのことならよく知っています。彼が、私が妹さんを殺したのだという妄想のなかに生きていることもね。あんまりしつこく電話してくるものだから、仮処分の決定まで出してもらったんですが、それもあまり役に立ちませんでしたよ。まあ、最近はようやく私を苦しめることを諦めたみたいですけどね。いまだに変な思い込みを捨てずにいるのかどうかはわかりません」

ロザンナは、マーク・リーヴがそうならないようにと懸命に努力してきたまさにそのとおりの人間であることを知った――つまり、世をすね、否定的で、ある意味非宥和的なのだ。

それでももう一度試してみた。「まさにそのために、私の記事を利用なさったらいかがでしょう、リーヴさん。あなたご自身の視点、ご自身の立場を表明する場所として。あの夜の出来事をもう一度描写していただいて、その際できれば、解けないままになっていた誤解を解いてしまっては。私にとって大切なのは本当に、公平な記事を書くことで、あいまいな推測でしかないなんらかの罪を誰かに着せることではありません。それに、お名前を出さず、仮名を使ってもかまいません」

「それでも、すぐに私のことだとわかる読者は大勢いるでしょうね」とリーヴは言った。「いや、ハミルトンさん、申し訳ありませんが、お断わりします」

「それでも、一度お話しにうかがってもかまわないでしょうか？　もしかしたら、そこでもう一度正確にご説明を……」

「ハミルトンさん……」

マーク・リーヴはいつ会話を無理やり終わらせてもおかしくない、とロザンナは思った。

「ではいかがでしょう。一晩ゆっくり考えていただくというのは」と、急いで言った。「それくらいの妥協はしていただけないでしょうか？　この電話のことは、きっと奇襲攻撃のようにお感じになったんじゃないですか。私の電話番号をお知らせしてもよろしいでしょうか？　そして、明日お電話でご決断をお聞かせくださいませんか？」

「私の決断が変わるとは思えませんが」とマーク・リーヴは言ったが、それでもロザンナの携帯電話の番号をメモしてくれた。そして、ひとことも言わずに電話を切った。

ロザンナは失望した。もちろん、リーヴと話をしなくても記事は書ける。だがジャーナリストとしての仕事を超えて、この事件には個人的な関心がある。だから、エレインと最後に会い、最後に話した男性と、彼女について語り合いたいと熱望していた。

ロザンナは、熱い泡風呂にゆっくり入ることにした。楽しいとはとても言えない通話を二度続けてした後で、すっかり苛立ちがつのっていた。一晩じゅう嫌な気分で過ごしたくなければ、心のバランスを取り戻すために何かしなくては。

二月十二日火曜日

1

《ザ・エレファント》へ出勤するために家を出たのは、午前十時半だった。昨日一日休んだおかげで神経が鎮まり、震える抜け殻から再び多少なりとも普通の人間へと戻ることができた。夕方には、少し村に散歩に出かけることさえできた。外で待ち受けている危険を恐れてはいたが、三日間も自宅の狭く醜い空間に閉じこもっているのも、あまりに気分がふさいだ。ずっと本を読んだりテレビを見たりしているわけにはいかない。とりわけ、本来は若く、活動的で、色々な体験を求めている人間の場合は。ときに彼女は、本来人生とも言えないこんな人生に、あとどれくらい耐えられるのだろうと考えることがあった。すると、こんなかくれんぼは本当は無駄なのではないか、もう誰も自分を探してなどいないのではないかという気がする。そう考えることは魅力的ではあったが、同時に彼女の憂鬱を深めもした。なぜならそれでは、彼女の行動と苦しみのもととなっているこの恐怖感が、まったくの無意味だということになってしまうからだ。そして、たとえどんな決断を下そうと――このままの生活を続けるか、隠れ家から這い出るか――それが致命的な間違いではないかどうか知りようがないこと、それゆえ今後も決して憂鬱も恐怖も制御できるようにはならないだろうことが、はっきりするからだ。昨晩、村を歩きながら、初めて春の気配らしきものを含んだ空気を胸に吸い込むと、突然涙が出てきそうになった。普段はかなりうまく抑えている希望や憧れが突然溢れ出てきて、彼女を文字どおり悲しみと絶望に浸したのだ。愛、温かさ、人生。夫、子供、友人。平穏と安心。喜びと期待に満ちて春を待ち望むことができたら、どんな気分だろうと思った。その鮮やかさ、華やかさが、自分の生活の暗さをいっそう際立たせるという理由で、春を恐れるのではなく。

泣いている女を不思議そうな目で見る人間に行き会わないうちに、彼女は急いで家に逃げ帰った。どんなときも決して目立ってはならないという大原則が骨の髄まで染み込んでいるので、本来の思考が別の方向へ向かっているときでさえ、身体が自然に従ってしまうのだ。

でも、少なくとも今日は、また少し日常生活を支えにすることができる。《ザ・エレファント》は昼からすでに店を開ける。遅れないようにしなくては。特別に激しい不安にさらされる場所だとはいえ、いや、もしかしたらまさにそのせいで、いまの彼女には、パブは心の痛みという海のなかの救いの港に思われた。

部屋のドアを開けたところで、危うく大家のキャドウィックにぶつかりそうになった。音もなくそこに突っ立って、部屋のなかに聞き耳を立てていたのは明らかだ。

彼女は驚愕で小さな叫び声をあげたが、キャドウィックのほうも驚いて一歩後ずさった。そして、「うわ!」と言った。

たぶん私が考えるよりもずっと頻繁にドアの前に立っているんだ、と彼女は思った。

普段なら、チェストをドアの前からどける音が警告の合図になるのだろうが、今日は家に食べるものがまったくなくなったせいで、早朝にパンとバターを買いに行かねばならず、戻った後にチェストでドアをふさぎなおさなかったのだ。普通の生活への小さな一歩として。

「キャドウィックさん」と言いながら、彼女はすでに、自分の心臓がまた早鐘を打っているのに気づいた。「ここで何をしてるんですか?」

「立ってるんだよ」とキャドウィックが答えた。「ここはわしの家だ。だからここに立ってるんだ!」

立ち聞きの場面を押さえられたという事実が、キャドウィックを攻撃的にしているようだ。古い階段の暗闇のなかをうろつく自分の情けなさは自覚しているのだろう。彼女はキャドウィックの足もとを見た。靴下だ。灰色の、かなり汚れたウールのソックス。いつも想像していた、まさにそのとおりの姿だ。キャドウィックは靴を脱いで、忍び足で歩き回っているのだ。

彼女は何も答えなかった。気持ち悪い男、と思った。

「昨夜は」とキャドウィックが言った。「眠れなかったんだ。それで、色々考えた。あんたのことを」

彼女はそれでも何も言わなかった。

何よ、このゲス野郎、と考えた。なんとでも言い訳してみなさいよ。

「実を言うと、あんたのことはおかしいと思ってたんだ」とキャドウィックが続ける。すっかり反撃に転じてからは、どんどん自信を取り戻しつつある。「最初っから変だった! 暮らし方も、態度も……だいたい、あんたはきれいな、まだまだ若い女じゃないか! どうしてこんなおかしな暮らしをしてるんだ?」

　できればキャドウィックを押しのけて、黙ったまま家を出たかった。だがそれでは話を終わらせることにはならないとわかっていた。キャドウィックは何かを口に出してしまいたいらしい。このままでは、きっと彼女が帰ってくるときも、翌朝も、ここにまた立っているだろう。

「おかしいって、どういうことですか?」と彼女は訊き返した。

「なんというか……まるでもぐらみたいに見えるんだよ。いつも暗いところに暮らしてて。いつも家のなかにいる。友達もいない。それに……男も。つき合ってる男はまったくいないのかね? そんなの不健康じゃないか!」

「それがあなたに何か関係があるんですか?」

「あんたはわしの家に住んでるんだぞ!」

「家賃は定期的にお支払いしています。何も壊したりしてませんし、お邪魔もしませんし、規則にも従ってます。それ以上のことで、私に興味を持たれても困ります!」

　キャドウィックは即座に口調を変えた。「そんなにつんけんしないで! ただあんたのためを思ってるだけじゃないか。あんたのことが心配なんだよ。ぜんぜん幸せそうに見えないからね!」

　彼女はすっかり部屋から出て、ドアを閉めると、しっかりと二回鍵を回した——もちろん、キャドウィックが本気でなかに入ろうと思ったら、鍵などかけても無駄だということは、わかっていたが。

「家にばかり閉じこもっているっていうご意見とはまったく逆に、私には仕事があるんです」と彼女は言った。「で、その仕事に遅れたくないんです。私のことをあれこれ考えるのは、おひとりでお願いします」

「やけに感じが悪いな」キャドウィックはしょんぼりと言って、彼女をもの欲しそうにじっと見つめたが、脇にどいて、通らせてくれた。彼女が階段を下りきる直前、キャドウィックは手すりから身を乗り出した。

「わしの考えを聞きたいかね?」と呼びかける。

意志に反して、彼女の足が止まった。

何もわかるはずがない、と思った。何も知っているはずがない。

「誰かから隠れてるんだろう! ああ、そうとしか思えん。何かか誰かのことが怖くてしかたがないんだ! 逃げてるんだ。そして、よりによってわしの家を隠れ家に選んだ! それがわしに関係ないって言うのかね?」

心臓が喉までせり上がってきた。急ぎ足で玄関ドアに向かう。

「ただ助けてやろうってだけなんだよ!」とキャドウィックが呼びかけた。

彼女は通りに出て、ドアを叩きつけるように閉めると、そこにもたれて息をついた。顔が真っ赤になっていること、額が汗で濡れて光っていることが、自分でもわかった。

パニックは禁物、と彼女は思った。よく考えなくちゃ。

実際、キャドウィックが何かを知っているとは思えない。ただ単に疑念を口に出して、たまたま当たっただけだ。そもそも鋭い観察眼などいらない。彼女は実際に不安げで、神経質で、自分の殻に閉じこもり、私生活と呼べるものを何ひとつ持っていない。友人も家族もいない。キャドウィックのような男には、まるで無からやって来て、無のなかで生き、無へと去っていく女に見えることだろう。そしてたびたびパニックアタックに襲われている女に。キャドウィックがいぶかしく思い、妄想をたくましくするのも不思議ではない。

問題は――キャドウィックは危険な存在になり得るか、だ。

彼女は路地を歩いた。いつものようにうつむいて、マフラーを引っ張り上げて半分顔を隠しながら。もう先週までほど寒くはなかったが、いまだに冷たい風が吹いていて、すっぽり顔を覆っていても、それほどおかしくはない。いまはまだ。春が近づくにつれて、身を覆い隠してくれる服を、一枚ずつ脱いでいかねばならないだろう。だから毎年、春は辛い。夏になる頃には、防御のない状態にもある程度慣れている。だが、そこまでの道のりは厳しい。

キャドウィックが危険な存在になるはずがない。彼女の過去について何かを知っていることも、ましてやその過去に属する誰かを知っていることも、まずあり得ない。もし知っていれば、きっとそれをほのめかしたはずだ。たったひとつ残るのは、キャドウィックが警察へ行く可能性だ。だが、どんな理由で？　間借り人の様子がおかしい、男友達もいないし、何かをものすごく怖がっているように見える、と話す？　実際、彼女についてそれ以上のことは言えないはずだ。そんな理由では警察は動かない。

頭を少し上げると、キャドウィックのせいで重かった心が、わずかだが軽くなるのに気づいた。

それでも、ランバリーでの暮らしも終わりに近づいているという気持ちが、忍び寄ってきていた。キャドウィックには最初から深い嫌悪感を抱いていた。だがこれまでの彼は、少なくとも放っておいてくれた。だがこれからはそうはいかないだろう。あの男は愚かではない。今朝は彼女をどれほど追いつめることができたか、きっと実感しただろう。そして、またやろうとするだろう。新しい部屋を探すべきかもしれない。だがランバリーは狭い。結局は、引越しをしたからといって、キャドウィックがその先も彼女を追うのを止めることにはならない。それに、ひとつの場所に長く留まらないというのは、最初から守ってきた原則だ。いずれ皆がつまらない質問を始め、よそ者の風変わりな行動を不審に思う前に、遠くへ行ったほうがいい。

キャドウィックの部屋の上の暗い穴倉にも、もうそれほど長くは暮らさずに済むと思うと、少し元気が出てきた。彼女は速足で通りを進み、いつもよりもまっすぐに頭を上げた。

2

マーク・リーヴに協力を断わられて、ロザンナは動揺していた。だが冷静になろうと努め、これで仕事が駄目になるわけじゃないと自分に言い聞かせた。当時の出来事を再構築できるよう、ニックが資料室から充分に資料を持ってきてくれた。ただ、リーヴが現在どんな人生を送っているかについては、推測に頼るしかなくなった。それでも、リーヴが大きな事務所への転職を棒に振ったこと、代わりに独立したことはわかっている。きっと楽ではなかったに違いない。いまはどんな状況なのだろう？　仕事も私生活も立て直して、当時入ったひびを埋めることはできたのだろうか？　ただ、すべてがうまく行っているなら、あんなに拒絶的な態度に出るだろうか？　ロザンナがエレインについて切り出したとき、リーヴの声には疲れと苛立ちの響きが混ざった。

事件の余波といまも闘っているのだろうか？

推測はやめなさい、と、ロザンナは自分を戒《いまし》めた。事実の枠から出ないこと！

ロザンナは今朝ホテルで、やはり記事を書くことになっているほかの事件の資料にも目を通してみた。八年前に施設から姿を消して、その後消息が知れず、死体も見つかっていない老人。ちょっとビールを買ってくると家族に告げて、夜に家を出たきり、やはり姿を消した若い男。恋人とバス停で待ち合わせをしていた若い女は、家は出たものの、バス停には姿を現わさなかった。家からバス停まではほんの数メートルだ。長い時間彼女を待っていた恋人には、玄関ドアから歩いてくる彼女の姿が見えたはずだが、実際には何も見ていない。そのほかにも二つの事件。全部で六件だ。

仕事は山ほどある。たくさんの人に連絡を取り、会い、証言を聞かなくては。そして最後にはもちろん、記事を書かねばならない。エレインの事件にばかりこだわり、リーヴの拒絶を何日も引きずる時間はない。エレインの事件に個人的な関わりがあるという理由で、あまりこの件にばかり比重を置きすぎてはいけないと、ニックも警告していたではないか。

ドアにノックの音がして、セドリックが入ってきた。シャワーを浴びて、いつもの革ジャケットと着古したジーンズ姿だ。

「おはよう」とセドリックは言った。

ロザンナは思わず笑った。「もう十一時よ。いま起きたばかりなの？」

セドリックがあくびをした。「うん。おまえは？ もう仕事してるの？」

「全部の事件に目を通したわ。すべて合わせると、かなりの仕事になる」

「なら、ますますリーヴのことは忘れて、さっさと取り掛かるべきだよ」とセドリックは言った。昨晩レストランで、リーヴ弁護士との電話についてしょんぼりと報告し、セドリックにそんなことは気にするなと言われていた。その席でロザンナは、自分の気持ちをセドリックに説明しようとした。リーヴを通してエレインに近づきたいと思ったこと、それは連載のためではなく、ロザンナ自身のためであること。

「事件に関して、責任を感じているというわけじゃないの」とロザンナは説明したのだった。「でも、エレインが出かけようとしたのは私の結婚式だったっていう事実は変わらない。私が招待したから、エレインはキングストン・セント・メアリーを出て、ロンドンまで来たのよ。私たちの知っているエレインにとっては、とてつもない大冒険だったと思うわ。そしてヒースローに着いて、そのまま姿を消した」

「おまえのせいじゃない」

「わかってる。それでも、私が原因ではあるでしょ。私は、なんていうか……事件の一部なのよ。私がいなければ——私の結婚式がなければ——すべてが違っていたかもしれない」

「でも」とセドリックが反論した。「いまはそんなことを考えるべきじゃない。誰のためにもならないだろう。僕たちはみんな、何かしらの出来事の一部なんだ。だからって、毎回その結果に責任があるわけじゃない。おまえは結婚することになってた。その場に昔のよしみでエレインを呼んだのは親切心からだった。ところがどこかで歯車が狂った。だけど、それがエレインの旅行となんらかの関係があるかどうかさえ、はっきりとはわからないんだ。もしかしたらエレインは、おまえの結婚式をいい機会だと思って利用したのかもしれない。たとえば、妻子ある恋人がいて、そいつと駆け落ちするため、とかさ。おまえの結婚式がなくても、どうせ一週間後にはキングストン・セント・メアリーから駆け落ちしたかもしれないじゃないか！」

「もう、セドリック、やめてよ！　エレインに妻子ある恋人だなんて！　そもそもエレインに恋人っていうだけで、想像がつかないのに！」ふたりとも笑ったが、それは心からの楽しい笑いではなかった。そんなふうに笑うには、ドーソン一家の運命は残酷すぎた。ロザンナはときに、たったひとつの家族が背負うにはあまりに過酷な運命だと思った。ふたりきりの兄妹のうち、兄のほうは脊髄横断麻痺。妹は消息不明。両親はふたりともとうに亡くなっているため、まだ若い兄は重度身体障害者用の介護施設で暮らすしかなくなった。

「変ね」と、いまになってロザンナは思った。「これまで何年も、エレインのことも、その運命のことも、ほとんど考えたことがなかった。なのにいまになって急に、事件と距離を置くことがすごく難しくなるなんて。私、この事件に入れ込みすぎてるのよ、セドリック。でもだからって、仕事を全部断わるのは……」

「そんなことをしたら、デニスに勝ったと思わせるばかりだよ」とセドリックは言った。「そう言えば、おまえの旦那、今日は連絡してきた？」

ロザンナは首を振った。「ううん。それに、私のほうからも連絡してない。デニスは昨日、話は済んだって言って会話を無理やり終わらせて、一方的に電話を切ったのよ。だから、もう一度電話してくるべきなのは向こうのほうだと思うわ」

「その姿勢を貫けるなら、おまえを誇りに思うよ」とセドリックがどこか疑わしげに言った。そして時計を見る。「出かけなきゃ。ケンブリッジで学生時代の女友達に会うんだ。車を使ってもいいかな？」

「なに？」

ふたりはキングストン・セント・メアリーからロンドンまで、レンタカーで一緒に来たのだった。ロザンナはうなずいた。「私は使わないから。セドリック……」と、言いよどんだ。

「ううん、いいの」いまはお説教にふさわしいときではない。セドリックが時間を無為に過ごしていること。前に進むための努力をせずに、またもその日その日を気ままに暮らしていること。

だが、兄と喧嘩するのは気が進まなかった。

「本当にいいの」とロザンナは繰り返した。

セドリックはほっとしたようだった。おそらく彼も、妹の頭のなかにどんな考えが渦巻いているのか、予感してはいるのだろう。

「じゃ、行ってくる」とセドリックは言った。「じゃあな！　今晩また会おう！」ドアを開けたが、そこで立ち止まった。「ちょっとした思いつきなんだけど」と切り出す。「リーヴにインタビューを断わられたせいでさ。昨日の夜、リーヴとエレインの姿を目撃して、リーヴを警察に訴えた隣人がいるって言ってただろ。その隣人、いまでもいるんじゃないかな。そいつと話してみたらどうだろう。リーヴと話すのとは違うけど、そいつだってエレインの姿を見たわけだから。それに、リーヴがどんな人間か、少し話してもらえるかもしれない」

ロザンナは兄をじっと見つめた。「時々天才的ね、セドリック！」

セドリックはにやりと笑った。「おまえの心の平安を願ってるからだよ！　じゃあまた！」

と言って、出かけていった。

ロザンナはすぐに「ドーソン事件」のファイルに手を伸ばした。

リーヴを警察に通報した男についての情報は、どこにあった？

3

二時間後、ロザンナはマーク・リーヴのかつての隣人と差し向かいに座りながら、これほどの幸運に恵まれたことが信じられずにいた。この人を見つけ出し、さらに自宅でつかまえることができたとは。おまけに彼はロザンナのために時間を取ってくれた。ただ、それも不思議ではない。この男が目立ちたがりの告げ口屋だということは、最初の二分でわかった。当時のリーヴとエレインの事件と、それに関連して自分がメディアで果たした役割は、おそらくこの男の人生の絶頂だったのだろう。きっと彼のほうでも、これほど時間がたってからもう一度発言する機会に恵まれたことを、信じられない幸運だと思っているに違いない。

この男を見つけるのは、それほど難しくなかった。二〇〇三年の新聞に、当時のリーヴの住所を暗示する箇所が見つかった――もちろんベルグレイヴィアだ。通りの名前までは載っていなかったが、「キングス・ロード近くの小さな通りで、スローン・スクエアに非常に近い」とあった。これだけで範囲がぐっと狭まる。別の新聞には、家の写真が載っていた。棟続きの五軒の家のひとつで、美しい張り出し窓と切妻屋根の古い煉瓦《れんが》造りだ。手入れの行き届いた小さな前庭と、その手前に伸びる幅の狭い通りの敷石。写真が撮られた日には、数本の木の枝に分厚い雪が積もっていた。あたり一帯が、まるで真っ白な砂糖菓子のようだった。落ち着き。繁栄。非常に高級な地域だ。

例の隣人は、どこにも本名では載っていなかった。ただリチャード・H（四十五歳）として、様々なメディアに登場していた。だがいまでもかつてと同じところに住んでいるのなら、見つけられるだろうと思った。

その男の名前はリチャード・ホールで、いまは五十歳、かつてのリーヴの家の右隣に住んでいた。妻とふたりの子供があり、金融事務所で働いている。昼食をとるために毎日家へ帰ってくるので、ロザンナは、昼に彼と会うことができたのだった。もちろん、食事の邪魔をしないように別の時間に出直すと申し出たのだが、もう一度事件について一から話せて、新聞に載ることができるという期待で、ホールはすっかり空腹も忘れ、おとなしそうな目をした目立たない金髪の妻に、食事を下げるよう指示したのだった。

「今晩温めなおしてくれ」とホールは言い、ミセス・ホールはひとことも口を挟まずに、丁寧に整えられたダイニングルームのテーブルを片付け始めた。

ダイニングルームの暖炉にもすでに火が入れてあったので、ホールはこの部屋で話そうと提案し、二脚の椅子を火のすぐ前に置くと、ロザンナと向かい合って腰をおろした。ロザンナは、目立たないように、だがしっかりとこの男を観察した。背が高く、スタイルは決して悪くないし、仕立てのいいスーツを着ている。だがその外見を、真ん丸い蒼白な顔が台無しにしている。目はとても小さく、間隔が狭い。持っているものを最大限に生かそうと努力しているが、あまり成功していない、魅力のない男といったところだ。おそらくコンプレックスに悩まされているのだろうと感じられたが、あまり突っ込んだ分析はしないように努めた。この男の性格が興味深いとすれば、それは彼の発言の真実性を量るうえでの助けになる限りで、だ。ホールは話を誇張し、ただの推測を事実であるかのように話す傾向にはあるかもしれない。だがおそらく嘘はつかないだろう。

「そうなんですよ」とホールが言った。「あの晩、ふたりを見ました。リーヴとドーソンさんを。リーヴの車でやって来て、一緒に家に入っていきましたよ。リーヴがドーソンさんのトランクを持ってやっていました。リーヴ自身は、旅行鞄しか持っていませんでしたね」

「トランクがドーソンさんのものだと、どうしてわかったんですか？」

「赤かったんですよ。街灯の光で見た限りでは」と、どうやらいまだに細部のひとつひとつまで記憶しているらしいホールは言った。「それに、なんだか……安っぽかった。プラスティック製で」

「なるほど。リーヴが持つような品じゃありませんよ」

「七時頃です。ふたりが帰ってきたのは何時頃でしたか？」

「七時頃です。私は居間の窓の前で息子を待っていましてね。友達のところに遊びに行ってて、七時に帰ってくることになってたんですよ。当時九歳でした」

「エレイン・ドーソンについて、どんな印象を持たれましたか？　もちろん、距離もあったし、暗かったでしょうから、そもそもなんらかの印象が持てたなら、の話ですが」

「この通りの街灯はとても明るいんですよ」とホールは言った。「だからよく見えました。それに、よく見ようと目を凝らしもしたんです。なんとなく……変に思ったもので」

「変？」

「ドーソンさんは、リーヴが狙うタイプじゃなかったんですよ」

「つまり」とロザンナは言った。「リーヴ氏は普段、別のタイプの女性を好んでいたという意味ですか？」

「それはですね」とホールがうれしそうに説明を始めた。ロザンナには、彼が男性にしては珍しいほどのゴシップ好きであることがわかった。「あれはいつだったか……そうだ、あの事件のあった一月の晩より九か月ほど前ですが、リーヴ夫人が家を出ていったんです。息子も連れて。それ以来、マーク・リーヴは一人暮らしで、私の知る限りでは……何人かの女性と関係を持っていたようです。いつも違う女性です。ほとんどが泊まっていったんですよ」

よく見てたものね、とロザンナは思った。リーヴに同情した。輝かしいキャリアを目前にした男性にとって、ホールのような隣人に、これほど個人的なこまごました情報を公共の場でしゃべり散らされるのは、悪夢以外の何ものでもないだろう。

「そして、その女性たちのタイプとエレイン・ドーソンは違っていたということですか？」

「ぜんぜん違ってましたよ。リーヴの……同伴の女性たちはみんな、並み以上の魅力を持ってましたからね。趣味のいい高価な服を着て。ほとんどが弁護士だったと思います。そうじゃなくても、仕事の上でリーヴとなんらかの接点のある女性でしょうね。センスも品もあって……もちろん、一晩きりの情事を平気で持つような点は除いて、ですけどね。でも、この点では時代も変わりましたからねえ」

で、あんたは毎晩のように、居間の窓の前で嫉妬に狂ってたってわけね、とロザンナは考えた。リーヴを痛めつける機会がきて、さぞうれしかったでしょうね。いまでもまだうれしくてしかたないのね！

「それはともかく、あのドーソンって人は、まったく違うタイプに見えましたね」とホールは続けた。「まず、本当に若かった――でもリーヴはこれまで、あれだけとびぬけて若い女性を連れて帰ってきたことはなかったんですよ。それから、なんというか……地味だった。そう、この言葉がぴったりだ。不器量ってわけじゃないんですが、とにかく人目を引かないんですよ。

ひどいコートを着てました。安っぽくて、デザインも野暮ったくて。それにあのプラスティックのトランク。髪型ときたら――ひどいもんです！　女性として多少なりともまともな身なりっていうのがどういうものかまったく知らない、田舎の女の子みたいでした」

ロザンナの知っているエレインを思い出しても、かなり的確な描写だった。

「ドーソンさんはどんな様子でしたか？　びくびくしていた？　それともうれしそうでしたか？」

「泣きはらした目をしてました。もう泣いてはいませんでしたが、間違いなく泣いた後でしたよ。うれしそうにはまったく見えませんでしたね。ただ、びくびくしていたようでもありません。どちらかというと……どこか心ここにあらずというか。疲れていたようでした」

「ふたりは家のなかに入っていったんですか？」

「はい。でも十分ぐらいでまた出てきました」

「え？」

「私はまだ窓の前にいましてね。心配だったんです。息子は普段なら時間どおりに帰ってくるのに。メアリーが――妻のことですが――友達の両親に電話して……」

「リーヴとエレインはどうしたんですか？」

「通りを歩いていきました。キングス・ロードのほうへ」

「どんな印象を持たれましたか？　ふたりが……」

「……恋人同士のようだったかって？　まったくそうは見えませんでしたよ。腕を組んでもいなければ、手をつないだり、そういうこともありませんでしたしね。ただ並んで歩いていっただけです。それほど親しくない知人同士って感じでしたね」

「ふたりがどこに行ったのか、わかりますか？」

「リーヴは警察で、イタリアンレストランに行ったと言ったそうですよ。どうやらレストランのオーナーにも確認が取れたようです。ふたりのことを覚えていたんですね。でもその後どうしたかは……」ここでホールは肩をすくめた。

「ふたりが戻ってくるところは、ご覧にならなかったんですね？」

「はい。息子が帰ってきて、夕食をとり、それから子供たちの宿題を見て、そのあとは妻とテレビを見ました。だから、もう窓から外は見てなかったんです」

「リーヴ氏がドーソンさんを翌朝地下鉄まで送っていったのは、ご覧になりましたか？」

「いいえ。いつも窓から外ばかり見てるわけじゃないんでね！」ホールはほとんど怒ったように言った。「基本的には、隣人が何をしようと興味なんてないんですよ」

「なるほど」とロザンナは言った。だが、隣人たちが何をしているか、ホールはかなり正確に知っているはずだと確信していた。なんだか自分が人の生活を覗き見しているような気になり、まだ会ったことのないマーク・リーヴに対して罪の意識を覚えた。それでも、次の質問を口にした。「リーヴ夫人が家を出たのはどうしてだか、ご存じですか？」

ホールは、ちょうどテーブルクロスを几帳面にたたんでいる妻のほうに身体を向けた。ホール夫人の動きはあまりに静かで、ロザンナはそれまで彼女の存在をすっかり忘れていた。「メアリー、おまえはよくリーヴの奥さんと話をしてたね！」

「滅多に話なんてしなかったわよ」と、ホール夫人が答えた。「それにご自分のことはあまりおっしゃらなかったし。病気のお母様がいて、ケンブリッジの高齢者介護施設に入っているとか。それでしょっちゅうそこに行ってらしたけど。そういうときはいつも……なんとなく、落ち込んでいらしたわ。きっとお母様の苦しみを自分のことのように感じていらしたんじゃないかしら。リーヴさんは本当に繊細な方でしたから。いつも絵を描いてらしたわ。すごくきれいな水彩画。美術方面では有名な方だって、聞いたことがあるわ」

「おまえ、前に言ってたじゃないか。奥さんが泣きはらした目で家から出てくるのを、何度か見たことがあるって」と、ホールがじれったそうに思い出させた。

「そうね。でも私、話しかけずに、気づかないふりをしてたから。だって……あんなところは見られたくないだろうと思ったんですもの。だから、どうして奥さんがあんなに……取り乱していたのかは知らないわ」

「聞きたいと思わなくても、相当な大声で喧嘩してる声が隣から聞こえてくることもありましたよ」とリチャード・ホールが言った。当時彼がそれを楽しんでいたことは明らかだ。「私に言わせれば……」そこでホールは意味ありげな間を置いた。

そんなこと私にはなんの関係もない、と、嫌な気分でロザンナは思った。それに、これから書く記事にも関係がない。

もっとも、マーク・リーヴの当時の結婚生活の状況は、メディアでは大きな意味を持った。

ロザンナは、これまで読んだ様々な記事を思い出した。主にゴシップ新聞、雑誌の類だ。リーヴ夫人が息子とともに家を出たことに言及していないものはなく、行間からはその理由に対する驚くほど多彩な推測が読み取れた。夫の絶え間ない浮気から、若い女性を好む性癖、果ては結婚生活において繰り返されたとされる暴力まで。メディアは法の許す範囲で、リーヴを変質的な性犯罪者に近づけるために、可能なことはすべて試みていた。その上で読者に、決定的な問いを突きつけていた――マーク・リーヴはエレイン・ドーソンを殺したのか？

ロザンナは黙っていたが、ホールはもちろん自分の意見を伝えずには済まさなかった。「私に言わせれば」と、ホールは繰り返した。「奥さんは、リーヴの浮気にうんざりしたんですよ。それに……」

「それに？」

「リーヴはものごとが自分の思いどおりにいかないと、怒り狂ったんじゃないかと思います。かわいそうな奥さんは、よくその被害をこうむっていたんじゃないでしょうかね」

ロザンナはゆっくりとうなずいた。「でも、具体的な証拠はないんですよね？」

「リーヴが奥さんを殴っていたという証拠ですか？　リーヴが浮気ばかりしていたという証拠？　もちろんありませんよ。リーヴはとても野心的で頭の回る男です。そういうタイプは、完璧にごまかすもんですよ。でも……なんというか……こう、ひしひしと感じられるんですよ。わかりますか？　立派な外面の奥に何か不快なものが隠されているって、文字どおり感じられるタイプの人間がいるもんです。悪臭みたいなもんですよ。においはするけど、なんのにおいかはわからない。私には、リーヴは最初から非常に不愉快で疑わしい人間に思えました。離婚した後すぐに引っ越してくれて、本当にせいせいしましたよ」

メモを取っていたロザンナは、小さな黒い手帳を閉じて、鞄にしまうと、立ち上がった。

「これ以上お時間をいただいては申し訳ないので」と言う。「お話しくださってありがとうございました、ホールさん」

ホールもやはり立ち上がった。「どういたしまして。これ」と言って、白いカードを差し出す。「私の連絡先が全部載っています。自宅と職場の電話番号、メールアドレス、ファックス……いつでもまた協力しますよ」

待ちきれないといった様子だ。

「ありがとうございます」とロザンナは言った。「また何か情報が必要になったらご連絡します」

玄関ドアに向かいながら、少し挑発するように言ってみた。「ホールさんはマーク・リーヴは、エレイン・ドーソンの失踪となんらかの関係があると思っていらっしゃるんですね？」

ホールは立ち止まった。「そんなことは言ってませんよ」

「でも……」

「こういう言い方をさせてください――もしなんらかの関係があるとわかっても驚かない、とね」

ホールはロザンナのために玄関ドアを開けた。湿った空気が流れ込んできた。雨が降り始めていた。

「いや」とホールが言った。「本当ですよ。少しも驚きませんね」

4

ジョージナ・イニスは飼い犬のブルーバードを愛している。ラブラドールとなんだかわからない種から生まれた雑種犬で、子犬の頃は毛が青みがかって光っていたので、ブルーバードという名になった。いまではその青もどちらかといえば灰色に近くなっている。何しろブルーバードはもう十二歳の老犬なのだ。男性関係ではずっと不運ばかりが続き、五十歳を目前にしたいまになって、大恋愛を待つことに諦めをつけ、ひとりで生きていく覚悟を固めようと決意したジョージナにとって、ブルーバードは唯一の家族だった。これからまだ何年も一緒に暮らせること以上の望みはない。それでも今日のような日には、ほんの少しだけ、犬を飼っていない人たちをうらやましく思い、そのせいで同時にとてつもない罪の意識も感じていた。何しろ犬さえ飼っていなければ、こんなひどい天気の日にまで外に出なくて済むのだ。

先週は、二月とはいえもう春のきざしが見られたものだが、週末にまた少し雪が降り、そしていま、冷たい雨と灰色の陰鬱な景色が戻ってきた。なんだか十一月に逆戻りしたみたいだ。美容室で働いているジョージナは、こんな日には同僚たちと同じようにピザを注文して、四十五分間の昼休みを店の奥の小さな部屋で快適に過ごしたかった。だがいつもの昼休みと同じように、大急ぎで家に帰って、ブルーバードを散歩させなければならない。ブルーバードはジョージナが姿を見せると大喜びで、リードをつかむと興奮で我を忘れる。外に出たいというブルーバードの情熱は、年を取っても少しも衰えない。

ジョージナはロンドンの北にあるエッピングに住んでいる。住まいである高層アパートの目の前にはエッピング・フォレストが広がっている。広大な森で、週末には癒《いや》しを求めるロンドン市民で溢れ返る。何時間も散歩することができ、サイクリングも楽しめるし、ピクニックをしたり、たくさんあるベンチに座ってただぼんやりしてもいい。平日でさえ、しょっちゅう人に行き合う。だから森の奥深くにいても、ひとりぼっちだと感じることはまずない。そもそもジョージナは怖がりではない。なんといってもブルーバードがいるのだから。ブルーバードは堂々たる体格で、いまでも元気だ。だから、この犬と一緒にいる限り、誰かに襲われることなどまず考えられなかった。

寒くてじめじめしたひどい天気のこの日、もちろん森には誰もいなかった。ジョージナは力強く大またで歩いていった。そうすれば身体が温まると期待したからでもあるし、一方、昼休みは短いので、いつもと同じ道を歩ききろうと思ったら、あまりのんびりはしていられないせいでもあった。広い砂利道から森のなかへと入ってしばらく歩き、それから、知らなければ見逃してしまうであろう暗くて細い小道に曲がった。ここまで来ると、木々の梢《こずえ》のあいだから空はほとんど見えず、おまけに冬のいまは地面もすっかりぬかるんでいる。いつもこの道を選ぶのは、しばらく行くとまた広い道に出て、そのままぐるりと出発点に戻れるからだ。

だがこの日ジョージナは、いつもの道にこだわって、すぐに引き返さなかったことを後悔した。低く垂れた濡れた枝に顔を叩かれ、何度もぬかるみで足を滑らせて転びそうになった。膝まである裏地つきのゴム長靴は、後からシャワーで洗うことができる。だがブルーバードを再び多少なりともきれいにするのは、大変な仕事になるだろう。どういうわけか、ブルーバードはジョージナがタオルを持って近づくとパニックを起こすのだ。美容室に戻るのは遅くなりそうだ。店長のウェントワース夫人は、きっと不快げに眉を上げるだろう。

あら、ブルーバードはどこに行ったのかしら？

ジョージナは立ち止まった。雨と木の枝を避けてうつむいていたせいで、ブルーバードにはまったく注意を払っていなかった。いつもなら、ジョージナの少し前を走りながらも、時々振り返って、主人がちゃんとついてくるのを確認する。だがしばらく前から、もうそんなブルーバードの姿を見ていないことに、いまジョージナは気がついた。

「ブルーバード！」と呼びかけた。「おおい、ブルーバード！」

頭上で一羽の鳥が、鳴き声をあげて飛び立った。だがそれを除けば、すべてが静まり返っている。

ジョージナは数歩引き返した。「ブルーバード！　いらっしゃい！　早く！　ブルーバード！」

ブルーバードは猟犬ではない。ウサギや鹿を追いかけていったことは、これまで一度もない。だから今回も、そうだとは思えなかった。

突然ジョージナは、何年もエッピング・フォレストを散歩してきて、これまで一度も抱いたことのない感覚に襲われた。なんだかよくわからない恐怖感。それはまだほんのかすかだが、ゆっくりと締めつけられる胃、掌の痺れという形で始まり、少しずつ強くなっていく。自分がひとりきりであることに、ジョージナは気づいた。周りの森がどれほど見通しが悪く、暗いかに。ほかの人たちからどれほど遠く離れているかに。

どこかでまた鳥が鳴いた。雨が轟音《ごうおん》を立てて降っている。

妄想をたくましくしちゃ駄目、とジョージナは自分を戒めた。ただブルーバードがどこかへ行ってしまっただけじゃないの。それだけのことなのに。

「バーディー！」と、ブルーバードの愛称で呼びかけてみた。「バーディー！　バーディー、どこにいるの？」

自分の声に耳をすます。なんだかあまり遠くまで届いていないような気がする。雨がすべての音を呑み込んでしまうのだ。

「バーディー！」

突然、遠くで犬の吠える声がしたような気がした。

最初は聞き間違いじゃないかと思ったほど、かすかな声だ。身体じゅうの筋肉を緊張させて、再び耳をすました。確かに聞こえる。かなり遠く離れているような気がするが、犬が吠えている。ブルーバードかもしれない。

ジョージナは獣道を先へ進んだ。重い木の枝に顔を叩かれることも、もういとわなかった。

足を踏み出すたびに、泥を吸い上げる音がする。美容室には遅刻するだろう。そして顔には血のにじむ切り傷ができ、まるで強盗に遭ったかのような有様になるだろう。だがそんなことはどうでもよかった。大切なのはブルーバードだ。唯一の真の友。

小道の終わりで、ジョージナは息を弾ませながら立ち止まった。急いで歩きすぎたせいで、脇腹が痛い。普段なら広い道を右に曲がって、家に戻る。だがさっきの吠え声は、そちらから聞こえたようには思えなかった。

もう一度呼びかけてみる。「ブルーバード！　バーディー！」

再び声がする。さっきよりも少し近い。小道が広い道に合流する地点の向かい側、木々のあいだに一種の林道が延びているのが見えた。いまたどってきたばかりの泥道の延長だ。ただ、さっきの道よりずっと細い。そしておそらく、もっとぬかるんでいるだろう。

ジョージナはよろよろと前進した。そして鬱蒼とした森のなかに入った。襟もとから雨が流れ込み、背中をつたう。汗でびしょ濡れの肌にとっては、氷のように冷たく、気持ちが悪い。最初は木々のあいだを通っているように見えたごく細い道は、やがてすっかりふさがり、ジョージナは木々をかきわけて進むことになった。ほんの数分で、もう前後の区別もつかなくなり、どこから来て、どこへ行くのかもわからなくなった。たったひとつの手がかりは、犬の吠え声だ。バーディーの声だろうか？　立ち止まって呼びかけるたびに、必ず返ってくる。こんな鬱蒼とした広い森なんだから、迷っても不思議じゃないという考えが、ふと頭をよぎった。そんな目に遭った人たちの話を読んだことがある。森から出る道を見つけられなかったハイカーたち。捜索隊が編成されて、森中をくまなく探した。

私のことを探しに来てくれるのはいつだろう？　だいたい、私がいないことに誰が気づいてくれるだろう？　店長、同僚たち。皆が本気で心配してくれるまでに、どれくらいの時間が必要だろう？　それに、この雨と寒さで、森のなかでどれくらい生き延びることができるだろう？

ジョージナは立ち止まると、大きく息を吸って、心を落ち着けようとした。まだそんなことにはなってない。それに、ブルーバードが見つかれば、もう大丈夫。犬には帰り道がわかるんだから。

ジョージナはブルーバードの名前を呼んだ。吠え声はさっきよりずっと近づいている。

びっしりと木々が生い茂った最後の道のりを進む。意地悪な長いキイチゴの枝が肌を引っかき、髪にからまる。するとその向こうが明るいのがわかった。空き地に出たのだ。小さな池がある。空と同じ灰色で、周囲には葦《あし》と草が生い茂っている。水面は雨のせいで波打っている。

森にはいくつかの小さな湖があり、泳ぐのに適したものも多い。森林管理局が岸をきれいに保ち、周りの野原を定期的に草刈りしている。ベンチも置かれている。だがいまジョージナの目の前にあるこの小さな池は、明らかにそうではなかった。かなり小さく、岸辺まで行くのは難しいし、木々にびっしりと囲まれている。カラフトライチョウが数羽、葦から飛び立った。まるでこの場所には、人間などひとりも来たことがないかのようだ。だがそんなはずはない。ただ確かなのは、この季節にここまで来る人間はいないということだ。

ジョージナは一瞬息をついた。再び空が見えたことに安堵し、何かが顔に当たり続けることもなくなってうれしかった。そのとき、ブルーバードの姿が見えた。大きく飛び跳ねながら、こちらへやって来る。とても興奮していて、何かを訴えるように吠え続けている。普段こんなふうになるのは、ボールを投げてほしいときだけだ。

ジョージナはかがんで、ブルーバードを抱きしめた。犬はびしょ濡れの泥団子のような有様だったが、そんなことはどうでもよかった。

「バーディー、お馬鹿さんね、何やってるのよ？　勝手に遠くへ行っちゃ駄目でしょう！　心配したんだから！　これで仕事にものすごく遅れて、うんと叱られちゃうのよ！」

だが、普段ならジョージナに身をすり寄せるのが何より好きなブルーバードは、彼女の腕から逃れて、数歩下がると、また吠え始めた。ジョージナは立ち上がった。

「何よ？　私に見せたいものがあるの？」

ブルーバードが先に立って走った。ジョージナはそのあとを追った。雨が轟音を立てる。カラフトライチョウの声はやんでいる。身体は熱いのに、ジョージナはまた寒気を感じた。さっき、突然自分がひとりだと気づいたときのように。再び胃が締めつけられる。嫌な予感。

ブルーバードは何を見つけたんだろう？

その女は、葦のなかに横たわっていた。葦は密集しているので、ブルーバードのあとを追って這い進まなければ、決して見つけられなかっただろう。その女は、とても奇妙な姿勢で横たわっていた。身体がねじれているのだ。顔は淀んだ水に浸かっている。頭の周りで、長い金髪が茶色い水に浮かんで揺れている。ブルーバードはどうやらしばらく前から死体の周りで跳ね回っていたらしく、その場の泥をすっかり掘り返していた。

「ああ、神様」とジョージナはつぶやいた。「ああ、神様！」

踵を返して、全速力で逃げたいと思った。だが身体が動かなかった。数秒のあいだ、ただじっとそこに立って、呆然と目の前の光景を見つめていた。ブルーバードが大声で吠えたとき、ようやく我に返った。だが、したいと思っていること、そして頭のなかで小さな声が繰り返しささやくこと——逃げなさい！　逃げなさい！——を実行する代わりに、ジョージナは女に近づいていった。奇妙なことに、凄惨な光景に引き寄せられるかのように。

それは、まだ少女のものと言っていい身体だった。細く、張りがあり、締まっている。長くてほっそりした脚。足首にびりびりに引き裂かれた黒いストッキングが絡みついている。靴は履いていなかったが、死体からそれほど遠くない岸辺の泥のなかで、かかとの高い黒いブーツが揺れていた。少女のパンティは膝のあたりに引っかかっている。小さな濡れた黒い下着。ストッキング同様引き裂かれているかどうかは、わからない。太腿にはどす黒い血の塊が長い線を引いており、腰までめくられたスカートを見れば、何が起こったかは明白だった。この少女——または若い女性——は、残酷に犯されたのだ。この人気《ひとけ》のない森のどこかで。そして……絶望して頭から池に身を投げた……。

そんなはずはない。

背中に回され、ロープで縛られた手が目に入った。入水《じゅすい》自殺する前に自分の手を縛る人間なんていない、とジョージナは思った。そして、恐ろしい結論に行き着いた。誰か別の人間——おそらくは少女を犯した人間——が、無抵抗の犠牲者をここまで引きずってきて、まるでゴミの袋か何かのように、岸辺の茂みに投げ込んだのだ。目の前の光景は、常軌を逸した残虐さばかりでなく、ひどい軽蔑をも表わしていた。強姦という行為のみならず、被害者から死後にまでその尊厳を奪う辱《はずかし》めを。

カラフトライチョウが鳴き、空き地に広がる静寂を破った。突然ジョージナの頭に、いま見ている光景は何時間も何日も前からの静止画ではなく、たったいま起きたばかりなのだという考えがよぎった。犯人はブルーバードに驚かされて、逃げ出したのだ。でもまだどこかにひそんでいるのだ。年老いた犬と女ひとりに、犯人が自分の計画——それがなんであろうと——を邪魔されたまま本当に引き下がるかどうか、急に疑わしく思えてきた。

「バーディー」とジョージナはささやいた。「バーディー、急いで、いらっしゃい！　逃げるわよ！」

ブルーバードが吠えた。

もし、この少女がまだ生きていたら？　もし、たったいまここに……顔を水につけたまま、人間はどれくらい生きられるものだろう？　ジョージナにはわからなかった。だが、自分が帰り道を見つけて、自宅から警察に連絡する頃には、少女が生きてはいないのが明らかだった。恐怖で倒れそうだったが、自分を押しつぶしそうな恐怖をすべて無視して、穏やかに水が打ちつける浅い岸辺を、バランスを取りながら少女に近づいた。

「もしもし？」とささやいてみて、すぐに自分がとてつもない間抜けに思われた。

もちろんなんの反応もない。暴行を受けた身体のすぐ横に立って、ジョージナは激しくこみ上げてくる吐き気と闘った。悪臭はない。だがこの光景は悲惨で、この恐ろしい孤独のなかで自分がその光景の一部になってしまったことが、そして雨ざらしになった泥まみれのブーツに打ち寄せる濁った水が、ジョージナの神経を押しつぶした。吐き気がこみ上げたが、ジョージナはまるで老女のような硬い動きでゆっくりとかがむと、両手で少女の頭をつかんで持ち上げ、こちらを向かせた。

キノコの形の白い泡が、鼻と、軽く開いた口から噴き出てきた。血のこびりついた腫れ上がった顔。どこも見ていない目。

少女は死んでいた。

ジョージナは少女の顔を水に戻すと、死体に背を向けて、葦のなかに嘔吐した。何度も何度も、やがて苦い胆汁しか出なくなるまで。それからよろよろと岸を離れて空き地に戻った。弱々しくかすれた声で呼んだが、ブルーバードはいまだに従わない。そのとき、自分の首にかけたままになっていたリードのことを思い出した。ジョージナはおぼつかない足取りで戻り、ブルーバードの首輪にリードの輪を取り付けると、思いっ切り引っ張った。こんな暴力的な扱いに慣れていないブルーバードは、それ以上抵抗せずに、わけがわからないといった様子で従った。

「逃げるのよ」とジョージナはささやいた。「できるだけ早くここから逃げるの！」

ひとりと一匹は、森のなかを走った。ブルーバードが道案内を引き受けてくれて、どの道を行くべきか一瞬たりとも迷わない様子なので、ジョージナは安堵した。

雨はひどくなり、ジョージナの頬を流れる涙と混ざった。だがジョージナは気づかなかった。

5

ホールの家からそれほど遠くない地下鉄のスローン・スクエア駅に向かう途中、ロザンナは携帯電話を鞄から取り出し、電話がかかってきたことを知った。画面に表示された番号には、なんとなく見覚えがあった。書類を見て、推測が正しかったことがわかった。

思わず罵り言葉が口をついて出た。マーク・リーヴ。よりによって、リーヴからの電話に気づかなかったとは。おそらく、ホールが大声で自説を主張しているあいだにかかってきたのだろう。仕事を離れていた期間が長すぎたのだ。でなければ、携帯電話を鞄から取り出して、目の前のテーブルの上に置いておくことくらい、思いついたはずだ。

雨が降っているので、リーヴにかけなおす前にまず地下鉄の駅に避難しようかと考えたが、結局やめた。確かに駅なら濡れはしないが、人が多くて、周りに話がまる聞こえだ。いまいる小さな通りの端なら、確かに雨のなかではあるが、周囲には誰もいない。どうせもう濡れているのだから、ほとんど同じことだ。

リーヴは今度も、二度目の呼び出し音で電話を取った。

「ハミルトンさん」とすぐに言った。おそらくいまではリーヴのほうも、ロザンナの番号を見れば即座にわかるのだろう。

「先ほどお電話をくださいましたね、リーヴさん。ちょうど出先で、呼び出し音が聞こえなかったんです」いまリーヴのかつての住まいの前にいて、元隣人からリーヴの私生活に関することがらを山ほど聞いてきたばかりであることは黙っていた。信頼を得ようと思ったら、このことには決して触れるべきではない。

「昨日のお申し出のことで、電話をかけなおすという約束でしたから」とリーヴが言った。「申し訳ないんですが、私の考えは変わらないということをお伝えしたかったんです。またあの事件と結びつけられるのは気が進みません。わかっていただけるでしょうか」

問題は、リーヴの気持ちはわかりすぎるほどわかる一方、リーヴにこれ以上接触できなくなっては困るという事実だった。ロザンナは瞬間的に別の戦法を取ることにした。つまり、すべてのカードを開いて見せるのだ。

「リーヴさん、お気持ちはよくわかります」と、急いで言った。「本当です。強引に相手を追い詰める無神経なレポーターの役割は、私にとっても決して気持ちのいいものではありません。その点は信じてください。ただ……あの、昨日は私の……私の動機を全部はお話ししなかったんです」

「動機？」

「私……もちろん、連載やなんかのことは、全部本当なんですけど……ただ、私は五年前に仕事をやめているんです。それなのに連載が私に回ってきたのには、理由があるんです……」ロザンナは深く息を吸った。「私はエレイン・ドーソンの友人なんです……だったんです」

「それは」と、リーヴが驚きの声をあげた。

ロザンナはすぐに訂正した。本能が、リーヴの心になんらかの形で届きたければ、すっかり正直にならなければならないと告げていた。「実を言うと――友人とまでは言えないんですが。でも、子供の頃からずっと知っていたんです。同じ村で育ったので。エレインは私より七つ年下です。でも村では、なんというか、みんな仲間でした」

「わかります」とリーヴは言った。「ジャーナリストとしての仕事を超えて、この事件に個人的な関心をお持ちなんですね？」

リーヴには見えないとわかっていたが、ロザンナはうなずいた。「そうです。そうなんです。エレインが五年前、どうしてジブラルタルへ行こうとしたのか、本人からお聞きになったかどうかわかりませんが……」

リーヴは少し考えて、それから言った。「私が覚えている限りでは、たしか誰かの結婚式じゃありませんでしたか？」

「私の結婚式だったんです、リーヴさん。私が、二〇〇三年の一月十一日に、ジブラルタルで結婚したんです。エレインを結婚式に招待したんですけど、結局来ませんでした。もちろん、エレインの失踪に責任を感じているというわけじゃありませんけど、ただ……私も事件の一部なんです」

「わかります」とリーヴが再び言った。

なんとなく、リーヴは本当にわかってくれているような気がした。「あなたは、エレインと最後に会い、最後に話した人です」とロザンナは続けた。「少なくとも、私の知っている限りでは。だから、エレインがどんな様子だったか、何を話したか、あなたにどんな印象を残したかを知りたいんです。五年間、エレインの行方については、何もしてきませんでした。でもいまになって、もう一度エレインに近づく努力をする必要があると思えるんです。そうすることで、エレインを完全に忘れてしまわないことになるような気がして。エレインという人間のことを、もう一度真剣に考えることになるような気がして」

「ハミルトンさん……」

「いかがでしょう、私的に私と会っていただくことはできないでしょうか？　記事のなかでは絶対にあなたには触れません。メモも取りませんし、録音もしません。お約束します」

「お宅の編集長は、それでは喜ばないんじゃないですか」

「編集長には知らせません」

リーヴはためらっていた。メディアの代表としてのロザンナにリーヴが不信感を抱いていることを、悪く取ることはできなかった。特にリーヴの過去を思えば。

「お願いします」とロザンナは言った。「本当に騙すつもりはないんです。私にとって、大事なのはエレインなんです。ニック——編集長のことですけど——には、リーヴさんにはインタビューに応じる意思がないと伝えます」

「じゃあこうしましょう」とリーヴが言った。「まずお互いに知り合うために、どこかでお会いしましょう。どこまでお話しするかは、それから決めます」

ロザンナは安堵した。「ありがとうございます。本当に感謝します。事務所にうかがいましょうか？」

「今日の昼間は都合が悪いので」とリーヴが言った。「今晩ではどうでしょう？　どこかに食事に行きますか？」

「喜んで。ロンドンのどのあたりにお住まいですか？」

「あなたのほうは？」

「ヒルトン・オン・パークレーンです」リーヴがロザンナを自分の領域に入れるつもりはないことがわかった。事務所も駄目、自宅の近所さえ駄目。リーヴはトラウマを抱えているのだ。だから周りと距離を置く。人に会うとしたら、中立的な、できる限り自宅から離れた場所でなければならないのだ。

「じゃあ、七時にホテルに迎えにいきます」とリーヴが言った。「失礼します、ハミルトンさん」

ロザンナは通話を終えると、濡れた携帯を濡れた鞄にしまった。雨はさらに激しくなっている。たったいま交わした取引にニックならなんと言うだろうと考え、ニックの怒りの言葉を想像して、思わず少し首をすくめた。

駅までの最後の道のりを歩くあいだ、靴にたまった水がキュッキュッと音を立てた。これからホテルに戻って、もう一度熱いお風呂に入り、サンドウィッチを頼もう。もしかしたら、ワインを一杯付けてもいいかもしれない。

自分にそれくらいのご褒美は上げてもいいと思った。

6

夕方、ビッグス家の住居のドアを叩いたのは、今度もまたバーンズ巡査とカーリー巡査だった。ドアを開けたゴードンは、普段からいつも、警官を見ると嫌な気分になる。だが今日は特に落ち着かない気分になった。ふたりの巡査の表情が、まったく気に入らなかった。

「ビッグスさん……」とカーリーが切り出したが、そこで口をつぐみ、同僚のほうを見た。

「入ってもよろしいですか?」とバーンズが訊いた。

「ああ」できればふたりとも地獄にでも追い払ってしまいたかったが、ゴードンはそう答えた。

警察が来て、いい知らせがあったためしはない。そして今日、目の前のふたりは特別に悪い知らせを持ってきたように見える。

ふたりの先に立って、昨日と同様、台所へ案内した。妻のサリーと娘のアンジェラがテーブルの前に座っており、息子のパトリックが缶ビールを手に隅のほうで壁にもたれていた。サリーはいつものように飲んではいたが、昼間に医者に行くために三時間近く家を留守にしていて、そのあいだ蒸留酒から離れていたため、飲酒の総量はいつもよりずっと少なかった。サリーの通常の飲酒量を考えれば、ほとんど素面だと言ってもいいくらいだ。サリーは雑誌をめくっていた。アンジェラはお茶を飲んでいる。

「また警察だぞ」と、警官たちが台所に入ってくると、ゴードンは言った。

どういうわけか皆もすぐに、空気に漂う緊張感に気づいた。アンジェラは思わず立ち上がった。パトリックは、ちょうど口に運びかけていた缶ビールを下ろした。サリーは雑誌から目を上げた。

「なに？」とサリーが警戒した声を出した。

バーンズ巡査が咳払いをした。「最初に言っておかねばならないのですが、まだお嬢さんのリンダさんだと決まったわけでは……」と、話しだす。

「リンダが見つかったんですか？」とアンジェラは訊いた。

「だから、まだわからないんです」とバーンズが答えた。そしてしばらくためらった後、意を決して話しだした。「今日の昼頃、エッピング・フォレストを散歩していた人が、若い女性の……死体を見つけました。人物描写からして、リンダさんの可能性があります」

「死体？」とゴードンがぎごちなく尋ねた。

サリーが片手で口もとを覆った。

「ちくしょう」とパトリックが言った。

「申し上げたとおり」とカーリーが割って入った。「まだ確証はないんです。ですから、ご家族の誰かが我々と一緒に署へ来て、死体の身元確認をしていただけないでしょうか——または、リンダさんではないことを確かめていただきたいんです」

「あいつがどうしてエッピング・フォレストなんかにいるんだ?」とゴードンが訊いた。「あんなところ、行ったこともないはずだぞ!」

「いまのところ、そこが殺人現場なのか、それとも女性は殺された後でそこまで運ばれたのか、わかっていません。この事件では、検視官の仕事がかなり多くて。死体は雨のなかに放置されていたので、正確な状況を再構築することが難しいんです」

「その人はどう……じゃなくて、その人の……」とアンジェラは口を開いたが、言いたいことを言葉にすることはできなかった。

だがバーンズは、アンジェラが何を尋ねたいのか、理解したようだった。「当然、まだ最終的な検視報告書は上がってきていませんが、どうやら溺死だったようです」

「でもリンダは泳げたぞ」と、台所の隅からパトリックが言った。「それも、かなり上手だった」

「そうよ」とサリーが言った。「小さいときには、水泳クラブにだって入ってたんだから。競泳をやってたのよ。二回もトロフィーを持って帰ったことがあったわ。そうよね、ゴードン?」

「そうだ」とゴードンも言った。かすかな希望のきざしが、その場にいた家族全員の顔に表われた。だがその希望は、バーンズ巡査によってすぐにまた打ち砕かれた。

「その……単純な溺死ではないんです」と、バーンズは慎重に言った。「どうやら、その……

死体は手を縛られた状態で、池のほとりで見つかったんです。被害者はおそらく意識を失っていたと思われます。頭が水に浸かっていました。溺死させられたんです」

静寂が広がった。ビッグス家の台所には時計がないので、こんな場面にお決まりの秒針の音さえしない。冷蔵庫だけがブーンとかすかな音を立てている。

しばらくしてから、カーリー巡査が言った。「もしかしたら、リンダさんとはまったくの別人かもしれませんよ。だとしたら、いまここで辛い思いをしても、早とちりということになります。ビッグスさん、一緒に来ていただけますか？」

ゴードンは手で顔をぬぐった。その手はかすかに震えている。「その……強姦されたのか？」と小声で訊いた。

「身元確認が済むまでは、これ以上詳しいことは申し上げられません」とバーンズが返答を避けた。

サリーが立ち上がり、「私も行きます」と宣言した。「ゴードン、一緒に行くのよ」

「母さん、母さんには無理よ」とアンジェラが口を挟んだ。顔が灰色になっている。

「でも、行きたいの」とサリーは言い張った。「もしかしたら、見つかったのは私の娘のリンダかもしれないんだから。さあ、行くわよ、ゴードン。私たちの子供かもしれないのよ。行かなくちゃ」

「靴を履かないと」とゴードンが言った。足もとはフェルトのスリッパだ。そのスリッパで悲しい足音を立てながら、ゴードンは台所から足を引きずるように出ていった。

「母さん」と、アンジェラは懇願するように言った。

「弟たちの面倒を見てやって」とサリーがアンジェラに言いつけた。「そろそろ家に帰ってくる頃だからね。あの子たちには、まだ何も言わないで。夕ご飯を食べさせて、ベッドへ行かせて。わかった？　任せてもいいわね？」

「わかった」とアンジェラは言った。そして泣き始めた。

「パトリック、お姉ちゃんを手伝うんだよ」とサリーが言った。

普段なら、パトリックはこういった無茶な要求には激しく反抗する。だが今日はおとなしくうなずいた。「もちろん。そうするよ」

ふたりの警官に付き添われて、サリーも台所を出ていった。アンジェラは彼らの姿を見送った。生まれて初めて、小声でひっそりとではなく、ひざまずいて大きな声で祈りたいと思った。だがそうはしなかった。家族にはそんな習慣はないし、弟に笑い飛ばされるかもしれないと思ったからだった。

7

七時少し前、マーク・リーヴとの約束のためにちょうど着替え終わったとき、ロザンナの携帯電話が鳴った。一瞬、リーヴの気が変わったのか、約束を取り消すためにかけてきたのかと思ってびくりとしたが、画面に出ているのはジブラルタルの自宅の番号だった。デニスだ。ようやくかけてきたんだ。デニスの沈黙は二十四時間以上続き、ロザンナは少し心配になっていたところだった。そこまで怒っているのだろうか？

「もしもし？」とロザンナは電話に出た。

しばらくの沈黙の後、受話器の向こうからためらいがちな声が聞こえた。「ロザンナ？」

ロバートだ。デニスではなく、息子のロバートだ。失望したが、瞬時にそれを態度には出すまいと決めた。

「ロバート！　電話をくれるなんて、うれしいわ！　元気？」自分の声が不自然に明るいことに、自分でも気づいた。父と義理の母とが喧嘩したことを、ロバートは知っているのだろうか？

「まあまあだよ」と、ロバートはその年齢の少年に典型的なクールな口調で言った。「そっちは？」

「こっちも元気。天気は最悪だけど、まあイギリスなんてそんなものだし」

「父さんはいつも、イギリスなんて天気が悪すぎて、とても人の住めるところじゃないって言うけど」とロバートが言った。

「そうね」ロザンナは、単刀直入に行くことにした。ロバートが電話してきたのは天気の話をするためでないことは明らかだ。だがロバートは、自分からはどう切り出していいかもよくわからないらしい。

「ロブ、お父さんと私は、いま喧嘩中なの」と言った。「お父さんの機嫌、それほど悪くないといいんだけど？」

ロザンナのほうから言いにくい話題を持ち出してくれて、ロバートがほっとしたのが、手に取るようにわかった。「機嫌は最悪だよ」無関心なふりを装っていても、ロバートの声は憂鬱そうだった。「もう僕にも何ひとつ許してくれないんだ。週末に、学校の最上級生のパーティーがあるんだ。僕たちの学年からも何人か招待されたんだけどね。なのに父さんは、行っちゃいけないって言うんだよ」

「ああ――ロブ！　それは辛いわね。わかるわ。でも実際、本当にまだ少し早すぎるんじゃない？　だって、最上級生っていったら……ずっと年上の子たちじゃないの！」

「十八歳だよ！　僕は十六歳！　どこが違うんだよ？」

「二歳違うでしょ、ロブ。二歳って大きな違いよ！」

「ほかのやつらは、行かせてもらえるんだ。僕だけ駄目なんだよ。父さんはただ……」ロバートは言葉を探した。父の態度がどれほど常軌を逸しているかを、多少なりとも正確に表わす言葉はとても思いつかないようだ。「父さんはただ意地悪なんだ」と、結局ロバートは言った。

だが、そんな言葉では生ぬるいと思っていることは、ありありとわかる。

またいつもの話だ。ロザンナにはデニスの心配と慎重論がよくわかるし、ロザンナ自身も同じ意見だ。だが、デニスが今回もまたどんな口調で禁止を言い渡したのかも、手に取るようにわかる。デニスの問題は、息子を危険から守ろうとすることではなく、その実行のし方にある。最上級生のパーティーと聞くやいなや、否定的な想像ばかりが頭に浮かんでくるのだ。たとえば、酒、ドラッグ、奔放で放縦なセックスなど。ロザンナにもいまだにわからないなんらかの理由から、デニスはそういったことがらについて、息子と穏やかに、実務的に話をすることができない。もしそうできれば、ロバートももしかしたら父親の心配をもっと理解できるかもしれないのだが、デニスはただ頭ごなしに禁止を言い渡すだけだ。そっけなく、厳しい口調で。その一言ひとことの裏に、反論は許さん！　という、口には出さないものの聞き逃しようのない命令が響く。父子の対立が大喧嘩にまで発展するのは、毎回最初からわかりきっているのだ。そうなると、ちぎれた絆の切れ端を多少なりとも縫い合わせようとするロザンナの外交手腕さえ、役に立たないことが多い。

「お父さんはそんなつもりで言ったんじゃないのよ、ロバート」とロザンナは言った。「そんなふうに思っちゃ駄目。お父さんはただ……ただ、心配なのよ。わからない？　あなたがお酒を飲みすぎるんじゃないか、みんながお酒を飲みすぎるんじゃないか。年上の子たちがあなたたちを車に乗せて、酔っ払ったまま暴走するんじゃないか。そういう光景が目に浮かんできて、心配でたまらなくなるのよ」

「でも……」

「お父さんはあなたを愛してる、ロブ。時々気難しいけど、でもあなたのことを本当に愛してる。すごく」

ロバートは一瞬黙り込んだ。ロザンナは、沈黙がこれほど疑わしく聞こえることは滅多にないと思った。やがてロバートは、さりげなさを必死に装う声で、こう訊いた。「いつ帰ってくる？」

「できるだけ早く帰るわ、ロブ。私だって、あなたたちに会えなくて寂しいのよ。特にあなたに会えなくてね」それは本当のことだった。本当にロバートに会えなくて寂しい。そばかすだらけの顔。いつも顔と声に「どうでもいい」という態度をにじませてはいるが、それがどれほど無理に装ったものかはすぐにわかる。クールな態度の後ろには、まだ小さな子供が隠れている。昔のロバートがそうであり、いまでもまだそこから完全には脱皮していない、小さな子供――母親を持ったことのない、傷つきやすい幼い少年。望まれず、計画もされず、最悪のタイミングで生まれてきた子供は、あまりに若く責任を背負いきれない両親にとって、非常に大きな問題となった。結局父親であるデニスが引き取ったわけだが、デニスが決して喜んでそうしたわけではないことを、ロザンナは知っている。そんな空気を、赤ん坊だったロバートも、人が思うよりもずっと敏感に感じたに違いない。

「でもさ」とロバートが言った。

そのとき、部屋の電話が鳴った。

「ちょっと待ってて」とロザンナは言って、受話器を取った。ホテルのレセプションからだった。「リーヴ様がお越しです、ハミルトン様」

「すぐに行きます」とロザンナは言った。そして再びロバートに話しかけた。

「ロブ、あのね、悪いんだけど……」

「リーヴって誰？」不信感をにじませた声で、ロバートが訊いた。コンシェルジュの声が聞こえていたらしい。

「私が書く連載の事件に関係がある人よ。言ってみれば目撃者みたいなもの。色々訊きたいことがあるのよ」

「なんだ、そうか。わかった。じゃ……元気で。チャオ！」とロバートは言って、電話を切った。

　ロザンナは携帯電話の電源を切ると、わずかのあいだ考え込んだ。リーヴのことを尋ねたロバートの声には、本物の不安が感じられた。ロバートは、父のことで愚痴を言うためだけに電話してきたのではない。ロザンナと連絡を取るため、ロザンナがまだ存在すること、まだロバートの人生の一部であることを文字どおり確かめるためだったのだ。ロバートは父親とロザンナとの喧嘩を知っている。おそらく、もっと色々知っているだろう――ロザンナがジブラルタルでの暮らしに満足していないこと。昔の仕事に戻りたいと切望していること。デニスとロザンナの関係に、日常のこまごましたいさかいが――そしてロザンナの側のどんどんつのっていく不満が――影を落としていること。ロバートがロザンナを、父の人生の伴侶として、そしてロバート自身の母として、どれほど歓迎してくれているかは、いつもわかっているつもりだった。だが、ついに手に入れた家族がまたばらばらになってしまうかもしれないという隠れた恐怖感に、ロバートは常に脅《おびや》かされているのかもしれないと、いま初めて気づいた。義理の母のイギリス行きに、本当に悩んでいるのかもしれないと。なぜなら、ロザンナが戻ってくるかどうか、確信が持てないからだ。なんといっても、ロザンナはロバートの産みの母ではない。そして、産みの母でさえ息子を捨てた。ロバートをこの世に生み出した女性が、当時まだ若かったロバートの父の腕に泣きながらヒステリックにしがみつき、「私には無理！　無理！　無理！」と叫んだとき、ロバートは生後四週間だった。

その瞬間のことを、ロバートが覚えているはずはない。だがそれは、ロバートの生い立ちとその人格形成の決定的な一部であり、ロバートの夢や不安に深く根を張っているのだ。

ああ、ロブ、とロザンナは思った。私を信じてさえくれたら……もちろんあなたのところへ戻るわ。もちろんよ！

できれば、すぐにまた電話をかけなおして、愛している、あなたは私の人生の一部だ、と言ってあげたかった。だがいまはそうするべきときではないような気がした。そんなことを突然言われても、ロバートも気恥ずかしいだけだろう。根本的には、じっくりと時間をかけて話し合うべきテーマだ。だがそれは電話では無理だ。それに階下のロビーでは、マーク・リーヴが待っている。

兄のセドリックからは連絡がなかったが、ロザンナはメモを書いて、彼の部屋のドアの下に挟んでおいた。**マーク・リーヴと食事に行ってきます！**

コートを手に取って、部屋を出た。

リーヴの顔は新聞で見ており、ハンサムな男であることは知っていた。それ以上のことは、写真からはわからなかった。写真の顔からは、硬く心を閉ざしているような印象を受けた。表情からはなんの感情もうかがえなかった。リーヴが朗らかな男なのか、逆に生真面目なタイプなのか、人あたりがいいのか悪いのか、協力的なのか拒絶的なのか、温かい人間なのか、冷たいのか、そういったことは何もわからない。電話で話したときには、リーヴの声は心地よいと感じたし、非常に礼儀正しい人だとも思った。それ以上はわからない。ロザンナは自分のなかで、リーヴという人間像をつくり上げていた。新聞に書かれたことがらから推測し、隣人のミスター・ホールとの会話で補強した人間像だ。マーク・リーヴという人間は、ロザンナの頭のなかで、鍵になるいくつかの言葉や概念からできていた。魅力的、知的、出世主義者、野心的、すきがない、計算高い、または少なくとも計算ができる。

要するにロザンナは、成功した弁護士と聞いて人が一般的に思い浮かべる特徴を、リーヴに当てはめていた。だが、もしリーヴと初めて実際に顔を合わせたあとに、誰かにリーヴをどう思ったかと改めて尋ねられたら、ロザンナの頭に浮かぶのはたったひとつの概念だっただろう――慎重。マーク・リーヴは、ロザンナがこれまで出会ったなかでも最も慎重な人間のひとりだった。

ふたりはマーシャル通りのインド料理店に行った。リーヴに、インド料理とイタリア料理のどちらがいいか、またはまったく違うものが食べたいか、と尋ねられて、ロザンナは突然、自分がどれほど空腹かに気づいたのだった。そして、ラムカレーのことを考えて、口のなかに唾がたまってきた。

「インド料理がいいわ」とロザンナは言い、マーク・リーヴはうなずいて、こう答えた。「ソーホーにいいインドレストランがあるんです。もしよければ……」

「ぜひ」

リーヴはスピードを出して、だが安全に、ロンドンの夜の道路を運転した。この町のことなら、まるで自分のポケットの中身のように知り尽くしているようだ。二度、渋滞に巻き込まれかけると、迂回《うかい》して小さな道に入ったのだが、あまりに入りくんでいて、ロザンナならすっかり迷ってしまったことだろう。だがリーヴは毎回、目指していた地点にきっちりとたどり着くのだった。レストランの近くに、リーヴは空いている駐車スペースを見つけた。これもとても人間業とは思えなかった。何しろ、あたり一帯、車が鈴なりなのだ。降りながらロザンナは、リーヴはこの黒いレンジローヴァーを五年前にももう持っていたのだろうかと考えた。これはエレインが乗り込んだ車なのだろうか？　エレインも同じ座席に座ったのだろうか？　少なくともこの車は、新しくは見えない。だが、直接尋ねてみる勇気はなかった。マーク・リーヴは、ロザンナと会うことを承知するだけでも、あれほど慎重だったのだ。即座に質問攻めにして、野心的なレポーターの姿をさらすことで、リーヴを怯えさせたくはなかった。

レストランは暖かくて快適だった。インド料理の香辛料のおいしそうな香りが漂い、給仕は皆、刺繍《ししゅう》を施した上着と大きなターバン姿だ。まだ時間が早いうえ、週の半ばとあって、テーブルはそれほど埋まっていなかった。マーク・リーヴは、いちばん奥の隅にあるテーブルを希望した。誰にも話を聞かれたくないのだと、ロザンナにはわかった。

ふたりは注文を済ませた。料理を待ちながら、すぐに運ばれてきたワインをちびちびと飲むあいだは、たわいのない世間話しかしなかった。ロザンナはジブラルタルでの生活について少し話し、それからイギリスの天気と、ロンドンの救いようのない交通状況に話を移した。この世間話のあいだにリーヴが漏らした最も私的な言葉は、「時々、田舎に引っ越したくなりますよ。イギリスには本当にたくさんの素晴らしい場所がありますからね。静かな土地が」というものだった。

ロザンナは目立たないようにリーヴを観察した。これまでずっとどういうわけか、日に焼けた男だと想像していた。太陽でなければ、日焼けサロンで焼いているだろうと。だが実際のリーヴは真っ白だった。二月の中北部ヨーロッパの人間に典型的な、冬の白さだ。黒髪にはところどころ白髪が混じっている。シャツ、ネクタイ、黒いスーツ。おそらく仕事から直接来たのだろう。疲れているようだ。

ついに最初の一歩を踏み出したのは、リーヴ本人だった。表情を引き締め、少し身を乗り出すと、ロザンナの目をまっすぐにじっと見つめた。

「私たちがこうして会っているのは、天気や、ロンドンでまもなく起こりそうな交通麻痺の話をするためじゃありませんよね」とリーヴは言った。「エレイン・ドーソンの話をするためだ。まず最初に言っておきたいんですが、私があなたにお会いすることを承諾したのは、あなたがドーソンさんとつき合いがあり、非常に個人的な意味で彼女の運命に関心を持っているのが理解できるからという、ただそれだけの理由です。ですから——あらぬ疑いをかけているように聞こえたら申し訳ないんですが——あなたの話がジャーナリストのトリックではないと信じられることが前提です。それに、ここでの話は純粋に私的なもので、私がはっきりと承諾しない限りはメディアに載ることはないというあなたの約束も、信頼していいですね。それが今晩の条件です」

ロザンナはうなずいた。「お約束は絶対に守ります、リーヴさん。私がいまここにいるのは、エレイン・ドーソンの友人として——いえ、どちらかといえば、知人として——です。ジャーナリストとしてではなく」

リーヴがついにかすかな微笑を見せてくれて、場の緊張はわずかにほぐれたが、それでもロザンナは、リーヴのほうは少しも緊張を解いていないという印象を持った。ロザンナの言葉を頭から疑っているわけではなさそうだ。だが、本当に信用しているとはとても言えない。突然ロザンナは、そもそもどうしてリーヴは自分に会いに来たのだろうと思った。そんなことをしても損になるばかりだというのが、リーヴの意見ではなかったか？

そんなロザンナの疑問を読み取ったかのように、リーヴが突然言った。「正直に言いましょう、ハミルトンさん。お電話をもらった後は、本当に悩みました。あの話を蒸し返されるほど嫌なことは、この世にまずありませんから。でも結局、こう思ったんです……」ここでリーヴは言葉を切った。

「なんですか？」とロザンナは訊いた。

思い切ったように、リーヴは続けた。「いま言ったとおり、あなたの個人的な関心が理解できるというのも本当です。でもそれ以上に私を動かしたのは、あなたはいずれにせよ『カヴァー』に記事を書くという事実なんです。もし私が協力をすべて断わってしまわなければ、少しは記事に影響を与えることができるかもしれない。もしかしたら。でも断わってしまえば、その可能性はまったくなくなります」

「正直な方ですね」とロザンナは言った。そして一瞬黙ったが、こう付け加えた。「それに、大きなトラウマを抱えていらっしゃる。そんな印象を持ちました」

リーヴが再び微笑んだ。今度は苦い微笑みだった。「五年前の一月、ヒースローの男性トイレのドアの前で泣きじゃくる若い女性に、文字どおりぶつかったのが、私の不幸でした。あのまま放っておいて、立ち去ればよかったんです。彼女とはなんの関係もないんだし、私の知ったことじゃありませんからね。でも、あんまりひどく泣いているもんだから……なんというか、救いがないという感じで。だから、何か私にできることはあるかと尋ねました。そして、実際に私にできる唯一のことは、その晩の寝場所を貸すことでした。残念なことに、彼女は私の申し出を受けました。そしてそのあと……何もかも変わってしまった」

給仕が料理を運んできた。食欲をそそる香りだ。

「すごくお腹がすいてるんです」とロザンナは言った。

リーヴがうなずいた。「私もです。今日最初のまともな食事ですよ」

「私のほうもそうです」とロザンナは言った。しっかりと昼食をとる代わりに、あなたの昔の隣人と話してたのよ、と思って、恥ずかしくなった。リーヴには永遠に知られませんように、と祈った。

しばらく食べた後、リーヴが唐突に訊いた。「どうしてみんな、あのときエレインは犯罪の犠牲になったんだと思っているんでしょうね？」

「みんなそう思ってるんですか？」とロザンナは訊き返した。

リーヴはうなずいた。「少なくとも何人かは。急先鋒はエレインのお兄さんでしょうね。堅く信じ込んでますから。警察も少なくともそう考えはしたみたいです。もちろんそれが彼らの仕事なんですが。メディアは完全にその路線でしたし。でも……まあ、ただの失踪よりは、殺人のほうが売れ行きもいいですからね」

「たぶん、エレインがなんの痕跡も残さずどこへ消えてしまったのか、誰にもちゃんと説明できなかったんですよ。それに、なぜなのかも。だって……私だって、想像がつきませんから……」

リーヴがロザンナをさえぎった。「でも、あなたはエレインを知っていたんじゃないですか。エレインを知っていた人なら、彼女がどれほど絶望的な、不幸な人生を送っていたかも知っているはずだ。少なくとも、赤の他人の私に、エレインはすぐさまそう話しましたよ。兄に縛りつけられている。あの村に縛りつけられている。人生になんの展望も持てない。私の受けた印象では、エレインには逃げ出すこと以上の望みなどないようでしたよ」

「でも……」

リーヴが手に持っていたフォークを下ろした。「どうして誰も、エレインはたぶん恋人と一緒に逃げたんだと言わなかったんでしょう？　そしていまでも兄から隠れていると？　単純なことじゃないですか」

ロザンナは呆然とリーヴを見つめた。「恋人？　エレインに恋人がいたんですか？」

リーヴは驚いたようだった。「知らなかったんですか？」

「ええ。ちっとも知りませんでした」

リーヴは肩をすくめた。「少なくともエレインは私には、恋人がいると言いましたよ。でも彼のことはお兄さんには内緒だって。そして、実を言えばただ逃げたい一心だって。だいたい、正直言うと、エレインが姿を消したと聞いたとき、私は一瞬だって驚きませんでしたよ」

ロザンナは不意打ちを食らったように、呆然としていた。エレインの人生には男性がいたのだ。

それならすべてが違ってくる、と思った。

二月十三日水曜日

1

夜、ピットの夢を見た。もう長いあいだなかったことで、朝にはうろたえ、打ちのめされて目を覚まし、一瞬、こういった悪夢がしょっちゅう定期的に襲ってきて、それが人生の一部となっていた逃亡後の数か月に戻ったような気がした。悪夢をすっかり見なくなったことを、過去に打ち勝った最初のしるしだと思っていた。でもいま、また……。

たまたまよ、と考えながら、ベッドから降りた。いつものように、小さな部屋はとても寒く、建て付けの悪い窓からひどく風が吹き込んでくる。外を見ると、どんよりした雨模様だ。通りの向かい側の建物には、布団が干してある。きっと最後には、新鮮な空気にあてようと干した布団は、よりいっそう湿る結果になるだろう。

彼女が見た夢は、スーパーマーケットの駐車場のものだった。夢というものはたいていそうだが、非現実的に歪められた部分もあった。たとえば、スーパーは雲をつくような巨大な高層ビルだった。実際はそうではなく、あのスーパーは特に背の低い、横に長いばかりの建物だったというのに。それに夢のなかでは、その建物は延々と広がる荒涼とした冷たい影のなかに沈んでいた。そのなかで彼女は、光を求めながらも二度と再び目にすることができない、凍えるちっぽけな蟻になったような気がした。

きっとこの部屋がこんなに寒いせいだ、と思いながら、彼女は身を震わせて肩をすくめた。だって実際はまったく違っていたんだから……あのときは……。

彼女の記憶では、あれは十月の初め頃だった。まだ晩夏が続いているかのような暖かい日だった。あの頃、彼女はピットを愛していた。少なくとも、愛していると思い込んでいた。もちろん、自分がいつもびくびくしていることを、おかしいと思ってはいた。あまり幸せだと感じられないことを。本当に恋をしていたら完璧に幸せなはずだ、輝くような、宙に浮くような気分になるはずだ、と彼女はいつも信じていた。きっと毎日が楽しくて、何もかも素晴らしく見えるはず、天国にいるような気分になるはずだと。

ピットのそばにいてもそんな気分にならないのは明らかだった。けれど彼女はそれを、ロンがいつも近くにいるせいだと、ずるずる責任転嫁していた。ロンは嫌な男だが、残念ながらピットは彼を崇《あが》め奉《たてまつ》っている。いつも彼女とふたりで暮らす家にロンを招く。そんなとき、彼女は料理をしなければならない。手間のかかるおいしい料理を、ただロンを喜ばせるためだけに。

あの日、ロンは七面鳥が食べたいと言った。「本格的なやつ」と。そのための買い物をしようと、彼女がスーパーへ出かける間際、ピットが急についてくると言いだした。

いま思い返せば、自分とピットの関係が上から下まで異常だったことにすぐに気がつかないとは、自分はなんと愚かだったのだろう。彼女はピットとともに生きることを夢見ていた。それなのに、ピットがスーパーについてくると言っただけでもうすくみ上がり、涙まで出そうになったのだ。買い物は毎回、彼女にとって、わずかな自由時間を意味していた。ひとりでスーパーの棚のあいだを回り、値段を見比べ、ほかの買い物客たちを観察できる。なんだかまめまめしい主婦になったような気分になれる。ゆっくりと慎重に、その生活ぶりをうかがわせる品物で買い物籠をうめていく主婦たちのひとりに。ほかの人たちがどんな生活をしているのかを、買い物籠の中身から推測するのも好きだった。あんなにたくさんの牛乳と、ありとあらゆる種類のミューズリを籠に入れた女性には、おそらくたくさんの子供がいるに違いない。別の女性は、慎重に、見たところ愛情たっぷりに、大量の猫の餌の缶と、「ブレッキーズ」を一袋選び出した。とても急いでいるらしいあの若い男性は、たぶん学生だろう。コーラとコーヒーをたっぷり買い込み、食べるものだって必要だということにまでは頭が回らないようだ。もしかしたら試験の前で、夜通し勉強するために、なんとか目を覚ましておく必要があるのかもしれない。

　そういったことも、ピットがそばにいては考えることができない。ピットとそういう会話をしたいと望んでも、どうせ意味がない。だから、試みたことも一度もない。ピットは機嫌がよければ彼女に愛情たっぷりに接してくれる。けれど、彼女のことをこの世で一番の馬鹿女だと考えていることを、冷厳に態度で示すこともある。だから、見知らぬ人たちの買い物籠の中身から自分が想像したことを話しても、ピットには「くだらない」と言われるだけだろうと、なんとなく予測できた。

その日は最初から、ピットは攻撃的な気分を押し隠しているように見えた。彼女に運転しろと言っておきながら、ずっと文句ばかり言っていた。スピードが速すぎる、遅すぎる、ブレーキを踏むのが早すぎる、遅すぎる、といった具合で、まるで彼女が考え得るありとあらゆる間違いをしでかしたかのようだった。もちろんその結果、彼女はどんどん神経質になり、本当に運転が不安定になった。

「信じられん」とピットは大げさにうめいた。《テスコ》の駐車場へ乗り入れようと曲がるとき、危うく自転車に乗った男とぶつかりそうになったが、男のほうが曲芸なみのカーブを描いて危機一髪でなんとか避けてくれて、盛大な罵り言葉を浴びせながら走り去っていった後だった。「信じられんよ、どうやったらそんなに下手な運転ができるんだ！」

「そんなに下手だと思うんなら、どうして自分で運転しないの？」と、涙をこらえながら彼女は訊いた。

「俺がいつでもなんでもしてやってたら、おまえはいつ学ぶっていうんだ？　そろそろ自立してもらわないとな！　まったく！」

それでもなんとか、ピットの不興をあまり買わずに車を空いた駐車スペースに入れることができた。場所がスーパーの入口から遠すぎるとかいうことで、ピットは多少文句を言ったが、実は彼女は考え抜いてこの駐車場所を選んだのだった。というのも、隣のスペースも空いていたので、大きなカーブを描いて乗り入れることができたのだ。すでにすっかり震え上がっていたから、通常の操車手順では、きっと車体に傷をつける結末になったことだろう。

その後に何が起きたのか、あとから考えてみてもよく思い出せない。決定的な瞬間は自分の目では見なかったし、あれが本当にピットがあとから主張したように殺人未遂だったのかどうかもわからない。ちょうどふたりが、それぞれのドアから車を降りたとき、赤いミニ・クーパーが左隣の空きスペースに入ってきた。それも、ピットが言うには、まず開いた車のドアをかすり、そのせいで、車の横に立って、いつもドライブの後で——たとえどんなに短い距離でも——するように、身体を伸ばし、たくましい上腕の筋肉を自在に操っていたピットを、すんでのところでひき殺すところだったという。

だが実際には、何も起こらなかった。ミニ・クーパーは適切な位置で停まり、物にも人にも当たらなかった。そして、運転していたジーンズとセーター姿の若い男は、申し訳なさそうに微笑んだのだった。おそらく彼は、本当にスピードを出したまま勢いよくカーブを切り、そのせいで人を驚かせてしまったことを申し訳ないと思ったのだろう。

だがピットは怒り狂った。

「おい、この野郎！」と怒鳴った。「降りてこい！　すぐに降りてこい！」

若い男の微笑が凍りつき、混乱の表情に替わった。

「降りろと言ったんだ！」とピットがわめいた。

買い物ワゴンに小さな子供を乗せた若い女性が、驚いたようにこちらを見て、足を速めた。一組の老夫婦もまた、慌てて離れていった。

若い男は車を少しバックさせた。一瞬、そのまま急いで逃げていきそうに思われた。実際、そんな考えも頭をよぎったのだろう。だが結局、男の誇りが勝った。慎重に、だがきっぱりと、男は怒り狂うピットの横に車を停めたのだった。

なす術もないまま、彼女は思った――逃げて！　お願い、逃げて！

だが、若い男は車を降りてきた。男とピット以上の対照的な存在はまずないと言っていいだろう。その見知らぬ男は背が高く、控えめだが高級な服を着ており、高い教育を受けた知的な人間に見えた。ピットのほうは、男よりも頭ひとつ分小さかったが、その代わり筋肉の塊だ。曲がった短い脚は、洗いざらしの擦り切れた細すぎるジーンズに包まれている。袖なしの白いシャツから、上腕に彫られた無数の刺青《いれずみ》が見えている。

「おい、こっちに来やがれ」とピットは怒鳴った。「やるか？　やるか？」

「おっしゃる意味がわかりませんね」と若い男が言った。「ここに駐車するときに驚かせてしまったんでしたら、申し訳ない。でも怪我はなさっていないようだし、僕の見る限り、車にも傷はついていないようですけど」

「えらそうに、なんだと？　俺を攻撃しておいて、そのえらそうな態度か、え？」相手の洗練された物言いが、ピットの攻撃意欲をますます高めたようだった。それに、ミニ・クーパーとランズエンドのセーター、トッズの靴も同様だ。男はピットが憎むあらゆるものを体現していた。

「顔に一発叩き込んでやる！」とピットはわめいた。

若い男は不安そうだったが、それを隠そうとしていた。ピットよりずっと背は高いが、殴り合いになれば負けるのはまず間違いないだろう。暴力沙汰には慣れていないし、ピットが勇名を馳せるその残虐さのかけらさえ持ち合わせていないようだ。

「なんでもなかったじゃないですか」と、落ち着いた声で男は繰り返した。だがその頬はわずかに蒼白になっていた。

「なんでもないだと？　なんでもない？　そのお高い車で俺をひき殺しそうになっておいて、貴様、なんでもないだとお？」その言葉を強調するように、ピットはミニ・クーパーのバンパーを思い切り蹴りつけた。そして、本当にへこませることに成功した。

「やめてください！」と若い男が抗議した。

「なんだと？　おい、よく聞こえなかったぞ、この野郎。いまなんて言った？　俺に聞こえるように大声で言ってみろ！」ピットは車をぐるりと回って、男の鼻先に立ちふさがった。

男の心臓が喉もとまでせり上がっているのは、見るからに明らかだった。助けを求めるようにあたりを見回したが、広い駐車場の奥のこの場所にいるわずかな人たちは皆、うつむいて足早に離れていく。ピットは誰もが本能的に避けたくなるタイプの人間だった。残虐性と憎しみの化身《けしん》のようなこの男と争いたいと思う人などいない。

「僕の車を蹴るのはやめてくれと言ったんです」ほかにどうしようもないので、若い男はそう繰り返した。「でなければ、警察を呼びますよ」

「サツだと？　サツを呼ぶってか、え？　俺をひいておいて、サツを呼ぶ？　そりゃちょっと図々しくないか、え？　ちょっとあんまり図々しくないか？　なんだと？　もっと大きな声で言えよ、てめえ。聞こえんぞ」

「なにも言ってませんよ」と若い男が答えた。

どうしてさっさと逃げなかったの？　と、絶望的な気分で彼女は思った。

ピットの拳が勢いよく突き出され、若い男の鼻に命中した。男はすぐに膝を折って、地面に倒れた。鼻から血が溢れ出した。男は手で顔を押さえながら、呆然とピットを見上げた。

「これでもまだサツを呼ぶか？　え？　聞こえんぞ！　まだ何も聞こえんぞ！」ピットは力いっぱい男の肋骨を蹴った。男は叫び声をあげて横に転がり、太陽で温められたアスファルトの上に身体を丸めた。

「頼む」と小声で男はうめく。「やめてく……」

「なんだと？　何か言ったか？　ほんとに何か言ったのか？」次の蹴りが入った。男の肋骨が何本も折れる威力だった。若い男はさらに大きくうめいた。

彼女は、男の視線が助けを求めて自分に向けられるのに気づいた。そして目をそらした。男のためにしてやれることはない。いまここに割って入れば、どんな目に遭うことになるか、よくわかっていた。なんの理由もなくこの駐車場でめちゃくちゃに殴られるのは、男にとってとてつもない不幸だろう。ただ運悪く、間違った瞬間に間違った場所に車を停めて、自分の攻性と社会に対する憎しみのはけ口を探していたピットのような人生の落伍者に出会ってしまったというだけで。それでも、男はこれで死ぬことはないし、すぐにまた、ピットのような男など存在しない、人が互いに礼儀正しく洗練されたつき合いをする世界へと戻っていくだろう。

だが彼女はそうではない。ピットにつながれ、ロンにつながれている。これ以上立場を悪くすることなどできないのだ。ピットはまだ彼女を殴ったことがない。だが、何度かその直前まで行ったことはあった。そして、いつかはピットが自分を殴るだろうと、彼女にはわかっていた。実際彼女は、自分を待ち受ける地獄を、この時点ですでに悟っていたのだ。

あの十月の日、《テスコ》の駐車場で、身体を丸めて血を流す男を足もとに見ながら、彼女は初めて、たとえどんなにひどくてもやはりかつての生活のほうがよかったのではないかと自問したのだった。

今日でもまだ、あのとき自分が出した答えを覚えている——でも、私はピットなしでは生きていけない！　私のものだと言える男なしでは、もう生きていけない。

彼女は背を向けて、アスファルトの上ですすり泣く男には目をやらずにいた。やがてピットは満足して、彼女の手から車の鍵をひったくると、言った。「おい。行くぞ」

「でも……買い物は？」まるでいま重要なのはそれだけだと言わんばかりに、彼女は訊いた。

「ほかの店でもできる。乗れ」

ふたりは車に乗り込んで出発した。慌ただしくタイヤをきしませながら。もっとも、ピットは運転席に座ると、普段からいつもそうする。どんなときでもタイヤをきしませる。バックミラーに、身体を丸めた男の姿が映っていて、彼女の全身が冷たくなった。ところがピットのほうは口笛を吹いていた。いまではすっかり上機嫌で、なんと買い物のあと彼女を靴屋に連れていくと、パンプスを買ってくれた。黒いエナメルのパンプスで、ヒールは十二センチ。先端には大きな人造宝石がふたつ付いたバックルがある。彼女がそういう靴を履くのが、ピットは好きだ。彼女は好きではなかったが、ピットに逆らうことなど考えられなかった。

あれからどうなったんだっけ？　と彼女は考えた。覗き魔キャドウィックの部屋の上階にある住居の、物置にも似たちっぽけなバスルームで、鏡に映る実年齢よりもずっと老けて見えるやつれた顔を見つめ、いまだに寒さに震えて肩をすくめながら。

あの若い男は、ピットを訴えたのだった。臆病で男を助けることはできなかった通行人たちだが、少なくとも車のナンバーは記憶していたのだ。だがたいした事件にはならなかった。ピットは罰金と懲役刑を宣告されたが、執行猶予がついた。ついに前科持ちになったことを、ピットが気に病む様子はなかった。それどころか、むしろそれを一種の勲章のように感じているようだった。

彼女は顔に少し水をかけ、髪をとかした。今朝はシャワーはやめておくことにした。ボイラーがあまりに小さくて、いつもお湯がすぐになくなってしまうのだ。今日は、突然氷のように冷たい水を浴びるのには耐えられないと思った。寝室に駆け戻り、急いで下着、ジーンズ、セーター、分厚い靴下を身につけた。なんとか身体を温めるために、すぐに熱いコーヒーを飲まなくては。こんなに隙間風の吹くアパートを平気で貸し出すなんて、キャドウィックは恥知らずだ。本当ならとっくに窓を新しくするべきなのに。せめて彼がいい人であれば。ところがいい人どころか、懲《こ》りずに廊下をうろうろしたり、彼女の住居のドアに耳をぴたりとくっつけて、スケベ心を満足させているのだ。彼女は身震いした。

寝室の隣にある台所のテーブルには、新聞が載っている。昨日買って、丁寧に賃貸物件欄を調べたのだ。ふたつ隣の村に、いま住んでいるこの穴倉の家賃を超えないアパートがふたつ空いている。住み心地はここよりずっといいに違いない。問題は、そうなるともう《ザ・エレファント》まで歩いていけなくなることだ。バスがあるにはあるが、ようやく仕事を終える真夜中には、当然もう走っていない。自転車を買わなくてはならないだろう。でも、冬にはどうしよう？　いや、もしかして住まいのある村で仕事も見つかるかもしれない。少なくとも当たってみることはできるだろう。理想的なのは、確かにいまのような暮らしだ。だがいまではキャドウィックに対してほとんど病的な嫌悪感を感じる。もう引っ越すこと以外には何も考えられない。

また自分を変えてみるのも悪くないかもしれない。当初、逃げ出したばかりの頃、決してひとつの場所に長くは留まらないと心に誓ったことを思い出した。もしかして、最近は気が緩みかけていたのかもしれない。そしてあの気持ちの悪いキャドウィックは、そろそろ場所を変えるべきだという天からの合図なのかもしれない。これまで時々、すべてが自分の思い込みなのでは、過去のトラウマのせいでまったく必要のない逃亡を続けているのではと思うこともあった。けれど、ちょうど昨夜あの《テスコ》の駐車場での事件がよみがえったことで、いくら慎重になっても足りないことがはっきりわかった。あの駐車場での事件が、すべての始まりだったのだ。その後色々なことがあった。ピットはサイコパスなのだ。心の奥底では、ピットが面目をつぶされたままでいられる男ではないことはわかっていた。真夜中に目が覚めて、ピットがいまだに自分を探していると感じることもある。

彼女は新聞を鞄に突っ込んだ。ミスター・キャドウィックの電話で貸主にかけることはできない。当然だ。《ザ・エレファント》からかけよう。

暗くて寒い冬の朝に、この家でのように震えることも、もう二度とないかもしれない。

そう想像しただけで、うんと気分が明るくなった。

2

スコットランド・ヤードのフィールダー警部は、今朝、イズリントンにあるビッグス家の台所で、自分の職業をあまり好きになれずにいた。少年時代は、流行の推理小説を貪るように読み、有名な探偵や刑事に自分を重ねて、将来の仕事として、警察に入る以外の望みなど一瞬たりとも抱いたことはなかった。殺人事件を解決したかった。死んだ人たちに正義をもたらしたかった。人の命を奪うという、人間にとって最も重い罪を犯すことをためらわなかった者たちに、正義の裁きを与えたかった。

現実が小説と違うことは、当然すぐに明らかになった。誰だって、いつまでも正義感に燃える小さな子供ではいられない。もちろん、いまでも最も大切なものは変わらない——正義だ。だが、警部の熱情の多くは、いまでは失われてしまっていた。多くの事件が未解決のまま終わることだけが理由ではない。他人に計り知れない苦悩をもたらした人間が驚くほど軽い罰しか受けずに終わるのを、刑事として苦々しい思いで見なければならないことが多いのも、理由のすべてではない。何より気が滅入るのは、常に暴力と関わらねばならないことだ。人間の低次元で、嫌悪すべき、腐った、倒錯的な面と。警部は何度も何度も、死体の発見現場に立つ。そして死んだ人間の身体を見つめる。消えてしまった命を。想像をはるかに超える残虐性の痕跡を目の当たりにする。そして遺族の悲しみと痛みを。ティーンエイジャーの頃の警部がまったく考慮していなかったのが、この遺族の悲しみという点だった。何度も何度も、被害者の家族に対峙《たいじ》し、彼らの人生を突然支配するようになった戦慄を目の当たりにしなければならないこと。ショック状態で、必要なものがあるとしたらそれは心理療法の助けであり、本来はそっとしておくべき遺族に、質問をせねばならないこと。証拠がまだある程度新しいうちは、遺族の神経に触ることを訊かねばならないこと。時々、自分が人の傷口にナイフを突き立てて、ぐりぐりとえぐり続ける人間のように思えることがある。

リンダ・ビッグス事件は、スコットランド・ヤードが担当するほどの規模にまで発展したため、今朝のフィールダー警部には、途方に暮れる家族を煩《わずら》わす以外に道はなかったのだった。母サリーと父ゴードンが昨日、エッピング・フォレストで見つかった死体を、一瞬も迷うことなくきっぱりと、自分たちの娘リンダだと確認した。こうして、死体の名前と顔と経歴が明らかになった。

リンダ・ビッグス、十六歳、一九九一年十二月八日生まれ。住所はロンドンのイズリントン。高校中退。職業訓練実績なし。仕事なし。

リンダ・ビッグスの人生には、それほど多くの側面はなかったようだ。社会的弱者の多い地区にある狭い住居。八十平米弱に七人暮らし。父は失業を繰り返している。母はアルコール中毒。長男はすでに法を犯している。こういった環境から抜け出すことに成功する若者もいることは、フィールダーにもわかっている。だがそれは少数派だ。ほとんどの者は、社会的に悲惨な環境に生まれ、そこで生き、そこで死んでいく。

だがリンダには、小さなチャンスがあったに違いない——つまり、非常に美しかったのだ。これ以上なく凡庸な容姿の両親から、遺伝子のいいところばかりがうまく組み合わされて、リンダという美しい人間が生まれた。だがリンダは、残念ながらその美しさをどう利用するべきか、わかっていなかった。あんな服装や化粧では、決して別の社会階層へと上がることはできなかっただろう。残念なことに、父親の言ったとおりだった——つまり、リンダはまるで娼婦のような格好でうろついていたのだ。

それが殺人者をおびき寄せることになったのだろうか？

ビッグス家の全員が、台所に集まっていた。男兄弟たちはむっつりと黙り込んでいる。こんな日に学校へ行く気にはなれなかったようだ。姉のアンジェラも、職場に電話して欠勤した。目を真っ赤に腫らしている。一晩じゅう泣いたに違いない。すっかり憔悴している。

ゴードンは壁をじっとにらんでいる。サリーの目の前には酒瓶があるが、少なくともフィールダー警部の前ではまだ飲んでいない。ただ時々両手でグラスをしっかりと握りしめる。まるで、これ以上苦痛に耐えられなくなったら、いつでもここに支えがあるのだと確認するかのように。

フィールダーは悔やみの言葉を述べたが、誰からも返事はなかった。そもそも、彼らにどんな返事ができるというのだろう。そこで、フィールダーは咳払いをした。今朝ビッグス家を訪問しなければならないことについては、すでに謝ってあった。そのときサリーは、いまにもくずおれそうな小さな声で、こう言ったのだった。「お仕事ですもんね。当たり前ですよ」

「娘さんとつき合いのあった友人、知人全員のリストが必要です」とフィールダー警部は言った。「特にここ数か月のものが大切ですが、もちろん、それ以前のものも必要です。リストを作っていただけそうでしょうか？」

まるで秘密の命令に従うかのように、全員がアンジェラを見た。アンジェラは腫れた目を手でこすった。

「はい、作れます。たぶん……私がいちばんよくわかっていると思うので」

「妹さんとは仲がよかったんですか？」とフィールダーは尋ねた。

アンジェラは肩をすくめた。「ええ、まあ。でもここ半年は……そうでもありませんでした」

「どうしてそう思うんですか？」

「リンダはこれまでいつも、色々話してくれました。一晩じゅうでも。私たち……同じ部屋で寝ているんです。時々私、いい加減に静かにして、寝たいんだからって言うこともありました。でもリンダはいつも話しかけてきて。なんでも……どんなことでも喜ぶ子だったんです。だから、一緒に喜んでくれる人がほしかったんです」

「なるほど」とフィールダーは言った。そして少し考えると、今度はゴードンのほうを向いた。「ビッグスさん、バーンズ巡査の報告書には、あなたが娘さんには……その、男性の友人がたくさんいたとおっしゃったとあります。そして、娘さんがそのなかの誰かのところにいるんだと、かなりの確信を持っていらしたということですね。そういった男性たちの名前と住所はわかりますか？」

ゴードンが重そうに頭を上げた。「ほらあの……なんて言ったっけ？　ベンだ。ベン・ブルックス。ここから一ブロック先に住んでる」

「リンダさんの恋人だったんですか？」

ゴードンはうなずいた。「恋人だった、ああ。いいやつだ。でもろくでなしだ」

「ろくでなし？」

「職業訓練も受けてない。酒を飲みすぎる。将来がない。わかりますか？」

フィールダーはうなずいた。よくわかった。ベン・ブルックスは早い話、この地区のほとんどの人間と同様だったのだ。

「ベンとリンダは二年間つき合ってた。半年前にリンダのほうから別れた」

「半年前……」とフィールダーは繰り返し、考え込んだ。「そして約半年前に、妹さんはあなたにこれまでのようになんでもあけすけに話して聞かせるのをやめたんですね、アンジェラさん。妹さんがどうして恋人と別れたのか、わかりますか？」

アンジェラは首を振った。「最初はなんにも話してくれなかったんです。私がたまたまベンに会ったら、どうなっているのかって、すっかり気落ちして訊いてきました。リンダが突然一方的に別れると言いだして、理由さえ教えてくれなかったって。もう嫌になったとしか言わなかったらしいんです。ベンは、私なら詳しいことを知ってるだろうと思ったみたいなんですけど、私も知りませんでした」

「でも、きっと妹さんに訊いてみたんじゃありませんか？」

「もちろん。でも妹はただ、ベンなんて乳臭い赤ん坊だって、そう言ったんです。本物の男じゃないって。乳臭い赤ん坊とはこれ以上つき合っていられないって」

「ブルックス氏はいくつですか？」

「十八歳です。本当にいい人です。あの人とつき合っていれば間違いなかったのに」

「負け犬じゃないか」とゴードンがうなった。「いいやつだけど、負け犬だ」

「ほかの男性たちというのは……？」とフィールダー警部は慎重に切り出した。

アンジェラが父に怒りの目を向けた。「父がいつもそう思い込んでいただけです。ロンドンじゅうの男と寝ているだなんて言って。でもぜんぜんそんなことありませんでした。確かに、二年間ずっとベン一筋だったわけじゃありません。どこかのパーティーで一度、よその男とトイレでしたことがあって。それから、《ブーツ》で声をかけてきた男と二週間くらい浮気してました。でもそれだけです」

「あなたの知っている限りでは、ですね？」

「妹はなんでも話してくれました」とアンジェラは言い張った。

「ビッグスさん、あなたのほうも、たくさんいるという娘さんの相手の男性のことを、詳しくはご存じないんですか?」とフィールダーは訊いた。

ゴードンは何かもごもごとつぶやいた。

「父はリンダの格好をひどいと思っていたんです」とアンジェラが言った。「こう言ったんですよ。まるで……」

それまで黙っていたサリーが、驚くほどの鋭い声で割って入った。「だめ! 言わないで! あんたの妹に二度とそんな言葉を使わないで!」

「父さんが言ったんじゃないの」とアンジェラが反論した。頬が赤くなっている。「父さんが、リンダはまるで……そういう女の人みたいな格好をしてる、だからきっと、そういう女の人みたいなことをしてるに違いないって」

「とにかく、娘の格好は」とゴードンが話しだしたが、フィールダーが急いでこのきわどい話題を変えた。「つまり、リンダさんと関係のあった男性の名前はこれ以上出てこないということですね?」

「そうです」とアンジェラが言った。

「そうです」とゴードンも認めた。

「もちろん、ベン・ブルックスに話を聞いてみるつもりです」とフィールダーは言った。「それから、友人、知人、隣人にも。どんな小さなモザイクの一片でも、重要なことかもしれませんから。これは当然わかっていただけるでしょう。いまのところ、半年前、つまり去年の八月頃に、リンダさんの生活に何か決定的な変化があったのではないかと考えられますね。理由は色々あります。まず、その頃になんの前触れもなく、長いあいだつき合った恋人と別れたこと。それから、それまで何もかも打ち明けてきた最も親しいお姉さんに、毎日の生活のなかで起こったことを急に話さなくなったこと。そして三つ目に、アンジェラさんが警察と最初に話したとき、妹さんが急に目に見えて高級な服を着るようになったと言っていたこと。そのためのお金をリンダさんがどこから得ていたのか、家族にはわからなかった。この服装の変化も、半年くらい前に始まったんじゃありませんか？」

アンジェラは少し考えて、答えた。「だいたいそうです」

フィールダーはうなずいた。「どうやら、リンダさんに新しい男性が現われたようですね」と言う。「お金を持っていて、おそらくリンダさんが本気になっていた相手。お姉さんとの夜のおしゃべりの話題にももう出さないくらい真剣だった相手」

「その男が娘を殺したって言うんですか？」とゴードンが訊いた。

「いまのところなんの証拠もありません。その男が誰かがわかるまでは、すべてあいまいな推測です。娘さんの死とはまったく関係がないかもしれない。ただその男が、我々の持つ唯一の手がかりかもしれない。お父さんと喧嘩をした後、娘さんはおそらくその男のもとにいたんでしょう。少なくともその男に、娘さんの最後の日々の様子を話してもらうことはできます」フィールダーは立ち上がった。「リンダさんの持ち物を調べさせてもらってもいいでしょうか？棚や引き出しや鞄など、すべて。正体不明の男の手がかりが見つかるかもしれませんから」

ゴードンも立ち上がり、「もちろん」と言った。「どうぞ、リンダの部屋に案内します」

「私も行きます」とアンジェラが急いで言った。フィールダーはうなずいた。なんといっても、そこはアンジェラの部屋でもあるのだ。

「ところで」とフィールダーはふと足を止めて訊いた。「ジェーン・フレンチという名前に聞き覚えはありませんか?」

全員がフィールダーを見つめた。

「ジェーン・フレンチ?」とサリーが繰り返した。

「リンダの友達ですか?」とゴードンが訊いた。

フィールダーは首を振った。「いいえ。おそらく違います。ジェーン・フレンチというのは、五年以上前に殺害された若い女性です。死体はエッピング・フォレストで発見されました。ただし、リンダさんとはまったく違う場所です。ふたつの事件には、なんのつながりもないのかもしれない。ただ……現場で発見されたリンダさんの写真を見て、検視報告を読んだとき、すぐに当時のあの事件を思い出したんです。ジェーンは強姦され、ひどい暴行を受けていました。その後縛られて池の端に捨てられ、そこで溺死しました」

「それじゃ……まるでうちの……」サリーが小声でつぶやいた。

「それでも、つながりはないのかもしれません」とフィールダーは繰り返した。

「それで……犯人は、もう……?」とゴードンは訊いた。

フィールダーは悔しさをかみしめながら首を振った。ジェーン・フレンチ事件は、フィールダーがこれまで手がけたなかで最も苛立ちを感じるもののひとつだった。小さな証拠ひとつなく、聞き込みで得られた手がかりはどれも最後には行き止まりだった。

「ジェーン・フレンチ事件は未解決です」とフィールダーは言った。

3

ジェフリーが電話に出るまで、ロザンナはかなり待たされることになった。介護施設の電話に出て、ロザンナの用件を聞いた看護師は、うめくように「わかりました」と言った。「でも、ドーソンさんは気難しい人ですからね。電話に出ることを承知してくれるといいんですけど」

どうやらジェフリーの非協力的な態度には、皆が慣らされているようだ。電話口で待ちながらロザンナは、かつての若くて快活なジェフリーを思い出し、数日前に目にした苦々しい惨めな姿と比べていた。胸が痛む。環境やあらゆる人間、そして己の運命に対するジェフリーの怒りと憎しみは理解できる。おそらくロザンナ自身も、同じ境遇にあればああなっただろう。

受話器の向こうで、誰かが近づいてくる音が聞こえた。かすかなきしみ音。おそらく車椅子のゴムタイヤが低脂肪乳の色をしたリノリウムの床をこする音だろう。直後に、ジェフリーの声が聞こえた。

「ロザンナか？　どうした？」

「こんにちは、ジェフリー。お邪魔してごめんなさい……」そう言うやいなや、後悔して口をつぐんだ。決まり文句とはいえ、ジェフリーのような人には嘲笑のように響くに違いない。一か月に一度しかかかってこない電話なら、ジェフリーにとってはむしろちょっとした気分転換で、邪魔することになどならないだろうから。

「いや、いいんだよ。僕の毎日には、邪魔されるようなことなんてほとんどないんだから」やはりジェフリーも即座にそう言い、そのまま息も継がずに続けた。「リーヴのクソ野郎と話したか？」

「ええ、昨日の晩に。長い時間話したわ」

「へえ、ほんとか？　あいつが会うのを承知したのか？　自分は絶対安全だとたかをくくってるんだな。ま、それも無理ないか。実際、エレインのことなんて、もう誰も口にしないもんな。みんな、エレインが失踪したことを受け入れちまったんだ。ひとりの女性があっさり消えてしまったからって、どうってことないってわけだ。そんなに真剣に考えるほどの価値もないんだもんな！」

「ジェフリー」とロザンナは話しかけた。「エレインに彼がいたって、知ってた？」

一瞬、驚いたように口をつぐんだあと、ジェフリーが訊いた。「なんだって――彼？　それって……」

「男性よ。つまり……恋人のこと。つき合ってた人。エレインはリーヴにその話をしたらしいの。あの晩」

「またその話か」とジェフリーは言った。「あの当時もあいつはそう言ったんだ」

「当時？」

「当時、警察の事情聴取でも、その怪しげな恋人とやらの話をしやがったんだよ。刑事が僕に質問に来たよ。僕の答えはあのときからずっと同じ、ノーだ」

「そのノーは、あなたが恋人のことを知っていたかっていう質問に対する答え？　それとも……」

「このノーは、エレインに恋人がいたかっていう質問に対する答えだ。ノー、恋人はいなかった。リーヴは自分にかけられた疑いから目をそらさせようと、作り話をしたんだよ。悪いアイディアじゃない。まあやつも、だてに引っ張りだこの弁護士じゃないからな。存在もしない人物をでっち上げさえすれば、あっという間に事件に別の側面が表われるってわけさ。これで、エレインは恋人と駆け落ちしたんだって、誰でも思うもんな。そしてリーヴは晴れて潔白ってわけだ」

　ロザンナはためらった。そして、これ以上なく慎重に切り出した。「エレインが、その……彼の存在を秘密にしていたって可能性は、あり得ないと思うの？」

「つまり、エレインには恋人がいたけど、僕には話さなかったってことか？　ところが、空港で出会った見ず知らずの男には、すぐに心のたけを打ち明けたって？　悪いけど、あんまり理屈に合わないいな」

　ロザンナは黙り込んだ。ジェフリーの言葉に納得したからではなく、彼と感情を交えず現実に即した話をするのはまず無理だと理解したからだった。ジェフリーには、不愉快な事実も必要なら直視するという姿勢がまったく見られない。ジェフリー自身がどれほどエレインを抑圧していたか、どれほど執拗にエレインを縛り付けていたかを認めることなど、絶対にできないのだ。エレインが兄の介護役としての陰鬱な日常の外に別の人生を築き、それを慎重に兄には隠していたなどという可能性は、ジェフリーには考えられないのだ。そんな可能性を多少なりとも考えてみることすら、ジェフリーが周りが想像するよりもずっと苦労して築き上げてきたであろう心の平安を、根こそぎ奪うことになるのだろう。

ロザンナは、昨夜のマーク・リーヴとの会話を思い出した。

「エレインが恋人と駆け落ちした可能性について、警察には話さなかったんですか？」とロザンナは訊いたのだった。「そもそも、その誰だかわからない恋人のことを、警察に話したんですか？」

リーヴはうなずいた。「もちろん。ただ、まさにそれが問題だったんですよ。誰だかわからない恋人って点がね。誰もその恋人の話を聞いたことがなかった。名前も、人となりもわからない。エレインも私にそれほど詳しく話してくれたわけではないし。そこで警察はエレインの兄のところに行ったんですが、彼は、妹に恋人がいたという可能性を猛烈に否定したんです。残念ながら、エレインが働いていた医院の同僚たちも、何も知らなかった。恋人は幽霊のまま——結局なんの手がかりも得られませんでした」

「ロザンナ！」受話器からジェフリーの大声が響いて、ロザンナは我に返った。「聞いてくれ、リーヴに騙されるな！　エレインには男なんていなかったんだ。いたら僕が知っていたはずだ。

誰かが知っていたはずだ。キングストン・セント・メアリーとトーントン一帯で訊いてみたらいい。エレインが男と一緒にいるところを見たことのある人間なんて、ひとりもいないから。おかしいと思わないか？　つき合っていたんなら、誰にも見られずにいられるわけがないじゃないか！」

エレインがあなたに隠すためにあらゆる努力をしたんなら別だけど、とロザンナは考えた。そして、誰か別の人間からあなたに漏れることも防ごうとしていたのなら。もちろん、長期間にわたって隠し通せるものではないかもしれない。けれど短いあいだならなんとかなるだろう。

「ロザンナ、リーヴは殺人犯なんだ！　ハンサムで、一緒にいて楽しい男だ。だから君もすっかり……」

「馬鹿なこと言わないで。ジェフリー、信じてほしいの。私は本当にすべてをある程度理性的に見ることができる。リーヴがエレインの恋人の話をしたとき、嘘をついているようには見えなかったわ。もちろん、エレインが少し誇張して話したってことはあるかもしれない。周りにいる誰かのことを素敵だと思って、好きだったんで、その人のことを恋人だと言ってしまったのかも。相手のほうはなんにも知らないうちに。そういうことだって考えられるでしょう」

「なるほど。君はマーク・リーヴが嘘をついていると考えるより前に、エレインのほうが……」

「ジェフリー、そういう白か黒かっていう考え方はやめて。エレインが嘘をついたなんて、私は言ってない。ただ、エレインが日常生活のなかで、そんな空想をしていた可能性だってあるってことよ。私たちみんな、多かれ少なかれそういうことがあるでしょう。エレインは二十三歳の若い女性だったのよ。恋人がいたらどんなだろうって考えることだって、あったとは思わない？　男性に愛されるのはどんな気分だろうって。ごく普通のことじゃない」

「エレインには僕がいた」

「あなたは兄でしょう」

「僕はエレインにとっていちばん親しい人間だった。エレインが僕に話さないことなんてなかった」

それは間違ってるって賭けてもいいわ、とロザンナは思った。

ジェフリーとの会話は、これ以上続けても無駄だった。昨日リーヴも、謎の恋人のことでジェフリーに電話すると告げたロザンナに、やはりそう予言していた。

「彼は当時と同じことを言うでしょうね。そんなことはあり得ないって。エレインは兄に秘密など持っていなかったってね」

ロザンナはジェフリーに携帯電話とホテルの電話番号をメモするように頼み、妹の恋愛関係について何か思いついたら知らせてほしいと言った。ジェフリーは番号をメモしてはくれたが、その際ロザンナが完全に間違った方向へ進んでいると、改めて強調した。

「ジェフリー、また電話するわ」最後には疲れきって、ロザンナは言った。「何かわかったらすぐに知らせるから」

「気をつけろ、リーヴに騙されな……」

「私だって馬鹿じゃないのよ」それだけ言うと、ロザンナは受話器を電話機にしっかりと押しつけた。ジェフリーには同情する。だが苛立ちもする。ジェフリーと話すのは、岩壁に向かって突進するようなものだ。

ジェフリーのなかでは何ひとつ揺らがないんだ、とロザンナは思った。身体の動きとともに、心の動きをも失ってしまったかのようだ。ジェフリーのものの見方は、まるでセメントで固められたようにびくともしない。こうだと思ったら、それ以外ではあり得ない。それ以外の可能性など、考えることさえ許せないのだ。

突然疲れと苛立ちを覚えた。以前はまったく違う人間だった子供時代の友達が、今日これほど変わってしまったのを見るのは辛かった。だが、気が滅入るのは、ジェフリーとの電話のせいばかりではなかった。昨晩のロバートとの会話も、頭から離れない。それに、デニスがいまだに連絡をくれないという事実も。

何もかも間違いだったのではないかと、ロザンナは自問した。エレインの事件は、最初に思っていたよりもずっとロザンナの心を乱す。そのほかの事件の取材は少しも進まない。エレイン事件への個人的な思い入れに邪魔されるのだ。結婚生活は危機に瀕していて、義理の息子はロザンナがいないことに苦しみ、不安に苛《さいな》まれている。そして自分はホテル暮らしだ。最初の日には快適で贅沢《ぜいたく》だと感じたが、だんだん画一的で冷たく狭苦しいと思うようになっていた。急に、慣れ親しんだ日常に戻りたくなった。自分の台所でお茶をいれ、洗濯機を回し、居間に掃除機をかけ、庭仕事をする、そんな毎日に。買い物に行って、デニスとロバートのために夕食の献立を考える毎日に。
ロザンナは書き物机の上にかかった鏡を覗き込んだ。

「どうかしちゃってる」と声に出してみる。「まさにそういうことが、何よりそういうことの単調さが、あんなに辛かったっていうのに」

ロザンナは自分の目のなかの不安な光を見つめた。

よきジャーナリストは、自分が書く対象とのあいだに内的な距離を置かなければならない、と思った。

ホテルを出て少し走ることにした。薄汚れた灰色の天気だが、昨日の雨はもうやんでいる。もしかしたら、ただ少し運動が必要なだけなのかもしれない。経験から、頭のなかが煮詰まったときにはジョギングをするといいことがわかっていた。

ジョギングパンツとシューズを履いて、分厚いスウェットシャツを着ると、ベースボールキャップをかぶって部屋を出た。セドリックからはまだ連絡がないし、姿も見ていない。昨夜遅くに帰ってきてまだ寝ているのか、まだ帰ってきていないかのどちらかだろう。セドリックのことが少し心配だった。このホテルの宿泊料は高い。セドリックがあまりお金を持っていないことはわかっている。ロンドンにあまり長いあいだ滞在して、無理をしなければいいのだが。それにきっとニューヨークに用事だってあるだろう。なんらかの仕事が。写真家としてひとり立ちしたいとも言っていたではないか。遅まきながら実人生に足を踏み出す代わりに、ロンドンにだらだらと滞在して、半日寝て過ごし、古い友人を訪ねて歩くところが、まさにセドリックらしい。日常にきちんとした骨格と意義とを構築するという差し迫った必要から、またしても逃げているのだ。確かにセドリックは大人の男ではあるが、ロザンナの兄でもある。だからやはりなるべく早い機会を捉えて、真剣に話をしてみるべきかもしれない。

外の湿った冷たい空気が、気分をよくしてくれた。道を渡ればすぐにハイドパークだ。人はあまりいない。犬を連れ、コートの襟を立てて足早に歩く人たち、ぶらぶらしながら、かじかんだ指で煙草を巻く若者たち、少し遅めの通勤者たち。ジョギングをする人はちらほらとしかいない。ロザンナは走り始めた。すぐに、スピードが出すぎていること、おまけに調子があまりよくないことに気づいた。このスピードでは、それほど長く走り続けることはできない。スピードを落として、ようやく自分に合ったリズムと呼吸を見つけた。規則正しい足取りで、砂の道を走っていく。やがて身体が熱くなり、へとへとになってあえぎながら、一休みしようとベンチに腰をおろすと、湿った空気が顔や服に貼りついて、熱を冷《さ》ましてくれた。

一時間後にホテルへ戻ったときには、びっしょりと汗まみれだったが、気分はずっと爽快だった。それに、一度歩き始めた道を再び進むための勇気も湧いてきた。

ナイトテーブルに置きっぱなしにしていた携帯電話が鳴っているのが、廊下からすでに聞こえてきた。大急ぎで部屋に駆け込み、息を切らせて電話に出た。「はい？　もしもし？」

「どこにいるんだ？」という、ニックの非難がましい声が聞こえてきた。「もう三十分はかけ続けてるんだぞ！」

「ジョギングしてたの。少し運動が必要だったから」

「僕がいまかけているこの機械は、まさにそういう場合に身につけておくために発明されたんだがな」ニックはどこか機嫌が悪そうにそう言った。それから声の調子ががらりと変わり、興奮した様子で続けた。「すごいニュースなんだ、ロザンナ！　トークショーに呼ばれたよ！」

「トークショー？」

「君が知ってるかどうかはわからないが、『プライベート・トーク』っていう番組だ。毎週金曜の夜十時から。毎回三人か四人のゲストが招かれる。それぞれのゲストに接点はまったくないんだが、全員がなんらかの理由で話題性があり、公共の興味の対象になっている――少なくとも、しばらくのあいだは。新しい映画を紹介したい俳優だとか、何かスキャンダルを暴いたレポーターだとか、素晴らしい小説を書いた小説家だとか、怪しい手段でタイトルを得たと言われる新しいミス・リバプールだとか……そういった連中さ。わかるだろう」

「その番組が、今度はあなたを招待したの？」

ニックは笑った。「誰が中年の編集長なんか見たいっていうんだ？　興味を持ってもらえるのは、若くて魅力的な女性ジャーナリストだよ。君があさっての主役ゲストだ！」

あまりに驚いて膝が笑いだし、急いでベッドに腰をおろさねばならなかった。「私が？　ちょっと待ってよ、ニック、そんなこと、やったことがないわ！」

「君は完璧なゲストになるよ、ロザンナ。知性があって、弁が立ち、おまけに見た目もいい。それに、これが僕たちの連載の素晴らしい広告になるってことは、言うまでもないだろう」

「私は連載のために招待されるのね」とロザンナは言ったが、同時にそれがあまり賢い言葉ではなかったことを認めないわけにはいかなかった。ほかにどんな理由があるというのだ？

「そう、もちろん。連載全体のためでもあるし、特にエレイン事件と、君とエレインとの特別な関係のためでもある。事件について執筆するジャーナリストが、エレインの失踪についてきわめて個人的な関心も持っているという点が、面白いところなんだ。ただ、担当のディレクターが訊いてきたんだけど……」ここでニックは黙り込んだ。

「なに？」とロザンナは訊いた。

「つまり、できればジェフリー・ドーソンにも番組に出てほしいって言うんだ。介護施設で朽ち果てようとしている兄。わかるだろう。ただ僕は……」

「ニック、それは絶対に駄目！」ロザンナは即答した。テレビに登場して、マーク・リーヴの罪をがなり立て、リーヴへの憎しみのたけをぶつけるジェフリーの姿が、ありありと目に浮かんだ。ジェフリーが番組に出るとしたら、それは復讐以外の何ものでもない。マーク・リーヴにとっては個人的な悪夢の再来だろう。

「わかってる。ジェフリー・ドーソンには無理だ」とニックが言った。「ディレクターにもそう言っておいたよ」

無理どころか、ジェフリーは間違いなくやってのけるだろうと、ロザンナにはわかっていた。ジェフリーがまさにそういった舞台を渇望していること、憎いリーヴに一撃を加える可能性を嗅ぎつければ、必要ならトーントンからロンドンまで車椅子を自分で転がしてでもやって来るだろうことが。だが、そのことは誰にも言わないでおくほうがいいような気がした。ニックとテレビ局の人たちには、ジェフリーには生放送の番組に出るなど荷が重すぎると思わせておけばいい。

「ま、いずれにせよ、これで『カヴァー』の売上部数もうんと伸びるってわけだ」とニックが続けた。「大事なのはそれさ。僕がテレビ局まで送っていくよ、ロザンナ。開始のだいたい二時間前には来てほしいと言われてる。打ち合わせに、メークアップに、色々あるからな。緊張はしないだろう？」

「大丈夫」とロザンナは言った。実際、特に緊張はなかった。ただ、一種の奇妙な不快感が胸に広がっていた。このテレビ番組で、すべてが予想もつかない大事になるような予感がした。最後には、何もかも手に負えない規模にまで発展していくのではないかと。

ニックのことはよく知っていたので、『プライベート・トーク』に出るのをやめようとどれほど言い逃れしても無駄であることはわかっていた。ニックは常に雑誌の売上を第一に考える。テレビ出演がもたらす無料の大規模な宣伝効果を、部下が不快感を持っているというだけの理由で、みすみす諦めるはずがない。実際ロザンナも、この件のよい面を見るべきだろう。そして、ニックがジェフリー・ドーソンに直接連絡を取って、出演を了承させなかったことに感謝するべきなのだ。自分自身が出演するだけなら、自分でなんとかできる。

「それじゃあ、金曜日に」とニックは言って、電話を切った。

ロザンナは携帯電話を見つめて、考えた――マーク・リーヴにどう知らせよう？

4

高速道路M11で事故があり、警察がすべての車線を通行止めにしたようで、一時間以上前から車の列はぴくりとも動かない。何台もの警察車と救急車、それに二台の消防車が脇車線を猛スピードで走り抜けていったところを見ると、大事故だったのだろうと推測できた。最後には空にヘリコプターまで現われた。

こりゃ駄目だ、とセドリックは諦めの境地で思った。

たくさんの人が車を降りて、震えながら道路に立ち、言葉を交わし、行ったり来たりして、このどうしようもない待ち時間がもたらす焦燥をなんとかまぎらせようとしている。ほとんどは郊外の自宅からロンドンへ通勤する人たちで、きっと大切な予定がつぶれ、一日の計画がめちゃくちゃになったのだろう。たくさんの人が携帯電話を耳にあてて、通話相手に興奮した様子で話しかけている。二月の朝の凍えるような寒さのなかに出る気になれず、暖かな車の座席にもたれるほうを選んだセドリックは、自分には実際、不平を言う筋合いはないと思った。確かに渋滞は腹立たしい。だが、そのせいで困ることなど何ひとつない。彼を待つのはホテルの部屋と、どこかでとる昼食だけだ。ロザンナに時間があれば、一緒に食べることになるだろう。午後の予定はまだ決まっていない。結局、午後をこのM11で過ごそうが、別の場所で過ごそうが、たいした違いはないのだ。

だが奇妙なことに、そう思っても少しも気分はよくならないし、気楽にもなれなかった。むしろ逆だ。

苛立つ周りの人たちを見ていると、急に彼らをうらやましいと思っている自分に気づいて、セドリックは戸惑った。

彼らの生活にある確固たる骨組み。彼らの行動の重要性と意義。皆が持っているように見える目標。

実際セドリックは、昨夜も一晩じゅう、似たようなことを考えて過ごしたのだった。昨日は、ケンブリッジ近くのロイストンに住む大学時代の友人である女性を訪ねた。ロイストンは小さくのどかな村で、手入れの行き届いた家々が立ち並び、波打つ緑の牧草地に囲まれている。友人は結婚していて、娘が三人いる。おさげ髪で白いタイツを履いた、かわいらしい少女たちだ。居間の窓辺には二匹の猫が寝ていた。晩に家に帰ってきた夫に、娘たちが飛びついた。何年か前なら、セドリックは「俗物的！」と思ったことだろう。だがそんな時代は過去のものだった。ニューヨークにある、常に冷たく陰鬱な空気が漂う自分のアパートを思い出した。マンハッタンの酒場で過ごす夜を、次々に入れ替わるベッドでの相手を、新聞と二日酔いで痛む頭だけを抱えて過ごすたくさんの日曜日の朝を。

昨日はうんと酒を飲み、客間に泊まっていけと勧められた。今朝目を覚ますと、一匹の猫が足もとに寝ていた。ゴロゴロと喉を鳴らす温かな猫。部屋の窓から、娘たちのおしゃべりと笑い声が聞こえてきた。起き上がって、娘たちが学校の制服を着てバス停まで歩いていくのを眺めた。突然、孤独感に襲われた。もう一度ベッドにもぐり込んで、猫を抱き上げると、胸の上に載せた。猫の柔らかな毛が、心のなかの寒さを和らげてくれるかのような突拍子もない感覚を抱いた。

実は、人生の何かを逃してしまったのではないか、とうにその時期だというのに人生をうまく立て直すことができないのではないかという思いは、新しいものではなかった。この三、四年、それはちくちくとした小さな痛みとして、頭や心のどこかに居座っている。あまり目立たないので、様々な出来事や人間、新しい女性やにぎやかなパーティー、酒などで、繰り返しどこかに追いやることはできる。ニューヨークという町は、うまく行かないことを覆い隠すことのできる様々な可能性に満ちているのだ。だがそれでも、痛みがはっきりと感じられる瞬間は、何度もやって来る。そしてその痛みは、セドリックにこう告げる——僕はまだここにいるよ、僕はこれからもずっとここにいるよ。君が立ち止まれば、僕に気づくだろう、と。

立ち止まるときとは、ときには幸せな家族のなかで過ごす晩であり、ときには高速道路の渋滞だ。

ニューヨークでセドリックは、何度か心理セラピーに通ったことがあった。知人のほとんどは、なんらかのセラピーに通ったり、心理分析を受けたりしている。自分が特別に孤独で役立たずだと感じていたある時期、セドリックにはこの方法がひとつのチャンスだと思われた。大きな明るい部屋で、快適な革椅子に座って自分と向かい合う白髪の男が、医師として優秀なのかどうかはわからなかった。だが彼は少なくとも、驚くほど迅速に、患者であるセドリックの人生における決定的な点のいくつかを探り出すことには成功した。そしてたゆまぬ粘り強さで、「ジェフリー」というテーマにこだわった。正確に言えば、あの事故が起こった晩に。セドリックは、あの事故の致命的な経過を何度も何度も描写し、自身の感情を分析することを強いられた。やがてその痛みに耐えられなくなり、もうそのセラピストのもとへは行かなくなった。ジェフリーのことを話すのは辛かった。もちろんセドリックだって馬鹿ではない。ジェフリーのことを考えるときに襲われるこの不快感——いや、ほとんど恐怖感と言っていい——こそが、セラピストの関心を引くのだということはわかっていた。だがもしそうなら、迅速に助けてくれるべきではないか。患者の心を繰り返しほじくるだけほじくって、そのまま家に帰すなどということがあっていいものだろうか。それじゃあ続きはまた次回。一度セドリックは、家に帰る途中で泣きだしてしまったことがある。もう二度とあんな醜態はさらしたくない。泣きながらマンハッタンの通りをよろよろと歩くなど……いったいあのセラピストは、どういうつもりだったのだろう？

ジェフリー。ジェフリーとセドリック。「ジェフリートセドリック」。かつて、ふたりの名前がひとつの単語として口にされ、記録されても不思議ではない時代があった。ふたりはそれほど離れ難い友人だった。ふたりが共有しないものなど、何ひとつなかった。ほとんど何ひとつ。もちろん、トイレに行くときはひとりだし、女の子とのデートだって別々にしていた。だがそれを除けば……ふたりは兄弟のように離れ難い仲だった。

あの夜までは。

セドリックは、その記憶を頭の隅に追いやろうとした。身動きのまったく取れない状態を強いるこのいまいましい渋滞のなかで、ジェフリーのことを考え始めたりしたら、どうにかなってしまい、叫びだすか、クラクションを鳴らし続けるか、またはその両方の行為に及ぶだろう。おそらく、イギリスに戻ってきたのは間違いだったのだ。だが、孤独な父がかわいそうだったし、正直に言えば、セドリック自身も孤独感に苛まれていた。ジェフリーのせいで永遠に故郷に背を向け続けるわけにはいかない。あのぞっとするような介護施設を訪ねるべきではなかったのかもしれない。だが、もし訪ねなければ、自分を恥知らずだと感じただろう。

そしてよりによっていま、ロザンナまでがエレインの事件に関わる仕事をしている。本当に悪いことばかりが重なるものだ。

せめてさっさとイギリスを発《た》つべきなんだ、とセドリックは思った。ロザンナと同じホテルで、すぐ隣の部屋に暮らしていては、気持ちが乱れるのも当然だ。何しろロザンナはエレインの話ばかりしているのだから。

実を言うとセドリックは、ジェフリーの妹であるエレインのことを、あまりよくは知らなかった。かなりの泣き虫で、誰もがいらいらさせられる女の子だった。おまけに美しいとはお世辞にも言えないティーンエイジャーに成長したので、その点でもセドリックの関心は引かなかった。実際、セドリックはエレインのことなどまったく眼中になかった。五年前の失踪にさえ、それほど関心は抱かなかった。

だが今日、延々と続く渋滞にはまった高速道路で、初めてセドリックは思った。あの小さなエレイン。いったいエレインに何があったんだろう？

ある種の女の子たちのことだったら、男と駆け落ちしたんだとすぐに確信を持って言えるだろう。または、ヒッチハイクであてもなく旅をして、最後にはどこかのアパートで共同生活を始めたり、田舎で自己啓発グループの一員になったりする姿が容易に想像できる女の子もいる。パリかプロヴァンス地方まで流れていって、最後にはオリーヴや自分で描いた絵を売っていそうな女の子も。要するに、冒険好きで、好奇心旺盛で、人生に貪欲で生き生きとした、こっちが心配してやる必要などまったくない女の子たちだ。

だがエレインは違う。

エレインという人を描写しろと言われたら、思い浮かぶ言葉はこんなものだ——内気、退屈、恥ずかしがりや、小市民的。

早くに父を亡くしたエレインが、母の死後、ジェフリーに献身的に尽くしていたことはわかっている。そのジェフリーを見捨てるなどということが、あり得るだろうか？　それが、ジェフリーにとって施設での生活を意味することを知っていながら？

セドリックは首を振った。エレインらしくない。だが、何が彼女らしく、何が彼女らしくないかを、エレインを知ってさえいれば判断できるなどと考えるのは、思い上がりなのかもしれない。なぜなら、エレインの珍しいほど内向的な性格を考えれば、実際には誰ひとり、エレインを本当に知っているなどとは言えないだろうから。打ち明け話ができる女友達もいない。心の内を見せる相手は誰もいなかったのだ。少なくとも、皆が知っている限りでは。

まさにそこだ、と、自分自身に怒りを感じながら、セドリックは思った。自分は、エレインに話し相手がいたかどうかさえ知らないじゃないか、と。自分は何ひとつ知らない。ロザンナも何ひとつ知らない。もしかしたらジェフリーさえ、彼が自分で思うほどには、エレインのことを知らないのではないだろうか。

それは、セドリックのなかに突然生まれた、まったく新しい視点だった。だがそれが間違っているとは、決して思えなかった。もしもエレインが、皆が思っているのとはまったく違う人間だったら？　目立たない仮面の下、何年にもわたる内気な引きこもった生活の背後で、まったく別の人間が生まれ、育っていたのだとしたら？　忠実で献身的な妹、真面目な医院助手、地味な壁の花とはまったくかけ離れた人間が。エレインが二重生活をしていた可能性はある。そしてジブラルタルへの旅を、別の人生への出発点として利用した可能性も。

セドリックは座席にもたれた。二機目のヘリコプターが地平線に現われた。本当に大変な事故が起きたようだ。

きっと時間がかかるだろう。

諦めの境地で、セドリックは目を閉じた。車の列が動きだすまでに、ゆっくりと昼寝をする時間はありそうだった。

5

そのアパートは、いまの住まいよりも狭かったが、ずっと明るく快適そうだった。ミニキッチンが付いた居間にはマツ材の家具が置かれ、小さな寝室には花模様のカーテンがかかり、床には色鮮やかなマットが敷かれている。水色のタイルが張られたバスルームには、浴槽はなかったが、シャワーは付いている。白く塗られた桟が付いた窓からは、家の裏から延々と地平線まで続く平らな野原が見える。冬枯れた背の低い草が砂地に生えている。バスルームの窓からうんと身体を乗り出して右を向けば、わずかに海が見える。

ここならきっと快適に暮らせるだろうと確信した。あのいやらしいキャドウィックの上階の暗い穴倉でよりもずっと。

家主のスミス＝ハイド夫人は、六十歳前後だろうか。感じがいいとはお世辞にも言えない女性だが、少なくとも彼女をつけまわすことはないだろうし、おそらく必要以上に私的な領域に踏み込んでくることもないだろう。スミス＝ハイド夫人は、二年前に夫をなくした後、そこそこ大きな自宅を改築した際に、この小さなアパートを作ったのだった。

「この家は私ひとりには大きすぎたんでね」とスミス＝ハイド夫人は言った。「なんだか自分が迷子になったような気がして。それに、いつもひとりでいるのは心細かったし。家のなかに誰かがいてくれたら落ち着くでしょう」

「私、ランバリーの《ザ・エレファント》でウェイトレスをしてるんです。だから家に帰ってくるのは夜遅くで……」

「かまいませんよ。大切なのは、もし私に何かあっても、いつかは誰かが気づいてくれるってことですから。よくそういう記事、読むでしょう？　自宅で倒れても誰にも気づいてもらえなくって、結局手遅れになっちゃう老人の話。そういうことになりたくないの」

「よくわかります」

スミス＝ハイド夫人は、疑い深そうな目で彼女を見つめた。「ウェイトレスって言ったわね？　でも家に男の人を連れてきたりしないでしょうね？」

なぜ、ウェイトレスと聞くとすぐに尻軽な女を連想する人が多いのだろう？　彼女はそう自問した。

「大丈夫です」と答える。「絶対にそんなことはありません。男の人は連れてきません」

「うちは怪しげなホテルじゃありませんからね」と、ミセス・スミス＝ハイドはもう一度はっきりと念を押した。「あなたにお貸しするんであって、男の人たちにじゃありませんからね。ここに居座られても困るし」

「ご心配には及びません、スミス＝ハイドさん」

老婦人は「だといいけど」というようなことをもごもごとつぶやいた後、即座に続けた。「最初の月の家賃は、前払いでいただきます。つまり、二月の残りと三月の分ね。それから、敷金として家賃二か月分」

彼女は息を呑んだ。ずいぶん高くつきそうだ。

「いつから住めますか？」と訊いてみた。

「もしよければ、すぐにでも」

「そうですか」彼女は考えた。キャドウィックに、二月分の家賃はすでに払ってある。事前に通告もせずに慌てて引き払えば、一ペンスたりとも戻ってはこないだろう。一方で、もう一日たりともキャドウィックのもとで暮らすことには耐えられない。ということは、二月分の家賃は二重に払うしかなさそうだ。恐ろしいほどの無駄遣いだが、ほかに選択肢はない。少なくとも、キャドウィックには敷金を返す義務があるから、この点では預金通帳に大きな穴を開けずにすむだろう。自転車だって買わねばならない。そうでなければ、夜中にランバリーからこの新しい自宅まで帰ることはできない。

「じゃあ、すぐにお借りします」きっぱりと彼女は言った。「二、三日中に引っ越してきます。これまでの家も家具つきだったから、荷物は服くらいですし」

「わかりました」とスミス＝ハイド夫人が言った。「いい選択だと自信を持って言えますよ。裏の庭から出て、野原を歩けば、海岸に出るのよ。夏には泳げるわ。人はほとんどいないし。こんなところまでわざわざ来る人なんていませんしね」

まさにそれが私の求める条件なの、と彼女は思った。だがこのスミス＝ハイド夫人の言葉は、少し心を重くした。そう、こんなところまでわざわざ来る人間は、ランバリーにやって来る人間よりもさらに少ないだろう。彼女の生活は、どんどん深い孤独にはまっていく。人と隔絶された場所に。まだ三十歳にもならないというのに、世界の果てのような場所にある老未亡人の家に埋もれて暮らすのだ。そして、そんな生活はこの先も決して変わることがないのだ。

「それじゃあ」と彼女は言った。そして、「ランバリーに戻るバスに乗りたいんで、急ぐんです。さようなら、スミス＝ハイドさん。アパートに暮らせるのを楽しみにしています」

「これ以上いい場所なんて、どこにもありませんよ」とスミス＝ハイド夫人が自己満足をにじませて言った。そして、アパートのドアをしつこいほど念入りに施錠した。ふたりは家の横に付いた隙間風の吹く狭いテラスに立った。ここから小さなアパートに直接入れるようになっている。これも利点のひとつだ――専用の玄関。

身体を温めるため、そしてバスに乗り遅れないために、足早にバス停へと急ぎながら、彼女は思った。あのアパートは明るい。少なくともこれは長所だ。もしかしたら、これが最初の一歩になるかもしれない。いつか私の人生も花開くかもしれない。

小さな雑貨店の前でしばらく迷ったが、思い切ってドアを開けて、なかに入った。そして『デイリー・ミラー』を買った。今日はまだ新聞を読んでいなかったからだ。新聞を読むことは、彼女にとって重要な日課だった。この国で行なわれている政治のせいではない。外国での出来事に興味があるわけでもない。この五年間、たったひとつの望みを抱いてきた――新聞にピットが逮捕されたという小さな記事を見つけること。ピットが何年も刑務所に入ることになるだろうという記事を。または、もっといいのは、ピットが逮捕劇で警察と銃撃戦を演じ、死んだという記事だ。死んだ。消えた。もう危険はない。骨は地中に埋もれ、もう存在しない。

もし望みどおりの事件が起こったとしても、そもそも新聞がそんな記事を載せる可能性が少ないことはわかっていた。ピットも、友人のロンも、小物だからだ。いや、違う。ふたりがどんなことをしてきたかを、誰かが突き止めさえすれば——もしかして、記事にするだけの価値のある人間になるかもしれない。いずれにせよ、これからもニュースに注意を払い続けなければ。

新聞を手に先を急いだ。歩きながら、一ページ目に目を通す。

「エッピング・フォレストで残酷な殺人事件」と見出しにあった。その下に、まだとても若い、かわいらしい金髪の少女の写真が出ている。「リンダ・ビッグスを殺したのは誰だ?」と書いてあり、さらに太字で、「こんなことができる人間とは?」とあった。

そのあとに詳細が綴られていた。彼女は読んだ。いつの間にか立ち止まっていた。乗らなければならないバスのことなど忘れていた。ただただ、こう思っていた——ジェーン・フレンチと同じだ。

ああ、なんてこと、ジェーン・フレンチと同じだ!

たったいま、ピットについての知らせを受け取ったような気がした。

ただそれは、彼女がずっと望んできた知らせではなかった。

6

水曜日の夕方、アンジェラはようやく家にひとりになったので、思い切って弟のパトリックのコンピューターに近づいた。正確に言えば、家にはアンジェラひとりではなく、母のサリーもいた。だがサリーは居間のソファに寝転がっている。先ほど強い精神安定剤を飲み、それがいつものようにたっぷり摂取したアルコールと一緒になって、とてつもない効果を発揮していた。ソファまではなんとかたどり着いたが、そこで文字どおり膝からくずおれて倒れ込み、いまでは死んだように眠っている。口は軽く開いており、苦しそうな表情も和らいでいる。アンジェラは、母のしたいようにさせておいた。突然人生に入り込んできたこの混沌に、サリーはこれまで起きたすべての問題に対処してきたのと同様の方法で――つまり酒で神経を麻痺させることで――対処しているのだ。だが今回ばかりは、酒で緊張をほぐすことはできなかった。酔っ払っていても、心を苛む思いや光景から逃れることができないのだ。薬の力を借りて、サリーはようやく少しばかり落ち着いたようだった。

フィールダー警部と別れてからずっと台所に座ったまま、ぼんやりと宙を眺めていた父ゴードンは、先ほど急に立ち上がると、この家にいてはおかしくなる、外の新鮮な空気のもとで、歩いたり、呼吸をしたり、とにかく何かしてくると宣言した。ブーツを履き、アノラックをつかんで、大きな音を立ててドアを閉めて出ていったゴードンの顔は、真っ青だった。ゴードンが、彼を苦しめる光景から逃げようとしているのが、アンジェラにはわかっていた。その光景は、彼ら全員を苦しめていた。リンダの人生の最後の時間、最後の数分間の光景。娘や妹を失ったというだけではない。彼らはこれから、家族の一員にこれ以上なく残虐な、死に至る暴力が加えられたという事実とともに生きていかねばならないのだ。リンダは安らかに死んだのではない。地獄を味わった。犯され、苦しめられた。おそらく命がけで闘い、命乞いをし、全力で抵抗しただろう。だが、すべてまったくの無駄だったのだ。

「リンダさんを殺した犯人はサイコパスです」とフィールダーは言っていた。「リンダさんは、サディスティックな方法で苦しめられました。こんなことをした人間は病気です。そして非常に危険です」

恐ろしい、とアンジェラは思った。私たちみんな、このことを残りの人生ずっと抱えて生きていかなくちゃならない。決して忘れることなんてできない。

もう二度と、何ひとつ、正常には戻らないだろう。

弟たちは、今日は全員が学校へ行かなかったが、やがてひとりずつ、どこかへ出かけていった。どこへ行ったのかはわからない。おそらく仲間とどこかにたむろして、煙草を吸い、ビールの空き缶を蹴飛ばし、威勢のいい言葉を吐いているのだろう。リンダの写真は、朝刊各紙に載った。イズリントンでは、ビッグス家を襲った運命について、皆が知っている。弟たちがこんなときに、ことさらクールに振舞っているだろうことが、アンジェラには想像できた。それが、運命を受け入れ、克服するための、彼らなりの第一歩なのだ。だが、彼らの誰ひとりとして、決してすべてを克服することはできないだろうと、アンジェラは思っていた。

パトリックのコンピューターは、これまでにもよく使っていた。本当は事前に使ってもいいかどうか訊くべきなのだが、いまは誰にも邪魔されたくなかった。幸いなことに、このコンピューターのことならよくわかっている。いかにもパトリックらしいパスワード——FUCK——を入れて、インターネットに接続すると、グーグルに調べたい言葉を入力した——ジェーン・フレンチ。

一瞬で、何ページにもわたる検索結果が出てきた。

ジェーン・フレンチは、二〇〇二年十一月十七日、エッピング・フォレストで死体で発見された。非常に奥まった場所にあるバーベキュー場に建つ小屋のすぐ横にある小さな池に、頭が浸かっていた。ハイキングにきた年配の夫婦が、突然降ってきた雨を逃れてその小屋に入り、奥の窓から偶然外を見て、死体を発見したのだった。検視の結果、ジェーン・フレンチは何日もその場所に放置されていたことがわかった。十一月にはもう誰もバーベキューなどしないし、どうやらそれ以外の目的でその小屋を訪れた者もいなかったようだった。

死体の発見現場は、犯行現場とは異なっていた。

ジェーン・フレンチの膣とその周辺には、凄惨な傷があった。何か鋭利な物体——もしかしたらガラス瓶——で犯されたに違いなかった。全身に切り傷があり、顔には殴られた痕があった。何本も折れた肋骨と、下腹にある重い傷とが、激しく蹴られたことを示していた。だがジェーン・フレンチは、これらの暴力によって死んだのではなかった。死因として報告書に記されたのは「溺死」だった。縛られ、意識を失ったジェーンは、池のほとりに寝かされた。それも、顔が水に浸かる姿勢で。

アンジェラは椅子の背にもたれた。頭痛と悪寒に襲われるのがわかった。誰が若い女性にこんなことをできるんだろう？　拷問し、考え得る限りの凄惨な方法で苦しめ、最後には特に残虐で冷酷な方法で殺すとは。ジェーンは意識を失ったまま死んだのだろうか？　それとももう一度目を覚まし、なんとか横向きに転がろうとしたができず、ついには頭を水の上に出しておくだけの力を失ったのだろうか？

アンジェラはさらに様々な記事をクリックして読んでいった。ジェーン・フレンチの捜索願は出ておらず、警察はほぼ二週間、死体の身元を突き止めることができなかった。やがてついに、新聞に載った写真を見てジェーンだと思った友人が名乗り出てきた。その友人というのは麻薬中毒の娼婦で、警察に電話するかどうか、長いあいだ迷っていた。おそらく自分にも色々やましいところがあり、法の番人とのつながりを、悪魔が聖水を避けるように避けてきたのだろう。だが幸いなことに、最後にはためらいを克服して、死体はジェーンに間違いないと確認した。この友人の証言によれば、ジェーン・フレンチは死んだとき二十歳だった。マンチェスター出身で、十七歳でロンドンに出てきた。父はとうに亡くなっており、母ともすっかり音信不通だったので、ジェーンが失踪したことを母も知りようがなかった。ロンドンで、ジェーンはまず様々なアルバイトでなんとか生活していこうと試みたが、結局最後には通りに立つ娼婦となった。名乗り出てきた友人とジェーンは、同じ部屋で暮らしていた。ジェーンは麻薬はやらず、酒さえ飲まず、娼婦業から足を洗いたいと思っていた。自分と結婚して、よりよい生活をさせてくれる人にめぐり合うことを夢見ていた。

「でも、ジェーンが知り合った男たちなんて」と、その友人の言葉が引用されていた。「そろいもそろってクズばっかりだったよ」

二〇〇二年三月、ジェーンはもう部屋に戻ってこなくなった。何も言わずに消えてしまった。どうやら、鞄ひとつしか持たず——だがその鞄は、その後も見つかっていない——着の身着のまま出ていったようだった。

友人はそれを知っても、特に不思議だとは思わなかった。少なくとも大騒ぎはしなかった。

「ジェーンはあんまり話をしてくれなかったから。やっと誰かいい人にめぐり合って、その人のところに引っ越したんだと思ったんだよね。どうして何も持っていかなかったかって？　わからないけど。これまでの生活全部ときっぱり縁を切りたかったとか。いつもこの世界から出たいと思ってたのは知ってたし」

様々な記事によれば、警察はさらなる痕跡を求めてジェーンの周辺を探ったものの、何も見つけられなかった。大勢いるジェーンの客たちはひとりも見つからなかったし、予想されたことながら、名乗り出てくる者もいなかった。ジェーンの母親と連絡を取ったが、彼女はすでに三年前から娘に会っておらず、連絡も取っていなかったため、なんの情報も持っていなかった。結局、ジェーン・フレンチはサイコパスの客に行き当たり、何も知らずにその男の車に乗ったのだという推測が定説となった。「売春婦という職業につきものの危険」だと、ある新聞がどこか皮肉を利かせて書いていた。警察は、さらなる殺人事件が起きるだろうと覚悟していた。こんなふうに精神を病んだ犯人は、自身の渇望を繰り返し満たさずにはいられないものだと考えられたからだ。だが実際には、ジェーン・フレンチ事件に似た事件は二度と起こらなかった。

ジェーンはただひとりの被害者だった。

だがそれも、二〇〇八年二月十二日までのことだ。散歩していた女性が、凄惨な暴力を受けたリンダ・ビッグスの死体をエッピング・フォレストで発見した日。

アンジェラは顔を上げた。目が燃えるように痛んだ。あまりに意識を集中させ、必死で画面を見つめていたので、全身ががちがちにこわばっていることにも気づかなかった。思わず、痛みに小さなうめき声をあげた。肩も首も、少し動かしただけで痛い。

自分に刑事の真似事などできるはずがないことはわかっていた。それでも記事を読んだのは、決定的なヒントとなる何かが見つかるのではないかと期待したからだった。ジェーン・フレンチという見知らぬ女性と、妹のリンダとのあいだに、なんらかの共通点があるのではないかと。警察は気づかなくても、リンダのことを誰よりもよく知っていた自分のことは正しい推理に導いてくれる何か。だがいまのところ、電流のように全身を貫き震わせるほどの情報は何もなかった。

アンジェラは再び画面を見つめた。

共通点はなんだろう？

ふたりともエッピング・フォレストで発見された。だがそれぞれまったく別の場所で。

ふたりとも同じように——鋭利な道具で——犯され、殴られ、蹴られていた。犯人の体液は残されていなかった。そのため解決が困難になった。

ふたりとも最後には溺死した。

ふたりの死に関しては、驚くほど多くの共通点がある。

だがふたりの生前に関してはどうだろう？

ジェーン・フレンチは娼婦として働いていた。リンダは――気が進まないながらも、認めないわけにはいかない――まるで娼婦のような格好をしていた。ここにヒントがあるのだろうか？　頭のおかしい犯人は、ある種の服装の女に興味を覚えるのだろうか？

けれど、ああいう格好をした女ならいくらでもいる。次の犠牲者を見つけるまで、五年以上かける必要はなかったはずだ。ごく普通の無邪気な女子高校生だって、まるで手当たり次第に男を追い求めるかのような格好で、週末にディスコに繰り出すではないか。

それとも、リンダをしょっちゅう「娼婦」と呼んでいたゴードンは、本人もそうとは知らないまま、真実を言い当てていたのだろうか？　この半年間で明らかに変わったリンダの経済状態も、それと関係があるのだろうか？　リンダはこっそりと、特別な方法でお金を稼いでいたのだろうか？　そして偶然にも、ジェーンを殺した変質的な犯罪者の手に落ちたのだろうか？

だがそうだとしても、ジェーン事件とリンダの事件とのあいだにある長い空白期間は謎のままだ。どうして犯人は、数か月に一度の割合で、街頭に立つ娼婦を餌食にしてこなかったのだろう？

アンジェラは再びネット上の記事に没頭した。

たとえ明日の朝までかかってもかまわない。絶対に何か見つけてみせる。

二月十四日木曜日

1

ヴァレンタインデーにすら、デニスからの連絡はなかった。ロザンナは、朝に電話がかかってくるのではと期待して、出そびれることがないようにと、ジョギングにも携帯電話を持っていったが、ジブラルタルから届くのはいまだに沈黙のみだった。

まさにデニスらしい。へそを曲げるときは徹底的に曲げる。いつまで続いても不思議ではない。

一瞬、「負けるが勝ち」という諺《ことわざ》にならって、こちらから連絡を取ろうかと考えた。だが、きっと起きるであろう口論が怖かった。明らかにまだ怒っているデニスは、きっとその機会をとらえて、再度自分の立場を説明するだろう。さらに、その際ロザンナのほうの立場になどまったく興味がないとはっきり宣言することだろう。きっと喧嘩になるに決まっている。だがいまは、これ以上神経をささくれ立たせる問題には耐えられそうもなかった。明日のテレビ番組のことで、すでに充分気が立っているのだ。おまけに、今日は十時にマーク・リーヴとカフェで待ち合わせをしている。余計なことに煩わされたくはなかった。

昨晩、リーヴに電話をして、出演することになったテレビ番組のことを知らせた。自分と会って話をすることを了承してくれたリーヴに対する礼儀だと思った。だが驚いたことに、リーヴはすでにそれを知っていて、すっかり意気消沈しているようだった。

「私のところにも電話があったんですよ」とリーヴは説明したのだった。「私にも出てほしいということで。断わりましたがね。だってそんなことをしたら、また私の顔を皆の記憶に呼び起こすだけですから。またあの事件が蒸し返されるだけでもやっかいなのに。あの話もやっと終わったんだって思ってたところだったんですがね」

「本当にすみません、リーヴさん。私が思っていたよりも大きな話になってしまって。私のほうは、残念ながら出演を断わるわけにはいかないんです。編集長が……」

「わかってます。あなたも仕事ですからね。わかりますよ、本当に」

そのとき、ロザンナはふと思いついた。「どうでしょう、もう一度お会いできないでしょうか？　皆があなたにそれほど興味を持っているんなら、きっと私にも、あの事件においてあなたが果たした役割について尋ねてくるでしょう。そのために、もう少し準備をしておいたほうがいいかも」

リーヴは迷っていた。迷っているのがはっきりとわかった。ロザンナは、リーヴからいまだに信頼されていないことを悟った。

「前にお約束したとおり」とロザンナは言った。「お望みにならないことは何も書きませんし、何も言いません」

「わかってます」とリーヴは言った。

少なくともリーヴは、会うことを承知してくれた。だがロザンナにははっきりと感じられた。リーヴはできればこう叫びたかっただろうと――みんなもう放っておいてくれ！　いい加減にあの話はやめてくれ！　最初に会った日から、リーヴは正直に言明していたではないか――ロザンナとの対話に応じるのは、少しでも連載に影響を与えたいからにすぎないと。喜んで会ったわけでも、信頼してくれたわけでもないのだ。

なんだか自分が、キャンキャン吠えながら通行人のズボンのすそにかみついて離れない、鬱《うっ》陶《とう》しい小さなテリアになったような気がした。楽しいなどとはさっぱり思えない役回りだ。この朝ロザンナは突然、結婚生活を初めて深刻な試練に直面させた今回の英国滞在にも、結局ひとつはいい点があったのではないかと考えた――この仕事が終わったら、ジャーナリストという職業をなつかしむこともなくなるだろう。他人の人生に首を突っ込むことが仕事の一部なのだ。おそらくこの数年間で、ロザンナのなかの何かが変わったのだろう。以前より繊細になった。だから、他人のことに首を突っ込むのが辛い。ジャーナリストは、もはや自分に合った職業だとは思えなかった。

デニスもこの点は喜んでくれそう、とロザンナは思った。

待ち合わせ場所であるオックスフォード通りのカフェには、十五分前に着いた。これは神経がますます高ぶっている証拠だ。普段なら、こんなふうに落ち着かない気持ちに急《せ》きたてられることはない。時間をつぶそうと、ロザンナは別の事件のうちの一件について、メモを取り始めた。これらの事件もエレイン事件と同じように重要なんだと、何度も自分に思い出させねばならなかった。週末には、これらの事件のうちひとつについて最初の記事を書こうと、固く決意していた。とにかく、明日の晩テレビ出演が終わったら、エレインの事件には別れを告げるのだ。手持ちの資料を使って記事を書いたら、そこからはもう放っておこう。終わらせるのだ。終着点を見つけなくては。

マーク・リーヴは約束の時間に一分と違《たが》わずやって来た。まだ朝早いというのに、今回も疲れて緊張しているようだ。夜あまり眠れない人のように見える。ロザンナはすぐに良心の呵責を感じ、突然、ニックに怒りにも似た感情を抱いた。ニックが自分をリーヴのもとへ送り込んだのだ、と。本当なら、そっとしておくべきではないだろうか？

「待ちましたか？」とリーヴは言って、時計を見た。

ロザンナは首を振った。「早く来すぎたんです。緊張してるせいで。明日の番組が……」最後まで言わず、代わりにこう伝えた。「昼間に時間を取ってくださって、ありがとうございます」

「自分のためですからね」とリーヴが言い、腰掛けた。「ここにいられるのは一時間弱です。秘書が風邪をひいて、事務所にひとりきりなんですよ。あれこれ慌ただしくて。何を知りたいんですか？　たしか、もっとよく準備したいとおっしゃってましたね？」

「はい……ええと……」ロザンナは急いで別の事件についての書類を脇にどけると、いくつかの点を書き出しておいたノートを取り出した。「いくつか問題があって……」

ウェイトレスがテーブルにやって来た。それぞれがカプチーノを頼んだ後、ロザンナは言った。「ひとつだけ、まだわからないことがあるんです。あの一月の晩、あなたはベルリンに行くためにヒースロー空港にいた。そしてほかの大勢と同じように、出発できなかった。次の日の早朝、エレインを地下鉄のスローン・スクエア駅まで送っていった。どうしてあなたも一緒に空港に行かなかったんですか？　改めてベルリン行きの飛行機を取ろうとしなかったんですか？」

「もうその必要はなかったからですよ。ベルリンでは、晩に会食の予定でした。私がもうすぐ働くことになっていた事務所が興味を持っていたポーランド人の依頼人と。飛行機が全部キャンセルになったんで、担当者に電話して、会食を翌日に延期できるかと訊いたんです。でも無理でした。依頼人候補は、翌日の土曜日の朝、もうポーランドに戻らなければならなかったんです。それで、数週間後に改めて日時を設定しました。ただ、結局実現はしませんでした。少なくとも、私がその人に会うことはなかった。メディアがすでに私のことをめちゃくちゃに切り刻んでいましたから。事務所のほうから、もう私を雇う気はないと、それとなくほのめかしてきたんです。つまり私は部外者だったんですよ」マーク・リーヴは肩をすくめた。その表情からは、心のなかにどんな思いが去来しているのかはうかがえない。

リーヴが望んでいるのは実務的な態度であり、決して同情の言葉ではないと感じたロザンナは、うなずくと、ページにいくつかのキーワードを書きつけた。運命だ、と感じた。ほんの一瞬のうちにすっかり変わってしまった運命。

「エレインを最後に見たのは、地下鉄の入口なんですか？」とロザンナは続けた。

「いえ」とリーヴは言った。「出発する地下鉄の窓の向こうです。下までついていって、乗車券を買って、正しい電車に乗るのを見届けたんです。エレインがロンドンに来たのは初めてだったし、まだかなり動揺してましたからね。気をつけていてやらないと、とんでもない場所にたどり着くんではと心配だったんです」

「まだ動揺していた？」

「もう泣いてはいませんでしたよ。ただ、ものすごく混乱していたのは確かです。飛行機や、ジブラルタルへの旅行のせいじゃないんです。エレインのそれまでの人生すべての問題だったんですよ。そう、たしか、エレインが自分でそう言ったんです。夜、話をしていたときに。私の人生すべての問題なんです、と、何かの拍子に言ったんです。なんだか、いまこそすべてが決まるときのような気がするって。だいたいそんなことを言いました」

「具体的にはどういう意味だか、想像できますか？」

ウェイトレスがふたりにカプチーノを運んできて、屑がぼろぼろとこぼれそうなクッキーの皿を添えた。リーヴは一枚手に取ったが、口には持っていかず、指のあいだでもてあそんだ。

「はっきりと想像できますね。今日では、すぐに頭のなかで警鐘を鳴らさなかった自分を張り倒したいくらいですよ。だって実際エレインは、かなりはっきりと、再出発するつもりだという意志を示したわけですからね。いまのままの人生にはもう満足できないとね。何よりもまずは兄から、そして村からも、仕事からも逃げ出したい……すべてから逃げ出したいと。少しでもよく考えれば、エレインがあの機会をとらえて姿を消すだろうと、わかったはずなんです

――そして、エレインと一緒にいた最後の人間である私が、なんらかの形で巻き込まれるだろうことも。ただもちろん、あのときはそんなにしっかりとは考えなかった。正直に言えば、それ以上あれこれ考えるほどエレインに興味なんてなかったことは、認めざるを得ません。私は善行を施した。エレインに一晩過ごせる部屋を提供して、何時間も愚痴に耳を傾けて、最後には正しい地下鉄に乗せてやった。私にとってはそれで終わりでした。家に帰って、机の前に座って、仕事を始めたんです」

「ほかにどうすることができたっていうんですか？」

「そう。ほかにどうすることができたのか？　あれから、何度もそう自問しましたよ。ヒースローまでついていって、エレインが飛行機に乗るのを見届けるべきだったのか？　そうすれば、エレインが生きて家から出たことが証明されたでしょう。それとも、お兄さんに電話して元気だと伝えろと、しつこく迫るべきだったのか？　エレインが馬鹿なことをしないよう、私の車で直接サマセットまで送っていくべきだったのか？　だけど、後から言うのは簡単です。それに――そんなでしゃばった真似ができたと思いますか？　相手はティーンエイジャーじゃないんです。エレインは若かったとはいえ、成人した女性でした。なんでも好きなことをする権利があったんです」

「私の意見ですけど」とロザンナは穏やかに言った。「あなたがご自分を責める必要はないと思います」

リーヴは首を振った。「いや。責めずにはいられませんよ。ただ、何かをやり逃したせいじゃありません。何かをしなかったと言って自分を責める必要はありません。でも、何かをしたことを、責めずにはいられないんです。あの泣いている若い女性を家に連れて帰ったのは、とんでもない間違いでした。人生でいちばん愚かな行為でした。あれは……」ほとんど怒っているかのように、リーヴはぼろぼろに砕けたクッキーをテーブルに叩きつけた。「あれは、あり得ないほど馬鹿な思いつきでしたよ！」

「助けてあげようとしただけじゃないですか」

「そう、助けようとした。そして、その際もしかしたらやっかいなことに巻き込まれるかもしれないとは、考えもしなかった。でも……実は、空港で一瞬……」ここでリーヴは口を閉じた。

「なんですか？」とロザンナは訊いた。

リーヴはロザンナには目を向けずに続けた。「私のなかの警報装置が作動した瞬間があったんです。一緒に家に来ないかと言う直前に。なんというか……一種の条件反射でした。エレインを見て、頭のなかで彼女の年齢を見積もったんです」

「年齢を？」

「エレインが未成年ではないことを、はっきりさせておきたかった。エレインとなんらかの関係を持とうと思ったわけじゃありませんよ。でも、未成年の女の子だったら、家には連れていかなかったでしょうね。後からやっかいなことにならないようにという、それだけの理由で。私が今日自分を責めているのは、この点なんですよ。警報ランプがついたのに、すぐに消してしまったこと。エレイン・ドーソンは、どう見ても二十歳を超えていました。私にとっては、それで問題は解決だったんです。でもそれが間違いだったんですよ。すぐに気づくべきだったんです。見ず知らずの女性を家に連れて帰ったりしたら、問題が起きるかもしれないと。相手が十五歳だろうが、二十三歳だろうが関係なくね」

「条件反射」とロザンナは言った。「いま条件反射とおっしゃいましたけど」

リーヴはうっすらと笑った。「その種の条件反射は、おそらくたいていの男に具《そな》わっていますよ」

「若い女性が未成年かどうかを素早くチェックする癖が？」

「まあ、ね……」まるで謝るかのように、リーヴは言った。

ロザンナは考えた。そんな条件反射を具えているのは、女たらしだけなんじゃないの？　あなたのような？　隣人の証言では……ロザンナは慌ててそんな思いを頭から振り払った。マーク・リーヴのかつての隣人の主張に、あまり重きを置きすぎてはならない。隣人のリーヴに対する個人的な反感は、あまりに露骨だったではないか。

「その警報が鳴り響いた一瞬については、ほかでは一度も口にされたことがありませんね？」とロザンナは訊いた。「少なくとも、メディアの記事にはありません」

「はい、このことは一度も話していません。話せば、私に不利に解釈されたでしょう。きっと一夜の情事を求めて意図的にエレインを連れて帰ったんだと思われたでしょう。そうなれば、婦女暴行罪と殺人罪へのさらなる一歩ですよ。ほとんどの人が望んでいる方向なんですから。実際、私がいかに自己弁護しようと、結局話はそっちの方向に進んでしまったんですし」

ここで話題は、ロザンナにとっていまだに理解不能な点に到達した。いくら資料を読んでも、さらにマーク・リーヴの証言を聞いても、いまだによくわからない。

「リーヴさん」ためらいがちに、ロザンナは切り出した。「誤解しないでいただきたいんですけど……もうひとつだけ……」

「はい？」

「もうひとつだけ、よくわからないことがあるんです。何度も説明なさったことなんですけど。私があなたを信用していないとは思わないでください、それに……」

「どうぞ、訊いてください」

ロザンナは思い切って切り出した。「変なふうに聞こえるかもしれないんですけど。ごめんなさい――この質問に対するあなたの答えには、どれも納得がいかないんです。だからもう一度訊かせてください。たぶんもううんざりなさっているとは思いますけど。どうしてあの一月十日、エレイン・ドーソンを家に連れて帰ったんですか？　どうして見ず知らずの女性に、お宅のベッドを提供したんですか？　そんな思い切ったことを、どうしてしたんです？　エレインは、あなたのなかの何に触れたんですか？」

リーヴは怒りだすだろうと思っていた。あまりに頻繁にされてきた質問だからだ。

だが驚いたことに、リーヴはじっと考え込むようにロザンナを見つめただけだった。

「いい質問ですね」と、しばらくしてリーヴは言った。「そういう表現で訊かれたことはありませんでした。いちばん核心を突く表現なんですけどね。エレイン・ドーソンは、私のなかの何に触れたのか？　それがすべてだ。そう思いませんか？　いちばん重要な点だ。なんとか説明してみましょう」

2

持ち物はほぼすべて、持っているトランクひとつに収まった。入りきらなかったのは主に捨てたくない食料品で、彼女はふと思いついて、それらをビニール袋に入れた。《ザ・エレファント》にはもう電話して、歯医者の予約があるから休むと伝えてあった。少し文句は言われたが、承知してもらえた。

「夜には行きますから」と彼女は店主のジャスティンをなだめるように言った。

「そうしてもらいたいね」と、ジャスティンは不満げに言った。「今晩はスポーツチームのパーティーの予約が入ってるんだから。あんたがいないと困るんだよ！」

「わかりました！」夜までに自転車を手に入れることができればいいけど、と彼女は思った。もしかしたらスミス＝ハイド夫人のガレージに、使っていないのが一台あるかもしれない。

いまは、キャドウィックが出かける瞬間を逃さないように、自宅で待機していなければならない。何も言わずにここを出て、長い話し合いには応じないことにしようと決めていた。けれどトランクを持っているところをキャドウィックに見られたら、あれこれ質問を浴びせられるのは避けられないだろう。キャドウィックはいつだったか、昼食を買うために毎日午前中に外出すると語ったことがあった。

「買いだめする主義じゃないんでね。それじゃあまったく外に出なくなっちまう！」

願わくは、キャドウィックが今日も雑貨店へ出かけてくれますように。三十分あれば、姿を見られずに住居を出て、バス停まで行くのに充分だ。キャドウィックの外出がそれほど遅くならなければ、十二時のバスにも間に合うかもしれない。数日したらキャドウィックのもとを訪ねて、敷金を払い戻してくれるよう頼むつもりだった。当然、激しく非難されるだろう。けれどそうなったら、月末までは住まないにもかかわらず、二月分の家賃は全額取っておいていいと伝えればいい。それまでには新しい我が家に多少なりとも慣れて、気持ちの悪いキャドウィックともう一度対峙する勇気が持てるだけの安心感を得られているといいのだが。

彼女の我慢強さは、厳しい試練にさらされた。十時まで、下からは何ひとつ物音が聞こえてこなかったのだ。もしかしたらキャドウィックは、また階段を忍び足でうろつきながら、どうして下宿人は今日は仕事に行かないのだろうと考えているのかもしれない。それとも、彼女が出かけるのに気づかなかった、きっと早朝に出かけてしまったんだ、と考えているかもしれない。もちろん、試しに住居に入ってくることだってあり得る。それを考えて、すでにチェストはドアの前に置いてあった。もしキャドウィックが入ってこようとすれば、彼女が在宅していることが明らかになる。そうなると、歯が痛いだのなんだのといった言い訳をせねばならず、それでもキャドウィックが買い物に出かけてくれることを祈るよりほかなくなる。実際、こんな家主との生活は不可能だ。どうしてもっと早くに出ていく決意をしなかったのだろうと、彼女は自問した。

十一時になって、ついにキャドウィックがまだ生きていることが判明した。突然声が聞こえてきて、彼女は飛び上がった。ドアの前の狭い廊下から直接聞こえてくる。

「もしもし？　もしもし？　いるのかね？」

彼女は答えなかった。キャドウィックは彼女が仕事に行かなかったことに気づいていたのだ。

「いるのはわかってるんだ！」と怒鳴り声がした。

だが、この病的な馴れ馴れしさにもかかわらず、住居のなかで唐突に彼女と顔を合わせることは少し怖いようで、キャドウィックはドアを開けようとはしなかった。

「おおい！」と、もう一度用心深く呼びかける声がした。

できればまったく関わりたくなかったが、突然、答えなければキャドウィックはこのまま外出しないかもしれない、そうしたら残りの一日はずっとここに閉じ込められて過ごすことになると思った。そこで彼女は、心のなかでは怒りに震えながらも、結局答えを返した。

「ここにいます、キャドウィックさん。何も問題ありません」

「どうして仕事に行かないのかね？」

「歯が痛いので」

「それなら医者に行きなさい、まったく！　そういうことを先延ばしにしてはいかんよ！」

「今日の昼に予約を取ってあるんです。ちゃんと行きます」

「何かしてほしいことはあるかね？」

「いいえ。ありがとうございます。大丈夫です」とっとと出ていけ！　一瞬の沈黙のあと、声がこう告げた。「じゃあ、これから昼飯を買いに出かけてくる。何か買ってこようか？」

「必要なものは全部そろってますから」

「食べなきゃ駄目だぞ！　痩せすぎだ！」

この会話だけを聞けば、親切で心配性の老人のようだ。

でもあんたのことはよくわかってるんだから、と彼女は思った。

「ちゃんと食べてます。本当です、キャドウィックさん。心配いりません。私は大丈夫ですから！」本当なら毒のある無愛想な答えを投げつけたいところだったが、そんなことをして口論になるのが怖かった。それに、すぐにでも出かけてもらわなくては、十二時のバスに間に合わなくなる。

「そうかい。じゃあ出かけるからね！」とキャドウィックが呼びかけた。

そうそう！　急いで！　とっとと出かけて、しばらくは戻ってこないで！

二分後、玄関ドアの音がした。しばらくしてから、思い切って窓から外を覗いてみた。キャドウィックが足を引きずるように通りを歩いていくのが見えた。座っている時間が長すぎる人間特有のあぶなっかしい歩き方で。さようなら、キャドウィックさん。いつかまた、威張り散らせる新しい被害者が見つかるかもね！

大急ぎでブーツを履いてコートを着ると、トランクとビニール袋をつかんで、ほぼ二年にわたって我が家と呼んだ部屋に、最後の視線を送った。特に住み心地がいいと思ったことは一度もなかった。それでも、使い古された醜い家具に、いまではすっかりなじんでいた。結局ここも、ある意味ではふるさとだったのだ。彼女は感傷を急いで振り払った。こんなふうに暮らしていく限り、ひとつの場所に真に根を下ろす贅沢はできない。常に別れを告げ、再出発する準備がなくてはならないのだ。

バス停までは遠くなかったが、トランクが重かった。何度も地面に下ろして、休憩しなくてはならなかった。おまけに、買い物から戻るキャドウィックに出くわす危険を避けるため、回り道をせねばならなかった。道すがら、彼女はもう一度、昨日読んで衝撃を受けた新聞記事のことを考えた。ロンドンで残酷な方法で殺されたかわいそうな若い女の子は、リンダ・ビッグスという名だった。もちろん、ピットはまったくの無関係かもしれない。だが新聞に載っていた事件の様相は、ジェーン・フレンチを思い出させる。それに死体が見つかった場所も。一方で、いわゆる模倣犯のことも、よく読む。なんらかの事件を見つけ出して、それとそっくり同じ事件を起こすのを楽しむ犯人のことだ。インターネットでフレンチ事件を探し出して夢中になった頭のおかしい人間の仕業かもしれない。フレンチ事件に入れ込み、ジェーン・フレンチの身に起きた残虐なことがらのすべてを、頭のなかで何度も何度も反芻《はんすう》した。そして事件から何年もたったいま、たがが外れた。偶然若い女の子と知り合い、環境も整っていた。そして犯行を犯した。

そういうこともある。そういう話はしょっちゅう聞く。いまではほとんど定期的に現われる、学校や大学に入り込んでは目に入るものを手当たり次第に撃ちまくる殺人鬼たちは、ほとんどがそういう道をたどってきたのだ。後《のち》に自分が起こすことになる事件と似たような残酷なシーンに、映画やテレビゲームやメディアの記事などで出会い、それを忘れることができなくなってしまったのだ。リンダ・ビッグスだって、そういった頭のおかしい人間の犠牲になったのだと考えていけないわけがあるだろうか？

そのほうが私にとって都合がいいからよ、と彼女は思った。ピットがいまだにあんなことをすると思うと、寒気がするからよ。ピットも少しは変わったんだと思いたいからよ。

だが、それは現実的な考え方だろうか？　正直に言えば、あまりに楽観的だと認めざるを得ない。確かにピットはビッグス事件とは無関係かもしれない。だが、だからといって、ピットが変わったことにはならない。当時ピットのことをサイコパスだと思った。そしていまでも、自分は間違っていなかったと確信している。サイコパスはサイコパスだ。ある晴れた日に突然この根深い病から回復して、その後別人のようになったりはしないのだ。

時間どおりにバス停に着き、十分後にはバスに揺られていた。窓から外を見ると、天気がよくなってきたのがわかった。ここ数日で初めて、雲に大きな割れ目ができて、その向こうから青い空がのぞいている。そして時々地面に日が射して、荒涼とした冬の景色を暖かな光で包み込む。いまだに気温は低かったが、この北国では、イギリス南部よりも春が来るのに時間がかかることはわかっている。だが今日は、まるで春が、もうすぐ訪れることを知らせる先触れの使者を送ってきたかのようだ。彼女にはそれが幸運のしるしに思われた。

目的地のバス停までは、十五分もかからなかった。そこから重いトランクを引きずってスミス＝ハイド夫人の家まで歩くのは骨が折れ、冷たい空気と刺すような風にもかかわらず、あえぎながらたどり着いたときには、すっかり汗をかいていた。最初に会ったときと同様、スミス＝ハイド夫人はどこか機嫌が悪そうに見えた。だが、もともとこういう人で、それ以上の意味はないのかもしれない。

「来ました」と、言わずもがなのことを彼女は言った。

「見ればわかりますよ」と、新しい家主は厳しい声で答えた。「そんな重い荷物を持ってこんな遠くまで歩いてくるなんて、非常識ですよ！ 身体を痛めて、後から椎間板に来たりするのよ！」

「ほかにどうしようもなかったんです。それから、忘れないうちにお訊きしたいんですけど、私に売ってもいい自転車をお持ちじゃないですか？ それとも、自転車を持ってる人をご存じじゃないですか？」

「自転車？」

「自転車がないと、夜にランバリーの《ザ・エレファント》から戻ってこられないんです。八時を過ぎたらもうバスはないので」

「そのことなんだけど」とスミス＝ハイド夫人が言った。「ちょっと考えてみたんですよ。あなたがあの酒場で働くの、あまりいいとは思えないの。若い女性にふさわしい場所じゃないわ。

それに毎晩自転車で出かけるなんて……冬にはどうするつもり？　それは別にしても、こんな人里離れた平和な場所にだって、危険はあるんですよ」

彼女は恐怖で硬直した。もしかしてスミス＝ハイド夫人は、彼女にアパートを貸すのをやめようと思っているのだろうか？　キャドウィックのもとに戻るなんて、とても考えられない。

「私……でも、仕事ですし……」彼女は口ごもった。

「うちを掃除してくれる人が必要なの」とスミス＝ハイド夫人が単刀直入に切り出した。「それに、ほかにも掃除婦さんが必要な家をたくさん知ってるわ。これまでこの村じゅうの家の半分は掃除していた若い子に赤ちゃんができて、しばらくは働けないの。どうかしら？　うちで働いてもらって、私がほかの人たちにも推薦するわ。そうすれば夜には家にいられるし、ずっと静かな生活ができるわよ」

彼女は考えた。おそらく静かな生活にはならないだろう。スミス＝ハイド夫人のもとで働くのは楽ではなさそうだ。それに、ほかの人たちだってどうかはわからない。ただ、そうすれば本当に夜に自転車を走らせる必要はなくなるし、おまけにランバリーとのつながりを決定的に断ち切ることができる。キャドウィックが怒りのあまり《ザ・エレファント》に何度も顔を出し、うるさくまとわりつくのではないかとも思っていたところだ。スミス＝ハイド夫人の申し出を受ければ、すべての問題が解決する。

「考えてみます」と彼女は言った。

「あんまり時間をかけないでね」とスミス＝ハイド夫人が怒ったように言った。

だが実際のところ、もう決心はついていた。

きっぱりと過去に区切りをつけるのだと考えると、気分がよくなった。

3

アンジェラはそれを、木曜日の昼に見つけた。水曜の晩は、あまり長いあいだコンピューター検索を続けられなかった。ゴードンが突然帰ってきて、そのまま倒れたからだ。居間に座り込んで泣きながら、ゴードンはどんなにリンダを愛していたかと、何度も何度も繰り返した。アンジェラは、父がリンダのことをいつもどれほどの軽蔑を込めて話していたか、リンダをいつもどれほど粗略に扱ってきたかを思い出させてやりたいという誘惑に駆られたが、結局同情心が勝って、隣に座って父を腕に抱いたのだった。

「誰があんなことをしやがったんだ、誰があんなことをしやがったんだ?」と父は時折問いかけた。だがアンジェラにどんな答えが返せたろう? アンジェラのほうだって、リンダの死にまつわる謎には戸惑うばかりなのだ。

そう、他人にあんなひどいことができるのは、いったいどんな人間なのだろう?

週末まで病欠届けを出してあったので、アンジェラは木曜日も家にいた。サリーは朝、彼女にしては珍しく力を尽くして、三人の息子たちを学校に行くよう説得した。だがそのあとは睡眠薬と酒をたっぷりと飲んで、台所でへたばっていた。ゴードンはその隣に座って、誰も耳を傾けることのない泣き言を延々とつぶやき続けていた。

アンジェラは改めて、ジェーン・フレンチ殺人事件に関するインターネット上の情報の山に手をつけたが、しばらくは同じような事実に遭遇するばかりだった。ジェーンが家族と音信を絶っていたこと、ロンドンで娼婦として働いていたこと、友人であり同居人であった女性による、共同生活に関する証言。どれひとつとして役に立ちそうにない。リンダ・ビッグスとの共通点は、どこにもないように見える。

だがそのとき、元同居人である女性の詳しいインタビューが見つかった。そしてそこには、アンジェラの耳をそばだたせる新しい事実が、初めて記されていたのだった。

「ジェーンはどうもどこかに新しい収入源を見つけたみたいだったのよね」と、ジェーン・フレンチの生活状態への問いに対して、友人は答えていた。「少なくとも、行方不明になる何週間か前から。私よりもずっと高い服を買うようになったの。服にあんなにたくさんのお金、私なら絶対に使えない！」

アンジェラは眉根を寄せた。かすかなざわめきが全身を這い上がっていった。これだ、と思った。これが共通点だ。リンダもまったく同じだった。突然高級になった服。

アンジェラは立ち上がると、部屋を出て、台所のほうに耳をすました。父がぶつぶつ言う単調な声が聞こえる。サリーのものらしい物音はまったくない。無理もない。本来なら一錠で何時間も眠ることのできる睡眠薬を二錠飲んでいるのを、さっき見たばかりだ。

両親に説明するのは気が進まなかった。直接フィールダー警部に話したかった。名刺はもらってある。

「何か思いついたら」と警部は言ったではないか。「どんなに些細《ささい》なことに見えてもかまいません。電話をください。こんなことを話しても笑われるだけだなんて、絶対に思わないで。どんなことでも重要かもしれないんですから」

アンジェラは忍び足で電話のある居間に行った。両親は今朝、ベッドを折りたたんでソファに戻すのを忘れた。シーツがすっかりぐしゃぐしゃになっている。きっと父が一晩じゅう寝返りを打ったのだろうと、アンジェラは思った。

フィールダーに取りついでもらうのは簡単ではないのではと、アンジェラは恐れていた。だがそれは、後になって考えてみると、自分のようなイズリントンの福祉住宅出身の人間は、基本的にどこであろうが多少なりとも丁寧な扱いを受けることなどあり得ないと、心のなかで確信していたからでもあった。ところが実際には、すぐに電話をつないでもらえた。驚きから立ち直るより前に、フィールダーがすでに電話口にいた。

「ビッグスさん!」その声は、ほとんどうれしそうでさえあった。「何か思いつかれたんですか?」

その可能性にこれほど熱心に食いつくということは、警察はまだ何もつかんでいないらしい、とアンジェラは思った。

「ええと、あの……何かの役に立つかどうかは、もちろんわからないんですけど……」アンジェラは、インターネットでの発見について報告した。フィールダーは注意深く耳を傾けてくれた。

「それは本当に重要な共通点ですね」報告を聞き終わると、フィールダーが言った。アンジェラには、フィールダーはとうにこの事実を知っていたが、礼儀を重んじて本人には言わないだけなのだと思われた。「ジェーン・フレンチを殺した犯人と、妹さんのほうの犯人とが同一人物だという我々の推測を補強する新たな事実です」

「でも、その犯人が誰かは……？」

「……もちろん、その事実からはまだわかりません。でも同一犯だとわかれば、捜査の範囲を絞ることができます。捜査対象になる妹さんの周囲のことはわかっているわけですから」

「リンダの元彼とはもう話しましたか？」とアンジェラは訊いた。

フィールダーは答えた。「はい。ただ残念ながら、あまり参考にはなりませんでした。せいぜい、彼は犯人ではないと思えたことくらいが収穫ですかね。ショックを受けていて、すごく悲しんでいましたよ。それに、去年の別れからまだ立ち直っていないようです。リンダさんは、関係をどうして終わらせたいのか、まったく説明してくれなかったそうです。もちろん彼も、新しい相手ができたんだろうと考えたそうですが、リンダさんは何も言わなかったらしいですね」

「じゃあ、捜査はちっとも進んでないんですね」アンジェラはがっかりして言った。

フィールダーは自信ありげな態度を取ろうと努めているようだった。「妹さんを殺した犯人は捕まえてみせますよ、ビッグスさん。どうか信じてください。この事件は、あなたと同様、私にとっても重要なんです」

「でも、手がかりがほとんどないじゃありませんか」

「妹さんが新しい男性とつき合っていたことを示す状況証拠はたくさんありますよ。その男と、長い時間一緒に過ごした――特に、お父さんと、その……喧嘩した後の何日かは。人間というのは、いつも一定の環境のなかで動くものです。たとえどんなに陰謀をめぐらせようとしてもね。リンダさんの写真はあらゆる新聞に出ています。きっと目撃者が名乗り出てきますよ。見ていてごらんなさい」

「でもそれなら、もうとっくに誰かが名乗り出ていてもいいはずじゃ？」

「いや、私の経験から言えば、そうとは限りませんよ」とフィールダーは言った。「ほとんどの人は、間違ったことを言ったり、勘違いをして後から恥をかくことを非常に恐れるんですよ。新聞に載ったああいう写真を見て、その人を知っていると思っても、それから絶対確実だと思えるまで、考え始めるんです。友人や近所の人に、次々に訊いて回るんですよ。先週四階のなんとかさんの家に出入りしてたのは、この女性じゃないですかね？　という具合に。そうだと言う人もいれば、違うと言う人もいる。それで彼らは不安になって、考え込むんです。そのうち誰かが、警察に行って疑念を話したほうがいいと忠告します。それでまたあれこれ迷って、最後にようやく一大決心をして、警察に行くというわけです。そのときにはすでに一週間くらいたっていても不思議じゃありませんよ」

「何かわかったらすぐに教えてくれますか？」とアンジェラは訊いた。

「もちろんです」とフィールダーは即座に答えた。そして短い間を置いて、こう付け加えた。「あなたの発見は重要ですよ、ビッグスさん。電話をくださってよかった。また何か思いつかれたら、ご連絡ください」

アンジェラはそうすると答えて、別れを告げ、受話器を置いた。死んだ妹に一歩なりと近づけたとは思えなかった。そもそも、リンダを殺した犯人を見つけることが、妹に近づくことになるのだろうか。これまではずっと、リンダに残酷な死をもたらした人間が誰かさえわかれば、楽に呼吸ができるようになるような気がしていた。

だが突然、もう確信が持てなくなった。犯人がわかっても、楽になどならないのかもしれない。

いま感じているこの痛みは、もう決して癒えることがないのかもしれない。

4

デニス・ハミルトンが会社から戻ったのは、午後五時だった。彼にしては珍しく早い時間だ。仕事はまだ山ほど残っているというのに。だが気分が悪く、朝からずっと頭が痛かった。どうやら風邪をひきそうだという予感があった。家に帰ると、まずアスピリンを二錠飲んで、額の奥を叩き続ける殺人的なハンマーが鎮まることを期待した。

これまで病気にかかったことなどほとんどない。よりによっていま病気になるのは、きっと偶然ではないだろう。

ヴァレンタインデー。それなのに、ロザンナに連絡を取らなかった。連絡を取るのは自分のほうだということは、わかっていた。このあいだ電話で交わした最後の会話を考えれば、自分から連絡しなければならないのは明らかだ。イギリスで仕事をすることについて妻をあんなふうに責めるのが間違いであることはわかっていた。だいたい、自分がどんなときに間違った態度に出るかは、たいてい自分でもわかっている。息子に対しても同じだ。それでも、自分でそれを変えることはできない。デニスを怒りに駆り立てるのは、自分でも制御できないほど奥深いところに根を下ろした不安だった。

デニスは台所に行き、白ワインをグラスに注ぐと、それを手に持って、一階の各部屋をうろうろと歩き回った。アルコールは頭痛にはよくないだろうが、きっと心の慰めにはなるだろう。この家はデニスにとって、あまりにロザンナそのものだった。ロザンナがここにいないことで、またしても思いもかけない激しい痛みが襲ってきた。壁にかかった絵を選んだのはロザンナだ。赤い素焼きタイルの上に敷いたスペイン製絨毯を買ってきたのもロザンナだ。白い漆喰《しっくい》を塗ったマントルピースに置かれた額入りの家族写真も、ロザンナが愛情を込めて並べた。色鮮やかなクッションを置いた快適なソファも、窓にかかった簡素な白いカーテンも、すべてがロザンナの手によるものだ。ロザンナはこの家に、スペインとイギリスの要素を非常にバランスよく配合した内装を施した。それに、敷石を張った中庭にある花が咲き乱れる花壇も、やはりロザンナが作り、丹精してきたものだ。デニスとロバートと自分自身のために快適な巣を作ることに、ロザンナはすべてを捧げてきた。それも、ロザンナ自身はここジブラルタルで、幸せとはほど遠い状態であったにもかかわらず。デニスはロザンナのイギリスへの郷愁を知っていた。ただ、だからといって——自分に何ができただろう？

窓際で立ち止まり、外を眺めた。ここジブラルタルでは、二月半ばのいま、春はとうにやって来ている。木々はいま、最も美しく花を咲かせている。デニスはそれが好きだった。スペインが、暖かさが、豊かに繁殖する植物たちが。イギリスの気候は昔から大嫌いだった。だがもちろん、ロザンナも同じように思ってくれると期待するのは間違いだ。ただ主張できるのは、デニスがどこで暮らしているか、どこで働いているか、ロザンナにも最初からわかっていたということだ。それでもロザンナはデニスと結婚した。

二〇〇三年一月十一日に。五年前のあのおかしな日に。

あの日が、言ってみればいまロザンナを再びとらえたのだ。何しろ、デニスのまったく知らないエレイン・ドーソンという女性は、もしロザンナが結婚式に招待しなければ、行方不明になることもなかったかもしれないのだから。または、もし前日に、ロンドンにあれほどの霧が出なかったら。または、または……いずれにせよ、ニック・サイモンがよりによってロザンナを行方不明者たちについてのいまいましい連載に起用する理由は、ひとつもなかっただろう。そしてロザンナも、父親の誕生日にイギリスに行きはしても、翌日には戻ってきたはずだ。ふたりはヴァレンタインデーを一緒に過ごし、夕方のこの時間には、どこかに食事に出かけたことだろう。喧嘩だってしなかったはずだ。それなのに……。

デニスはワインをがぶりと一口飲んだ。

二〇〇三年一月十一日。かなりの招待客が欠席だった。友人たちのほとんどはイギリスから来ることになっていたからだ。少し早めの飛行機に乗った人たち以外は、皆がヒースローかその他のロンドンの空港に足止めを食らった。三日前にジブラルタル入りしていたロザンナの母は、一月に結婚式を挙げるなんて、やはりいい考えではなかったと嘆いた。ロザンナもまた文句を言い始めた。だがデニスが自分の意見を押し通したのだった。ジブラルタルの夏の暑さを訴えたという。ロザンナはずっとこの日取りに反対していたのだ。本当は夏に結婚したかった(「だから何よ？　それならイギリスで式を挙げればいいじゃない！」とロザンナは答え、デニスはうめくようにこう言ったのだった。「そうか——それも、結局キングストン・セント・メアリーでだろう？」)おまけにロマンチストだったので、ふたりが出会った日を結婚記念日にしたかった。そしてふたりが出会ったのが、まさに一月十一日——ロザンナの誕生日だったのだ。

結局このロマンティックな論点に、ロザンナも折れた。そしてそのせいで、すべてが少しばかり番狂わせになった。祝宴は計画したよりもずっとわずかな人数で催された。ニューヨークから来るはずだった愛する兄が、乗り継ぎ地点のロンドンでやはり霧の犠牲になり、ロザンナは泣いた。様々な人からどんどん電話があり、来られないと伝えられたり、新しい到着日時を知らされたりした。大混乱で、よく言われるような「生涯で最も素晴らしい一日」にはほど遠かった。

「少なくとも、俺たちはこれで夫婦だ」深夜にへとへとになってベッドに倒れ込んだとき、デニスはロザンナにそう言った。

ロザンナは寝返りを打ってデニスに背を向け、何も答えなかった。デニスは結婚式を台無しにしたのだ。結婚生活の最良の始まり方とはお世辞にも言えなかった。デニスは、華やかに、幸せに始まった結婚だってたくさん破局していると思うことで、自分を慰めた。迷信に惑わされてはならない。

デニスはずっと、絶対の確信を持って伴侶を選びたいと思っていた。何より、ロバートのために。幼い息子は、母親という存在に恋焦がれていた。ロバートが五歳の頃、デニスはある女性と知り合い、二年間一緒に暮らした。ロバートは彼女を崇拝し、母親として完全に受け入れた。彼女はそれを重荷に感じながら、同時に、どうやって少年が捧げる愛情から逃れていいのかわからずにいた。結局彼女は新しい男性と知り合い、安堵しながら離れていった。ロバートにとっては世界の終わりだった。喪失を克服するまで、長い時間がかかった。それに、ロバートの心に大きな傷跡が残ったことは、はっきりとわかった。デニスは二度とこんなことはしないと誓った。このまま息子が成人するまでふたりきりで生きていくか、一〇〇パーセント確実だと思える女性を見つけるかのどちらかだ。そもそも一〇〇パーセントの確実性などというものがあればの話だが。ロザンナと知り合ったのはまったくの偶然だった。仕事で二週間ロンドンに滞在していたときのことだ。学生時代の古い友人の家に泊まっていたのだが、その友人が『カヴァー』誌の編集部で働いていた。デニスが到着したその晩、友人は同僚の誕生日のパーティーに招待されていた。訪ねてきた友達を家にひとりきりで残していくことに気がとがめたのか、友人はデニスに一緒に来るようにと誘った。デニスはなんだか決まりが悪かったし、図々しいような気がしたが、結局しぶしぶついていった。幸いなことに、パーティーを催したロザンナ・ジョーンズの狭いアパートには人が溢れ返っており、大勢がひっきりなしに出たり入ったりしていたので、デニスは少しも悪目立ちせずに済んだ。いつしか主役のロザンナと話を始めた。ロザンナは居間の大きな窓の前に立っていて、その背後の窓ガラスの向こうでは、大きな雪片が一月の夜のなかをゆっくりとロンドンの通りや広場へと舞い降り、街を新雪にしかかもし出せないあの独特の静けさで包んでいた。部屋には蠟燭が灯り、ほとんどの客はもう帰った後だった。深夜十二時をとうに過ぎていた。

あのときのロザンナの姿を、デニスは今日でもまだはっきりと覚えている。丈の短い黒いニットワンピースを着ていて、耳もとの小さな真珠のほかにはなんのアクセサリーもつけていなかった。茶色い髪は非常に短く、なでつけることのできない何本もの巻き毛が、元気にぴんぴんと頭から立っていた。デニスは長い髪の女性が好きだったが、ロザンナには短い髪があまりによく似合い、ほかの髪型など想像ができないほどだった。ロザンナの瞳の色はとてつもなく深かった。これまで見たこともない濃い茶色だった。まったくデニスの好みのタイプではなかったが、すさまじく美しいと思った。デニスが探していたのは、保守的な価値観を持つ古いタイプの女性だった。ロザンナは若く、元気がよく、好奇心に溢れていて、野性的な女性に見えた。たったひとつ古くさいところがあるとすれば、それは彼女の名前だった。後にデニスは、ロザンナがその名前を心の底から嫌っていることを知った。それに、ふるさとのキングストン・セント・メアリーのことも。その村には、まだ古き善き世界が残っていた。それがデニスに勇気を与えた。

デニスの一目ぼれだった。どうしてもロザンナを手に入れたかった。自分のため、そしてロバートのために。あの夜デニスは、ロザンナがついてきてくれるという希望なしではジブラルタルに帰ることなどできないと思いつめた。

デニスのロンドン滞在中、ふたりは何度か会った。デニスがしつこく電話して、映画、食事、劇場、お酒と絶え間なく誘ったおかげだった、デニスはロザンナにまとわりつき、怒濤《どとう》のような愛情を押しつけた。いつしか、ロザンナにもデニスに対する関心が芽生えたのに気づいた。そしてそのうち、ロザンナはデニスの気持ちにこたえてくれるようになった。ジブラルタルへ戻る二日前の週末、ロザンナはデニスをキングストン・セント・メアリーに招待した。その村について、ロザンナはそれまでにたくさんの話を聞かせてくれていた。村を訪ねたデニスは感激した。時間が止まったままだと思える場所が、本当にそこここにあったのだ。小さな家々、一月に見てさえ、夏には手入れが行き届き花が咲き乱れるだろうとわかる庭、幅の狭い小路、紙で作った妖精や花などが窓のいたるところに貼ってある小さな小学校。石造りの教会と、その隣にあるロマンティックな墓地に、古く美しい木々。いまの季節には裸の枝も、夏には死者たちの上に素晴らしい緑の涼しいアーチを作り出すだろう。ロザンナがこう言ったとき、デニスにはその気持ちがよくわかった。「どこで人生を送ることになろうと、死んだらここに埋葬されたいの」

デニスはロザンナの両親であるジョーンズ夫妻ヴィクターとヘイゼルに会った。そして、ふたりが自分にすぐに好感を持ってくれたのを感じて、神に感謝した。心のなかではこっそり、すでにふたりを未来の義父母と見なしていた。ロザンナが保守的な価値観を受け継ぐ家庭で育ったこと、さらに、子供や若者が外界の悪影響からしっかりと守られている村で育ったことを、デニスは理解した。もちろん、ロンドンでジャーナリストとして働いているロザンナは、この村の価値観からはかなりかけ離れたところで生きている。それに、そのときにはまだ話に聞いたことしかなかったロザンナの兄は、どうやらニューヨークで相当堕落した生活をしているようだ。それでもデニスは、ロザンナの育った環境を好ましいと思った。そして、独身生活にはもううんざりしていた。いい加減にきちんとした家庭生活を送りたかった。ロバートのことを考えても、一歩を踏み出す価値はあると考えた。

伝説によればアリマタヤのヨセフがイエス・キリストの死の三十年後、イギリスで最初の教会を建てたとされる、サマセット・レベルズにある幻想的なグラストンベリー・トーに案内されたとき、デニスは教会堂で、ロザンナに結婚してほしいと告げた。ロザンナはとても驚き、ようやく落ち着きを取り戻した後、こう言った。「自分でもちょっとせっかちすぎると思わない？」

ロザンナは答えをはぐらかしたが、「嫌だ」とは言わなかった。デニスはそれを望みのある証拠だと考えた。そして実際、ついにはやり遂げたのだ。ジブラルタルへ来ないかという誘いを受けて、ロザンナはデニスとロバート親子とともに休暇を過ごした。父子のほうも、クリスマスにキングストン・セント・メアリーを訪ねて、ロザンナの家族とともに過ごした。知り合ってからちょうど一年後、ふたりは結婚した。デニスは自分を世界一幸せな男だと思い、それ以来ずっと幸せだった。いままでは。不安が突然身体を這い上がってくるまでは。なんと名づけていいかわからないほど激しい不安。それがどこから来るのか、正確に知ることができないうちは、対抗する術も見つからない。ぼんやりした影にしか見えない敵を、どうやって攻撃できるというのだろう？

そのとき、玄関のドアが開く音がして、デニスは振り向いた。

「ロブか？」と呼びかける。「帰ってきたのか？」

ロバートが居間に入ってきた。いつものように、機嫌の悪そうな、心を閉ざした顔だ。デニスは時々、息子が微笑んだらどんな顔になるのだろうと考えることがある。そもそも息子は、まだ微笑み方を覚えているのだろうか？　それとも息子の唇の両端は、下ではなく上へと向かうことが、もうできなくなったのだろうか？

だがロバートは父のユーモラスな思いには無頓着だった。「もういたの？」と訊いたが、その声の調子は喜びとはほど遠かった。

「頭痛がしてな。だから早めに帰ってきたんだ」デニスは一瞬考えた。「なあ、どうだろう？今晩、主婦に見捨てられた俺たち男ふたりで、どこかに食べにいかないか？　おまえが好きな店を選んでいいぞ。マクドナルドじゃなければ……」

「頭が痛いんじゃなかったの」とロバートが言った。

「アスピリンを二錠飲んだんだ。だいぶよくなったよ」

ロバートは肩をすくめた。「どうかな……」

デニスは辛抱強く言った。「ただの提案だよ。ピザを注文するほうがいいか？」

「あんまりお腹すいてないんだ」ロバートの表情からは、彼が本当に言いたいことがはっきりと見てとれた。父親と一緒に食事をする気がないのだ。晩の一瞬たりとも、父親と一緒には過ごしたくないのだ。

どうしようもない、とデニスは思った。俺はロバートに近づけない。

「考えといてくれよ」とデニスは言った。「俺はなんでもいいから」

「わかった」とロバートは言った。そして部屋を出ていこうとしたが、そこで立ち止まって、もう一度父のほうを振り返った。その顔には突如、宣戦布告の気合がみなぎっていた。

「ちょっと言っておきたいだけなんだけど……知っておいてもらいたいと思ってさ……明日のパーティー、行くから。絶対に」

なんの話かすぐにはわからなかった。「パーティーって？」

「最上級生のだよ。明日の夜なんだ」

「その話ならもうしただろう。これ以上話すことはないはずだ」

「話をしたのは、父さんだけだろ！」ロバートが吐き捨てるように言った。「僕の考えなんて、全然聞いてくれなかったじゃないか！」

「全部聞いたさ。だけど、俺のほうの心配もちゃんと言って聞かせて、どうして行ってほしくないか説明したはずだ」

「でも行く。みんな行くんだよ。ひとりだけ家に残るなんて絶対に嫌だ。それも、ただ父さんが……」ここでロバートは口ごもった。

「なんだ？」とデニスは尋ねた。「はっきり言えよ！　おまえの親父がなんだって？　俗物？　大馬鹿野郎？　楽しみに水をさすクソ野郎？　それとも……」

「ナチだよ！」そう言ったロバートの声には憎悪がこもっていて、デニスは思わず身体をのけぞらせた。「本物のナチだ！」

デニスは怒るというよりは、混乱していた。「ナチ？」

「自分に都合の悪いものは、全部ぶっ壊すじゃないか！　自分の意見以外は絶対に認めないし。自分の言うことを聞かないやつは、みんな監獄にぶち込みたいと思ってるんだろ。ロザンナのことも、そうやって家から追い出したんだ！」

「ちょっと待て！　ロザンナのことを持ち出すな。ロザンナは、興味深い仕事があるからイギリスにいるんだ。俺から逃げ出したわけじゃない！」

「もう戻ってこないよ！」とロバートが叫んだ。「いい加減に気づけよ。ロザンナはもう戻ってこないんだよ！　父さんにうんざりしてるんだよ！　僕だってそうだ！」

ロバートは居間を走り出て、自分の部屋に駆け込むと、ものすごい勢いでドアを叩きつけたので、キッチンの流し台にあったグラスが落ちて、鋭い音を立てて割れた。部屋の鍵が回る音が聞こえた。すぐに家じゅうに音楽が響き渡った。ベースがうなりをあげる。

デニスは殴られたような衝撃を受けて、立ちすくんでいた。ロバートの怒りに驚愕していた。だがもうひとつ、デニスを驚愕させたことがある——普段なら、ここで怒りが湧き上がるところだ。ロバートの部屋のドアを揺さぶって、大声で怒鳴り、これ以上ない重い罰が待っているぞと脅すところだ。

だが、いまはそれができない。まるで身体が麻痺したようだ。たったひとことで、ロバートはデニスのなかの隠れた不安を的確に表現して、遠慮もへったくれもなく足もとに叩きつけたのだ。もう戻ってこないよ！　いい加減に気づけよ。ロザンナはもう戻ってこないんだよ！

デニスは自分が震えているのに気づいた。ワイングラスをテーブルに置くと、ソファに身体を沈めて、両手に顔を埋めた。

もしロブの言うとおりだったら？

二月十五日金曜日

エレインの顔が、スタジオの背後の壁を覆うように掲げられている。行方不明になった後あらゆる新聞に掲載された、二十三歳のエレインの顔写真だ。不安げな大きな目をして、真面目に引き結んだ口もとに疲れた苦々しさが漂う、むしろまだ少女といった雰囲気の若い女性。こしのない黒い髪が秀でた額にかかっている。醜いわけではないが、美しいとも言えない。地味で、少しばかり丸すぎ、どこか輪郭がはっきりしない。じっくりとこの顔を眺めれば、その未成熟な表情にひそむ悲しみが見えるだろう。

その壁の前で、ロザンナと司会のリー・ピアースが、大きな黒い肘掛け椅子に向かい合って座っている。ロザンナはテレビ出演に際して何を着ようかと長い時間考え、結局黒いパンツと燃えるような赤いジャケットに決めた。ところが残念なことに、リーの選択も同じだった。リーのジャケットはロザンナのものより少しだけ暗いトーンで、腰まである金髪に格別に映《は》える。ロザンナには、自分の短い巻き毛が急にみっともなく思えてきた。おまけに化粧が濃すぎるような気がした。メークアップアーティストが、ほとんどの色はスタジオのライトに吸収されてしまうとは言っていたが、それでも不安だった。

来なければよかった、と、居心地の悪さを感じながら思った。

気味が悪いほど自信たっぷりな、バービー人形そっくりの司会者に対する劣等感だけが理由ではない。この番組が狙っているのは劇的効果であり、事件を客観的に、冷静に描写することではないことを理解しておくべきだったと後悔していたからでもあった。『プライベート・トーク』は最低の安っぽいゴシップ番組だ。そうでなければ、ニック・サイモンがあれほど大喜びすることもなかっただろう。

ニックはいま、聴衆の最前列に座っている。席は五十ほどあるが、椅子はすべて埋まっている。聴衆には若い人たちが多い。だが年配の人間も少し混ざっている。いずれにせよ、皆どちらかといえば単純な頭の持ち主のようだと、ロザンナはすぐに見抜いた。

「マーク・リーヴ氏にもこのスタジオにおいでいただけることを願っていたんですが」とリーが輝くような微笑を浮かべて、カメラのうち一台に向かって語りかけた。「残念ながらご承諾いただけませんでした」そしてリーはロザンナのほうを向いた。「リーヴさんはどうしてしまったんでしょうか、ロザンナ？　あなたは彼についての記事を書いていますね。資料もご覧になった。どうしてリーヴさんは隠れているんでしょう？」

マーク・リーヴが自宅の居間で、溜息をついて両手に顔を埋める姿が想像できた。当時リーヴのキャリアをめちゃくちゃにしたのは、このリー・ピアースのようなジャーナリストたちだ。センセーションを狙った問いは、視聴者にあらかじめ出来上がった意見を押しつけ、答える者は必然的に自己弁護せねばならない立場に追い込まれる。そしてそのせいで、最初から答える側に不利な状況が出来上がるのだ。

「リーヴさんは隠れてなどいませんし、隠れる必要もありません」ロザンナは声にいくばくかの鋭さを込めた。「たとえばリーヴさんは、私と会うことをすぐに承諾してくれました。正確に言うと、私たちはすでに二回会って、話をしています。非常にオープンな会話でした」

ニックのほうは見ないようにしたが、彼がびくりと身体を震わせるのが、文字どおり空気を通して感じられた。ニックにはずっと、リーヴには会うことを拒否されたと言ってあったのだ。おそらくリーヴ自身も自宅で、信じられない思いでテレビを見つめているだろう。何しろロザンナはたったいま、最初にした約束のひとつを破ったのだから。いま、ふたりの男の信頼を大きく損なった。ニックとは、番組のあとできっとやっかいなことになるに違いない。だがロザンナは、最初の筋書きから外れる決意をとっさに固めたのだった。番組の目的が何かを悟ったからだ。マーク・リーヴに犯人の烙印を押すこと。見ず知らずの女性を家に誘い込み、最後には永久に葬り去ってしまった男の烙印を。だがロザンナがマークを個人的に知っていることを認めれば、彼の擁護《ようご》もしやすくなる。

「非常にオープンな会話?」とリーが突っ込んできた。「当時本当は何があったかを話してくれたんですか?」

「リーヴさんが話してくれたのは、彼が五年前のあの晩についてこれまで語ってきたのとまったく同じことです。それ以上でも以下でもありません。リーヴさんの話には、疑わしく思える点はまったくありませんでした。ちなみに」とロザンナは付け加えた。「当時の警察もまったく同じ意見でした」

「私が単純すぎるとしたら申し訳ないんですけど」とリーが言った。その輝くような笑顔を見れば、彼女が自分のことを単純だなどとは少しも思っていないことがわかる。「マーク・リーヴが当時あちこちで何度も主張していた話は、私にはとても信じられませんでしたし、いまでも信じられません。だってそうでしょう？　男性が見ず知らずのまだとても若い女性に空港で声をかけて、一晩ふたりきりで自宅で過ごそうと誘うなんて、おかしいと思いませんか？　なんの下心もなしに？」ここでリーは再び微笑んだ。「それとも、私のことを古臭いと思いますか？」

おそらくリーが意図したとおりのざわめきが、聴衆から湧き起こった。視聴者はリーの味方で、リーを単純だとも古臭いとも思っていないことは明らかだ。いや、それどころか、聴衆はリーと完全に同意見で、リーヴの行動は非常に怪しいと考えているのだ。

「リーヴさんが声をかけたのではありません」とロザンナは言った。「ふたりは偶然ぶつかった……」

「あら」とリーがさえぎった。「それもおかしな話だと思いませんか？　私だって、空港の雑踏のなかはもちろん、このテレビ局の食堂でも、しょっちゅう人にぶつかりますよ。男性にだって。でも、そのたびに相手を家に連れて帰っていたら……」リーは最後まで言わずに、意味ありげに微笑んだ。聴衆から笑い声があがった。

ロザンナは、当時のマークが置かれていたメディアに対する無力な立場の一端を、ひしひしと感じ取り始めていた。

でも、私にとってもそこは納得のいかない点だった、とロザンナは思った。なぜ、という疑問。なぜマーク・リーヴはエレインを家へ連れて帰ったのか？

エレインは、あなたのなかの何に触れたんですか？　とマーク・リーヴに尋ねた。あれはまだ昨日の午前中のことだ。あの小さなカフェで。リーヴは初めて、ついに決定的な問いを投げかけられたという表情を浮かべたように見えた。

ロザンナはリーヴの答えを思い出した。

目の前にいるのが、ただの泣いている女性だとは思えなかったんです。むしろ……そう、まるで子供みたいに見えた。見捨てられて、絶望して泣いている子供みたいにね。あの絶望感に胸が締めつけられたんですよ。あのどうにも慰めようのない感じ、途方に暮れた感じに。ただ飛行機が飛ばないからとか、人でいっぱいの空港ロビーで夜を過ごすことになりそうだからっていう、それだけの理由で泣いているわけではないように見えた。エレインは、これまでの人生そのものに泣いていたんです。後から自分のことを話してくれて、私の思ったとおりだったとわかりました。エレインは袋小路にはまっていた。人生のすべてが、常にうまく行かなかった。生まれつき運が悪くて、生まれつきの壁の花で、生まれつきの敗北者だったんです。けれどたった一度だけ、一歩前に踏み出した。エレインにとっては大きな、勇気のいる一歩です。ジブラルタルへの招待を受けた。兄からの必死の頼みも、程度の差こそあれ巧妙なほかの諸々の圧力もすべて無視して。震えながら、ためらいながらも、本当にロンドンまでやって来た。

自分という人間を変えようと決意して。勇気を持とう。誰にも見てもらえない陰のなかで暮らすのはもうやめようと。ところが、そこで何があったか？　霧です。飛行機が飛ばない。またしても失敗。人生は今度もうまく行かない。一年のうち三百六十四日は、ヒースローから飛行機が飛び立つというのに、よりによってエレイン・ドーソンが乗ろうとしたその日には、飛ばないんです。

エレインの心は折れてしまった。あらゆる幸運から見放されたという気持ちが、急にほとんど強迫的な様相で迫ってくる。エレインはたとえようもない痛みを感じたんですよ。そしてたまたま向こうからやって来た男にぶつかった。不幸なことに、それがこの私だったわけです。

エレインは私のなかの何に触れたのかという質問でしたね。たぶん、私のなかの保護者だと思います。父親。そうだ、父親という言葉がいちばんぴったり来る。私のなかの男じゃないことは確かです。エレインを連れて帰ったとき、性的な意味の動機はひとかけらもありませんでした。見ていて胸が張り裂けそうになるほど泣きじゃくる子供に対して、そんなことはとても考えられませんよ。少なくとも私は。

それだけです。これ以上は説明できません。これからも決してできないでしょうね。

「ロザンナ？」とリーが尋ねた。「聞いていますか？　いま私が言ったのは……」

ロザンナは気を引き締めた。マークの言葉をここで披露してもしかたがない。きっと隣に座るこのお洒落な人形には、当たって跳《は》ね返るだけだろう。あまり知性があるとも思えない聴衆は言わずもがなだ。それに、そんなことを話せば、エレインの人生をあまりにさらしものにすることになる。エレインが、個人的な悲劇をこんなふうに公共の場で披露されるような目に遭ういわれはない。

「聞いてます」とロザンナは言った。「ちゃんと全部聞こえています。ちょうどいま、偶然ぶつかった男をそのたびに連れて帰ったりはしないとおっしゃいましたね」相手とまったく同じように愛想よく微笑みながら、「そのたびに」を意地悪く強調したことで、リーの目に一瞬怒りの光がきらめくのを見て、うれしくなった。だんだん調子が出てきた。リー・ピアースのような人間に振り回されるつもりはなかった。

「まずは、先入観なしに事実を見ていくことが必要です」と、リーに口を挟むすきを与えずに、ロザンナは続けた。「涙で前も見えない状態の女性が、空港の男性用トイレによろよろと入り込んでくる。ちょうどそこから出てきた男性が、女性にぶつかり、間違いを教えてあげる。その瞬間、女性は文字どおり泣き崩れます。もちろん、放っておくことだってできたでしょう。知らない女性なのだし、どうして泣いているかなんて、知ったことじゃありませんから。でも、あなたならそうしましたか?」ロザンナは聴衆のほうを向いた。「あなたは? あなたは? そうする人もいれば、しない人もいるでしょう。この社会は冷たすぎると、私たちはよく嘆きます。誰も他人のことなど気にかけないと。ところが今晩は、いえ、今晩が初めてではありませんが、この嘆かわしい風潮に反する行ないをした男性が、その親切心と自発的に引き受けた責任ゆえに、さらしものにされているわけです。彼はその若い女性を家に連れて帰った。そして食事に連れていった。ほとんど一晩じゅう、悩みを聞いてあげた。客間に泊めてあげて、翌朝にはわざわざ地下鉄まで送っていきさえした。そして、女性が正しい電車に乗るのを見届けた。ところが、メディアはそんな彼をどんな人間に仕立て上げたか。少なくとも変質者、婦女暴行犯の像を作り上げました。それどころか、殺人犯にまで仕立て上げたんです。まさにこのふたつの容疑——暴行と殺人——が、程度の差こそあれ巧妙に、メディアによって何度も何度も彼の罪だと書きたてられました。そして今晩もまた、あらゆる問いかけがやはりこの方向を指しています。人に親切にしようと時々考える人たちにとって、これ以上の見せしめはまず考えられません」

ロザンナはここで言葉を切った。聴衆がついてきてくれるのを感じた。彼らの心に届いたのだ。

「決して些細とはいえない事実をお忘れのようですね」と、リーが冷たく言った。もう微笑んではいない。「エレイン・ドーソンはその夜を境に消えてしまったんですよ。なんの痕跡も残さず。マーク・リーヴの家までついていった後、二度と姿を見られていないんです。この事実は、いくつかの推測を可能にするんじゃありませんか？　たとえ素敵な弁護士の魅力と弁舌に、ちょうどあなたのように、すっかりまいってしまっているにしても」

ロザンナはこの最後の挑発には乗らなかった。「いくつかの推測とおっしゃいましたね。でもメディアにはいつも、たったひとつの推測しか書かれませんでした。でも実際には、おっしゃるとおり、色々な可能性が考えられますよ」

「たとえば？」

「たとえば、エレインにはつき合っていた相手がいたことがわかっています。様々な理由から、特に兄に対する義務感から、エレインはこのことを完全に隠していました。それに、エレインが自分の人生から逃げ出したいと思っていたこともわかっています。その理由は非常に個人的なことですのでここでは言えませんが、私のように幼い頃からエレインを知っていた人間にとっては、深く納得のいくものです。あの旅行と、その予想外の経過がもたらした絶好の機会をエレインが利用したという可能性も充分にあると、私は思っています」

「つまりどういうことですか?」

ロザンナはまっすぐにカメラを見つめた。そして「エレインは生きていると、私は確信しています」と言った。「どこかに隠れて暮らしているんだと。まだイギリスにいるかもしれませんし、いないかもしれません。でもとにかく生きています。この先の人生を自分で決める自由を選んだからというだけで、エレインを死んだことにはできません」

ロザンナは聴衆を見つめ、ニック・サイモンの憤怒の視線は無視した。

「エレインは、ただ放っておいてほしいだけなのかもしれません」と付け加えた。「そして、私たちがその願いを尊重することを、エレインは期待していいと思います。『私たち』のなかには、メディアも入っています。いえ、特にメディアこそですね」

聴衆は盛大に拍手をした。

これでニックに仕事を取り上げられるだろう、とロザンナは思った。

二月十六日土曜日

1

「昨日の君は最低だった」とニックの怒りの声が告げた。「本当に最低だった。まるで法廷弁護士気取りだったじゃないか。それもマーク・リーヴの弁護人だ！」

ロザンナはまだ少しぼんやりしたまま、ホテルのベッドに身体を起こしていた。電話は朝の六時半に鳴り響き、ロザンナを深い眠りから引きずり出したのだった。ニックからの電話だろうと予想はついた。昨夜、番組が終わった後、ニックの姿を探したが、見当たらなかった。怒りのあまり、ロザンナとひとことも言葉を交わすことなく、まっすぐ家に帰ってしまっていたのだ。

その分、今朝のニックは雄弁だった。

「リー・ピアースをあんなふうに攻撃して！　それに、ある意味番組全体を攻撃したことにもなるんだぞ。ちなみに、うちの雑誌自体もだ。『プライベート・トーク』や『カヴァー』みたいな方向性のジャーナリズムのあり方自体を責めたんだからな。いったい何を考えていたんだ！」

「ニック、私は……」

「エレイン・ドーソンをそっとしておくべきだと！　自分がどれほど馬鹿なことを言ったか、気づかないのか？　エレインについての記事を書く仕事をしている君が、あんなたわごとをテレビで言い散らすなんて！」

ニックの気持ちもわからないではなかった。

「ニック、私、あの番組に出るべきじゃなかったのよ」ニックが息継ぎをしたおかげでようやく発言の機会がめぐってきたので、ロザンナはそう言った。「あのリー・ピアースがどういう姿勢で来るか知っていたら、出ても意味がないことくらい最初からわかったのに。私がリーヴの弁護士みたいだって非難するの？　だけどそれは、リー・ピアースがリーヴを訴える検察官みたいな態度を取ったからよ。リーヴを犯人に仕立て上げるために、あらゆる手を尽くしたじゃないの」

「リーヴはそれに反論することだってできたはずだ。番組への出演依頼を受けさえすればよかったんだ」

「もう反論することに疲れたのかもしれないわよ。自分となんの関係もない話なんだから！」

「ほう。リーヴが無関係だって、君は知ってるってわけだ。え？」

「私は全知全能じゃないわ。でもリーヴの私に対する態度はすごく誠実だと思った。それに、そもそも動機が想像できない。おまけに警察だって、リーヴの不利になることは何も見つけられなかったのよ。ねえニック、もしかしたら本当にまったくの無実かもしれない事件のせいで、ひとりの人間を一生追い回すことなんてできないでしょう」

「そういう話じゃないんだ」とニックが言った。「リーヴが無実かどうかなんて、どうでもいいんだよ。正直言えば、まったく興味もないね。ストーリーを売るのが僕の商売なんだ。だからこの話で僕にとって重要なのは、雑誌の売上部数だけだ。ほかはどうでもいいんだよ。情け容赦なく言えばこういうことだ、ロザンナ。いまだに疑惑の影の下にいるマーク・リーヴという男のほうが、ただ姿を消して、どこかで楽しい人生を送ってるエレイン・ドーソンよりも売れるんだ。結局それが現実なんだよ。君だってこの仕事は長いんだ。最初からわかってたことだろう」

ロザンナは黙り込んだ。ニックの言うとおりだ。いまさら驚いたなどとは主張できない。

「それは別にしても」とニックが続けた。「君のリーヴへの私的で強力なつながりには驚かされたよ。二度の長く親密な会話？　ああいう方法で知らされることになるとは、非常に興味深いな。僕には、リーヴはあらゆる種類の対話を拒否したって言ってたよな」

「わかってる。ごめんなさい。会ってもらうためには、会話のことは誰にも漏らさないって約束しなきゃならなかったの」

「じゃあリーヴにとっても、昨日の君の発言はあんまりうれしくないだろうな」

「たぶんね。でもあなたの言葉を借りると、リーヴの弁護人になるためには、ほかに方法が思いつかなかったのよ。彼もわかってくれるといいんだけど」

「僕にわかってもらうことのほうが重要なんじゃないのか」ニックが怒鳴った。「なんといっても、君に報酬を払って、ロンドンでの滞在費をまるまる負担してるのはこの僕なんだぞ。それで君だっていい思いをしてるんじゃないか！」

「わかってる。だから、あなたが私への依頼を取り消すって言っても、よく理解……」

「おいおい、そう簡単には抜けられないぞ」とニックが即座にさえぎった。「仕事は続けるんだ。そういう約束だろう。だけどこれから先は、こっちと歩調を合わせてもらう。そこには、これからメディアの取材やテレビ出演の機会があったら、完全に『カヴァー』と君の請け負った仕事のためになるように振舞うことも含まれる。それからロザンナ、全部、本当に何もかも全部、一から十まで僕と事前に話し合うんだ。いいか？　僕はちゃんと全部を知っておきたい。僕が君のボスだってことを忘れるな！」その言葉とともに、ニックは電話を切った。

　ロザンナは小声で罵り、やはり受話器を置いた。ところが電話がすぐにまた鳴りだして、思わず飛び上がりかけた。出るべきかどうか、少し迷った。またしても別の口論に巻き込まれるのは気が進まなかった。たぶん、かけてきたのはマーク・リーヴだろう。リーヴと話す前に、せめて濃いコーヒーくらいは飲んでおきたい。

　それでも結局、ロザンナは電話に出た。「もしもし？」

「気でも触れたのか？」受話器に向かって叫んだのはジェフリーだった。「昨日のあのとんでもないショーはなんだ？　僕の耳がおかしくなったのかと思ったぞ！　無実の男マーク・リーヴだと？　それに、どこかの男と駆け落ちしたエレイン！　自分がどんなでたらめを世間に広めたか、わかってるのか？」

「ジェフリー、あなたがエレインのことで自分の説にこだわってるのはわかってる。でも、受け入れなきゃいけないことも……」

「僕が受け入れなきゃならないことなんて、何ひとつないね！　殺された妹の名誉を君に汚されることは言うに及ばずだ！　いったい妹をどんな女に仕立て上げたいんだ？　男と逃げて、寄る辺ない実の兄を惨めな状況に置き去りにする尻軽女か？　かわいそうな障害者の兄に、せめて別れを告げるだけの倫理観もない女か？　君の何に反吐《へど》が出るか、わかるか？　君にこの仕事が来たのは、エレインをほんの小さい子供の頃からよく知っていたって、自分で吹聴《ふいちょう》したからだろう。だけど、エレインを本当に知ってるなら、いいか、エレインを本当に知ってるんなら、そんなことのできる女じゃないってことはわかるはずだ。そんなことをするには、あいつは真面目すぎたんだよ。それに礼儀ってものも知ってた。それに気立てもよかった。君には残念なことにまったく欠けてる資質だ。だから……」

これ以上の侮辱を聞きたくはなかった。そこでロザンナは、ニック・サイモンがほんの数分前にしたのと同じことを実行した——受話器を叩きつけて電話を切ったのだ。

「もうたくさん」と、声に出してロザンナは言った。「こんな時間にこんなふうになじられるなんて」

電話はすぐにまた鳴りだしたが、ロザンナは無視して、ベッドから出ると、バスルームに歩いていった。指から血が出るまで電話番号を押し続ければいい。過酷な運命に見舞われた人間だからといって、何をしても許されるわけではない。あのヒステリックな男に、ホテルの名前や電話番号を教えたりするべきではなかったのだ。

シャワーを浴びて、髪を乾かし、服を着ると、気分もましになった。ニックの不機嫌は理解できるし、ジェフリーの怒る気持ちもわからなくはない。けれど、自分のしたことは正しかったという確信は揺らがなかった。ほかのやり方をすれば、これほど周りの怒りを買うことはなかったかもしれないが、自分自身に対する責任は果たせなかっただろう。結局最後には、周囲の人間の気に入るように振舞おうと必死になるよりも、自身の信念に従うことのほうが大切だ。

電話が再び鳴ったとき、ロザンナには次の攻撃に対抗するだけの強さと覚悟があった。力強い声で電話に出た。

「もしもし？　ロザンナ・ハミルトンですが」

「マーク・リーヴです。朝早すぎましたか？」

「あら――大丈夫です。六時半に早速編集長から電話で怒鳴られましたし、それが終わったと思ったら、すぐに今度はジェフリー・ドーソンがかけてきて、もっとひどい言葉でかみつかれましたから。そういうわけで、すっかり目は覚めてます。やっぱり私を怒鳴りつけたいんであれば――どうぞ！　今日はもう怖いものなんて何もありませんから！」

リーヴが小さく笑い声をあげた。「最初からわかってたことじゃないですか？　つまり、編集長の反応も、ドーソン氏のも！」

「そうかもしれません。でも、ぐっすり寝ていたところだったんで、ちょっと不意を突かれたんです」

「それはお気の毒に。でも私は怒鳴りつけたりしませんよ。その逆です。お礼を言いたかったんです」

「本当に？」ロザンナは驚いて訊いた。

「本当です。正直言えば、昨日あなたが私たちの会話のことを持ち出したときには、やっぱり驚きました。一瞬、思ったんです……いや、やめておきましょう。でもすぐに、あなたがそうしたわけがわかりました。昨日は私のために素晴らしい演説をしてくださった。それに、リー・ピアースを完全にやっつけた。楽しませてもらいましたよ」

まったく思いもかけずに心が軽くなった。「それはよかった。本当です、リーヴさん。時々、事態はもう私の手には負えないような気がするんですけど、でもあなたが私からひどい扱いを受けたとは思っておられないんなら、きっと私は状況をなんとかコントロールできてるんですね」

「少なくとも、ミセス・ピアースを前にしてもまったくひるまなかった。気に入りましたよ。どうでしょう」リーヴは息も継がずに続けた。「どこかで私と昼を食べる気はありませんか？私のことを強姦魔とも殺人犯とも思っていないと、昨日公共の電波で明言してくれたんですから、お誘いするリスクも冒せるってものです。郊外のほうまで足を伸ばして、居心地のいいパブを探しませんか。素晴らしい天気ですし」

「あら、そうなんですか？」ロザンナはまだ外を見ていなかった。窓には分厚いカーテンが引かれたままだ。「いいですね。ええ、私もぜひ行きたいわ！」

本当なら仕事をしなければならないのはわかっていた。だが昨晩の出来事と、今朝のうれしくない電話、それに何日も降り続いた雨のあとでは、晴れた春の一日に郊外へ出かけることこそが、まさにいま自分が必要としているものだという気がした。

「じゃあ、十時にホテルまで迎えに行きます」とマーク・リーヴが言った。

2

ブレント・キャドウィックはどうしていいかわからず、途方に暮れていた。興奮で一晩じゅうまんじりともせず、結局もうベッドにいることに耐えられなくなって、五時に起き出した。外はまだ真っ暗だった。コーヒーをいれて、パンにバターを塗ったが、ほとんど食べる気になれなかった。頭のなかにあまりにたくさんの思索が渦を巻いていたのだ。

いつしか外は明るくなり始めた。居間の小さな窓から覗いてみる。首を傾けると、通りよりうんと高いところに、家々の狭間《はざま》からちょっぴり空が見えた。青い空だ。ようやく晴れるようだ。

昨晩、キャドウィックは雷に打たれたような衝撃を受けた。実は、『プライベート・トーク』という番組を見ることは滅多にない。放送時間が遅すぎて、たいていはもう寝ているし、扱われるテーマにもあまり興味はない。だが昨日は、漫然とチャンネルを替えている途中で、たまたまリー・ピアースに行き着いた。とりあえずしばらく見続けたのは、まず何より、司会とゲストの女性がほとんど同じ服装だったのが滑稽に見えたからだった。ふたりともきっと、幸せとはほど遠い気持ちだろう。こういった不運を見ると、うれしさで思わず喉が鳴るほどだ。ところが、そこで突然あの名前が耳に飛び込んできて、電流が走るような衝撃を受けた。キャドウィックは肘掛け椅子の上で姿勢を正し、大声でこう言ったのだった。「ああ、なんてこった！」

エレイン・ドーソン。

番組では、エレイン・ドーソンのことを話していたのだ。

いまからほぼ二年前、彼女はキャドウィックのアパートメントのアパートメント——彼は二階の住居を「アパートメント」と呼ぶのを好む。非常に高級な響きだと思うからだ——に引っ越してきた。暖かく風の強い四月の日だった。そして彼女は、小さな声でこう自己紹介した。「エレインです。エレイン・ドーソン。新聞の広告を見ました。部屋に興味があって」

連絡してきたのは彼女ひとりだったので、契約はすぐにまとまった。キャドウィックは彼女の身分証明書を見せてもらい、家賃二か月分の敷金を要求した。彼女はすぐに支払った。彼女はモーペス郊外の靴店で働いていたが、やがてその仕事をなくし、それから数か月間は代わりの仕事を見つけられずにいた。家賃を払うのが難しくなり、何度か滞納した。それでもキャドウィックは彼女を追い出さなかった。まあ、確かに多少圧力をかけはした。定期収入に関わることなのだから当然だ。だがそれでも、彼女はアパートメントに住み続けることを許され、やがてついに《ザ・エレファント》での仕事を見つけた。そしてそれ以来、ずっとなんの問題もなかった。だがいまキャドウィックは、当然のことながら、怒りで爆発寸前だった。自分はあんなに寛大で、理解を示したのに。彼女がどんなことで困っていようとも、いつでも助けを申し出たのに。そのお礼がいったいなんだ？　彼女は逃げたのだ。木曜日以来、姿を消してしまった。ひとことも言わずに。

キャドウィックにはそれが大きなショックだった。本当にショックだった。

普通ならもちろん、ただ単に――ついに――男と知り合って、その男のもとで幾日か楽しい夜を過ごしているのだろうとしか考えないだろう。彼女は若いのだし、そろそろ人生を楽しむことを始めてもいい頃だ。だがキャドウィックは、彼女がいないあいだに少しばかりアパートメントのなかを探りたいという誘惑に勝てなかった。なかに入ったとたん、彼女の個人的な持ち物がすべてなくなっているのが目に飛び込んできた。トランクが消えており、クロゼットは空だった。

何分間も、キャドウィックは口もきけずに彼女の寝室に立ちつくし、認めざるを得ない現実を理解しようと努めた。彼女は逃げ出したのだ。そして明らかに戻るつもりはないのだ。さらに、それをキャドウィックに告げる必要があるとさえ考えなかったのだ。

テレビスタジオの壁にかかった大きな写真は、その前に座るふたりの女性のせいで、残念ながら部分的に隠されていた。それでもキャドウィックは四つん這いでテレビ画面のすぐ前まで顔を近づけ、写真の女性が自分の知っているエレイン・ドーソンかどうか確かめようとした。もちろん、同じ名前の女性はたくさんいるだろう。たとえば、ほんのいくつか先の村に住んでいるブレント・キャドウィックという人間だっている。人生は奇妙な偶然に満ちているものだ。

だが、もしかしたら……まず、黒くてまっすぐな髪は間違いなく同じだ。キャドウィックの知っているエレインの顔は、写真のかなりぽっちゃりした娘の顔よりずっと細い。だが、ふたりの女性の会話を聞く限り、写真はどうやら少なくとも五年は前のもののようだ。五年あれば、女性が子供っぽい贅肉を失って、別人のようになっても不思議ではない。

キャドウィックは息を詰めて番組を追い、どうやらエレイン・ドーソンが五年前にふっつりと姿を消したこと、彼女を殺した疑いをかけられているロンドンの弁護士がいることを理解した。だが番組のゲストであるジャーナリストの女性は、ドーソンがまだ生きていると確信しているらしい。

もしこの自分、ブレント・キャドウィックの考えるとおりなら、このジャーナリストは正しい。

キャドウィックはこれまでずっと、人生にたった一度でいいから、何か本当に面白いことが起こらないものかと願ってきた。だが六十八年間、この願いは空振りを続けてきた。ところがいま、何かが始まろうとしているようだ。もし自分の知っているエレインが、当時ロンドンで行方不明になった女性と同一人物なら、この自分、ブレント・キャドウィックこそが、事件を解決した人物ということになる。エレインの家族に確証をもたらし、ロンドンの弁護士にかけられたあらゆる嫌疑を晴らす人物に。どれほど感謝されることだろう！　きっとメディアに取り上げられるに違いない。自宅の前で写真を撮られるだろう。それに、ドーソンが暮らしていたアパートメントも見たいと言われるだろう。インタビューを受けることになる。おそらく

『プライベート・トーク』にも招かれるだろう。キャドウィックはすでに、スタジオに座って、あの非常に魅力的な金髪のリー・ピアースから質問を受ける自分の姿を思い描いていた。自分は瞬《また》く間に全国的に有名になる。ドーソンの家族は、これから何年にもわたって、クリスマスのたびにカードを送ってくるだろう。もしかしたら誕生日にも。このふたつの機会に郵便を受け取ることなどまったくないため、それを想像しただけでもう、うれしさにぞくぞくした。

しかし、キャドウィックの眠りを一晩じゅう奪い、晴れた朝が来たいまになってもまだ彼の胸を苛むのは、三つの疑問だった。

自分が知っているのは、確かに本物のエレインなのか？

どこに連絡するのがいちばんいいか？

そして何より、エレインはいったいいまどこにいるのか？

最後の問いがいちばん悩ましかった。何しろ、もし警察なりなんなりに連絡したとしても、開口一番、問題の女性がいまどこにいるのかは知らないと告白しなければならないのなら、赤っ恥もいいところだ。やはり……まずはなにもせずにおくのが賢明だろう。

エレインが同一人物かどうかについては……完全に確かだとは言えない。だが、ほとんど確かではあると思った。何しろ、下宿人だったあの女性の奇妙な態度、変な暮らし方を考慮に入れなければ。キャドウィックはずっと、あれは彼女の過去になんらかの秘密があるせいに違いないと想像してきた。

朝の明るい光のもとで、ついに答えが見つかり、ようやく作戦を練ることができた。

キャドウィックは満足してうなずいた。非常に賢明な方法で始めるのだ。

3

土曜日、アンジェラはようやく両親とともに暮らす住居を出ることができた。分厚い冬のコートを着てマフラーを巻いたが、外に出たとたんに、厚着しすぎたことを悟った。雲ひとつない空から太陽の光が降り注ぎ、驚くほど強いその威力をすでに見せつけていた。画一的な社会福祉住宅とまだ裸の木々、そのあいだに平坦で茶色い野原が点在するイズリントンは、いまだに殺風景ではあったが、それでも青空のおかげでそんなこの地域さえ少しばかり美しく見えたし、軽い風には春の香りが漂っていた。

リンダがもう見ることのない春。

アンジェラは、目にまた涙が湧き上がってくるのを感じた。勢いよく息を吸って、妹のことは頭から追い出そうと努めた。リンダの死の知らせ以来ずっと、妹が受けた残虐な仕打ち以外のことはもう何も考えられなくなっていた。ここで考えるのをやめなければ、正気を失うか、病気になってしまう。少なくとも、いったんは考えるのをやめなければ。散歩にでて、顔に風を受け、別の考えと光景を頭に植えつけるのだ。ただ、そう思うことは簡単でも、実行するのはとても難しかった。恐ろしいほど難しかった。

しばらくあてどなく歩き回った。通りをぶらぶらしているうちに、少なくとも家にじっと座っているよりは気分がよくなるのに気づいた。やがて息を切らせて立ち止まったとき――気づかないうちに、それほど速足になっていたのだ――そこがリンダが半年間ほど働いていた自動車修理工場なのに気づいた。ゴードンがここの従業員のひとりと知り合いで、リンダを請求書をタイプしたり書類を整理する事務所に押し込むことに成功したのだった。リンダはその仕事が大嫌いで、九か月ほど前にすべてを投げ出してしまい、あと一度でも退屈な仕事をしにあの暗い建物に足を踏み入れるくらいなら、裸でタワー・ブリッジから飛び降りたほうがましだと宣言したのだった。あの日に家で起きたすさまじい喧嘩を、アンジェラはまだよく覚えている。ゴードンは怒鳴り散らし、暴れたが、リンダは折れなかった。

アンジェラも、あのときはリンダを責めた。この点で、姉妹は根底から異なっていた。アンジェラは、どんな仕事でもないよりはましであり、人生には我慢する時期も必要だという考えを持っていた。リンダのほうは、人生は一度きりなのだから、それを台無しにしたくはないと主張した。

後から考えてみれば、因果な言葉だ。リンダは人生を台無しにされたばかりではない。人生を奪われたのだ。

アンジェラは、自分がよりによってここに行き着いたのは、きっと偶然ではないと思った。ほかのことを考えようといくら努力しても、リンダは頭のなかに存在し続ける。あの頃アンジェラは、造園会社からの帰り道、よく妹をこの工場に迎えに寄ったものだった。そしてときに、斜め向かいにあるチップスの屋台に行って、ホットドッグを買った。リンダは仕事について文句を垂れた。夏にふたり並んで通りを歩くのは楽しかった。

アンジェラは手を持ち上げて、目の端の涙をぬぐった。チップスの屋台はいまでもまだそこにある。

「もう！」と、アンジェラは声に出した。「もう、いや！」

突然、隣に人影が見えた。そして、こう言う声が聞こえた。「リンダのお姉さんじゃない？」

リンダは振り向いた。目の前には、背の高い痩せた少女が立っていた。青い作業着を着て、赤みがかったブロンドの髪にベースボールキャップをかぶっている。かすかにエンジンオイルのにおいがする。

「あ、ほんとにそうだ」と少女は言った。「アンジェラ・ビッグスさんでしょ？」

アンジェラはコートのポケットからハンカチを出して、力いっぱい鼻をかむと、答えた。

「そう。リンダの姉ですけど」

「私、ドーン・スパークス」と少女が言った。「ここで機械工になるための実習をしてるの」と、工場を指す。「ここにいるのが見えたんで、それで……あの、言っておきたかったの。リンダのこと、本当にかわいそうだったって。ほんとよ、最初はぜんぜん信じられなかった。新聞で読んだとき……もう背筋が寒くなっちゃった。誰があんなことを？」

ドーンは問いかけるようにアンジェラを見つめた。

「わからない」とアンジェラは言った。

「リンダとは気が合ってたの。リンダはここが大嫌いで、いつも文句ばっかり言ってたけど、私はいい子だと思ってた。やめたときには、残念だと思ったわ」

「私もよ」とアンジェラは言った。「家族みんながそう思ってた。リンダに仕事が見つかって、すごくうれしかったから。でも……」アンジェラは途方に暮れたように腕を上げて、色々な面でリンダには何を言っても無駄だったということを示した。

「ここはリンダに合った職場じゃなかったのよ」とドーンが言った。「もっと別の理想があったのよ」

「どっちかと言えば」とアンジェラは言った。「リンダはまだ自分の理想ってものをぜんぜん持ってなかったんだと思う。それがあの子の問題だった。でも、まだ若かったんだし。とにかく生きたかったのよ。とにかく生きたかった……」

ふたりの若い女性は黙り込んだ。ふたりともリンダの姿を思い浮かべていた。生きているリンダの美しい顔、自由奔放な服装、大きな笑い声、野性的な朗らかさ。いまリンダが残酷に切り刻まれて、法医学教室の地下に横たわり、彼女の命を奪った人間を突き止めるための証拠が探されているとは、とても想像がつかなかった。

「とにかく、私はリンダのこと好きだった」やがてドーンが口を開いた。「でもここ最近は、ちょっと心配もしてたの。だって、あの子……あんまり自分の身の安全に気をつけるタイプじゃない……なかったでしょ。警告のランプも見えないことがあったみたいで。あの新しい彼氏と一緒にいるのを見てからは、もう嫌な感じしかしなかった。でも……」

少しばかりぼんやりと聞いていたアンジェラは、そこでびくりとした。そしてドーンを見つめた。「どういうこと？　新しい彼氏って？」

「新しい彼氏がいたじゃない。ていうか、新しい男と一緒にいたでしょ」

「ベン・ブルックスのことじゃなくて？」

「ううん。ベンのことなら前から知ってた。たまにリンダを迎えに来てたから。あの人と別れなければよかったのよね。ほんとにいい人だったもん」

「じゃあ誰のことなの？　新しい彼氏のことなんて、私たちぜんぜん知らなかったけど」

ドーンは驚いたようだった。「知らなかったの？　じゃあリンダも、彼氏かどうかはっきりわからなかったのかもね。そうだといいけど。だって本当に最低のやつだったもん。乱暴で、平凡で」

アンジェラはドーンの腕をつかんで揺さぶりたいくらいだった。「ふたりにはどこで会ったの？」

「すぐ近くよ。そこの角の《ウールワース》のところで。最初はリンダだってすぐにはわからなかったの。あんなすごい格好で仕事に来たりはしないから。でも《ウールワース》の前で見かけたとき……ひゃあって思ったわ。だってあれじゃまるで……」ドーンはここで言葉を切り、しまったと言うように唇をかんだ。

ドーンが言おうとしたが、慈悲心から飲み込んだ言葉が何か、アンジェラには想像がついた。「まるで通りで客を引く女みたいだったのね」と言った。

ドーンは戸惑ったようにうなずいた。「うん、まあ、少しね。でもそう思ったのは、隣にいた男のせいでもあるかも。だって、もうヒモそのものって感じだったもん。ほんとにびっくりした」

「それ、正確にはいつのこと？」

「そんなに前じゃないよ。クリスマスの直前かな。クリスマスプレゼントを買いに出かけたときだったから。十二月の半ばくらい」

「で、リンダに話しかけた？」

「ううん、リンダのほうから話しかけてきたの。『ハーイ、ドーン』って急に隣で誰かが声をかけてきたんだけど、さっきも言ったとおり、一目ではリンダだってわからなかった。リンダは立ち止まって少し私とおしゃべりしたかったみたいなんだけど、隣の男が急いでたって感じだったわ。で、リンダを引っ張っていっちゃったの」

「でもリンダはその男を、彼氏だって紹介したの？」

「ううん、そういうわけでもないの。『もう、いつも急いでばっかりなんだから』みたいなこと言ってた。少し皮肉っぽくっていうか。わかる？　だから、私のほうが勝手に新しい彼氏なんだって思ったの。でももちろん――ふたりが本当はどんな関係だったかなんて、わからないけど」

「その男の名前、リンダは……？」

ドーンは申し訳なさそうに肩をすくめた。「ううん、呼んでなかった。ほんとにあっという間だったから。私もすごく急いでたし。昼休み中で、仕事に戻るまでに、あといくつかはプレゼントを見つけたいって思ってたから、リンダを引きとめようともしなかったの。でも歩きながら、まったくあんな男、どこから連れてきたんだろうって思ったのは覚えてる。早く手を切ればいいのにって。ほんとに犯罪者みたいだったんだもん！」

アンジェラの心臓は早鐘のように鳴っていた。これだ。最初の小さな証拠。リンダの生活のなかにあったに違いない新しい人間関係。警察は、誰かいたに違いないと確信していたではないか。その男がリンダの死と関係があるとは限らない。でも、関係があるかもしれない。

「ドーン、それ、すごく大事なことよ」そう言った自分の声が、興奮で裏返っているのがわかった。「あのね、リンダと一緒にいたその男のこと、できるだけ正確に思い出してほしいの。すごく大事なことなの。どんな細かいことでも。わかる？　警察がその男を探してるの。でもいまのところ、どんな男なのか、なんの手がかりもないのよ。その男の特徴、話せそう？」

ドーンは、うれしそうとはほど遠い様子になった。「わかんない。警察にってこと？」

「そう。お願い、ドーン。私も一緒に行くから。最初の手がかりなのよ」

アンジェラはコートのポケットから携帯電話と、いつも身につけているフィールダー警部の名刺を取り出した。「担当の刑事さんにいま電話するから」とアンジェラは言った。「すぐに来てほしいって言われるかもしれない。それとも、向こうからこっちへ来るかも」

「でも、まだ仕事の途中だし」とドーンが抗議した。「土曜日は十二時までなの。そのあとなら……」

「それじゃあ遅すぎる」とアンジェラは言った。「フィールダー警部が、きっと上司にかけ合ってくれるわよ。絶対にまずいことにはならないから。約束する！」

ドーンはアンジェラの言葉をあまり信用しているようには見えなかった。どうやらもう、外に出てリンダの姉に話しかけたことをひどく後悔しているようだ。

一方アンジェラのほうは、今朝自分をまさにここ、リンダのかつての職場に連れてきてくれた運命に感謝していた。

もしこれが運命なら。アンジェラは信心深いほうではあったが、死後の世界という考え方にはよく疑念を抱いていた。だがいま急に、ここへ連れてきてくれたのはリンダだったような気がした。

死んだ妹の魂が、自分の足をここへ導いてくれたのかもしれない。

4

ふたりはケンブリッジ近郊まで車を走らせた。土曜の今朝には空っぽで、日のさんさんと降り注ぐ田舎道を。マーク・リーヴは、スピードを出しながらも確かな腕で運転した。これまでに会った二回よりもリラックスしているようだ。それは、リーヴが今日は質問もされず、したがって自己弁護を強《し》いられていると感じることもないせいだろうと、ロザンナは考えた。今回会おうと言いだしたのはリーヴのほうだ。昨晩のテレビ番組以来、もう追われる獣のようには感じていないようだ。

ただ、いまのところ身を挺してリーヴをかばっているのは私ひとりなんだけど、とロザンナは思った。それがなんらかの効果をもたらすのかどうかは、そのうちわかるだろう。

ドライブのあいだ、リーヴは少しだけ自分のことを話してくれた。かつては熱心に水上スポーツをしていて、自分のヨットを所有していたことを。

「ウィルトンフィールドにあるヨットハーバーに。とてものどかで美しいところですよ。よくテムズ川を航行したものです」

「いまはもうしないんですか？」

リーヴは首を振った。「妻と別れたとき、船を譲ったんです。ふたりで同じヨットクラブに所属するのは――とにかく考えられなかったので。まあ、それでよかったんですよ。妻はいまヨットハーバーのすぐ近くのビンフィールド・ヒースに住んでいるし、私のほうには定期的にヨットの世話をする時間がありませんしね」

「人生の色々なことが変わってしまったんですね。ニックが、あなたがいまはもう昔のお宅にも住んでいないって言ってました」

「そう、家は売りました。ひとりで暮らすには広すぎましたし。いまはメリルボーンのアパートに住んでます」

「週末にはそこに息子さんが訪ねてくるんですか？」

それは、道中リーヴの顔に見えないカーテンが引かれ、その表情が凍りついた唯一の瞬間だった。「いや」と、リーヴは短く答えた。「息子は私にはもうまったく連絡してきません」

そう言ったリーヴの口調から、ロザンナはそれ以上訊くことができなかった。マーク・リーヴの息子が父との関係を絶ったのはエレイン・ドーソンのせいなのか、それとも離婚のせいなのか、知りたかった。もしかしたら、息子が母に過剰な連帯意識を抱いているせいかもしれない。または、母親が父親を憎むよう仕向けている可能性だってある。いずれにせよロザンナは、マーク・リーヴのいちばん深い傷に触れたような気がした。

パブは《ウェリントン公爵》という名前で、客はほとんどいなかった。年配の夫婦が一組、隅の席に座っており、じっと黙り込んだまま、新しく入ってきたロザンナたちを興味津々で見つめていた。

「ここは料理がすごくおいしいんですよ」とマークが言った。「義母がこの近くの介護施設に入っていたんで、たまにジャクリーン——妻の名前です——と一緒に訪ねていったんです。だからこのあたりには少し詳しいんですよ」

注文を済ませると、ロザンナはもう一度微妙な話題に踏み込んだ。「息子さん、おいくつなんですか？」と慎重に切り出す。

「三月一日に十五歳になります」とマークが言った。

「誕生日にも会わないんですか？」

「会いません」

「でも、それって……」

「ロザンナ」とマークが言った。「ロザンナと呼んでもいいですよね？　気を悪くしないでほしいんですが、息子のジョシュのことは話したくないんです。あれはジョシュの九歳の誕生日のことです。二〇〇二年の三月一日。晩に事務所から戻ると、息子と妻は家を出ていった後でした。書置きも残さずに。それからすぐに、妻の弁護士から離婚申請書が送られてきました。そこに、法的な意味ではもちろん私とジョシュとの接触を禁ずることはできないが、ジョシュ自身が、私に会うことも、私と話すことも徹底的に拒否している、という手紙が付いていました。それから一度だけ再会したことがあるんですが、とても険悪な雰囲気で、それを除けば本当にもうなんの接触もないんです。六年間、そうやって生きてくるしかありませんでした。だから、このことはできれば話したくないんです」

「わかります。でも——ごめんなさい、でもどうして、六年間もそんな状態を受け入れてきたんですか？　だって……」

「私のほうからはあれこれ試みましたよ、もちろん。でもその結果、受け取ったのは医師の診断書でした。そこには、ジョシュは私と会うことを考えるだけで神経性皮膚炎を起こすと書いてありました。それ以上何ができます？　ねばる？　診断書なんか無視する？　そうはしたくなかった」マークはテーブルの上で塩の容器を前に後ろにと滑らせながら、窓から早春の輝くような景色を眺めた。そして、「あまり楽しい話題じゃないな」と言った。

ロザンナはうなずいた。これ以上質問をしてはいけないと感じた。すでにもう踏み込みすぎだ。ふたりのあいだに芽生えた壊れやすい最初の信頼を、危険にさらしたくはなかった。少なくとも、マーク・リーヴが息子とのあいだに抱える問題が、エレイン・ドーソンにまつわる件に由来するものでないことはわかった。父親が殺人の疑いを着せられてメディアでさらし者にされたという事実は、もとからうまく行っていなかった親子関係をさらに悪化させたかもしれない。だが、どうやらそれが原因ではなかったようだ。それ以前に何かがあって、ジョシュは一貫して父に背を向けることになったのだ。もしかしたら、母親の道具にされているだけなのかもしれない。当時まだ九歳になったばかりの少年なら、どんなに無意味で馬鹿げた方向へだって、きっと簡単に誘導することができただろう。だがもしそうだとしたら、時間がマーク・リーヴに味方することになる。いつかはジョシュも成長して、事態を見きわめ、自分自身の考えを確立することができるようになるだろうから。

「私の義理の息子は十六歳なんです」とロザンナは言った。「難しい年頃ですね」

「ご主人の最初の結婚でできたお子さん？」

「夫の学生時代の交際でできた子です。思いがけず、かなりまずいタイミングで生まれてきたんです。母親は絶対にいらないと言い張ったんですよ。子供を引き取ってくれと、夫にひざまずかんばかりに頼んだそうです。夫のほうも、最初はあんまりうれしくはなかったみたい」

「でもいまは違うんでしょう、たぶん」

ロザンナはうなずいた。「ええ。でもひどい喧嘩ばかりしてるんです。私はいつも、息子のロバートが少しかわいそうになるんです。考えすぎかもしれないけど、あの子の心に刻まれているような気がするんです。生まれてから何か月も何年も、誰にも望まれずにいたことが。あの子には大きな影があるんです。悲しみが。そのせいで、たくさん反抗するし、攻撃性も強くて。それがまた、父親との激しいぶつかり合いになっちゃう。何度も何度も。どんどん激しくなっていくんですよ」

「それでも」とマークが言った。「親子関係があるほうが、ないよりもずっといいですよ。その関係がほとんど喧嘩から成り立っているとしてもね」

「それは確かにそうですね」とロザンナは同意した。

料理が運ばれてきた。マークが言ったとおり、とてもおいしい。しばらく黙って味わった後、マークが言った。「私のことは、もうずいぶんご存じですよね。でも私のほうは、あなたのことをほとんど知らない」

ロザンナは笑った。「少しはご存じでしょう」

マークは考え込んだ。「待ってくださいよ——私が知っているのは、ジブラルタルに住んでいること。結婚していて、十六歳の義理の息子がいること。結婚前はジャーナリストだったこと。世界の果てにある村の出身であること。それから……」

「三十六歳です」

今度はマークが笑った。「そこまで正確に知りたいとは思っていなかったな。ちょうど名前のことを考えていたんですよ。ロザンナ。すごく……」

ロザンナは再び、マークの言いかけた言葉を引き取った。「すごく古臭い」

「すごく詩的だと言いたかったんだけどな。その表情を見るに、自分の名前はあまり好きじゃないんですね？」

自分がしかめ面をしていたことには、まったく気づかなかった。「大嫌い」とロザンナは言った。「しかも、真相はもっとひどいんですよ。私の本当の洗礼名は、ローズ・アンなんです。考えてもみてくださいよ。両親のことは心から愛しているけど、でもいったい何を考えてたんだろうって。いまでも思います。ローズ・アン・ジョーンズだなんて。父がそこから私をロザンナと呼び始めて、それが今日まで私の呼び名になったってわけです。まあ、ローズ・アンに比べれば少しはましだと思うけど。でも本当に少しだけ」

「ローズ・アン」マークはゆっくり、考え深げにそう繰り返し、その響きに耳をすました。「私は好きだな。いったいどういう名前ならよかったんですか？」

「わからないわ。ティーンエイジャーの頃は、ナンシーがよかったかも。パティとか。そういう感じの名前」

「それじゃあアメリカのチアリーダーみたいだ」

「まあね、典型的なアメリカのチアリーダーみたいになりたいと思う年頃ってあるでしょう。長いブロンドの髪、青い目、短くてちょっと上を向いた鼻。それに何より正しい名前」

「まさか、自分の髪と目の色も好きじゃないって言うんじゃないでしょうね？」

ロザンナは渦を巻いた短い髪を手でなでた。「もう慣れましたから。たぶんいまだに、自分のありのままを受け入れるのとはほど遠い境地にいるんだと思います。でも時間がたつにつれてましになってきてるのはわかるんですよ。たぶん、年を取ることの唯一の真の利点でしょうね。自分自身を受け入れることが、少しずつできるようになることが」

マークはうなずいた。急にとても真面目な顔になった。「そうだ」とロザンナに賛成する。「そのとおりですね。自分自身と決着をつけることができるのは、本当にいいことだ。そうすればすべてが変わる。そう思いませんか？　そうすることで、ずいぶん余裕が持てる」

答えようとしたが、その瞬間に携帯電話がけたたましく鳴った。苛立ちを顔に表わして、ロザンナは携帯電話を鞄から引っ張り出した。「食事中に電話をするのは無作法だってことはわかってます。でもニック・サイモンからいつでも連絡がつく状態でいないといけないんです。これ以上もめるわけにはいきませんから」

「かまいませんよ」とマークが言った。

ロザンナは電話に出た。「ロザンナ・ハミルトンです。ニック？　ええ、聞こえるわ。電波はあんまりよくないけど、でも……」ロザンナは相手の声に耳をすました。目がどんどん大きく見開かれていく。最後にロザンナは、息を切らして言った。「もちろんよ。もちろん私の番号を教えて。ええ。わかった。いつでも連絡はつくわ。経過は知らせるから。もちろん」

ロザンナは電話を切った。そして「信じられない」と言った。

マーク・リーヴが、フォークを置いた。

「どうしたんです？」

「ニック・サイモンからです。電話があったそうで。匿名の。ノーサンバーランドの男から。正確な住所はまだ言わなかったそうですけど。その男、自分の家にエレインが下宿人として暮らしているって言ったそうです。昨日のテレビを見て、エレインだとわかったって。ただ、詳しい話は私にしかしたくないそうで」

「それは大事件だ！」とマークが言った。

5

電話は、ニックの知らせから十五分もたたずにかかってきた。その前に、ロザンナとマークはふたりとも興奮でもはや一口も食べられる状態ではなく、急いで料金を払い、ロザンナの携帯電話の受信状態がよくないので、慌てて《ウェリントン公爵》を飛び出したのだった。そしてしばらくのあいだ、小さな村の通りを歩き回って、ようやく携帯電話の画面にアンテナが最大数表示される場所を見つけた。

「ここだわ」とロザンナは言った。「ここがいちばん受信状態がいい」

ふたりが立っているのは牧師館の庭の前で、石の壁の向こうにレンギョウの木々が見える。その花はこの日、文字どおり爆発するように咲いていて、あたり一帯を輝くような黄色に染めている。空気は湿った土と春のにおいだ。柔らかで温かな風が吹いている。

「なんて素晴らしい日なのかしら」とロザンナは言った。

マークがうなずいた。その顔には緊張が見られる。互いに相反する感情が。マークのなかに生まれた希望が、疑念と闘っているのだ。そして、自分の悪夢がいままさに終わろうとしているなどと、あまり早計に結論を出さないように努めている。

「マーク」と、ロザンナは優しく言った。「もしかして……」

「喜ぶのはまだ早い」とマークがさえぎった。「ただのいたずらで、もう連絡してこないかもしれない。もしも連絡してきたって、ただ我々を騙し続けたいだけなのかもしれないし。それに、いたずらじゃなくたって、間違いかもしれない」

「わかってるわ」

「エレイン・ドーソンが行方不明になった後にも、山のように通報があったんだ。考えられないような場所で彼女を見たっていう人が続々現われた。なかには、本当に自分の言っていることを信じてた人だっていたと思う。それでも、どの痕跡もひとつ残らず空振りだった」

マークがいま、自分と自分の感情とに慎重にならざるを得ないことは、ロザンナにも理解できた。でなければ失望が大きすぎる。

「その人は、私としか話したくないと言ってる。きっとニックに連絡して、私の番号を訊くわ。後のことはそれから考えましょう。私には少し人を見る目があるのよ、マーク。ただ重要人物のふりをしたいだけの人間なら、すぐに気づくわ」

マークは、牧師館の庭の門の前に大きな灰色の岩がふたつあるのを見つけて、言った。「こっちだ、あそこに座ろう。こんなところに馬鹿みたいに突っ立っていたってしようがない」空っぽの静かな通りに、端から端まで目をやる。「信じられないことになったな」

岩は太陽の光で温まっていた。ロザンナは顔を太陽に向けて、「いまなら、畑や牧草地を何キロでも歩けちゃうわ」と言った。「石の壁や木の格子塀を乗り越えて。小川に沿って歩いて、冬の草のなかに最初のサクラソウを見つけるの。この澄んだ空気を吸い込んで。イギリスの人たちはまだこの春の価値をちゃんと知ってるのかしら?」

マークがロザンナを見つめた。その目には、少しばかりの驚きと、直感的な理解が混在していた。「あなたのことがもうひとつわかった」とマークは言った。「ホームシックにかかっている。イギリスへのホームシック。ジブラルタルで幸せじゃないんだ」

急に、反論する気がなくなった。ジブラルタルの素晴らしい天気やスペインへの近さなど、ありきたりのことを言うのが嫌になった。デニスが、自分で選んだ第二の故郷をほめるときにいつも使う言葉だ——俺たちは、ほかのみんなが休暇で遊びに来る場所に暮らしているんだ。

ロザンナはうなずいた。そして、自分の感情の激しさに自分でも驚きながら、堰《せき》を切ったように話し始めた。「そう。そうよ、マーク、私、死にそうなほどイギリスが恋しいの。もう何年も前から。たぶん、ニックからの仕事の依頼を受けた一番の理由は、それだと思う。イギリスに来たかったの。父の誕生日のためだけじゃなくて、何週間も滞在したかったの。あんまり恋しくて、ほとんど……」ロザンナは最後まで言わず、隣をうかがった。マーク・リーヴのことはほとんど知らない。どうしてこんなに何もかも話してしまうんだろう?

「それで、実際そうだった?」とマークが尋ねた。「イギリスは思い出のとおりだった? 渇望は癒された?」

ロザンナは深呼吸した。「ええ。でも本当は……」

「え?」

「本当は、そうじゃないといいなと思ってたんだけど。何もかも、自分が理想化してるだけじゃないかって思ってたの。現実とはぜんぜん違う光景や思い出を作り出しちゃったんじゃないかって。だから、何週間かイギリスにいれば、ジブラルタルよりずっといいところなんかじゃないって、気づくんじゃないかって。そうすれば家に帰って、すっきりした気持ちで過ごせるもの。そうだったらよかったのに」

「でも実際は、やっぱりジブラルタルよりこっちのほうがいい？」

ロザンナはあたりを見回した。古い牧師館。いまはまだ枯れた庭。木々は夏にはたわわに実った果実で枝を重く垂らすだろう。通り沿いの小さな家々。穏やかな空気。少しだけキングストン・セント・メアリーに似ている。だが、それだけではない。ここ数日は、寒くて暗くてじめじめしていた。典型的な憂鬱な二月だった。その日々を、ロザンナはロンドンで過ごした。花などひとつも咲いていなかったし、深く垂れ込めた雲の隙間から日が射すこともなかった。それでも、この気持ちはいつも胸のなかにあった。故郷に帰ってきたという気持ち。自分の属する場所にいるという気持ち。

「どっちのほうがいいとか悪いとかじゃないの」とロザンナは言った。「たぶん、その場所に合うか合わないかっていうだけの話なのよ。私はジブラルタルには合わない。もちろん、イギリスにしか合わないっていう意味じゃないわ。もしかして南アフリカなら大丈夫かもしれないし。それともカナダとかインドとか。わからない。でもジブラルタルは……とにかくあそこは駄目なの」

「難しい状況だな。ご主人と義理の息子さんはそこにいるんだし」

「わかってる。私は家族の一員。でもできることなら、このままここにいたい。この場所、この岩の上で、日光を浴びて座っていたい。もう少しも動きたくない」

「そのチャンスは充分にあると思うな」とマークは言った。「何しろ、たぶんこれからまだ何時間もここに座って、もう一度電話してこようなんて夢にも思っていないどこかの目立ちたがり屋からの連絡を待つことになりそうだからね。夜にはきっとあなたもうんざりするよ。約束する。ずっと座っているには、この岩は硬すぎるし」

ふたりは目を見合わせ、思わず笑い声をあげた。緊張を解き放つようなこの笑い声の真っ只中に、電話が響いたのだった。

マークが口を閉じ、唇を引き結んだ。「例の男かも」

電話に出たロザンナの声は、興奮で少しかすれていた。「もしもし？　ロザンナ・ハミルトンです」

受話器の向こうでは、長い沈黙が続いた。それから神経質そうに息を吸う音。そしてようやく、年配の男のかすれた声がした。「こちらはブレント・キャドウィック。ブレント・キャドウィック、ノーサンバーランドのランバリーからかけてる」

「キャドウィックさんですね！」とロザンナは言った。

キャドウィックは再び黙り込んだ。人生における決定的な瞬間だ。緊張で震えていた。

「その……情報がある」ようやく声をしぼり出した。「エレイン・ドーソンについての情報だ」

「エレイン・ドーソンは生きているんですか？」とロザンナは訊いた。

再び短い沈黙。ミスター・キャドウィックは興奮している。おまけに、人と話すことに慣れていないのだ。見ず知らずの人間との電話ならなおさらだ。

そのとき、笑い声が聞こえた。かすれた、どこか嘘っぽく聞こえる笑い声だった。何がその笑いを引き起こしたのか、ロザンナにはわからなかった。いったい何がおかしいんだろう？

「生きてるよ」とブレント・キャドウィックが言った。「生きてるとも！」

そしてキャドウィックは、再び笑い声をあげた。

6

昼になる頃、デニス・ハミルトンはすっかり絶望していた。絶望のあまり、これまで考え抜き、準備し、頭のなかで大げさにふくらませてきた息子に対する罰の計画をすべて投げ捨てて、ただただ安堵と愛に満ちて息子をしっかりと抱きしめることさえいとわないほどだった。

その息子が、そこにいさえすれば。

デニスはもちろん、ロバートが金曜の夜のパーティーに参加してはならないという命令を破ろうとするだろうと予測していた。そして、万全の備えを整えた。机の上の仕事は天井に届くほど山積みだったにもかかわらず、どんなことをしても家でロバートを迎えようと、金曜日にはまたしても、夕方にはもう会社を出た。もう一度落ち着いて息子と話し合い、自分の考え方を説明して、息子の理解を得ようと考えていた。だが同時に、もしもロバートが、どうしても酔っ払いの馬鹿騒ぎ――デニスは心のなかでこっそりと、パーティーをそう名づけていた――行くと言い張るのなら、場合によっては部屋に閉じ込めることもいとわないと決意してもいた。

ところが、いくら待っても無駄だった。ロバートのほうが一歩先んじていたのだ。金曜日、ロバートは家に帰ってこなかった。

おそらく学校かクラスの友達の家にいるのだろう。最後の最後に父親の手に落ちて、一晩自宅で過ごさなければならない羽目に陥る危険を冒す気はないらしい。

ロバートが帰ってこないとわかっていながら、デニスは待ち、一分ごとに怒りをつのらせていった。こんな真似が通ると思うな。十六歳の子供がこんなことをしていいはずがない。いつもロバートをかばうロザンナだって、きっと同意見のはずだ。今度ばかりは、きつく思い知らせてやらなければ。少なくとも八週間は外出禁止だ。三か月は小遣いもなし。コンピューターも禁止だ。あの延々と続く『ワールド・オブ・ウォークラフト』を中断させられるんなら、一石二鳥だ。そもそも、あいつが最後に家事や庭を手伝ったのはいつのことだ？　この春は絶対に、雑草抜きと花の水やりで散々こき使ってやる。ヴェランダの手すりも塗りなおさなければ。そうだ、それから、夏にロザンナと一緒にイギリスに旅行したいと言ってなかったっけ？　もちろんその計画もおじゃんだ。

デニスは家じゅうの部屋を歩き回った。二度、ロバートの携帯電話に電話をしてみたが、思ったとおり電源が切られていた。気持ちを落ち着けようと、ウィスキーをオンザロックで二杯飲んだが、何も食べられなかった。何も起きなければいいんだが！　二年前、似たようなパーティーのことがメディアに載って大騒ぎになった。ふたりの生徒がスペインへ向かい、したたかに酔っ払って車を暴走させた挙句、橋の柱にぶつかったのだった。ひとりは即死だった。もうひとりは一生車椅子で暮らすことになった。当時デニスは、あらゆる新聞記事を切り抜いて、ロバートの机の上に置いた。息子とこの事故について話し合おうと思ったのだ。だがロバートはまったく関心がないようだった。自分に関係がある話だとは思っていなかったのだ。しようもない事故は起こるもんさ。どうしてそんなことで楽しみに水を差されなきゃならないのか、というわけだ。

いつしかデニスはベッドに入った。普段はあまり飲まないので、ウィスキーがすぐに効いた。あっという間に眠り込み、その夜は夢も見ずにぐっすりと眠って、土曜日の朝七時過ぎに目を覚ました。ロバートが部屋にいることを確信して起き上がると、ドアまで行って、隙間からなかを覗いてみた。ベッドは空っぽで、手を触れた形跡もなかった。

よし。だからといって、何か起きたとは限らない。おそらくロバートは酒を飲みすぎて、家に帰れなくなったのだろう。きっとパーティーに参加した生徒全員が、体育館にへたり込んでいるのだろう。ビール漬けの死体の群れ。二日酔いで、頭痛と胸のむかつきに苦しみ、吐き気があまりにひどいので、家に電話をして居場所を知らせることさえできない酔っ払いども。

たった十六歳で！　俺が十六歳のときに、こんなことをしてみろ！

デニスは不安だった。息子のことが心配だった。不安をコントロールしようと試み、ヒステリックな母親のようにはなるまいと試みた。こういうときに取り乱し、最悪のシナリオばかり思い描くのは母親だけだ。父親というものは、したたかに酔っ払うことも少年が大人の男になる道のりの一部だと理解しているものだ。一晩じゅう家に帰らないことだって、場合によっては車で少しスピードを出しすぎることだって同様だ。意気地のない弱虫が家にじっとしているほうがいいとでも？

どうして自分はそう思えないのだろう？　キッチンに立ったままコーヒーを飲み、外の輝くような朝の景色を眺めながら、デニスはそう自問した。どうして自分は、くよくよ心配しすぎず、ものごとを狭い視野で見たりしない、ごく普通の父親でいられないのだろう？

あまりに長いあいだ、ひとりで父親と母親の二役を務めざるを得なかった自分は、普通の父親ではないのかもしれない。何年も、あらゆる責任がすべて自分ひとりの肩にかかっていたのだから。互いに荷を分け合える二人目の肩もなく。耳を傾けることのできる二人目の意見もなく。少なくとも、同じように首尾一貫した責任を背負った人間はいなかった。おまけに、自分が作り出した小さな人間の欲求に、どれほど努力しても完全には応えてやれていないという寄る辺ない気持ち。ロバートがどれほど母親を求めているか、デニスは感じていた。自分では母親の代わりにはなれないのだ。

そして、父子がロザンナに出会ったのはずっと後になってからだ。ロザンナは進んで、とても温かくロバートと向き合ってくれた。それでも……特にここ二、三年、デニスはロザンナから次第に強い合図を受け取るようになった気がしていた。ロザンナが、彼女もその一部であるささやかなパッチワークファミリーから、再び距離を置き始めていることを示す合図。心のなかで退却を始めている合図。ロザンナの思いは、デニスもその目的地を知らないどこかへとさまよっている。ロザンナは、本人以外には誰にも見えない景色を見ている。白昼夢を漂い、それを誰とも分かち合おうとしない。もしかしたら、ロバートもこの変化に気づいたのではないだろうか？　そうでなければ、このあいだもあんなふうにはっきりと不安を口にしたりはしなかったのでは？　**もう戻ってこないよ！　いい加減に気づけよ。**

ほかにも何か言っていた。ロザンナは父さんから逃げ出したんだ！　**父さんがロザンナを追い出したんだ！**

考えたくなかった。いまは考えたくない。あまりにも恐ろしい想像だ。そして最後には、自己省察と自己分析にたどり着いてしまう。いまこの瞬間の自分に、そんな余裕があるとは思えない。

デニスはシャワーを浴び、服を着て、食料品を買いに行くことにした。帰りに学校へ寄って、ロバートを連れて帰ろう。そしてなんとか話し合ってみよう。決して怒鳴りつけてはいけない。

昼過ぎに家に戻ったときには、頭痛がしており、疲れきっていた。買い物籠をキッチンに置いたが、食料品を取り出して冷蔵庫に入れることもできないくらいへとへとだった。デニスはあらゆる場所を探してきたのだった。これ以上まだどこを探せばいいのか、見当もつかない。

学校にはもう誰もいなかった。少なくとも生徒は誰ひとり。清掃グループが、相当荒らされた様子の体育館を片付けていた。

「今日の七時にはもう誰もいなかったわよ」デニスの苛立った問いかけに、大きな青いゴミ袋を引っ張りながら、若いスペイン人の女性が答えた。「いつも明け方に、どこか別の場所に移動するのよ。スペイン側の居酒屋とか、バーとか、ディスコとか……よく知らないけど！」

俺だってよく知らない！

せめてロバートの親友ふたりの住所を思い出そうと、デニスは必死で頭をしぼった。そしてそこに向かったのだった。ひとりはまだベッドで眠っていたが、両親に起こしてもらった。その子はそもそもパーティーには行っておらず、当然なんの情報も持っていなかった。

「行っちゃいけないって言われたんだ」と、母親に怒りの目を向ける。

「ロブにもそう言ったよ」デニスはぐったりと言った。どうやら両親の願いどおりに行動する若者もいるようだ。だが残念ながら、息子はそうではない。

もうひとりの友人ハリーは、パーティーには出ていたが、十二時前には家に帰っていた。そして、会場でロバートとは会っていないと言った。

「ロブは行ってなかったのか？」デニスはすっかり混乱してそう尋ねた。その知らせに喜ぶべきなのか、ますます心配するべきなのかわからない。

「知らないよ」とハリーが言った。「僕は会わなかったけど、そんなの不思議でもなんでもないし。人でいっぱいで、たぶんうちの学校の生徒じゃないやつもわんさかいてさ。人ごみではほとんど身動きも取れなくて、たまたま隣にいたんじゃなければ、誰にも会えなかったよ。だから割と早めに帰ってきたんだ。ほんとにつまらなかった！」

「じゃあ、放課後にロブはまっすぐどこへ行ったんだろう？　知ってるかい？　どうやら家にはまったく帰ってこなかったようなんだ」

ハリーは肩をすくめた。「知らない。ほんとだよ。いつもと同じ方向に歩いていったよ。家に帰るんだと思ってた」

「で、パーティーのことは話したか？　ロブは行くつもりだって言ってたか？」

ハリーは考えた。「たしか、まだわからないって言ってたような気がする」

「それで、ロブがいまどこにいるかは、本当に知らないんだね？」

「うん。ほんとに知らないよ」

デニスは打ちのめされ、不安を抱えたまま家路をたどった。家に帰ったらロバートがいるのではないかと期待して。だがロバートはいなかった。部屋から音楽も聞こえない。コンピューターのモニターが明るく光ってもいない。きちんと片付けるようにと何千回注意しても、まるで人を転ばせるための罠のように無造作に廊下の真ん中に放り出してある通学鞄もない。いまあの鞄が目に入れば、さぞうれしかっただろう。ただただうれしかっただろう。怒りがどんどんしぼんでいき、ふくれ上がる不安のなかに溶けて、飲み込まれていくのがわかった。

ロブはどこだ？

警察に届けるべきだろうか？　そうすると、喧嘩のことも正直に話さなければなるまい。ロバートがパーティーに行きたがっていたことを。それを聞いた警官がなんと言うか、想像がついた。「それで心配しているんですか？　息子さんはきっと一晩じゅう騒いで、さんざん酔っ払ったんでしょうよ。そしていまは、どこかの友達のところで、ぐったり寝ているんでしょう。吐くものを全部吐いたら戻ってきますよ、間違いありません。へろへろになった醜態はさらしたくないんでしょう」

確かにそのとおりかもしれない。

こんなふうに気をもむのは馬鹿ばかしいのかもしれない。

それでも不安は消えなかった。逆に刻一刻と強くなっていく。

結局デニスは、すっかり正気を失ってしまいたくなければ、道はひとつしかないと悟った。意地と怒りで、ずっと考えないようにしてきた。プライド――そしていまになって自分でも認めざるを得ないのだが、依怙地でもあった――のせいで、最初の一歩を踏み出せずにいた。だがいま、絶体絶命の危機にあって、デニスは自分を乗り越えた。

そして電話のところへ行って、ロザンナの番号にかけたのだった。

7

「考えてみれば、向こう見ずな話よね」とロザンナは言った。「だって、歯ブラシさえ持ってないのに！」

「パジャマや替えの下着は言うまでもなくね」とマークが続ける。「でも……」マークは最後まで言わなかったが、ロザンナはうなずいた。「ロンドンに戻っていたら時間がかかりすぎる。それにもう、好奇心ではちきれそうよ」

「私の気持ちはとても想像できないだろうな」とマークが言った。ブレント・キャドウィックからの電話以来、マークの表情には激しい緊張が見られた。ひとつの痕跡。五年もたったいまになって、ひとつの痕跡が見えた。空振りに終わるかもしれない。だがマークの無実が完全に証明される可能性だってある。

「ノーサンバーランドの女性が本当にエレインなら」と、キャドウィックとの電話を終わらせたあと、ロザンナは言ったのだった。「約束するわ、マーク、きっとニックに、すべてを大々的な記事にさせてみせる。『カヴァー』はあなたの無実を大声で叫ぶわ。そうしたら国じゅうのほかの新聞だって、あとに続かざるを得なくなる。そうすれば、エレイン・ドーソンが生きていて、あなたは彼女の失踪とは無関係だったってことを知らない人間は、イギリスにいなくなるわ」

それからロザンナは、キャドウィックからの電話を待っていた牧師館から車まで戻る途中、急に立ち止まって、こう付け加えたのだった。「マーク――すぐに出発しない？　いますぐ、ここから。その……ランバリーだったかしら、そこまで？　キャドウィックが本当のことを言っているかどうか、確かめてみない？」

マークもまた立ち止まり、驚いた顔でロザンナを見つめた。「いますぐに？」

「その謎の女性が、私たちの探しているエレインかどうか、知りたくはない？　あのね、正直言うと待ちきれないのよ。ロンドンまで戻って、一晩過ごして、次の作戦を話し合ってたら……」

「じゃあ……」

「いますぐ車に乗って出発しましょうよ。ただ……本当に一緒に来たい？　もしかして、何か別の予定があるんじゃ？」

マークは首を振った。「いや。予定はない。喜んで一緒に行くよ。まさか訊いてもらえるとは思わなかった！」

「だってあなたはこの事件でいちばんダメージを受けた人だもの。行きましょう。車のなかに道路地図はある？」

「ある。ランバリーを見つけよう。エレインを見つけよう。もしも本人なら。でも、ニック・サイモンに断わらなくていいのかい？」

「向こうから連絡してくるわよ」とロザンナは予言した。

予言どおり、ふたりが村を離れ、高速道路に向かおうとしたところで、ニックは電話をしてきた。

あまりの興奮で叫び声になっている。「で？　キャドウィックに君の番号を教えたんだが。電話はあったか？」

ロザンナは携帯電話を少し耳から離した。「怒鳴らないでよ。ええ。電話してきたわ。住所を教えてもらった。エレイン・ドーソンはどうも、キャドウィックの下宿人らしいの。ニック——実は、いま向かってるところなのよ」

ニックが息を吸う音がはっきりと聞こえた。「なんだって？」

「どうせケンブリッジのあたりにいたのよ。だから……」

「ちょっと待て、ケンブリッジのあたりだって？　だからほとんどノーサンバーランドに着いたも同然だって言うのか？　それで、とりあえず行ってみて、そのドーソンっていう女性に会ってみようって？」

「あのね、私……」

「君の仕事が何かを思い出してもらえるかな？　どうやらしょっちゅう忘れるようだな。君は僕のために連載記事を書くんだ。もちろんエレイン・ドーソンについてもだが、ほかにもたくさんの行方不明になった人間たちのことを書いてもらわないと。なのに君は、当時何が起こったのかという点にばかりかまけてる。わかるか？　君はエレイン・ドーソンがどうなったかっていう謎を捜査するんじゃないんだ。それは君の仕事じゃない！」ニックの声はまたしても大きくなった。

「ニック、キャドウィックさんは私に連絡してきたのよ。それに……」

「だからなんだ？　だからって早速飛んでいって、探偵ごっこをしなきゃならんのか？　たとえば、僕が金を払って依頼した仕事はいったいいつやるつもりなんだ？　いい加減に腰を落ち着けて、記事を書こうとは思わないのか？」

「記事はちゃんと書いて渡すわ、ニック。締め切りどおりに。でもいまは週末で、私はノーサンバーランドまでドライブに行くの。それを止めることはできないはずよ」

「まったく信じられんよ！」

「あら、でもキャドウィックさんが言う女性が本当に私たちの探してるエレイン・ドーソンかどうか、あなたは知りたくないの？」

「もちろん知りたいさ。それに、もし本物なら、そのストーリーもほしい。でも、それならレポーターを誰か送り込むよ。そういう類の調査のし方を知っているやつを。五年も現場を離れていた元ジャーナリストじゃなくてね！」

それを聞いて、ロザンナのほうにも怒りが湧いてきた。「私に記事が書けないと思うなら、最初から依頼しなければよかったじゃない」とかみつく。

「記事は書けるさ。でも君はそういうタイプのジャーナリストじゃないだろう！」

「私はキャドウィックさんのところへ行くわ、ニック。あなたが望もうと望むまいと！」

「そいつの住所を教えろ！」

「いやよ」

ニックは長々と大声で毒づいた。そのあと——負けるのは嫌いでも、負けたのに気づくことはできる男なのだ——こう付け加えた。「何をするにしても、その都度僕に連絡するんだ、いいな？　僕の知らないことは、何ひとつあってはならない。勝手なことをしてるのがわかったら、首をねじ切ってやるからな。絶対だ！」

そしてニックはぶつりと電話を切った。

「すごく怒ってる」とロザンナは言った。

マークがちらりとロザンナのほうを見た。「引き返したい？」

ロザンナは首を振った。「ううん。絶対に引き返さない」

「私が一緒にいることは言わなかったんだね」とマークが言った。

「言ってももっと怒らせるだけよ。きっと陰謀だと取ったでしょうね。それでなくても、私たちが会ったことを最初黙っていたんで、すっかり怒っているから」

「事態は彼の手を離れつつある。そんな状況を喜ぶ人なんてどこにいる？」

「私を雇ったらそうなることくらい、計算に入れておくべきだったのよ」とロザンナは言った。

「私は誰かの思いどおりになんてならない。ニックはずいぶん昔から私を知ってるのに」

そのとき携帯電話が再び鳴り始めた。画面を見て、ロザンナは思わずうめき声をあげた。

「合言葉みたい」と言う。「誰かの思いどおりにはならないって言ったとたんこれだもの。夫からよ」

先日の喧嘩以来デニスからの連絡はなく、そのことでずっと不安な思いでいた。だが、よりによっていま電話してこなくても、と思った。いまはデニスとの感情的な長い会話に適した時間ではない。

それでも、ロザンナは電話に出た。

だがデニスは、ロザンナが恐れていたような根本的な話をするために電話してきたのではなかった。

デニスは興奮していた。ほとんど我を忘れているようだった。そして、ロバートが行方不明になったと告げた。

さらに、こんなことになってしまったからには、いつ家に戻ってきてもらえるか、と訊いたのだった。

8

介護施設はきつい清掃用洗剤のにおいがする。しつこいほど大量のレモンの香りが混ざっている。太陽がぴかぴかに磨かれた窓から射し込み、壁にかかった色鮮やかな、しかしかなりつたない、患者たちが描いた絵を明るく輝かせている。セドリックは、これほどきれいな窓を見たことがなかった。汚れも拭き痕もひとつもない。太陽の位置が低くなると曇りガラス同様になってしまうニューヨークのアパートの埃まみれの窓を思い浮かべた。掃除するのが嫌で、よく汚れや散らかり具合から目をそむけて逃げ出すあの不潔なアパートが、不思議なことに突然陰鬱だとは思えなくなった。少なくとも、このほとんど暴力的とさえ言える清潔さに比べれば。

こんなところで、ジェフはどうやって息をしているんだろう？　とセドリックは思い、次の瞬間、簡単であると同時に残酷な答えに行き着いた——そうするしかないからだ。ほかに選択肢などないからだ。

セドリックは、本当はここトーントンに来るつもりはなかった。絶対に来たくなかった。早朝に、妹が使わないと言ったので、レンタカーに乗り込み、キングストン・セント・メアリーまで行った。土曜の朝の通りは空いていて、あっという間に着いた。

「父さんを訪ねるよ」とロザンナには言ってきた。その微笑を見て、妹がどれほど喜んでいるかがわかった。妻を亡くした父の孤独に、ロザンナは心を痛めているのだ。だから、兄が父のことを気にかけることを立派だと思ってくれるのだ。

そのせいで、セドリックの良心は痛んだ。もちろん、セドリックだって父のことは気にかけている。だが、自分が世界の果てのような田舎の村までわざわざ行く真の理由も、よく自覚している。金が必要なのだ。そして、父以外に頼りにできる人がいないのだ。

高級ホテルに泊まる金はもうない。ニューヨークへ戻る飛行機代もない。行きの飛行機代を払ってくれた恋人に返す金もない。写真家として新たなスタートを切るための資金もない。

セドリックは無一文だった。

三十八歳で、職業も持たず、金もなく、妻も子もいない。

実際のところ、自分の人生が生み出したものは、障害のあるジェフリーが生み出したものより多いとは言えない、とセドリックは思った。ただ自分の場合は、失敗の原因を挙げることができない。健康な足があり、健康な腕がある。力もあり、頭も悪くない。だが、どこかでなんらかの分かれ道を見過ごしてしまったようだ。

訪ねていくと、父ヴィクターは顔を輝かせた。思いがけない訪問はいままでは滅多にないようで、ヴィクターは息子を早速《スワン・アット・キングストン》へ昼食に連れていってくれた。ふたりは昨晩のロザンナのテレビ出演のことを語り、話は当然エレイン・ドーソンにも及んだ。そしてヴィクターは、春が来たいま庭に植えようと思っている植物の名前をすべて挙げた。

「でも庭なんてやったことがないじゃないか」と、セドリックは驚いて言った。父はまさに知的な本の虫を絵に描いたような人物なのだ。教養があり、知性があり、日常生活ではまったくの役立たず。薔薇剪定《せんてい》用のはさみを手にする父を想像すると楽しくもあり、同時に不安にもなった。

「母さんは庭をあんなに愛していたからな」とヴィクターは言った。「だから……庭仕事をすると、母さんの近くにいるような気がするんだ」

それからしばらく、ふたりは母へイゼルの話をした。そしてようやく、食後のコーヒーを飲みながら、セドリックは用件を切り出した。少し貸してはもらえないだろうか……？

「もちろんだ！」ヴィクターは即座にそう答えた。「いくら必要なんだい？」

セドリックが金額を言うと、父は一瞬息を呑んだが、それでもパブのなかで早速小切手を書いて、テーブル越しに渡してくれた。「ほら。これでとりあえずはなんとかなるだろう」

頼んだ金額よりも多かった。セドリックはぎごちなく礼を言い、これからいやおうなく聞かされるであろう、そして当然口答えせずに聞くしかない説教への心の準備を整えた。いつまでもこのままではいけない、いったいどういう人生を送るつもりなのか、いい加減大人になるべきときだとは思わないのか、云々。ところが、ヴィクターはそういったことは何ひとつ口にしなかった。そして、パブを出るときに、ただこう言ったのだった。「ロンドンに戻る前に、少しジェフのところへ寄ってやってくれ、セドリック。ジェフは辛い状況なんだ。私が思うに、重い鬱病だ。先週訪ねたんだが、見るも哀れで衝撃を受けたよ。だから、もしも時間があったら……？」

時間はあったが、もちろん気は進まなかった。それでも、父の願いを聞き入れなければ、自分のことをろくでもない卑怯者だと感じたことだろう。そういうわけで、セドリックはいま、気が変になるほどぴかぴかに磨き上げられた娯楽室に、車椅子に座った多くの人に混じって腰をおろし、ジェフリーを待っているのだった。少なくともポケットにはかなりの金額の小切手が入っている。これで一息つけるし、気持ちも心地よく温かくなった。ここトーントンに向かう途中で、ロザンナから電話がかかってきた。電波状況はとても悪かったが、なんとか理解したところによれば、ロザンナはノーサンバーランドのランバリーという村に向かっているところらしかった。理由は、行方不明のエレインを知っていて、居所もわかっていると主張する人間が現われたからだ。もっと色々知りたかったが、質問を口にする前に接続がすっかり切れてしまい、なんとか拾えた情報の断片で我慢するしかなかった。

ロザンナはこの件に深入りしすぎだ、とセドリックは思った。そして次の瞬間、いったいどうやって移動しているのだろうと考えた。車は自分が使っている。電車に乗っているのだろうか？　別の車を借りたのだろうか？　もしかしたら、あのうさんくさい雇い主ニック・サイモンと一緒なのだろうか？

車椅子を転がして娯楽室に入ってきたジェフリーは、セドリックを見て驚いたようだった。喜んでいるのかどうかはわからない。だが、本当に見るも哀れな様子だ。父の言ったとおりだ。目の下のくま。血の気のない唇。

「ああ、セドリックじゃないか。もうニューヨークに帰ったんだと思ってたけど?」

「やあ、ジェフ。いや、ご覧のとおり……もう少しイギリスにいるつもりだよ。ちょうどいま親父のところに行ってきたんだ」

「それで、親父さんにここへ来るように言われたんだな?」ジェフリーは察しがよかった。

「親父さんは本当に親切だよ、セドリック。時々様子を見に来てくれる唯一の人だ。それでも、僕にはなんの助けにもならないけどね」

セドリックは答えなかった。ジェフリーがほんの数秒でセドリックに抱かせることのできる落ち着かない気持ちが嫌でたまらなかった。罪の意識と同情と無力感のないまぜになった感情。すぐに、父の願いなど無視して、いま頃ロンドンに戻る途中だったらよかったのに、と思った。口笛を吹きながら、車の窓を開け、手にはコーラの缶を持って。それなのに……。

「このあいだロザンナと行ったあのカフェにまた行きたいか?」とジェフリーが訊いた。「それとも、このぴかぴかに掃除されたいやらしい場所の、素敵な雰囲気で充分か?」と言って部屋をぐるりと見渡す。「かわいそうな障害者でいっぱいのこの部屋で?」

「ここでいいよ」とセドリックは言った。「でも、おまえがよければ、車椅子を押すから、散歩に行こう。いい天気だ」

ジェフリーは首を振った。「ありがとう。親切で言ってくれてるのはわかるけど、外出した後には、いつもさらに気分が悪くなるんだ。健康な人たち、生の営み、神の創った美しい自然……そこから戻ると、いつも胃に一撃を食らったような気分になる」

車椅子に取り付けられたキーボードを使って、ジェフリーはテーブルへと移動した。セドリックはそのあとに続き、ジェフリーの向かい側に腰をおろした。ジェフリーは薄灰色のテーブル板をじっと見つめている。死を望む人のようだ、と、突然セドリックは思った。どこを見てそう思うのか、うまく説明はできない。おそらく雰囲気だろう。だが、もしこの瞬間、「生きることに疲れた」という概念を定義しろと言われたら、迷うことなくジェフリーの名を挙げることだろう。

セドリックは身を乗り出した。

「ジェフリー」と切り出す。「以前のおまえはずっと元気だった。あの事故があったのは二十年前だ。障害とともに生きる術を学んできたんじゃないのか。キングストン・セント・メアリーじゅうをしょっちゅう車で走り回ってたのも知ってるぞ。ダイレクトメールの配達人の仕事さえしてたじゃないか。だから……つまり、おまえはいまよりずっと先を行ってた。いまは……ただ息をしてるだけにしか見えない」

ジェフリーが顔を上げた。その目にある怒りと苦しみの表情に、セドリックは息を呑んだ。

「それが不思議なのか?」と、言葉を押し出すようにジェフリーは言った。「僕が、おまえの言葉を借りれば、ただ息をしてるだけなのが不思議か? 周りをよく見てみろよ。そして僕の生活と比べてみろ！　たとえば、おまえの一日はどんなふうに始まる？　ジョギングをするのか？　フィットネススタジオに行くのか？　そういう類のことを何かしてるだろう。でなけりゃ、その筋肉質のきれいな身体は保てないからな！」

「ジョギングしてる」とセドリックは言ったが、まるで恥ずかしい告白をするかのように感じた。

「ジョギング！」と嘲るようにジェフリーが笑った。「そうだと思ったよ。じゃあ、僕の一日がどう始まるか、知ってるか？　身体を洗ってもらって、食べさせてもらって、それから大好きな腸プログラムが始まるんだ。なんのことかわかるか？」

「いや、あの……」

「口から入れられたものはすべて、なんとかしてこのぽんこつの身体からまた出さなきゃならない。おまえと同じさ。みんな同じだ。ただ、僕の腸は自分でそれをやり遂げることができない。身体のほとんどの場所と同じように、完全に麻痺してるんだ。そこで、介護士が来て、ゴム手袋をはめて……」

「ジェフ、頼むよ！」セドリックは話をさえぎった。額に汗が浮かび始めたのがわかったが、それをぬぐう勇気はなかった。

　ジェフリーが笑った。「ほらな？　話を聞くのさえ耐えられないんじゃないか！　だけど僕は――僕は実際に耐えなきゃならないんだ。毎日。二十年前から。一日も欠かさず、善良な神が、僕はもう充分苦しんだと判断して、命の光を吹き消してくれるまで。それまでこの地獄は続くんだよ！」

「ジェフリー、わかるよ、おまえが……」

「わかるもんか。おまえには何ひとつわからない。もっとわかってないのは、おまえの妹だ。以前の僕はもっと先を行ってただって？　ああ、ちくしょう、そのとおりだよ。エレインがそばにいたときにはな。ふたりで両親の家に住んでたときには。ここにいる障害者どもを毎日毎日目にすることも、不愉快な看護師に耐える必要もなかったときには。僕に故郷があって、家族といえる人間がいたときには。ここみたいな施設から守られていたときには。なあ、僕があのいまいましいマーク・リーヴに自白してほしいと思ってるのはどうしてなのか、わかるか？そうすれば、わかるからだよ。はっきりとわかるからだ。エレインが殺されたんだって。だからってエレインは戻ってこない。それでも、エレインが僕のもとを自分の意志で去ったんじゃないって確信できる。わかるか？　エレインが逃げたかもしれないと思うと、死にそうになるんだ。僕を見捨てたかもしれない、僕をこんな目に遭わせたのかもしれないと思うと」

ジェフリーの目には涙が溜まっていた。そしてセドリックは悟った。初めてすっかり理解した。なぜジェフリーがこれほど執拗に犯人を必要とするのか。なぜマーク・リーヴが告発されるのを見たいのか。ジェフリーの魂の平安と、ひいてはこの先の人生すべてが、それにかかっているのだ。

「なのにロザンナは、まったくお門違いのほうへがんがん突っ走っていく」とジェフリーが続けた。「昨日のあのどうしようもないテレビ番組、見たか？　まったく、犯罪者があれほど熱烈に擁護されるなんて、前代未聞だろうな。耳を疑ったよ。リーヴをひどい不正の犠牲になった聖人に祭り上げるために、ロザンナはしゃべりにしゃべってた。くそ、いったいどうしてあんなことをしたんだ？　あのリーヴとどんな関係なんだ？　おまえ、何か知ってるか？　ロザンナはリーヴとやってるのか？」

「いや……そうは思わないけど」と、混乱してセドリックは答えた。

ジェフリーは笑った。「そうだとしても驚かないな。僕は微妙な空気を読むのがうまいんだ。知ってたか？　こんなふうに身体が麻痺してる人間は、代わりに別の感覚を発達させるもんなのさ」

「でも、もしリーヴが本当に無実だったら？」とセドリックは尋ねた。

ジェフリーが激しく反論しかけたが、セドリックはそれをさえぎった。「待てよ。なんの根拠もなく言うわけじゃないんだ。考えてみろよ……考えてみてくれよ、もしエレインが突然また姿を現わしたとしたら！」

「五年たったいまさらか。あり得ないどころの話じゃないな」

「この五年間、誰もエレインを探してこなかったんだ。つまり、何ひとつ状況は変わらなかった。ところが昨日、あのテレビ番組があって……」ここでセドリックは言いよどんだ。ノーサンバーランドと奇妙な電話の主のことをジェフリーに話したら、ロザンナはどう思うだろうと考えたからだ。先ほど車のなかで交わした通話はあまりに短く断片的で、この点について意見交換することはできなかった。ロザンナはまだ正誤のはっきりしない電話については、とりあえず秘密にしておきたいだろうと、セドリックは考えた。だが一方で、ジェフリーが知ったところで何が起きるというのだろう？　なんらかの行動を起こすことなど、ジェフリーにはできないのだ。そして、たとえジェフリーがこの情報を介護施設じゅうに言いふらしたところで――いったい誰が興味を持つだろう？

ジェフリーは関心を呼び覚まされたようだった。「なんだ？　あの番組がどうしたって？　何か出てきたのか？」

「まだまったく不確定なんだけど」とセドリックは言った。ゴシップ好きの老婦人になったような気分だった。どうして自分はジェフリーにこんな話をするのだろう？　ロザンナは喜ばないだろうし、ジェフリーだって下手な希望を抱いて、最後にはまた打ち砕かれることになるかもしれない。それでもセドリックは話した。自分自身を少しでも身軽にするために。ジェフリーに――まるで犬に骨を投げるように――なんらかの餌を投げてやることで、自分が心を軽くしてこの施設を去ることができるように。介護施設、ジェフリーとジェフリーの状態、ジェフリーの憂鬱とに、セドリックは息が詰まりそうだった。どうやって別れを切り出し、ここを去るべきか、さっぱりわからなかった。若い頃最も親しかったかつての最良の友を、この地獄に置き去りにしたまま。そのことが、ジェフリーが関心を持つことができ、彼をたとえわずかでも絶望から救い出す何かを与えなければという、やけくその使命感につながったのだった。

僕はなんて卑怯《ひきょう》者だ、と、惨めな気持ちでセドリックは思った。

「あまり詳しくは知らないんだけど」と予防線を張ってから、続ける。「どうやらロザンナに、テレビを見ていた人から電話があったらしいんだ。ノーサンバーランドのなんとかいうど田舎の村から——たしかランバリーとかいったな。その人はエレインを知っていると主張してる。近所に住んでるんだかなんだか」

ジェフリーがセドリックをじっと見つめてきた。

「なんだって？　エレインが？　ノーサンバーランドに？」

「もちろん間違いかもしれないよ。偶然名前が同じなのかも。見た目が似ているとか。それとも、電話してきたやつがただの目立ちたがりなのかも。だとしたら、まったくなんの根拠もない話だ。それでも……」

「エレインが失踪した後、そういう電話は山ほどあった」とジェフリーが言った。「だけど、なんらかの成果につながったものはひとつもなかった」

セドリックはうなずいた。「だから、今度だって慎重に行かなきゃならない。だけど、そういう電話を無視するわけにはいかないんだ」

これ以上蒼白になることなどあり得ないと思われたジェフリーの顔が、ますます色を失っていた。「僕は信じない。エレインがノーサンバーランドで生きているなんて、信じないぞ」

「いまロザンナが向かってる」とセドリックは言った。「だからもうすぐ詳しいことがわかるはずだ」

「あの野郎のために、本当に親身になってやるんだな！」

「リーヴのため？　ジェフリー、ロザンナは本当にエレインのことを思ってるんじゃないかな。

エレインのことがもう頭から離れないんだ。五年前に何が起きたのか、本当に知りたいんだ」

「リーヴの汚名をそそぎたいんだろう」

「そういう思い込みはいい加減に捨てろよ！」怒りを感じて、セドリックは怒鳴った。

ジェフリーがあきれたように目を見開いた。「そうさ、簡単な話だよな。身体障害者のジェフは、思い込みに囚われてるってわけだ！　おまえは自分の心を軽くしたいんだろう、セドリック。妹が追ってる有力な痕跡とやらについて僕に話をして、それから立ち上がって、このいまいましい施設の塀の外にあるおまえの人生に戻っていくんだ。僕を混乱した感情の嵐のなかに残して。そんな情報を聞いて、僕にどうしろって言うんだ？　希望を持てって？　エレインが生きていて、もしかしたら説得に応じて、僕をこの地獄から連れ出しに戻ってきてくれるかもしれないと？　それとも逆に、その電話が間違いであってほしいと願うべきなのか？　そうじゃなきゃ、事実と向き合わざるを得なくなるもんな。エレインはあのとき本当に自分から行方をくらましたんだって。そして、一生介護が必要な兄をもう一度背負い込もうなんて、夢にも考えていないんだって」

ジェフリーの声は大きくなっていた。患者たちが数人、興味深そうにこちらを見ている。

セドリックはジェフリーを落ち着かせようとした。「僕が思うに、おまえはとにかく前を向くべきだよ。何がやって来るか待って、それからなんとかして対処するんだ。目をつぶって、おまえだけの真実を作り上げて、現実を無視したって、どうにもならない。最後には自分が壊れてしまうだけだ。どうにもならないんだよ、ジェフ。僕たちみんな、自分の人生に与えられたものとつき合っていくしかないんだ」

「ああ、特におまえはそうなんだろうさ。おまえの人生には大量の困難が与えられてるって言うんだろう!」

「もしかして、僕のことも何か勘違いしてるんじゃないのか。おまえが見てるのは外面だけだよ。実際のところ、正直言って、僕の外面は確かにおまえのよりずっと健康でしっかりしてる。だけど僕が自分の人生をしっかり自分の足で歩んでいるか、満足しているか、幸せでさえあるかって言ったら――そんなことにはおまえは少しも興味がないだろう!」

「どうして僕が興味なんか……?」

「ああ、どうしておまえが、たとえごくまれにだろうと、他人に興味を持たなきゃならないんだって言うんだろう! それだよ、ジェフリー、おまえがこの数年ですっかりなくしちまったものは。おまえが礼儀正しく『元気かい?』と言ったって、実際にはそんなこと少しも知りたくないんだって、相手にははっきりわかるんだ。それはおまえが、世界じゅうのどんな生き物だって自分よりは元気だ、だから他人の悩みや心配事に一秒たりともつき合う義理はないって、最初から思い込んでるからだろう!」

「もう帰ってくれないか」とジェフリーが言った。唇が引き結ばれている。

セドリックは立ち上がった。「考えておいてくれ」と、落ち着いた声で言う。「僕は昔、おまえの一番の友達だった。だからたまには僕のほうの悩みをおまえに打ち明けるくらいの権利はあったはずだ。おまえが信じようが信じまいが、僕にだって悩みはあるんだよ!」

セドリックは立ち去ろうと踵を返した。そのとき笑い声が聞こえてきて、足が止まった――悪意のこもった、敵意さえ感じられる笑い声だった。それは、車椅子からセドリックを見上げるジェフリーのものだった。

「おまえにどんな悩みがあるかなんて、訊く必要はないさ、セドリック」と、目に嘲りの光を宿らせて、ジェフリーは言った。「知ってるんだからな。おまえの悩みを、僕は正確に知ってるんだ」

「そうなのか？」とセドリックは訊いた。このまま何も言わずに立ち去ったほうがいいとわかってはいた。

「おまえの悩みは、二十年前からおまえにつきまとってる。まったく正反対になってたかもしれないっていう思いだろう。ここに座ってるのはおまえのほうで、ドアから出ていくのが僕だったかもしれないって。あのときの思いつきは最悪だったな。僕らふたりのうちひとりに、ひどい結末が待っていた。人生に与えられたものを受け入れろだって？　残念ながら、人生ってやつはあまりにも不公平で、だからこそ受け入れるのは本当に難しい。もしも人生が公平だったなら、ここにいるのはおまえのほうだったんだ。それはおまえにもわかってるだろう。どんなに抑圧しようとしても、その思いはおまえのなかに生き続けるんだ。だから」ジェフリーの声はさらに小さく、さらに押しつけがましくなった。「そこでやっぱり始まるんだよ。何があろうと存在する正義がな。僕たちが考えるのとはいつもまったく違う姿をした正義が。あまりに違いすぎて、時々見分けるのにさえ長い時間がかかる正義。おまえの自覚だよ、セドリック、それがおまえを麻痺させるんだ。そんなに美しく健康でも、僕と同じように麻痺していて、障害を背負ってるんだ。おまえは障害者だよ、セドリック。心の障害者だ。ところで、ひとつ打ち明けてもいいか？　この事実は、僕をとても、本当にとても幸せにしてくれるんだよ！」

ジェフリーは再び笑った。

セドリックは踵を返して、大またで部屋を出た。

廊下に出ても、ジェフリーの笑い声はまだ聞こえていた。

9

マークの道路地図でランバリーという村は見つかったが、二十年前の地図だったので、村へと続く新しいバイパスはまだ載っていなかった。最初に選んだ田舎道は、唐突に行き止まりを示す紅白の柵に行き着き、その向こうはわずかに道が続いた後、どんどん草が深くなり、最終的には牧草地になっていた。すでに夜遅くなっており、真っ暗だった。夜空には星が散らばり、気温は氷点下に近づいていた。マークが車を停め、ふたりは外に出て、通行止めの柵を見つめた。


「残念ながら、これ以上先には行けないな」とマークが言った。「戻って、分かれ道があるか探さないと。世界の果ての村にだって、そこへと続く道はあるはずだ」

ロザンナは震えながら自分の体を抱きしめた。この夜の寒さに耐えるには、薄着しすぎだった。「私たちが着いたときに、キャドウィックさんがまだ起きててくれればいいけど。マーク、私もう好奇心ではちきれそう。今夜じゅうに、その人が私たちが探しているエレインなのかどうか、どうしても確かめたいわ」

マークが時計を見た。「九時半か。キャドウィックさんがものすごい早寝じゃなければ、まだ会えるだろうな。さあ、引き返そう。正直言って死ぬほど疲れてて、とにかく早く着きたいよ」

ふたりは永遠にも思われるほど長い時間をかけて田舎道を引き返した。ようやくガソリンスタンドにたどり着き、そこでランバリーへの道を教えてもらった。新たな勇気を得て、ふたりは最後の道のりに出発した。十時に、小さな村に到着した。村はすでにすっかり安らかな眠りについていているようで、家々の窓の向こうにともる明かりはまばらだった。

「ここの人たちは早寝なのね」戸惑ったロザンナは言った。

「世界の果てだよ」とマークが言った。「なんにもないんだ。いちばん近い映画館まで行くのだって、とんでもない大旅行に違いない。いったい……」マークはここで言葉を切った。

「なに？」とロザンナは訊いた。

「もしこれから会う人が本当にエレイン・ドーソンなら、我々が探しているエレイン・ドーソンなら、いったいどうして、よりによってこんなところに引っ込んでいるんだろう。だって、なんだか非論理的じゃないか。私には、かつてのエレインは、故郷の村の狭苦しさと世界から取り残された雰囲気からなんとかして逃げたがっている女性に見えた。でもこのランバリーって村は、キングストン・セント・メアリーよりもずっと何もない田舎なんじゃないか。それとも私は間違っているかな？」

「ランバリーに比べれば」とロザンナは言った。「キングストン・セント・メアリーは世界都市よ。私にもよくわからない。でもこの事件は、何もかもが奇妙すぎる。今夜じゅうにもすべてが解明されることを望むばかりだわ」

ロザンナは鞄から取り出したメモを懸命に見つめた。自宅への道のりを説明したキャドウィックのひどく要領を得ない言葉を、いくつかのキーワードにして書きつけておいたのだ。「止まって、マーク！　たぶん、この小路に入るんだと思う！」

ふたりはすっかり道に迷い、小路から小路へとさまよった。道はどれもあまりに狭く、マークは車のサイドミラーをこすらないかと、一度ならず肝を冷やした。ロザンナのほうは、道探しのおかげで悩みを忘れていられることがうれしかった。昼にデニスが電話してきてからというもの、ずっと胸がざわざわしていた。

ロバート。

ロバートが姿を消したと聞いても、それほどの驚きはなかった。パーティーとそれに対する父親の態度についてロバートから聞いて以来、そういったことが起こるのではないかと、どこかで予想してさえいた。ロザンナにとっては、父に禁止されようがロバートがパーティーに出かけること、そしてその後なんらかの騒ぎになることは、最初から明らかだった。ロバートの身に何か起きたわけではないと確信していたから、比較的落ち着いていられた。

「事故ならもうとっくに知らせが来ているはずでしょう」と、先ほど電話をかけてきたデニスには言った。「ロブは無事よ、デニス。パーティーに行ったのよ。そのせいであなたと喧嘩になるとわかってるから、週末は誰か友達のところで過ごすことにしたんじゃないの」

「あいつの友達のところにも行ったんだ。でもいなかった」

「友達全員のところに行ったわけじゃないでしょ。あなたが知ってるのはほんの二、三人じゃない！」

デニスの重い息遣いばかりが聞こえる数秒の沈黙のあと、ロザンナは付け加えた。「責めてるんじゃないのよ、デニス。私だって全員を知ってるわけじゃない。ロブはなんでも話してくれるほうじゃないし」

「じゃあおまえは、戻ってくるつもりはないんだな？」とデニスは訊いた。

ロザンナは、通話を聞いてはいないというしるしに、凍りついたようにまっすぐ前を見つめたままのマークにちらりと目をやった。だがもちろん、会話を聞かないでいることができるはずはない。

「デニス、いまは戻れないの。こっちでの仕事を引き受けたんだから。何週間かかかることはわかってるでしょ」

「俺の息子が行方不明なんだぞ、なのに……」

「あなたたちは大喧嘩をした。だからロブは家に戻りたくない。それ以上の何かがあったとは、とても思えないわ」

「もう調査も充分できた頃だろう。連載ならこっちでも書けるじゃないか！」

「ううん、それは無理。ちょうど、まったく新しい情報が出てきたところで……ああもう、デニス、お願いだから無理を言わないで。いま戻るわけにはいかないの。一度引き受けた仕事を、簡単に放り投げるわけにはいかないのよ。あなたが私だってそう思うはずよ」

「俺の息子のことなんだぞ！」

「その息子と喧嘩をしたのはあなた自身でしょう！　どうしてパーティーに行くのを禁止したのよ？」

「危険だからだ」

「ロブを縛りつけておくことはできないのよ。もう十六歳なんだから。あの年頃の男の子って、外に出ていきたがるものだわ。それが普通よ。もちろん心配ではあるわよ。でもロブは軽率な子じゃない。あなたはいつも心配しすぎなのよ」

「つまり、戻ってはこないんだな」とデニスが念を押した。その声にはなんの感情もこもっていない。だが、デニスが猛烈に怒ったときにはそうなることを、ロザンナは知っていた。

「いまは戻らない。連絡はちょうだい、ね？　本当に何かあったんなら、もちろん戻……」

それ以上話すことはできなかった。デニスが電話を切ったからだ。

マークとはこの通話について話したくなかった。だからマークがどうやらそれを悟ってくれて、なんの質問もしないのがうれしかった。

ランバリーに着いたいま、ロザンナはこう思う――いまはこの事件から手を引くわけにはいいかない！　月曜日までにロブの行方がわからなかったら、よく考えてみなくては。でもとにかくいまは、エレインのことが知りたい。そして……。

「たぶんここだ」と、もの思いに沈むロザンナにマークが言った。

……そして私の結婚生活が、この危機を乗り越えられることを祈るだけ。そう考えを締めくくってから、ロザンナはデニスとロブのことを頭から追いやった。興奮で膝が震えていた。いまは間近に迫ったキャドウィックとの会見に全神経を集中させたかった。

「七番地ね」とロザンナは確認した。「通りの名前も合ってる。本当に狭いわね！　それに、建物なんてどれもいまにも倒れそう！」

「とにかく、キャドウィックさんの家には、まだ明かりがともってる」とマークが言った。「どうかな、まず車はここに置いておこうか？　いまのところ、ここを通る人は誰もいないし、ほかの駐車場所を探したら、この家は二度と見つけられないと思う」

「今日はもうここを通る人はいないわよ」とロザンナは言って、家の壁にぶつけないよう、慎重に助手席のドアを開けた。「ほんとに、エレインはどうしてこんなところで暮らせるのかしら？」

ブレント・キャドウィックは文字どおり待ち構えていたようで、ロザンナとマークがノックをする前に、ドアが勢いよく開いた。部屋のなかから溢れ出した光に照らされて、キャドウィックが立っていた。毛糸のチョッキと膝の抜けたズボン姿の老人だ。分厚い灰色の靴下を履いているが、室内履きは履いていない。嫌なにおいがする。あまり身体を洗わず、同じ服を着続けている人間のにおいだ。

一目見て、すぐにははっきりと理由もわからないまま、ロザンナはキャドウィックに嫌悪感を抱いた。隣に立つマークが、この状況すべてから内心で後ずさりしたのが、手に取るように感じられた。そして、その理由もすぐに理解した。これからすぐに襲ってくるであろう失望に対して、心の準備をしたのだ。このブレント・キャドウィックという人間は、どこからどう見ても、単調な日常にわずかばかりの変化をもたらすためにありもしない話をでっち上げるタイプだ。そして、自分を大きく重要に見せたがる典型的な人物だ。

「キャドウィックさんですか？」とマークが言って、手を差し出した。「マーク・リーヴといいます。こちらはお電話をいただいたロザンナ・ハミルトンです」

キャドウィックはまずマークと、それからロザンナと握手をして、忍び笑いを漏らした。

「リーヴさんか！　昨日のテレビでも、あんたの話でしたな！　それで早速うちにいらした？遠いところを？　まあね、よくわかりますよ。この五年間、殺人の疑いをかけられ続けてるわけですからな！」

この老人に厳しくひとこと言ってやろうと、ロザンナは深く息を吸い込んだが、マークのほうが素早かった。「確かに、メディアの非常に拙速な決めつけはありました。おっしゃるとおりです」と、礼儀正しく言う。「ですが、あなたのお力で、この件にけりがつけばと願っています」

「ドーソンさんがまだ起きているかどうか、わかりますか？」とロザンナは訊いた。「できればすぐに訪ねたいんですが」

「まあ、まずはお上がりなさい」とキャドウィックが言って、一歩退いた。「まったく外は寒いですな！　お嬢さん、あんまり薄着しすぎだ！　でもご婦人っていうのはそういうもんですな？　いつも薄着しすぎる。それで、後になって膀胱炎になるんだ！」キャドウィックは再び笑い声を漏らすと、客人を導いて家のなかへと入った。キャドウィックの背後で、ロザンナはあきれたという目くばせをマークに送った。マークは勇気づけるように微笑みかけてくれた。

思ったとおり、かさばる家具に埋もれた屋内は暖房が効きすぎていて、もう何か月も換気をしていないようだった。おそらくキャドウィックは、どんな寒気も家のなかに入れまいと、冬のあいだじゅう窓を開けないのだろう。テレビがすさまじい音量でついている。キャドウィックはそのテレビを消すと、カウチテーブルにすでに置かれた二つのグラスを指した。「飲み物は何を差し上げましょうかね？　もうひとつグラスがいるみたいですな？　こちらの若いお嬢さんとふたりきりだと思ったんですがね！　リーヴさんもいらっしゃるとは知らなかったんで……」醜い食器戸棚からもうひとつグラスを取り出す。

「シェリーはどうですかな？」

「ご親切に、キャドウィックさん。でもいまは何も飲みたくありません」とロザンナは言った。「おわかりいただけると思いますが、私たち、ドーソンさんと話すのが待ちきれないんです。たしか、ドーソンさんはお宅に下宿しているとおっしゃっていましたね？　いまご在宅ですか？」

「深夜まで《ザ・エレファント》で働いてるんですよ」とキャドウィックは言った。そして、ロザンナの拒絶にもかかわらず、グラスにシェリーを注いだ。「この村のパブです。いや、そんなものがここにあるとは、まさか思わんでしょう？　でもね、実は夏にはかなりの観光客がやって来るんですよ。海からそう遠くないんで。ご存じでしたかな？　いい海水浴場があるんです。それに、充分すぎるほど静かなところなんでね」

「じゃあ、ドーソンさんはまだ帰っていないんですか？」とマークが訊いた。

「だいたい十二時頃にならないと戻らないね」とキャドウィックが言った。そしてグラスを掲げた。「乾杯！　まったく、わくわくするねえ！　最後にここに客が来たのは、もうずいぶん前のことだ！　何年も前だ！」

「すぐにそのパブに行ったほうがいいかも」とロザンナは言った。シェリーは無視した。グラスの汚れがあまりにひどい。

「エレインがそこで働いてるんなら、我々に遭遇するのに適した場所とは言えないんじゃないか」とマークが懸念を口にした。「我々を見たらかなり驚くことは予測できる。彼女が本当に我々の探しているエレインなら、すべての痕跡を消してすっかり隠れて生きようとしてきたのは間違いないようだし。我々に会っても、とてもうれしいとは思えないだろう」

マークの言うとおりだと、ロザンナにもわかった。「確かに、ここで待つほうが賢明ね」と賛成する。

「いや、彼女は本当にすっかり痕跡を消してしまってたな」とキャドウィックが興奮した口調で言った。「それで、最初に会った日から、なんだかおかしいと思ったもんだ。この子はなんだか変だぞ、ブレントって、自分に言ったんですよ。でも礼儀正しいし、マナーも身についてた。うちのアパートメントに住まわせるのは気持ちのいい人間に限るって、ずいぶん気を配ってるんでね」

それに候補者が大挙して押し寄せてくるとも思えないしね、とロザンナは思った。こんなところに進んで住みたいなんて、誰が思うの？

「ドーソンさんのどんなところが変だと思われたんですか？」とマークが訊いた。

「そうだねえ」とキャドウィックが言った。「なんというか、すごく……すごくびくびくしてた。そう、いつもものすごく怯えて生きているように見えた。常に隠れているって感じだったね！」

「誰から？」とロザンナは訊いた。

「残念ながら、それはわからん」とキャドウィックは正直に言った。「あまり話し好きな子じゃなかったからね。よく話をしようとしてみたんだよ。わかるかね、少しでも力になってやろうと思ったんだ！　あんなに若い、おどおどした子なんだから！　それにとても孤独だった。本当に、誰ともつき合いがないんだ！　友達も、知り合いも、誰もいない！　まるで世界にたったひとりで生きてるみたいだ。二年間のあいだ、一緒に出かける男さえいなかったよ。とても健康的とは言えんじゃないか！　だって、あれくらいの年の女の子なら、結婚して、家庭を持って、自分の巣を作りたいと思うもんじゃないかね！　なのに、ちっぽけな村に引きこもって、誰ともつき合わないなんて！」

「あれくらいの年とおっしゃいましたが」とロザンナは言った。「ドーソンさんはいくつなんですか？」

「見たところ、だいたい二十代後半じゃないかな」

マークとロザンナは目を見合わせた。年齢は合っている。

「わかったわ」ロザンナは諦めて言った。「じゃあ、エレインが帰ってくるまで待つことにするわ。車で待ちましょうか、マーク？　あまり長いあいだキャドウィックさんのお邪魔になってもいけないから」キャドウィック老人と埃だらけの家に対する嫌悪感はあまりに大きく、この暖房の効きすぎた居間にはもう一刻たりとも耐えられないような気がした。

「少しも邪魔なんかじゃない」と、急いでキャドウィックが口を挟んだ。「本当だよ、ここにいればいいじゃないかね！　たまにはお客にいてほしいんだよ。見ればわかるだろう、いつも本当に寂しくてね。アパートメントを貸し出したのは、それが理由でもあるんだ。本当は金は必要ない。年金でやっていけるから。でもひとり暮らしの寂しさは……時々本当に辛いんだよ。耐えるのは楽じゃない。だから、下宿人を置くのはいい考えだと思ったんだ。時々一緒にお茶を飲んでおしゃべりしたり、散歩したりできるってね。でも残念ながらドーソンさんは人間嫌いの引っ込み思案で、せめてたまには顔くらい見ようと思ったら、待ち伏せしなきゃならんくらいだったよ。すごく、すごく変な子だ。過去に何か秘密を抱えているに違いない……」キャドウィックは何度も下唇をかんだ。居心地の悪い思いをしているようだ。まだ何か打ち明けたいことがあるのだが、それをどう切り出していいかわからずにいるのでは、とロザンナは思った。

「キャドウィックさん……」とロザンナは切り出した。

だがキャドウィックは、ロザンナをさえぎった。「いま言ったとおり、すごく、すごく変な子なんだよ。頭が少しおかしいんじゃないかとさえ思う。でなきゃ、とても説明がつかないんだ。どうしてあの子が……」

「どうしてあの子が、なんなんですか？」とマークが訊いた。

キャドウィックは、思い切ったように続けた。「どうやらうちから出ていったみたいなんだ。二日前。木曜日に」

「出ていったみたい、というのはどういう意味です？」と、鋭い声でマークが訊いた。

キャドウィックはすっかりしょげ返っていた。「つまり、契約を解消したわけじゃないってことだよ。別れの挨拶をされたわけでもない。ただいなくなっちまったんだ」

「でも、人はそんなに簡単にいなくなったりしないでしょう」とロザンナは言った。「だって、引っ越しをするなら家具運搬車が来て、かなりの荷物を運び出すことになるんだから……大家さんが知らずにいられるわけがないじゃないですか！」

「あの子はなんにも持ってなかった」とキャドウィックは言った。「服の入ったトランクひとつだ。うちに引っ越してきたときもそれを持ってた。それだけをね。うちのアパートメントは家具付きなんでね。エッグスタンドにいたるまでそろってるんだよ。たぶんあの子は、木曜日にわしが買い物に行った三十分間を狙って、姿を消したんだ。何しろ、その後まったく姿を見かけないんだから」

マークがこわばった顔で言った。「それなら急いで彼女が働いているパブへ行かないと。もしかしたら……」

「パブにももう来てないそうだ」とキャドウィックが言った。ふたりの訪問客とは目を合わせないままに。「木曜日の晩と、もう一回、昨日の晩の、あのテレビ番組の二時間前にも、あの子のことを訊きに行ったんだ。《ザ・エレファント》の店主のジャスティン・マクドラモンドもかんかんだった。あの子が仕事に来なかったんで、最初は病気になったんだろう、そして病欠の電話するのを忘れたんだろうって思ったらしい。でも、あの子がすっかり姿をくらましちまったとわしが知らせたんで……まあ、自分にも同じ仕打ちをしたんだろうって、思わざるを得ないわな。ひとことも言わずに、どこかに逃げちまったんだ」

「じゃあ、エレインはもうランバリー村にもいないと思われるんですか？」とロザンナは言った。「なのに、そのことをさっきの電話ではひとこともおっしゃらなかった？　私たちがこれだけの距離を延々とここまで来たのは全部……全部無駄だったたってことですか？」ロザンナの失望は、とても言葉では言い表わせなかった。怒りも同様だ。

「まあでも、一昨日までは彼女はまだここにいたんだ」とマークがとりなすように言った。「それに、それほど遠くには行ってないかもしれない。キャドウィックさん、エレインが出ていったというのは本当に確かなんですか？　単にどこかで長めの週末を過ごしているのではなく？」

「わしはアパートメントに入ってみたんだ。棚は空っぽだった。トランクもなくなってた。あの子の持ち物は、もう何ひとつなかったんだ」

「私たちにもアパートメントを見せていただけますか？」とマークが訊いた。

「もちろんだよ」とキャドウィックは言って、せかせかと台所へ向かうと、鍵を持ってきた。すっかりもとのキャドウィックに戻っている。ようやく不快な真実を打ち明けることができ、その上幸運なことに、それでも客たちがすぐに踵を返すこともなかった、というわけだ。

ふたりの先に立って、キャドウィックは急な階段を上り、アパートメントのドアの鍵を開けて、明かりをつけた。

「ここだ」とキャドウィックは言った。「ここにあの子は住んでたんだ」

人を重い憂鬱に追い込むのにこれ以上適した部屋を、ロザンナは見たことがなかった。低い天井。隙間から冷たい風が吹き込む小さな窓。醜い模様の壁紙。安物の分厚い絨毯は、おそらく害虫の巣になっているに違いない。古いベッドの置かれたちっぽけな寝室。それといくらも変わらない広さの居間には、古いソファセットが置かれている。キャドウィックは、すっかり壊れて使い物にならなくなる寸前の自分の手持ち家具を、この「アパートメント」に使ったようだ。キャドウィック以外の人間ならゴミ捨て場に持っていくであろう家具だ。

キャドウィックが寝室のクロゼットを開けた。空っぽだ。

「ほらね。空っぽだろう。引き出しもおんなじだよ。このクロゼットの上にトランクが置いてあったんだがね。やっぱりなくなってるだろう」

「赤いトランクでしたか？」ロザンナは、マークのかつての隣人の話を思い出して訊いた。

「赤い、かなり安っぽいプラスティックのトランクじゃありませんでしたか？」

キャドウィックは首を振った。「いいや。茶色だったよ。こげ茶色。やっぱりかなり安っぽくは見えたがね」

もちろん、そんなことにはなんの意味もない。エレインがこの五年間に別のトランクを手に入れたとしても、なんの不思議があるだろう？

ロザンナはあたりを見回した。エレインはここに住んでいたのだ。二日前まで。思わず小さな溜息が出た。まるで予感していたかのようだ！　探し出されることになる直前に姿を消した。

皆の沈黙を破って、マークが言った。「キャドウィックさんのおっしゃるとおりだと思う。この部屋には人が暮らしている痕跡がない。どう見ても、エレイン・ドーソンは本当にここを出ていったようだ」

「じゃあ、これからどうする？」とロザンナは訊いた。突然、激しい疲労感に襲われた。へとへとだった。デニスとの通話がまたよみがえってきた。エレインの痕跡を追うことに夢中になるあまり、夫をあんなふうにそっけなくあしらってしまった。あれは間違いだったかもしれない。そしていま、自分はここにいる。壁にぶつかって、どうしていいかわからずにいる。デニスを失望させ、おそらくは傷つけもしたというのに。

全部無駄だったんだ、とロザンナは思った。

「今日はもう何もしない」とマークが言った。「どこかに宿を探そう。そして明日の朝、ロンドンに戻るか、さらなる手を考えるか。まだわからない。でもいまはもうくたくたで、とてもまともな思考ができる状態じゃないよ」

「ここで寝ればいい」とキャドウィックが提案した。「ご覧のとおり、このアパートメントは残念ながら空っぽなんでね！」

「ありがとうございます。でもそこまでお世話になるわけにはいきません」とロザンナは慌てて断わった。「自分たちでなんとか……」

「ここらには何もないよ」とキャドウィックがさえぎった。「ランバリーには。《ザ・エレファント》も部屋は貸してない。こんな時間に、本当に部屋を探して村から村へとさまよって、すっかり道に迷いたいのかね？」

マークとロザンナは目を見合わせた。その想像は、確かに魅力的とは言えなかった。

「それじゃあ、本当にお邪魔でないのなら……」ロザンナはしぶしぶそう言った。この部屋にはぞっとするが、同時にひどく疲れてもいた。昼から何も食べていないこと、歯ブラシもタオルも着替えも持っていないことが、ふと頭をよぎった——夢中になっていた先ほどまでなら、まったく気にならないことだった。だがいまは、ロンドンの快適なホテルの部屋、長い時間かけて浴びる熱いシャワー、ふわふわのバスローブ、一杯の白ワインと、たくさんの野菜とマヨネーズ入りの巨大なクラブサンド以上に欲するものはなかった。

だがそういったものすべてから、何万光年もかけ離れたところにいる。

キャドウィックがいやらしい笑い声をあげた。「ここにふたりで泊まるのが嫌なら、もちろんおふたりのうちひとりは、うちに泊まってくれてかまわんよ。たとえばリーヴさんのほうがもちろん、本当はハミルトンさんのほうがうれしいがね！」

とにかくこの男には反吐が出る、とロザンナは思った。

マークがロザンナを見つめた。「そのほうがいいなら、私は……」

この荒涼とした部屋に、この上ひとりで取り残されるなど、想像したくもなかった。「いいえ。ここに残って。大丈夫よ」

マークもほっとしたようだった。キャドウィックは苛立ちを隠さなかった。

「それじゃ」と、ためらいがちに言う。「これ以上してあげられることがないなら……やっぱり下で一緒にシェリーを飲まんかね？」

「非常に疲れているので」と、礼儀正しく、だがきっぱりとマークが言った。「すぐに寝《やす》みたいと思います」

キャドウィックはスローモーションのようにゆっくりとアパートメントのドアに向かった。一秒一秒を惜しんでいるのだ。ようやくキャドウィックが出ていくと、マークはこれでもかというほどしっかりとドアに施錠し、内側からもたれかかった。その姿がとても疲れて見えることに、ロザンナは気づいた。

「ちく……」罵り言葉を吐きかけて、マークはそこから先を飲み込んだ。

だがいまのロザンナには、礼儀などもうどうでもよかった。

「ちくしょう」と、マークの言いかけた言葉を引き取って終わらせた。
この言葉を、これほど心の底から発したことはなかった。

第二部

二月十七日日曜日

1

マリーナ・ダウリングは、毎朝三十分のジョギングを日課にしている。いてつく寒さの日も、雨の日も、濃い霧の日も容赦なく。というのも、マリーナは明らかに豊満な中年女性へと変わりつつあるからだ。まだ本物の肥満体というわけではない。だが、スマートな人で通るには厳しいだけの脂肪が、体のあちこちについていた。ウェストはやや太すぎ、腹はあまりにせり出していて、ヒップと太腿についてはロにしたくもない。ここロンドン南部の、こぎれいだが少しばかり俗物的な住宅街に住む女性たちは、ほとんどが同じような外見だ。三十代後半から四十代前半で、皆がその体重と大なり小なりうまくつき合っている。夫と子供がいて、ほとんどは職業を持たず、午後にはしょっちゅう女友達の家に集まってカクテルを飲みながら、なんらかのおやつを食べる女性たちだ。マリーナはそういう女たちの一員ではなかった。そもそも一日じゅう税理士として働いているし、離婚歴があって子供もいない。だから、ひとりで過ごす夜に赤ワインを飲みすぎ、山盛りのスパゲッティを食べて孤独感をまぎらせることがあまりに多い。トマトとバジルの香りの温かいパスタほど心を慰めてくれるものはほかにないと、マリーナは思っている。ただ残念なことに、パスタを食べれば、かなりのカロリーを身体に取り込むことにもなる。

去年の十一月、三十八歳の誕生日に、マリーナは人生を変えなくてはならないと決意した。これ以上ひとりでいるのはいやだ。もう一度男性と知り合いたい。誰かとともに生きたい。外見にもっと気を配ることは、この点で成果を上げるためのいい下準備に思われた。そこで、かなり白髪の混じった髪をブロンドに染め、お洒落なスポーツウェアを買って、毎日三十分かかり、しっかり汗をかくジョギングコースを考え出したのだった。三か月後のいま、すでに四キロ痩せた。長い夜にいまだに大量の赤ワインを飲んでさえいなければ、もっと痩せていたことだろう。人生の伴侶が現われれば、アルコールからもきっぱりと手を引けるかもしれないが、いまのところそんな人は視界に入ってこない。夏が来れば、もしかしたら。マリーナは、夏は出会いに適した季節だと自分に言い聞かせた。どうしてそうなのか、はっきりした理由はわからないままに。

素晴らしい天気になりそうな日曜日の早朝だった。暗闇が青空に変わり、すでに前日に始まっていた春が、しっかりと根を下ろし始めている。空気は湿った新鮮な土の香りだ。鳥が歌っている。庭の水仙が咲き始めている。天候さえよければ、ここイギリスでも、こんなふうに早めに春が来ることもある。二月中旬に気温が上がり、ほぼ同時に一気に自然が目覚める。この島国では厳寒はまれだ。いずれにせよ三月にはもう過ぎ去る。こんな二月の日は、しょっちゅうある雨ばかりの夏を補って余りあると、マリーナは思う。

走るのは楽しかった。あえぎながら、汗びっしょりで、マリーナは自宅の門をくぐり、ジョギングパンツのポケットから鍵を取り出した。これからの大きな問題は、残り一日何をするか、だ。まずはシャワーを浴びよう。それから熱くておいしいコーヒーを飲む。朝食に半熟卵とトーストを一、二枚食べることを自分に許してもいいかもしれない。いや、トーストは多くて一枚だ。いい加減にダイエットを前に進めなければ。

それから？　すべてをやり終えても、一日はまだとても長い。ちょうどいま面白い本を読んでいるところだ。でもこんな天気のいい早春の日に、家で本を読んで過ごしたいだろうか？　まさにそれが、明るい季節の悩みだった。孤独がますます浮き彫りになることが。冬には暖炉の前の柔らかな肘掛け椅子に座り込んで、快適に過ごすことができる。だが春には外に出なければならない。長く明るい一日をなんとかしてやり過ごさねばならない。いたるところで家族連れや恋人たちを目にしながら。

自分は人生で根本的な間違いを犯した、とマリーナは思っていた。だが、人生がどんなふうに展開していくかなど、若い頃にどうしてわかるだろう？　後から振り返れば、どの分岐点でどの道を行けばよかったのかは簡単にわかる。だが実際にその場に立っているときには、決してそんなに簡単ではない。

マリーナはすぐに家のなかに入るのをやめて、車庫に向かった。朝食のあとにサイクリングをしようと思いついたのだ。そうすれば、ひとりきりで家に閉じこもっている必要もないし、まずは理想のプロポーションを手に入れるという目的にもかなう。自転車は冬のあいだじゅう使っていなかったが、すぐに乗れる状態であることを祈った。それを確かめようと思ったのだ。

車庫はとても広い。本来、二台の車のために作られたものだ。だがマリーナは車を一台しか持っていないので、残りのスペースを、使えるものから使えないものまで大量の物で埋めていた。庭用のテーブルと椅子があれば、芝刈り機、陶製の植木鉢、つるはしやシャベルもある。また、古いソファ、壊れた洗濯機、丸めた絨毯、古着をいっぱいに詰め込んだいくつもの袋、引っ越し用ダンボール、山のような雑誌も、やはりここへと運ばれてきた。

天井の電球はもうずいぶん前から壊れているが、庭に面した小さな窓から、わずかに日の光が入ってくる。車庫の扉は一度も施錠したことがない。マリーナはがらくたをかきわけて、自転車にたどり着いた。少なくとも一見したところでは、どこも壊れていないようだ。隣には、まだケンの古い自転車も置いてある。どうして持っていかなかったんだろう？　たぶん、美しい新妻と二人乗り自転車に乗るんだろう。きっとふたりは、スポーツをするときにさえ、できるだけ寄り添っていたいに違いない。

マリーナはかがんで、車輪を点検した。空気はまだ充分に入っているし、状態もいいようだ。何キロだって走れるだろう。今晩はきっと体じゅうが痛むだろうが、その分、英雄的な気分になれるだろう。

立ち上がったとき唐突に、車庫にいるのは自分ひとりではないと感じた。どうして突然そんなふうに感じたのか、うまく説明はできなかった。物音を聞いたわけでも、人影を見たわけでもない。息遣いが聞こえたわけでもない。なんの兆候もない。

それでも、誰かに見つめられていると感じた。腕の産毛が逆立った。

車庫のなかを歩いてみた。夜明けの光で車庫内がよく見えたらいいのにと思った。

「誰かいるの？」と呼びかけてみた。

だが答えはない。

「もしもし？」ともう一度呼びかける。

ここに入ってくることは誰にでもできる。だが、ほとんどがらくたばかりが雑然と積み上げられたこんな場所に、誰が来るというのだろう？　車はロックしてある。いまの時代に、お盆に載せて差し出されでもしない限り、本気で自転車を盗もうなどと思う者がまだいるんだろうか？

すべてが静まり返っている。動くものは何ひとつない。

盗みが目的じゃないのかも。誰かが私を狙ってる？

「まさか！」と、マリーナは声に出して言った。四十歳近い小太りの税理士を、誰が襲ったりするだろう？　もう何年も、あらゆる努力にもかかわらず、自分を振り返って見てくれた男さえひとりもいなかったというのに、突然性犯罪の犠牲者になるなんて、悪い冗談以外の何ものでもない。それも自宅の車庫で。

急に、鼓動が激しくなっていることに気づいたが、それもゆっくりと収まっていった。全身の鳥肌も引いた。

ただの思い込みだろう。

そもそもこんなふうに不安になる理由など、どこにあるだろう？　何ひとつない。突然の感覚以外には、何ひとつ。

誰かがいる。私は見られている。ふたつの目が、私の背中に張りついている。

もう一度、マリーナは大声で言ってみた。「まさか！」

再びすべてが正常に戻った。誰にも見られてはいない。誰もいない。自分はだんだんおかしくなってきているのだろう。あまりに長いあいだひとりで暮らしていると、そうなるのかもしれない。

それでも、外に続く扉の前に再び立つと、マリーナはもう一度、最後の長い視線を薄暗い車庫全体に投げかけた。隠れ場所はいくらでもある。それは間違いない。それでも、何もなかった。衣擦《きぬず》れの音も、何かがこすれる音も、削れる音もしない。暗く冷たい沈黙があるばかりだ。

きっと妄想だったんだ。

だが家のなかに入ると、普段の習慣に反して、マリーナは玄関ドアに鍵をかけた。それも、鍵を二度も回したのだった。

2

これほど寝心地の悪い夜は初めてだった。少なくとも、記憶にある限りでは。昨夜はエレインのベッドに寝た。マットレスがひどくへこんで、真ん中に空いた一種の穴に滑り落ち、折りたたみ式ナイフのように身体が半分に折れ曲がった。一時間後には全身の骨が痛んでいた。おまけに、脳裏に浮かぶ様々な光景に悩まされた。家に帰ってこなかったロブ。おそらく心配でいてもたってもいられず、家じゅうをうろうろするデニス。たったひとりきりで。一方、その妻はノーサンバーランドまで行方不明の友人を探しに来た。ところがご覧のとおり、幻を追っていたというわけだ。

すべてが、手に負えないところまで来ているのではないだろうか？　そうでなければ、なぜいまこんな辺境の村の、あのいやらしいキャドウィックのひどい家に寝ているわけがあるだろう？

ようやく灰色の朝の光がブラインドの隙間から射し込んでくると、ロザンナは起き上がった。幸運なことに、シーツは清潔に感じられた。おそらくエレインが出ていって以来、換えていないのだろう——キャドウィックなら、おそらく次の下宿人にも、シーツを換えないままこの部屋を押しつけることだろう。もちろん、下宿人が見つかればの話だ。だがエレインはどうやら清潔好きだったようだ。ベッドのシーツが取り替えられたのはそれほど昔ではないようで、洗剤の花の香りがした。

浴室にはタオルがなかった。少なくとも、目につくところには。結局ロザンナは、洗濯籠のなかに丸めて入っていた布巾を見つけた。かび臭いにおいがする。鏡の前には小さな石鹸が置いてあった。それでなんとか身体を洗い、手で髪をとかした。自分の姿を見て、ひどいと思った。本来ロザンナの巻き毛は、ドライヤーと大量のスプレーを使わなければ整えることができない。だがどちらもここにはない。ロザンナの髪はいま、病気にかかった猫の毛を思い出させる。

「もっと意地悪に言えば、疥癬《かいせん》にかかったネズミの毛ね」とつぶやいた。どうしてせめてマスカラかアイライナーを持ってこなかったのだろう？　鞄のなかに見つかったのは口紅一本きりだが、この状態のいま、唇を真っ赤に塗りたくったところで、全体の印象がよくなるとはとても思えない。

ちっぽけな台所でマークに出会った。はだしで、ボクサーショーツとTシャツ姿だ。ロザンナがもう起きてきたので、驚いているようだった。

「こんな時間にはまだぐっすり眠ってると思っていたのに」とマークは言った。

「たぶん、一秒も眠れなかったと思う」とロザンナは答えた。「あのベッドは一種の拷問具だわ。あなたのソファはどうだった？」

「残念ながら、こっちも同じようなものだった。すぐに床まで身体が沈んだよ。自分は健康で、身体も鍛えてると思ってたけど、今朝の最初の一歩は、よぼよぼの老人みたいだった。腰がこんなに痛むことがあるなんて、知らなかったよ」

「私の腰も、ちょうど万力から解放されたばかりって感じ」ロザンナは落ち着かないしぐさで髪をなでた。「バスルームには、多少なりともまともに身なりを整えるための道具がほとんどなくて。今日は、髪があらゆる方向に逆立った女と一緒に歩いてもらうことになっちゃうわ。どうしようもないの」

「私のほうも、ひげを剃ることができないよ」とマークが言った。「どっちもそんなに悲観するほどのことじゃない。ところで、いま見てみたんだけど、ここにはコーヒーさえないみたいなんだ。そこで提案なんだけど、できるだけ静かにこっそりここを出て、例のパブを探さないか――《ザ・エレファント》とかいったかな。運がよければ、日曜日の朝には朝食を出してるかもしれない。そうしないと、たぶんキャドウィック氏の清潔なお宅のコーヒーテーブルが待ち受けてると思う。君も私と同じくらい、それは嫌なんじゃないかな」

ロザンナは身震いした。「私は潔癖症じゃないけど、あの汚い食器を見ると、何かの病気にかかるんじゃないかって不安になるわ。それに、あの男にはとにかく吐き気がする。いやらしくて、馴れ馴れしくて。同じ家のなかにいると思うだけで悪夢を見そう。ねえ、あの話は本当だと思う？　ここにエレイン・ドーソンっていう女性が住んでいたっていう話。そもそもここに人が住んでいたのかしら？」

「ちょうどいま、タイミングよく姿を消したからってことだね？」マークがうなずいた。「私も昨夜考えてみたんだ。もちろん、全部キャドウィックの作り話だっていう可能性もある。思うにあの老人は、味気ない日常生活に束の間でも話し相手を見つけるためなら、どんなことでもやってのけるだろうね。実際、かわいそうな男ではあるよ」

「それでも同情する気にはなれないわ」

「いずれにせよ、《ザ・エレファント》に行ってみる意味はますます大きくなる。何しろ、エレインはそこで働いていたらしいし、村じゅうがぐるでもない限り、そこに行けばキャドウィックの話に確実な裏付けが取れるだろう。または、まったく逆の話が聞けるか」

マークが浴室を使うあいだ、ロザンナは寝室に行ってベッドを整え、ジブラルタルのデニスに電話をかけた。ロバートが戻ってきたかどうかを聞きたかったのだが、心臓が喉もとまでせり上がってきそうだった。デニスからまたも責められるかもしれない、または、戻って来いと強く懇願されればもう断わりきれないかもしれないと思うと、怖かった。

実際、デニスの言うとおりにすべきなのかもしれない、とロザンナは思った。エレインはどうせ見つけられない。それに資料はもう充分ある。明日の早朝、ジブラルタルに出発しても……。

ジブラルタルの家では、誰も電話に出なかった。日曜日の朝、デニスはよくフィットネスクラブに行く。または、ロバートを探して歩き回っているのかもしれない。ロバート本人が電話に出ないことは、何を意味するわけでもない。ロバートは週末は昼まで寝ているし、爆弾が落ちたって起きないだろう――ましてや電話が鳴ったくらいでは。

マークが服を着て戻ってきた。ふたりは上着をはおると、忍び足でアパートを出た。ミスター・キャドウィックはまだ眠っているようで、長い階段がぎしぎしと音を立てても、ドアの向こうからはなんの気配もなかった。階下に着いて、マークの車に乗り込み、ようやく出発すると、ふたりともほっと息をついた。

日の光のもとでは、すべてが昨日よりずっと簡単だった。ふたりはすぐにランバリーの狭い通りや小路の配置を把握した。その配置に従って順序だてて走っていくと、まもなく《ザ・エレファント》に着いた。赤煉瓦造りのどっしりした建物で、手入れが行き届き、田舎風のおおらかでのどかな雰囲気をかもし出している。小さな庭まで付いている。きっと夏には、枝をいっぱいに広げた背の高い木々の下に座ることができるのだろう。いまは木々の枝もまだ裸で、テーブルも椅子も建物の壁際に寄せられ、風雨を避けるためのビニールカバーに覆われている。

ドアを押すと開いて、いれたてのコーヒーの香ばしいにおいが漂ってきたので、ふたりはほっとした。かなりの寝不足に見える男がカウンターの奥にいて、ふたりを驚いたように見つめた。

「普通、こんなに早くに来る客はいないよ」と男が言った。

ロザンナは相手を味方につける営業用の微笑を顔に貼りつけた。「それでもコーヒーをいただけるかしら？」

男がうなずいた。「もちろん。コーヒーははいってる。それ以外の朝食は、もう少しかかる。日曜日にはいつも、十時からささやかなブランチを出すんだ。いまはまだトーストとジャムしか用意できない」

「それで充分です」とマークが言った。「少し元気をつけるために、とにかく何か口に入れたいだけだから」

ふたりは隅のテーブルにつき、清潔な白いテーブルクロスと、出された花模様の陶器のコーヒーカップに胸をなでおろした。男が疲れた様子で、トーストの入った籠と、いくつものジャムのグラスと、一切れずつ包んだバターを載せた皿を自分で運んできた。ロザンナは、この男が《ザ・エレファント》の経営者だろうとあたりをつけた。

おそらくマークも同じことを考えたのだろう、「失礼ですが、ジャスティン・マクドラモンドさんですか？」と尋ねた。

「ああ、そうだが。どうして？」

「マーク・リーヴといいます。こちらはロザンナ・ハミルトン。ロンドンから来ました」

「この辺を旅行するのに最適の季節だとは言えないな」

「旅行に来たんじゃありません」とマークが言った。「昔の知り合いを探しているんですが、ここで働いていたと聞いたんです。エレイン・ドーソンというんですが」

ジャスティンが眉を吊り上げた。「エリー？」

「本当なんですか？　本当にここで働いていたんですか？」

ジャスティンはパン籠を少しばかり乱暴にテーブルに置いた。疲れきった表情に、突然激しい怒りが表われた。「本当も何も」とジャスティンは言った。「働いてたさ！　ひとつ言っていいかな。あんたたちの知り合いは、俺がこれまで出会ったなかで断トツにいかれた人間だったよ。しょっちゅう休んだけど、いつも大目に見てやってた。かわいそうだったからさ。だからって、あんなことをされるいわれは……」ここでジャスティンは言葉を切った。

「なんですか？」とロザンナは訊いた。「何をされるいわれがないと？」

「とっとと消えちまうなんてってことだよ」と、怒りの声でジャスティンが言った。「唐突に、ひとことも言わずに。あのな、いまの季節、ここらにはあんまり人は来ない。でも土曜の晩には、地元のやつらが来るんだよ――周りの村からだって。それに昨日の晩は、ここで結婚パーティーがあったんだ。百十二人の客が、夜中の一時まで騒いだんだぞ。エリーもそれは知ってた。ほかにもふたりのアルバイトを雇ってあったけど、エリーがいるのは大前提だったんだ。なのに来ない。木曜の夜、金曜の夜、昨日の夜。消えた。いなくなっちまった。わかるだろ。そんなに簡単にフルタイムの従業員の代わりは見つからなかった。少なくとも、エリーはこの仕事をよく知ってたからな。長く働いて慣れてたんだ。昨日の晩、俺たち全員がどれほど奮闘したか、きっと想像もつかないだろうな。言っておくが、エリーがあと一度でもここに現われたら……」

「エレインの身に何か起きたってことは？」とロザンナは訊いた。

ジャスティンは鼻で笑った。「もしそうならエリーのせいじゃないんだ。こんなに怒ったりはしなかったさ。だけど、ここにあのスケベじじいが来たんだ――キャドウィック、エリーの大家の。あのじいさんのあばら家に、エリーは部屋を借りてたんだ。で、キャドウィックが、エリーは荷物をまとめて出ていっちまったって言うじゃないか。やっぱりなんにも言わずにさ。もし車にひかれたとか、さらわれたとか、殺されたんだとしたら、その前に部屋を空っぽにしたりはしないだろ？　だからエリーは、どこかにもっといい仕事と部屋を見つけて、とっとと引っ越しちまったんだよ！」

ロザンナは鞄をかき回して、常に持ち歩いているエレインの写真を引っ張り出した。「この人ですか？」

ジャスティンは写真をまじまじと見つめた。そして、「よくわからんな……」と、ためらいがちに言った。「エリーのほうがずっと痩せてる。ほとんど骨と皮なんだ」

「この写真は五年以上前のものです」とロザンナは言った。「新しいものは、残念ながら持っていないので。この五年間にぐっと体重が落ちたってことも、もちろんあり得ます」

「感じとしては似てるかも」とジャスティンは言った。「髪の色は同じだし、髪型もそうだ。でもはっきり言うのは難しいよ。この写真の真ん丸な子が――あのがりがりのエリーと同じ人間だなんて。でも、そうだな、まあそうかもしれない。確かなことは言えないけど」

「エレインはいま二十八歳のはずです」とロザンナは言った。「今年の八月一日に二十九歳になります」

「年から言えば、ぴったりだよ」とジャスティンが請け合った。「でも実を言うと、エリーの誕生日がいつかも、いま何歳なのかも知らないんだ。ただ、二十代後半だろうとは思ってた」

「エレインはいつからここで働いていたんですか?」とマークが訊いた。

「去年の七月から。ある日突然やって来て、この店に仕事はないかって訊いたんだよ。運のいいことに、ちょうどうちのウェイトレスがやめちまったところでね。それで、その仕事をやったんだ」

「そのときに、いろんな書類を見せてもらったんじゃありませんか? 身分証明書とか、卒業証書とか、そういったものを」とマークが言った。

ジャスティンの歯切れが少し悪くなった。「パスポートを見せてもらったよ。証書はなんにも持ってなかった。靴屋で不法労働していたって、自分で言ってた。倉庫で」

「それで、この店でもやっぱり不法労働したいと言ったんですね」とマークが結論を導き出した。

「いや、まあ、その……」

「私たちは警察でも税務署でもありません」とロザンナは言った。「どうか心配なさらないでください」

ジャスティンは、ふたりの隣の椅子に倒れるように腰をおろすと、両手で頭を抱えた。「正直言うと、俺も少し怪しいと思ったんだ。エリーは文字どおり無のなかから突然現われたみたいだった。俺、一度コックのことで困った目に遭ったことがあるんだよ。パキスタン人で、後からわかったんだが、滞在許可を持ってなかった。で、警察が来て、店じゅうをひっかき回していった。でもエリーは少なくともイギリスのパスポートを持ってた。俺の見たところ、本物のちゃんとしたやつを。もちろん不法労働してくれる人間がいれば、俺のほうはうんと安くあがって助かるんだ。でも……本当は追い返すべきだったのかもしれないな。ただあのときは、ちょうど昨日の晩と似たような状況だったんだ。週末の直前で、大きなグループの予約が入ってた。猫の手も借りたいくらいだった。エリーはそんなところに、まるであつらえたようにやって来たんだよ。そして、そのまま店に残った。それで……ま、いつの間にか、エリーの過去なんてどうでもよくなっちまったってわけだ」

ロザンナは写真を鞄に戻した。すっかり目が覚めた。話をしながらちびちびと飲んでいた素晴らしくおいしいコーヒーのおかげだろう。

「さっき、エレインのことをいかれた人間だっておっしゃいましたよね。具体的にはどういうことですか？」

ジャスティンはしばし考え込んだ後、「エリーには何かそういうところがあったんだ」と言った。「何か……なんて言ったらいいんだろう？　何か病的なところが。壊れたところ、ヒステリックなところ、憂鬱なところ。なんと表現したってかまわない。俺に言わせれば、エリーは相当ぶっ壊れた人間だった。ランバリーに引っ越してきて、キャドウィックの部屋に住んで、俺のパブで働くだけの人生を進んで送るような若い女性がどこにいる？　エリーには友達がひとりもいなかった。誰ともつき合いがなかった。自分のことは何ひとつ話さなかった。ただの一度も。本当に無からいきなり現われたみたいだったんだ。両親のことも一度も話さなかった。兄弟や姉妹のことも。友達や親戚や知り合いのことも。教師や近所の人や……そういったことはなんにも。でも、どんなに人づき合いの悪い人間だって、少しくらいの知り合いを作らずには生きていけないと思わないか？　でもエリーは違った。まるでこの地球にたったひとりで生きてるみたいに、俺には見えた」

「それで、しょっちゅう休んだっておっしゃいましたね？」とロザンナはもう一度訊いた。

「ああ。一定の間隔を置いて、いつも二、三日は続けて休んでたよ。でもいつも連絡してきた。歯が痛いとか、喉が腫れたとか、そんなようなことを言ってたな。ただ不思議なんだが……いつも、それは嘘だっていう気がしてた。身体の病気なんじゃなくて、それを言い訳に使ってるだけじゃないかって。証拠はなかったけどな」

「じゃあ、実際にはなんだったと思われますか？」とマークが訊いた。

ジャスティンは再びためらった。「たぶん、パニック障害じゃないかな。時々恐怖に襲われるんだろう。そうすると、あのネズミの穴倉みたいな部屋から、出られなくなるんじゃないかな」

「恐怖？」とロザンナは訊き返した。「エレインは何かを怖がってたんですか？」

ジャスティンは驚いたようにロザンナを見つめた。「あんた、エリーの知り合いなんだろ？あれに気づかない人間がいるとは、とても思えないね。エリーは怖がってたよ。何かを、または誰かを、死ぬほど怖がってた。この店のドアが開くたびに、毎回縮み上がってた。時々誰かが大声で笑ったり、わめいたりすると、急に真っ青になった」

ジャスティンは再び少し考え込むと、こう付け加えた。「命の危険を感じてたって言っても大げさじゃないと思う。手に取るようにわかったよ。エリーは死の恐怖を感じてた。でも、どうしてなのかは最後までずっとわからないままだった」

3

自己憐憫《れんびん》が、非常に不快な副作用を持つ自動的な症状になり得ることに、ジェフリーは気づいた。しばらくのあいだは、自己憐憫のおかげで周りの人間は息を詰め、罪悪感を抱き、そのおかげでこちらの意のままに操作可能になる。ところがいつしか、自己憐憫というものは自分自身へと跳ね返ってくるのだ。

あまりに長いあいだ、あまりに快適に犠牲者の役割を演じ続ける者は、本物の犠牲者になってしまう。

かつて誰かがジェフリーにそう言ったことがある。ただ、それが誰だったかが思い出せない。看護師か、医師か、介護士か？ 周りにいて面倒を見てくれ、たとえあんな事故があってもジェフリーの人生は生きるに値するものだと、しつこく説得しようとする人間たちの誰かだろう。だがジェフリーの人生は、絶対に生きるに値するものではない。健康な人間が障害者に向かって、おまえの境遇は自分で思うほどひどくはないと説明するという思い上がりに出会うたびに、ジェフリーは毎回怒りを感じる。

ただ、犠牲者の役割とその影響に関するあの話には、聞くべきところがある。というのも、もしジェフリーがこれほど「何もかもどうでもいい」という態度に浸りきっていなければ、いつまでも携帯電話を持っていただろうから。そうすれば、施設のなかでも外でも、どこか人目につかない場所へ行き、電話をかけることができたはずだ。ところが現実には、廊下に置かれたコイン式の電話を使わねばならない。そして、誰かが通りかかって、好奇心で耳を傾けるのではないかと、常に恐れていなければならないのだ。

エレインと暮らしていた頃に使っていた携帯電話が、あるにはある。だが、なかのカードはもうずっとチャージしていない。看護師は何度も、代わりにやってあげようと申し出てくれていた。

「ね、ドーソンさん。カードをチャージしてきてあげますよ！　簡単に連絡がつくようになったほうがいいじゃないですか！」

だがジェフリーはそのたびに断わってきた。それどころか、そんな親切な人たちをよく怒鳴りつけさえした。いったい誰から連絡がつくようにしろっていうんだ？　誰が電話をかけてくるっていうんだ？　まだ僕に関心のある人間がどこにいるっていうんだ？　僕はもう現実的には存在していないも同然なんだ。

まずいことをした、と、いまジェフリーは思う。

幸いなことに、今日は日曜日だ。介護施設の活動すべてが、日曜日には規模を縮小する。それはつまり、廊下が平日のように患者や介護職員で溢れているわけではないということだ。だから、誰にも邪魔されずに電話ができるチャンスはある。もちろん、状況はいつ変わってもおかしくはないのだが。自分にはほんのわずかな、おまけにいつ中断されるかわからない時間しか残されていないことは、よくわかっていた。

電話番号案内で、『プライベート・トーク』を放送したテレビ局の番号を手に入れるのは簡単だった。だが、担当部署の人間と話すのはずっと難しかった。センターの不機嫌な女性の声が「おつなぎします」と言ったのだが、それ以来ジェフリーはずっと待たされており、次第に苛立ちをつのらせながら、知らないピアノ曲の響きを聞き続けているのだ。日曜日の難点はこれだ。テレビ局も、いつものように熱心に仕事をしてはいないのだ。とはいえ、テレビ局の社員なら、週末にも働かねばならないはずだ。リー・ピアースもいるだろうか？　できればピアース本人と話したかった。

昨夜は一晩じゅう眠れず、どうしようかと考えていた。新しい痕跡が現われたかもしれないというセドリックの知らせは、ジェフリーをじわじわと焦燥と興奮と不安に陥れていった。数えきれない感情がせめぎ合った。エレインが本当に生きているかもしれない、戻ってきて自分をここから救い出してくれるかもしれないという希望。エレインは生きてはいるが、戻ることを拒むかもしれない、おまけに、何年も隠れて生きてきたのは兄のせいだと言うかもしれないという不安。さらにそこに、新たな思いが生まれた。もしその女性がエレインではなかったら？　そして、それでもあの蛇女ロザンナ・ハミルトンが、ノーサンバーランドでエレインに会ったと主張したら？　子供時代の友人ロザンナがトークショーに出ているのを見て以来、ジェフリーにはふたつのことがわかっていた。まず、ロザンナはマーク・リーヴを狙っている。もしかしたらもうすでに関係を持っているかもしれない。そしてこの事実から、ロザンナの態度が導き出される。ロザンナはエレインに関してリーヴにかけられたあらゆる疑いを晴らしてやりたいと思っている。どんなことをしても。ロザンナなら、エレインは生きているとでっち上げ、それをあの怪しいゴシップ誌にでかでかと取り上げ、そうすることでマーク・リーヴの尊敬と名誉の回復を図るくらいはやりかねないと、ジェフリーは思っていた。ロザンナの主張の裏づけなど、誰がわざわざ取ろうとするだろう？　警察はもうとうに事件の書類を片付け、手を引いているのだ。

「男も女も、毎日何人の人間が、それまでの人生にあっさり別れを告げて、行方をくらまし、幸せに新しい生活を築き上げると思ってるんですか？」エレインの失踪直後、ひとりの警官がそう言ったものだった。「家族や子供のいる人だってそうなんですよ。一見したところ人生になんの問題もなさそうな、まさか姿をくらますなんてとても想像できない人たちだって。心のうんと奥深くでは、すべてにうんざりしてるんですよ。責任、人とのつながり、そういったことにね。それで逃げ出してしまう。そして周りはみんな唖然とするんです」

ジェフリーの周りには、本気で唖然とする者さえいなかった。それが辛かった。誰もはっきりとは言わなかったが、ジェフリーだって馬鹿ではない。いたるところで、こうほのめかす声が聞こえるようだった――この障害者の傍らで人生を邪魔され続ける暮らしからエレインが逃げ出したのは、不思議でもなんでもない、と。誰もがエレインに理解を示した。マーク・リーヴとのことが明るみに出て、短いあいだとはいえ犯罪の可能性が考慮に入れられることがなければ、地面に飲み込まれたように消えてしまったエレインを探すために、誰ひとり指一本動かそうとはしなかっただろう。

実際いまのジェフリーだって、自分で北へと旅をして、そこにいるという女性が本当に兄から身を隠して生きているエレインなのかを確かめるのは難しい。自分の無力さをこれほど嘆き、動けない身体をこれほど呪ったことはなかった。自身の身体への苛立ちは、果てしなく続く眠れない夜のあいだに、どんどんロザンナ・ハミルトンへの強烈な憎しみへと変わっていった。自分をこんな状況にまで追いこんだロザンナ。厚顔にも他人の人生をひっかきまわすロザンナ。人に力を貸そうなどと思い上がり、それが周りの人間に及ぼす影響など一顧だにしないロザンナ。まさに彼女らしい。兄のほうも同様だ。あの傲慢で冷たいジョーンズ兄妹。そう、少なくとも、他人が本当に窮地に陥ったり、本気で悩んだりしているときには、あのふたりは冷たい。だが自分の利益を追っているときには——たとえばいまのロザンナが、どうやらあのハンサムなリーヴのためにやっているように——ふたりとも非常に熱心で、創造性豊かなのだ。

何より腹が立つのは、今回のことすべてを、誰も自分に知らせようとしなかったことだ。そのことは、何かよからぬ企みがあるに違いないというジェフリーの推測を裏づけもする。ロザンナは、新しい痕跡とやらについて自分にはひとことも言わなかった。セドリックだって、本当は話すつもりなどなかった。昨日の会話からも、それくらいはわかる。セドリックは追い詰められたように感じ、ジェフリーの関心をそらすために、大急ぎでパン屑を投げてやらなければと思ったのだ。だがきっといま頃は、自分の口の軽さを深く後悔しているだろう。ふたりのうち、よりずる賢いロザンナが知ったら、兄をこっぴどく叱りつけるに決まっている。いい気味だ。

早朝には、ジェフリーの計画は固まっていた。のけ者にされ、片隅でなすがままになどされてたまるか。ロザンナやセドリックのような人間に、そんな目に遭わされるわけにはいかない。この呪わしい身体を動かすことはできなくても、頭はまだ働く。そして、自分なりの方法で活発に動くことはできるのだ。ほかの人間を使って、ノーサンバーランドで調査させ、ロザンナの計画がどんなものであれ、挫折させるのだ。その役目に、この事件をちょうど自分の番組で扱ったばかりのリー・ピアースほどふさわしい人間がいるだろうか？　それに、ロザンナ・ハミルトンに一矢報《いっし》いる機会を、ピアースが喜ばないはずがない。

突然、センターの女性の声が再び耳に飛び込んできた。「おつなぎします」と退屈そうに言う。

何度か呼び出し音がした。

「もしもし?」別の女性の声。少なくとも、先ほどよりずっと愛想がよく、親切そうだ。

「あの……もしもし」とジェフリーは言った。「ジェフリー・ドーソンといいます」そこで間を置き、この名前に受話器の向こうの女性がなんらかの反応を示すことを期待した。なんといっても、先日の番組では「ドーソン事件」がテーマだったのだから。だが、相手が雷に打たれたようにびくりと飛び上がる様子はなかった。

「どんなご用件でしょう、ドーソンさん?」と、先ほどと変わらない愛想のいい声で、相手が尋ねた。

あまりにも移り変わりの早い時代なんだ、とジェフリーは思った。きっと彼らはいま頃もう次の番組の準備をしていて、二日前に何を扱ったかなど、覚えていないのだろう。

具体的にどう話を切り出すかまでは考えていなかった。それは、まず何よりも、多少なりとも落ち着いた環境で電話をすること自体が可能かどうかという問題を考え続けてきたせいだった。

そこでジェフリーは、思い切って直球で行くことにした。

「ミセス・リー・ピアースをお願いしたいのですが」と、大胆に要求する。

「どんなご用件でしょう？」

「僕の名前はドーソンです」と、念を押すようにジェフリーは繰り返した。「エレイン・ドーソンの兄です。覚えておられますか？　エレイン・ドーソンは、このあいだの金曜の『プライベート・トーク』のテーマでした。テーマのひとつ、といいますか」と付け加える。

「ああ、そうでした。どうりでお名前に聞き覚えがあると思いました」と、いまだに愛想のいい女性の声が言った。だがジェフリーは、これほど鼻につくうれしそうな声を出す要素が、この話題のどこにあるのだろうと思った。「ピアースには具体的にどんなことをお話しになりたいんですか？」

少なくとも、ピアースは席を外しています、といってジェフリーをすぐに追い払うことはしなかった。ということは、おそらくピアースは局内にいるのだ。そして、このうれしそうな女に、急がなければふいになってしまう重要事だと納得させることができれば、ピアース本人と話すことができるかもしれないのだ。

「あの番組がきっかけで、非常に興味深い新しい情報が出てきたんです」と、ジェフリーは説明した。「妹がまだ生きているという知らせがあったんです」

「それじゃあ、警察に行かれたほうがいいんじゃないですか」

「警察はこの事件に、もうずっと前から関心を失っています。たったひとつの情報のために、ノーサンバーランド州じゅうを捜索してくれるとは思えません」

受話器の向こうから、ほとんど聞き取れないほどかすかな溜息が漏れた。「ドーソンさん、ピアースがお力になれるとは思えませんけど」

「それだけじゃないんです」と、ジェフリーは慌てて言った。そのとき、廊下を歩いてくる足音がして、そっとあたりを見回してみた。ずっと向こうのほうを、ひとりの看護師が歩いている。だが、ドアを開け放ってある部屋の前で立ち止まった。どうやらなかの住人と話しているらしい。しかし、もうすぐここまでやって来るだろう。この近くで再び立ち止まらなければいいのだが。

ちくしょう！　この馬鹿女、いい加減にピアースにつなぐことはできないのか？

「いいですか」と、声をひそめてジェフリーは言った。「この情報を受けて、金曜日の番組にゲスト出演したハミルトンというジャーナリストが、なんらかの不正をしようと企んでいると考えるに足る充分な理由があるんです。それも非常に興味深い個人的な動機で……」

相手は再び溜息をついたが、今回はそれを隠そうともしなかった。「ピアースに訊いてみます。そもそもいま話す時間があればですけど」と女性は言った。「もしかしたら会議中かもしれませんけど。少々お待ちください！」

カチリという音がして、再びあの不快なピアノ曲が流れてきた。

看護師が近づいてくる。ジェフリーの大嫌いな、だがこの施設では常に目にせざるを得ない、きびきびした、急ぎ足の、さも重要な用事があるといわんばかりの歩き方だ。

看護師たちは、自分たちの歩き方が我々障害者の目にどんなふうに映るか、考えたことはあるのだろうか？　そう問うのは初めてではなかった。看護師たちは、自分の優越性を見せつけたいのだろうか？　自分たちのほうが強いのだということを、我々に常にはっきり示しておきたいのだろうか？　それとも、こんなふうに考えるのは、看護師たちが我々にきちんと向き合っているという、実際には存在しない事実を前提にしたものなのだろうか？　実は彼らの目には、我々など映っていないのだろうか？　彼らはただ自分の仕事をしているだけで、何も考えてなどいないのだろうか？

看護師はジェフリーのすぐ横までやって来て、輝くような笑顔を向けた。ジェフリーは嫌悪感を抱いた。

「あら、ドーソンさん？」水のなかを泳ぐ魚のように元気がいい。今日は世界じゅうの人間が、不気味なほど上機嫌なのだろうか？　特に、日曜なのに働かなくてはならない人間たちは。

「調子はどうですか？」

ジェフリーは看護師に、拒絶するようにうなずいてみせた。電話しているのが見えないのだろうか？　この女は、患者でない人間に対してもこんな態度を取るのだろうか？　相手がちょうどいま別の用事で忙しくしていることなど、まったくおかまいなしなのだろうか？

看護師は次の問いを発しようとした。だがその瞬間、先ほど聞いたのと同じカチリという音が、ジェフリーの耳に響いた。「ドーソンさん？　ピアースにおつなぎします」

直後に尊大な声が聞こえた。「ピアースです。ご用件は？」

ジェフリーは手で送話口を覆うと、相変わらずにたにた笑いかけてくる看護師のほうに麻痺した身体を可能な限り伸ばして、小声で、だがはっきりと言った。「とっととどこかへ行ってくれ！」

4

ロザンナとマークは、しばらくのあいだあてもなくぐるぐると車を走らせた後、海からそう遠くないところにあった狭い一時駐車用スペースに停めて、歩いて海岸に出た。打ち寄せる波とカモメの鳴き声のほかには、何も聞こえない。輝くような春の日にもかかわらず、氷のような鋭い風が吹きすさび、服を貫く。ふたりは身体を温めようと、砂の上を速足で歩いた。見渡す限り人っ子ひとりいない。

「わからない」とロザンナは言った。「命の危険を感じてたっていう話のことだけど――なんだか……大げさな気がする。私たち、エレインは兄の介護役の人生から安全なところへ逃げたかったんだろうって考えてきたでしょう。だから、もしその兄が突然パブのドアを開けて入ってきたら、うれしいとはほど遠い心境だろうとは思うわ。でもだからって、命の危険までは感じないはずよ。だいたい、ジェフリーがエレインをどんな目に遭わせることができるっていうの？」

マークはかがむと、平らな小石をひとつ拾い上げたが、またそれをそっけなく地面に投げ捨てた。「エレインが姿を消したのは――これまでどおり、エレインは自分の意志で姿を消したんだっていう前提で考えればの話だが――兄と何か関係があるんだっていう我々の推測は、まったく的外れだったのかもしれない。エレインは、少なくとも私には、人生で大きな役割を果たしているっていう男性の存在を打ち明けたんだし。もしかしてその男とのあいだで、何かうまく行かなかったんじゃないだろうか？　それで、その男から隠れているんじゃ？」

「エレインが、後から危険な存在になるような怪しい男とつき合うとはとても思えない」ロザンナは、何もかもを怖がっていて、ほんのわずかでも危険な香りがする遊びには決して加わろうとしなかった、にきびだらけのティーンエイジャーを思い出していた。「エレインは大げさなほど慎重だった。極端に内気だった。突然危険な状況に陥るような人間じゃなかったわ」

「でも、まさにそういう人間こそが」とマークが反論した。「どこかのろくでなしの犠牲者になり得るんだ。エレインは、私には極端に人生経験の少ない女性に見えた。世の中のことも、人生のこともなんにも知らない。もちろん臆病ではある。でも同時に、本物の危険を察知することもできないほど無知なんだ。エレインはまさに、よからぬことを企む人間が選び出すタイプの人間だよ――人間だった、と言うべきか」

「でもどうして？　だって、エレインに対して、どんな悪事を企めるって言うの？」

マークは肩をすくめた。「わからない。エレインに直接関係があることとは限らないよ。世の中には、単に犠牲者を必要とする人間もいるんだ。犠牲者が誰だろうとかまわない。犠牲者自身じゃなくて、その人の犠牲者っていう立場が重要なんだ。エレインは犠牲者に選び出したいと思われるタイプなのかもしれない。もちろん、これも純粋な推測にすぎないが」

「わかった。じゃあ、仮にエレインがよくない男とつき合っていたとしましょう」とロザンナは言った。「五年前、エレインはその男と一緒に失踪した。そしてその後の五年間で、何かが起こった。身の危険を感じる何か。なのに、どうして警察へ行かなかったのかしら?」

「警察がなんの役にも立たない場合も多いことを知っていたからだろう」とマークが言った。「私は弁護士だ。そういうケースのことは知りすぎるほど知っている。きっとエレインは、サイコパスとつき合ってしまったんだ。だがそのサイコパスは、まだ逮捕されるに値するほどの事件は起こしていない。エレインは、その男が自分にとって危険な存在になり得ることを感じ取る。だが警察っていうのは、誰かがなんらかの罪を犯した後でなければ動けないものなんだ。だから、被害者には身を隠すしか方法がないことだって本当にあるんだよ」

「でも、ということは、エレインが――よりによってエレインが――人間の性向を支配するある種のメカニズムについてよく理解していたってことになるじゃない」

「五年は長い時間だ。キングストン・セント・メアリーの庇護を、エレインは離れたんだ。現実の見極め方について、言ってみれば超短期集中コースで学んだのかもしれない。もしかしたら今日のエレインは、昔のエレインとはどこにも共通点のない女性かもしれないよ。体重のことだけじゃなくてね」

ロザンナは考え込みながらうなずいた。「それじゃあ、どうして名前を変えなかったのかしら? そのほうがずっと安全なのに!」

「そんなに簡単じゃない。ほとんどの場合、部屋を借りるにしても、仕事を得るにしても、身分証明書がいるだろう。つまり、名前を変えようと思ったら、偽造書類を手に入れなければならないんだよ。エレインのような女の子に、どうしてそんなことができる？」

「とても想像がつかないわね」とロザンナも賛同した。「とはいえ、この件では何もかも、混乱させられることばかり。私の知っていた昔のエレインからは、とても想像できないわ」

「我々も、あれこれ推測ばかりするのはやめるべきじゃないかな」とマークが言った。「そんなことをしてもなんにもならないだけじゃなく、ますます混乱するばかりだ。おそらく、我々は来るのが遅すぎたという事実を受け入れるしかないんだ。ランバリーに隠れ住んでいたエレイン・ドーソンを、もう一歩というところで逃がした。そして、おそらくもう見つけることはできない。運が悪かったんだ。その女性はエレインかもしれないし、そうじゃないかもしれない。この件はもうそっとしておくしかないんだよ」

ロザンナは立ち止まった。「どうしてそんなに落ち着いた見方ができるのか、理解できないわ。この件は、私よりもあなたにとってのほうが、ずっと重要なはず。エレインが見つかっていれば、あなたの疑いはすっかり晴れることになったんだから。なのに、間一髪でエレインに会い損ねたことで、あなたより、私のほうがずっと悔しがってるような気がするなんて！」

マークもやはり立ち止まった。「ロザンナ、私が大きな期待を寄せていたことは否定しない。だけど、この件に関しては現実的な見方をしようと努めてもいるんだ。ドーソン事件は、もうすっかり忘れられている。もう私の一挙手一投足に不信の目が向けられるわけじゃない。私の周りでは、もう誰もこの事件に関心など持ってはいない。エレインをいま見つけたところで、私にとって何が変わるというわけでもないんだ」

ロザンナはマークから目をそらした。これから言うことが、マークの傷に触れることになるとわかっていたからだ。「でも息子さんには……息子さんには、潔白を証明してあげられるじゃない。それは重要なことじゃないの？」

マークがあまりに長いあいだ黙っているので、ロザンナは立ち入りすぎたのではないかと不安になった。

「ごめんなさい」と慌てて言う。「もしかして、私……」

「いや、いいんだ」とマークがさえぎった。「そのとおりだよ。息子のためになら、それだけの価値があっただろう。ただ、たとえ潔白を証明できたとしても、何かが変わるとは限らないけれど」

ふたりはまた歩き始めた。鋭く冷たい北風に震えながら。突然ロザンナには、海岸が自分たちをそっけなく拒絶しているように思われた。そして、この企てすべてがまともではなく、最初から失敗を運命づけられていたかのように。

ロザンナは再び立ち止まった。これ以上車から離れたくなかった。

「マーク」と呼びかける。「そろそろ……」

言葉を切ったのは、マークが振り返ったからだった。その表情が変わるのを、ロザンナはただ呆然と見ていた。そしてマークは、ロザンナに口づけした。それは本当にかすかな口づけで、実際には唇がほんの一瞬軽く触れたにすぎなかった。

マークが一歩下がった。「すまない」という。「私は……とんでもないことを」

ロザンナはいまだにマークをじっと見つめたままだった。

「できれば……」とマークは続けたが、それ以上は言わず、途方に暮れたように、謝るように、両手を持ち上げた。「こんなこと、するべきじゃなかった」

ロザンナはようやく言葉を取り戻した。「ううん、ただ……」

「わかってる。とんでもないことをした」

「ううん、違うの……」ロザンナは言葉を探した。「怒っているとか、そんなんじゃないの。本当に」

マークはロザンナの前に立ち、今度は両手を上着のポケットの奥深くに突っ込んだ。冷たい風がマークの頬を赤く染めていた。「君が結婚しているのは知っている。君のことを信頼している義理の息子さんがいることも。君の生活の中心がここイギリスにないことも。全部知っているんだ。それでも、今朝からずっと……ずっと、君を見るたびに……」マークは再び最後までは言わなかった。まるで、何を言いたいのかははっきりしているだろうと言わんばかりに。

ロザンナは、風で今朝よりさらにぼさぼさになった髪を片手でなでた。化粧していない目のこと、ほとんど眠れなかった夜の疲れが出ているに違いない顔のことを思った。

「よりによって今日」と言う。「よりによって今日、こんな……ひどい顔だなんて!」

「よりによって今日は」とマークが言う。「若く見えるよ」

マークはロザンナを抱きしめると、再び口づけした。今度は一度目よりもずっと長く、ずっと情熱的に。そしてロザンナは、今度はその口づけと抱擁とに応え、しばらくのあいだ我を忘れた。そのあいだだけは、デニスのことも、ロバートのことも、ジブラルタルのことも、本来の人生のことは何も考えないほどに、我を忘れた。

何分もたってようやく抱擁を解いたとき、ふたりの周りは先ほどと少しも変わっていなかった。まだ冬のような海岸、まぶしい春の太陽、冷たい風。

問題は、ふたりの気持ちと人生の何かが変わったかどうかだった。

変わるとしたら、私たちがそれを許すからだ、とロザンナは思った。

「謝ったところで、おそらくなんの意味もないだろうから」とマークが言った。「今度は最初から、悪かったとは言わないでおくよ。言ったところで、どうせ嘘なんだから」

「そもそも、何に謝る必要があるのよ？」とロザンナは言った。「私だって、あなたと同じくらい望んだことなんだから。でももちろん……問題ではあるわね、もし……もし、もっと先まで行くんなら」

「そうだな」と、マークがあいまいに言った。

ふたりは向き合って立っていた。ジョーカーは自分のほうにあるのだと気づいて、ロザンナは気が重くなった。マークは自由の身だ。自分は違う。

「寒いわ」結局ロザンナはそう言った。ある程度当たり障りのない言葉だし、嘘でもなかった。「車に戻らない？　そして、どこか熱いコーヒーの飲めるところへ行かない？」

「もちろん」とマークもすぐに言った。「熱いコーヒーほど生気をよみがえらせてくれるものはないからね」

ロザンナは思わず笑いだした。もっとも、この笑いにはかなりの戸惑いが混じっているような気はしたが。「私たちの生気がそれほどなくなってるとは、とても思えないけど」

車まで、マークはロザンナの手を取って歩いた。ロザンナのほうも、振りほどく気はなかった。どうして振りほどかねばならないのだろう？　手をつなぐ以上のことを、もうしてしまったではないか。いま離れて歩いたからといって、あの口づけをなかったことにはできない。

思ったよりも遠くまで歩いていたようで、車を停めておいた寂しい田舎道の脇の小さな一時駐車用スペースにたどり着くまで、ずいぶんかかった。ロザンナはほっとして、座席に沈み込んだ。マークはエンジンをかけて、すぐに暖房の目盛りを上げた。

「少しかかるけど、そのうち暖かくなるよ」だがマークは出発しようとはしない。

「どうしたの？」とロザンナは訊いた。

マークはためらっていた。「たぶん、君のせいなんだ」と、ようやくマークが口を開いた。「私がエレインを見つけたい、直接その顔を見たいと思う理由は、君だよ。エレインを殺していないことは、自分ではわかっている。でも、君の心のなかからも疑いの影を消すためになら、なんでもしたいと思うよ」

「でも私、疑ってなんかいないわ」とロザンナは言った。「この事件に真剣に取り組み始めてから、疑うのはやめたの」

マークはうなずくと、車をターンさせて、通りに出た。ロザンナは、いまの言葉をどれほど本気で発したかを納得してもらいたいと思ったが、誓えば誓うほど、マークはそれを、まさにそのとおりのもの――つまり「誓い」として受け取るだろうと恐れた。誓いにどれほどの真実がこめられているかなど、決して見通すことはできないのだ。たとえロザンナのなかに疑いのかけらさえないとしても、マークのなかには、ロザンナの信念がどれほどのものかに対する疑いが残るだろう。この状況は、ふたりの未来にとってはなんの意味もない。なぜなら、ふたりには共通の未来などないのだから――そんなことは許されない。ロザンナが再びジブラルタルの家族のもとに戻ったとき、心のなかに残るマークの像がどんなものかなど、マークが気にするだろうか？　マークが再びロンドンで仕事に戻り、二度と自分に会うことがなければ、マークが自分を疑っていることなど、自分は気になるだろうか？

まったく取るに足らないことだ。ふたりのどちらにとっても、エレインを見つけられるかどうかなど、取るに足らないことなのだ。

「絶対にエレインを見つけなくちゃ」太陽に照らされた田舎道を進みながら、頭のなかの思いとはまったく矛盾する言葉が、口をついて出てきた。

マークがロザンナを見つめた。「そうすれば、問題はひとつ減るな」と言う。

だが、たとえひとつ減ろうが、問題はほかにいくらでも残っていることは、ふたりともよくわかっていた。

5

「電話だよ」サリーがそう言いながら、アンジェラの部屋に顔を覗かせた。つい最近までアンジェラとリンダの部屋と呼ばれていた部屋だ。サリーの舌は重そうだ。

ベッドに寝転んで、心のなかの声――いまだに部屋を満たしているような気がする、アンジェラ自身と妹の声――に耳を傾けていたアンジ・ェラは、頭を上げた。

「誰？」

「名前ははっきり聞こえなかった」とサリーがだるそうにつぶやいた。「変な名前だったよ。でもあんたと話したいって」

アンジェラはけだるい動きで身体を起こした。病気にかかったような、打ちのめされたような気分だった。昨日、何時間もドーンとともに警察署に座って、ドーンが犯罪者カルテをめくるのをじっと見守り、モンタージュができるのを待った。ドーンはできる限りの努力をしてくれた。だが、ぼんやりとしか覚えていないと、何度も何度も訴えた。

「ほんの一瞬しか見なかったんだから。それに、そんなにその男に注意を払ってたわけでもないし。だってリンダのほうとばっかり話してたんだから。それに、もうずいぶん前のことだし……」

「ゆっくり時間をかけてください」フィールダーは何度も言った。「記憶ってやつは、ゆっくり少しずつよみがえってくることも多いんです。どうか自分にプレッシャーをかけないで！」

ドーンはカルテからはっきりとは誰も見つけられなかったが、五、六人の顔を見て迷った。

「この男かもしれない」と言いながら、三枚めくった後には、別の男のほうが有力に思えてくるのだった。「ううん、やっぱりこっち。でも……こんなふうに耳が尖ってたら、覚えてるはずじゃない？　それとも、あのときは帽子をかぶってたのかな？」

　最終的にモンタージュが完成されたが、ドーンは細部の描写には非常に自信なげで、アンジェラはそのモンタージュに価値があるとは信じられなかった。アンジェラ自身も、その顔には見覚えがなかった。まったく。

「ううん。こんな人、知りません。こういう人とリンダが一緒にいるところも、見たことありませんし。といっても、私はリンダが誰かと一緒にいるところは、まったく見てないんですけど。この新しい彼氏っていうのは、リンダが必死で守っていた秘密だったみたいですね」

　ふたりの若い女性は、結局そのまま帰ることになった。だがフィールダー警部は、それでも充分満足そうだった。「わずかですが手がかりが得られたんですよ」とフィールダーは言った。「いずれにせよ、何もないよりはずっとましです」

「でも、思い出せることが本当に少なくて」と、苛立たしげにドーンが言った。

「それが普通です」とフィールダーは言った。「ほんの一瞬見かけただけなんだし、その男のことを特に記憶に刻みつけなければならない理由も、当時はなかったわけですしね。でも、これであなたの意識下が刺激を受けた。だからもしかしたら、意識のずっと奥に眠っていた記憶が、呼び起こされるかもしれませんよ。そういう体験を、時々してきました」

　アンジェラは、フィールダーの説は疑わしいと思ったが、それでも熱心にドーンに礼を述べた。「本当に親切にありがとう、ドーン、こんなに時間を割いてくれて。それに、わかってると思うけど、もしも何か思い出したら、どんなに小さな、無意味に思えることでもいいから、私に電話してね。もちろん、直接刑事さんに電話してくれるほうがいいけど」

いま電話に向かいながら、アンジェラはあのときの自分の言葉を思い出した。ドーンがかけてきたのだろうか？　やっぱり、何か急に閃いたのかもしれない。

居間を満たすウォッカのにおいに息を詰まらせながら、アンジェラは受話器を取った。「はい？　もしもし？」

やはりドーンだった。興奮した声が、不自然に明るい。

「アンジェラ？　アンジェラなの？」

「うん。どうしたの？」

「あの男を見たの！」その声は、ほとんど裏返っていた。「あの男を見たの！　リンダの彼氏。絶対確かよ。それに今度は、しっかり見てきたから！」

「このあいだとほとんど同じ場所だったの」アンジェラとともにフィールダー警部と向かい合うと、ドーンは堰を切ったようにしゃべりだした。フィールダーは日曜日の休みを中断して、スコットランド・ヤードの自室へとやって来たのだった。フィールダーの口の端にはわずかにトマトソースがこびりついていて、アンジェラは、フィールダー家の今日の昼食はスパゲッティだったのだろうと考えた。「《ウールワース》のすぐ近く。店の前の広場に座ってたの。噴水の縁に。たくさん人がいたら、たぶん見つけられなかったと思う。でも今日は店は休みだし、歩いてる人もほとんどいなくて。私みたいに、日曜日には死ぬほど退屈で、あてもなく街をうろうろしているような連中ばっかりで」

「噴水の縁に座っていたんですか？」とフィールダーが尋ねた。「もしかして、いまでもまだ……？」

ドーンは残念そうに首を振った。「私が行ったとき、ちょうど立ち上がるところだったの。どこかの通りに入っていって、見えなくなっちゃった」

「あなたに気づいたんですか？　そのせいで……？」

「たぶん違うと思う。そんな感じじゃなかったから。私のほうを見もしなかったし。少しのあいだ顔を太陽の光に当てて、それからまたぶらぶらどこかに行ったんだよ。少なくとも、そんなふうに見えた」

ふたりの女性に煙草の箱を差し出し、ふたりとも断わった後、フィールダーは一本取り出して、火をつけた。

「ミス・スパークス、昨日、我々のカルテを見て、何人かのところで少し迷いましたよね。もう一度見ていただくわけにはいきませんか？　その男を見つけられる可能性は、昨日よりずっと大きいと思いますよ」

ドーンは熱心にうなずいた。「あのカルテのなかにあれば、見つけるよ。すごくしっかり覚えてきたんだから。ああ、きっとあいつ、近くに住んでるんだよ！　何か月も、気づかないうちに何回すれ違ってたか！」

十五分後、ドーンはその男を見つけ出した。

「こいつ」きっぱりとそう言って、ドーンは残虐そうな顔をした黒髪の男を指した。その場にいた誰もが、暗闇では絶対に出会いたくないと思うタイプの男だ。「一〇〇パーセント間違いない！　絶対こいつだよ！」

「ロナルド・マリコフスキだ」フィールダーがゆっくりと言った。「なんてことだ！」

アンジェラは戦慄を覚えながら、死んだ妹のかつての恋人の顔を見つめた。いったいどうして、リンダはこんな男とつき合ったりできたのだろう？　この男が犯罪者であることは、誰がみても一目瞭然だ。こんな人間の近くにいて、無事で済むなどと思う人間はいないだろう。ましてや恋人になるなど考えられない。

「神様！」思わずアンジェラはそう言っていた。

「確かにやっかいなやつですよ」とフィールダーが言った。「いくつも前科があります。麻薬、売春仲介、脅迫……たくさんの怪しい商売に絡んでいます。ところが、いつもいつも、かなりリベラルな判事に当たるんですよ――残念なことに！　私に言わせれば、こいつみたいな男は刑務所にぶち込まれるべきです。それも相当長い期間ね！」

「この男と関わったことがあるんですか？」とアンジェラは訊いた。

「一度や二度じゃありません」とフィールダーはうなるように答えた。「こいつを今度こそ本当に捕まえることができれば、こんなにうれしいことはないんですが」

「売春仲介！」とアンジェラは繰り返した。「それって、ジェーン・フレンチの事件にぴったり合うじゃないですか！　だって、ジェーンは売春婦だったんだから！」

　フィールダーは頭をかいた。「確かに。ただ……」そこで言葉を切る。ふたりの女性が期待に満ちた目で見つめる。

「マリコフスキってのは、とんでもないクソ野郎でね」フィールダーは遠慮も何もなく汚い言葉を使った。「正真正銘の、胸が悪くなるようなクソったれで、ある程度の暴力もいとわない。それは間違いない。ですが、私の見たところ――これでもかなりの経験を積んできたんですよ――サイコパスではない。ジェーン・フレンチとリンダさんに加えられた何時間にもわたる集中的な拷問、それも、なんらかの目的があっての拷問じゃなかったようだ――それを考えると、どうも私が知っているマリコフスキという人物像にはぴったりこないんですよ。それに、マリコフスキは常に殺人は犯さないように注意しているとにらんできたんですがね」

「じゃあ、こいつは犯人じゃないってこと……？」ドーンが失望をあらわにそう訊いた。

　フィールダーは勇気づけるようにドーンに微笑みかけた。「真実を見つけ出しますよ」と約束する。「本当に大きな力になってくださいました、スパークスさん。これで本物の手がかりがつかめたんですから。もしマリコフスキ自身が犯人でないとしても、マリコフスキの周囲の誰かかもしれません。これで、犯人を捕えるためのかなりいい材料が整いました！」

6

マリーナは四時半頃サイクリングから戻った。我ながら勇敢にがんばったと思っていた。今朝は、朝食をとり、ゆっくりとシャワーを浴びて、家のなかをあちこち片付け、整理整頓した後、結局十一時頃に出かけた。そしてまた勇気を奮い起こして、もう一度車庫を覗いてみた。早朝のあの奇妙な感覚にまた襲われるだろうかと興味を持って。だが今回は、誰かに見られているとは感じなかった。そこでマリーナは、あの不思議な体験を——そもそも体験なんかではなかったと自分に言い聞かせながら——きっぱりと忘れることにしたのだった。

暮らしている住宅街から出ると、すぐに自然の多い郊外に出る。多くの大都会と同様、ロンドンでもまた、高層ビルと人の群れ、ひっきりなしに行き交う車といった一方の光景から、広大な畑や森、小さな村々といった他方の光景への移り変わりは、しばしば奇妙なほど唐突にやってくる。マリーナも気づくと、左右の岸を草で覆われた堤防のある運河に沿った狭い田舎道を走っていた。快適なサイクリングだった。たまにわずかな上り下りはあるが、車に行き合うことはまれだ。その代わり、やはりサイクリングをする人は多く、当然のことながら、マリーナの恐れたとおり、その多くは家族連れだった。またはカップルだ。マリーナのようにひとりぼっちで自転車をこいでいる孤独な女性には、一度も行き合わなかった。おかしな世界だ、とマリーナは思った。メディアは、我々が生きているのはシングル社会だと言う。新聞やテレビを信じるなら、それは主にキャリア志向で社会的に成功しているが独身の、三十歳から五十歳の男や女で成り立っている社会だ。ところが、天気のいい早春の日に家から出てみると、いたるところ、少なくとも三人の子供を連れた幸せな家族連ればかりなのだ。

それとも、この道をサイクリングしている私が馬鹿なだけなんだろうか？　とマリーナは自問した。ほかのシングルたちはみんな、そもそも最初から、サイクリングのような愚かな行為には及ばないのだろうか？　みんな家にいるか、出かけるとしても、幸せな家族や愛し合うカップルなど目にせずに済む、どこか安全な場所へ行くのだろうか？

とある村の料理店で遅い昼食をとった。本当はひとりで店で食事をするのは大嫌いなのだが、空腹だったし、トイレにも行きたかった。帰路についたときには、太陽はすでに西に傾いており、気温もぐっと下がっていた。マリーナは一所懸命ペダルを踏んだ。風が髪をなびかせる。澄んだ冷たい空気が、肺に心地よかった。一日じゅう運動をして、爽快な気分だ。これから家で、恋人とふたりで暖炉の前に座り、ワインを飲みながら、一緒に過ごす晩を楽しみにできたら、もっといいのだが。

マリーナは自転車を車庫に入れた。家の玄関まで歩くあいだ、太腿がひきつるのを感じた。明日は筋肉痛だろう。それでいい。筋肉痛は、少なくとも今週いっぱいずっと、日曜日に英雄的にスポーツに励んだことを思い出させてくれるだろう。

玄関の鍵を開けて、狭い廊下に足を踏み入れた。すぐ右側に、二階へと続く螺旋《らせん》階段がある。「ただいま！」誰もいないことはわかっていたが、大きな声でそう呼びかけた。恋人がいないなら、これからひとりで暖炉に火を起こし、ワインの栓を抜くまでだ。アルコールが心の慰め役としてあまりに大きすぎる存在になっていることはわかっていた。だがいまのところ、この問題からの抜け道は見つかっていない。

マリーナは裏手の庭に面したキッチンへ行った。白く塗った棚と家具、桟のついた小さな窓には青いカーテン、そして庭へと続くドアがある、かなり古めかしいキッチンだ。庭へ続く階段は相当がたがきていて、いまでは下りるのに命の危険を伴うほどだ。だからしばらく前から、庭へは隣のダイニングルームからしか出ないようにしている。だが習慣に従ってキッチンのドアを確かめたマリーナは、息を飲んだ。鍵がかかっていない。

「いやだ」と、小声で呪う。「まただわ！」施錠《せじょう》して、かんぬきをかけた。このドアに鍵をかけるのを、しょっちゅう忘れてしまうのだ。朝食のあといつも、ぐらぐらする階段にパン屑を捨てることにしている。何年も前から庭に住んでいて、常にこの食事の時間を楽しみにしている鳩の夫婦のためだ。だがそのあと、ドアを施錠しないままに放っておくことが多いのだ。夜、仕事から帰ってきて、今日もまた泥棒が家のなかに入ってきてもおかしくはなかったとわかる日も多い。とはいえ、実際に何かが起こったことはない。ここはとりたてて裕福な人間が住む地域ではないし、いずれにせよマリーナの家は、住人の預金通帳の残高をはっきりと示す類のものではない。家の壁は緊急に塗りなおす必要があるし、道路に面した前庭が一度もプロの庭師によってきちんと整えられたことがないのは一目瞭然だ。おそらく、ここにはぎりぎりの生活をする家族が住んでいるように見えるだろうと、マリーナは考えていた。そしてそれが、ある程度の安心感を与えてくれた。

マリーナは白ワインを一本冷蔵庫から取り出すと、グラスになみなみと注いだ。

それから居間へ行って、せめて人の声が聞こえるようにと、テレビをつけた。インドの孤児についてのルポルタージュが流れている。しばらくのあいだ、マリーナは画面をじっと見つめていた。子供……。

チャンネルを替えて、古い映画にすると、暖炉に向かった。美しい石造りの暖炉は、元夫が自分で造ったものだ。まもなく外が暗くなれば、暖炉の火は心地よさと暖かさを運んできてくれることだろう。

ちょうどしゃがんで、壁際の籠にきちんと積み上げられた薪を手に取ったとき、物音が聞こえた。

床がきしむ音だ。二階のどこかから聞こえてくる。正確にどこだか当てろと言われれば、書斎からだ。

マリーナは立ち上がると、階上に向かって耳をすました。何もかも静まり返っている。聞き間違いだろう。作業を続けようとしたとき、再び物音が聞こえた。この家にはもう長いあいだ暮らしている。だから、床の音なのは間違いない。今度はそれが書斎から聞こえてくることも確信した。

マリーナは勢いよく立ち上がった。

落ち着いて、と自分に言い聞かせる。古い家はあちこちがきしむもの。なんでもないかもしれない。

まだ室内履きは履いていなかったので、靴下のまま、音を立てずに廊下に出た。居間のドアのすぐ向かい側に、螺旋階段が二階へと続いている。

「もしもし？」と、小声で呼びかけてみた。手を玄関ドアのノブにかけて。いつでも外に飛び出して、大声で助けを求めることができるように。近所にはいくらでも人が住んでいる。誰かが声を聞きつけてくれるだろう。

すべては静まり返っている。マリーナは、神経質になっているだけだと、自分に言い聞かせた。床がきしむ理由はいくらでもある。

でも、たとえばどんな理由？　と、すぐに自問してみた。だが、説得力のあるものはひとつも思いつかなかった。

一晩じゅうびくびくと神経質に過ごすくらいなら、上に行って見てきなさいよ！

一瞬、急いで隣の家へ行って、奥さんに一緒に来てくれと頼もうかと考えた。だがすぐに、あまりに恥ずかしいと思った。おそらく二階では何も見つからないだろう。そして近所じゅうに、マリーナがどれほど大げさで神経質かという噂が流れることになるのだ。

あの人、ひとり暮らしが長すぎるのよ。それがよくないのね。どんどんおかしくなっていくんだもの。まあ、あんなんじゃ、もう男が見つからなくても当然よ！

マリーナは歯を食いしばり、電灯をつけると、意を決して階段を上り始めた。今朝のあの奇妙な感覚が再び襲ってきた。そして、一日じゅうキッチンのドアを開けたまま留守にしていたという事実を思い出した。誰が入ってきていてもおかしくはない。でも、なんのために？　泥棒はものを盗むために入ってくるものだ。どこかに隠れて、住人を待ち伏せするためではない。それとも、そうなんだろうか？　もしかして二階には、どこかの男が隠れているのだろうか？

コンピューターや宝石や現金ではなく、女を狙って。

くだらない、マリーナ、あんまり長いこと男に触れられてないもんだから、ついに強姦の妄想なんかするようになっちゃって、と、マリーナはわざと自分にぶっきらぼうに語りかけた。だが心臓はいまだに喉にせり上がってきそうだ。二階に上がれば、罠にかかったも同然だ。二階でできることといったら、なんとか窓にたどり着いて、開けて、夜の街に向かって大声で叫ぶことくらいだ。

マリーナはさらに階段を上り続けた。

二階の廊下は空っぽで、静まり返っていた。ドアは四つある。それぞれ、バスルーム、寝室、いまでは客用の部屋に模様替えした前夫ケンの書斎、それにマリーナ自身の書斎へと続いている。その書斎のドアは階段の真向かいにあり、ほかのドアとは違って、きっちりとは閉まっていなかった。

今朝、自分がドアを開けたままにしたんだろうか？　そもそも今朝、書斎に入っただろうか？　覚えていなかったし、そのことで頭を悩ませるのも無意味だった。ドアは半分開いている。その原因は自分かもしれないし、別の何かかもしれない。それをこれから確かめるのだ。これ以上不安な思いで階段の最上段に立ちつくしているわけにはいかない。

マリーナは大きく息を吸うと、背筋をできる限りまっすぐに伸ばして、きっぱりとした足取りで廊下を横切り、書斎のドアを大きく開けると同時に、壁際の電灯のスイッチを入れた。すぐに天井の電灯が、まぶしいほどの光で部屋を満たした。

マリーナは、恐怖を感じていたとはいえ、部屋には誰もいないだろうと確信してもいた。なんといっても、誰かが家のなかに隠れているなどという想像は、あまりに突飛《とっぴ》だ。

ところが驚いたことに、部屋の真ん中にひとりの男が立っていた。電灯のすぐ下に。まぶしそうに目をしばたたきながら、男を見つめるマリーナと同じくらい呆然とこちらを見ている。

一秒か二秒のあいだ、ふたりは向き合って立ち尽くしていた。男はとても背が高く、とても若いこと、おそらく自分より力では優っているだろうことを、マリーナは見て取った。叫び声をあげようと口を開きかけたそのとき、男が一歩近づいてきて、こう言った。「だめ！　叫ばないで！」男の目には恐怖の色があった。声が震えている。

「いったい……」マリーナは言いかけた。恐怖で声がかすれ、同時に、本当に留守中に誰かが忍び込んできたことに、いまだにすっかり呆然としていた。こんなことが起きるのは、本のなかだ。映画のなかだ。現実の人生ではなく。

何を言ってるの。どうして現実の人生で起こらないなんて言える？　最近も、イギリスだけでも二分間に一軒の割合で泥棒に入られるという記事を読んだばかりだ。病気や事故や、その他色々な運命と同じ――人はいつも、そんな目に遭うのは他人だけだと考えるものなのだ。

「僕……ドアが開いてたから……」少年が慌てて言った。少年と呼べる歳を大きく超えているとは、とても思えない。最初のパニックが収まったいま、マリーナはようやく徐々にそう理解し始めた。

「ドアが開いてた？　それで、他人の家に図々しく入り込んできたって言うの？　まさか本気で言ってるんじゃないでしょうね！」

「すごく寒かったんで」

「今朝、車庫にいたんじゃない？」とマリーナは訊いた。

少年がうなずいた。「うん。でも、でもそのうちあんまり寒くなったんで、家の周りを歩いて、どこかから入れないか見てみたんだ。そしたら、キッチンのドアが……」

「家出してきたのね」とマリーナは断定した。「それで、よりによってうちに隠れるなんて。いい？　教えてちょうだい、あなたいったいどこの子……」

少年がマリーナをさえぎった。「マリーナ・ダウリングさんでしょ？」

「そうだけど、それが……」

再び少年はマリーナをさえぎった。そして、文字どおりマリーナに吸いつくような視線を向けたまま、言った。「僕、ロバート・ハミルトンです。あなたの息子の」

7

電話がかかってきたとき、ロザンナとマークはすでにロンドンに戻る途中だった。夕方で、すでにあたりは黄昏だった。ふたりはあのあと、ランバリー周辺をぐるぐると走り、何度も車を停めては、村をぶらぶらと歩き、まるで探している人物に偶然行き合う可能性があるとでも言わんばかりに、あたりを見回した。そして、ふたつの事実を受け入れようと努めた。エレインをすんでのところで取り逃がし、ふたりの熱心だが拙速な捜索が無駄に終わったこと。そして、おそらくきっぱりと諦めをつけ、永遠に解明されることのない事件と折り合いをつけねばならないだろうこと。さらにふたりは、互いに相手の心のなかに目覚めさせ、海岸で明らかになった感情と、なんとかしてつき合っていかねばならなかった。海岸での出来事には、ふたりともその後一度も触れなかった。ロザンナは、その話をしなければならない瞬間が来るのを恐れていた。顔を車の窓に押しつけて、走り過ぎていく冬の荒涼とした景色をじっと見つめ続けた。ひとつだけ、はっきり決めていることがあった。マーク・リーヴには、二度と会ってはならない。そして、できるだけ早くジブラルタルに戻らなくてはならない。ジブラルタルが自分の居場所だ。そこでこそ、自分はいま必要とされている。エレインとその運命は過去のことだ。永遠に解けない謎であり、自分が解く必要もないものだ。だがデニスとロバートは現在だ。ロザンナの現在なのだ。

じゃあ、私の未来は？　とロザンナは自分に問いかけた。だが、答えを出したくはなかった。あまりに危険すぎる。

すでにノーサンバーランドを出て、ヨークに向かっているとき、ロザンナの携帯電話が鳴った。ロザンナは電話を文字どおり鞄から引ったくるようにして取った。どうかデニスからでありますように。ロバートが無事に元気で家に戻ってきたことを知らせる電話でありますように。

「もしもし？」とロザンナは呼びかけた。

「ハミルトンさん、ああもう、どこにいるんだね？　どこだね？」

すぐには誰の声だかわからなかった。だがデニスでないことは確かだ。「どちらさまですか？」

「わしだよ、ブレントだ！　ブレント・キャドウィック！」

「ああ、キャドウィックさん。どうなさいました？」目の端で、マークがびくりとこちらに顔を向けるのをとらえた。

キャドウィックの声は、ほとんど裏返っていた。「いるんだよ！　エレイン・ドーソンが！　いまここに！　来てくれ、できるだけ早く！　急いで！」


キャドウィックの顔は、不健康そうな赤黒い色に染まっていた。血圧が危険な数値にまで上がっているに違いない。マークとロザンナが電話をもらってから一時間以上たってようやく到着したとき、キャドウィックは家の玄関ドアの前に立って、いらいらと足踏みをしていた。マークは法定速度よりもずっとスピードを出して運転したが、いくつもの村を通らねばならず、そこではわずかながらスピードを落とさざるを得なかった。おまけに給油もせねばならなかった。でなければ、運よくランバリーに着けたとしても、最後の一滴のガソリンを使い果たしていたことだろう。

「遅いぞ！」と、興奮したキャドウィックが怒鳴った。「遅いぞ！　ああもう、いったいどこにいたんだね？」

「ほとんど家に着きかけてたんですよ」と、ロザンナはそっけなく言った。キャドウィックのことは信用していなかった。厚かましくも、ふたりをこの世界の果てまで呼び戻した挙句、きっとエレインはまた姿を消した後だと告げるに違いないと思っていた。「さあ、キャドウィックさん、どこにいるんです？　エレイン・ドーソンはどこです？」

キャドウィックは脅すようにロザンナに指を突きつけた。「本当はあんたに腹を立ててたんだぞ、ハミルトンさん！　今朝あんなふうに、別れの挨拶もせずに出ていくなんて礼儀知らずな真似をして。あんなことが許されると思ってるのかね？」

「日曜日ですし、朝早くに起こしてしまっては申し訳ないと思いまして」と、マークが割って入った。「さて、キャドウィックさん、エレイン・ドーソンがまた現われたんですね？」

キャドウィックは声をひそめて、自宅の二階の窓を指した。「あそこだ。アパートメントにいる。閉じ込めておいたんだよ！」

ロザンナは思わず身体を震わせた。「閉じ込めた？　まさか、そんなことが許されると思ってるんですか！」

「じゃあ何かね、あの子はあんたたちが着くまで、自分から進んでここで待っててくれたとでも思うのかね？」キャドウィックが怒鳴った。「金を取り戻しに来ただけなんだよ。すぐにまた出ていくつもりだったんだ！」

「金とは？」とマークが訊いた。

「敷金だよ。二か月分の家賃を敷金として預かってたんだ。それを取り戻しにきたんだよ。新しい部屋に必要なんだろう。だから、わしは賢く立ち回ったんだ。上にまだ私物が残ってるのを見つけたから持っていってくれと言って、あの子がアパートメントに入った瞬間に、素早く外から鍵をかけたんだよ。そしてあんたに電話したんだ！」

「監禁と強要で訴えられるかもしれませんよ」とマークが言った。

キャドウィックはにやりと笑った。いまだに顔が赤黒い。今日こそが、キャドウィックの人生の晴れ舞台だ。「あの子は警察に行かんよ。賭けてもいいね。あの子に限ってそれはない。あんなに怖がってるんだから」

「二階に行ってもいいですか？」とロザンナは訊いた。「私たちは彼女にちょっと会ってみたいだけです。それが終わったら、お願いですから早く自由にしてあげてください」

キャドウィックはためらった。「もうひとり、もう上にいるんだ」と口ごもる。

ロザンナとマークは顔を見合わせた。「もうひとり？」

「だから、メディアの人だよ」

「メディア？　メディアに知らせたんですか？」とロザンナは思わず叫んだ。

キャドウィックは少し気を悪くしたようだった。「いいや。もちろん知らせたりしとらんよ。わしが連絡を取った唯一のメディアは、『カヴァー』のニック・サイモンだ。それも、あんたの電話番号を訊いただけだ。メディアがどこからこのことを嗅ぎつけたのか、さっぱりわからんね。とにかく、いきなりやって来たんだ」

「トニー・ハーパーといいます」背後で声が聞こえた。薄暗い玄関口から、ひとりの男が現われた。ずっと前からそこにいたのかどうか、ロザンナには判断がつかなかった。ハーパーはキャドウィックの隣に立った。『デイリー・ミラー』の者です。何年も前から行方不明だった女性が見つかったと、今朝情報がありましてね」

「まさか！」ロザンナはわけがわからなかった。

「その情報はどこから来たんですか？」とマークが鋭く訊いた。

ハーパーは肩をすくめた。「リー・ピアースですよ。『プライベート・トーク』の。彼女がうちの編集長に知らせたんです。ピアースがどこから情報を得たのかなんて知りませんよ。いずれにせよ、あそこにいる女性が」と、ハーパーは二階に頭を向けた。「行方不明のエレイン・ドーソンかどうか、確かめてこいと言われましてね。だから、これからみんな一緒に二階へ上がって、あなた方に彼女の正体を確認してもらうっていうのはどうです？　それが終わったら、僕はすぐに消えますよ。いずれにせよ、今日の宿を探さなきゃならないんでね」

「まさか、我々が一緒に上へ行って、あそこで待っている女性を、真っ先にあなたとあなたの新聞に売るだなどと、本気で考えておられるんじゃないでしょうね」とマークが言った。「彼女が誰であろうと、そして彼女にどんな過去があろうと——あなたには関係ないことでしょう！」

トニー・ハーパーはにやりと笑うと、左肩にぶら下げた大きな鞄を指でつついた。「彼女の写真はもう撮ったんですよ。つまり、彼女が誰だかは突き止められるんです。いずれにせよね。ただ、いますぐにあなた方から必要な情報をいただければ、少し手間が省けるっていうだけの話ですよ」

「お断わりだ！」マークが怒りの声をあげた。「さっさと帰ってくれ！　でないと我々全員、一晩じゅうここに立ち続けることになるぞ！　私は君と一緒に二階に上がる気はないからな！」

ハーパーは肩をすくめた。気を悪くしたそぶりさえ見せない。「うちの編集長は、ここで何かよからぬ企みがあるらしいって言ってましたっけ。でも僕はかまいませんよ、リーヴさん。あなた方の企みが怪しければ怪しいほど、我々のほうは面白いストーリーが書けるわけで。いま言ったとおり、カメラにはいい写真が何枚か入ってるんです。そして、知りたいことは自力でも探り出しますよ」ハーパーはキャドウィックにうなずきかけた。「さようなら、キャドウィックさん。これから、このあたりで宿を探します。後からまた寄らせてもらうかもしれません！」

キャドウィックは熱心にうなずいた。「もちろん。いつでも好きなときに寄ってくれ！」

トニー・ハーパーが暗闇に姿を消すやいなや、ロザンナはキャドウィックに食ってかかった。

「リー・ピアースに電話したんですね！　正直に言ってください！」

キャドウィックは首を振った。本当に衝撃を受けているようだ。「いや、本当に誓ってもいい。誰にも電話なんてしとらんよ、あんただけだ！　あの男は、今日の夕方、突然玄関前に現われて、わしにあれこれ質問してきたんだよ。だからわしはなかへ入れたんだ。そうしたら、わしらが居間にいるあいだに、エレイン・ドーソンがやって来たんだ。だから、二階に閉じ込めて、それで……」そこでキャドウィックは口をつぐんだ。気まずそうだ。

「……それで、ハーパー氏がどうしても二階へ上がって、彼女の写真を撮りたいと言ったわけですね」とマークがキャドウィックの言葉を引き受けた。「そしてあなたは、ハーパー氏の願いを、寛大にもやすやすとかなえてやったというわけだ」

「あの子のやったことはどうだ?」と、すぐにキャドウィックが弁明を始めた。「わしをここに残したまま、何も言わずに出ていって! わしはあの子にあれだけのことをしてやったのに! あんな態度は許せんよ! わしは人間として、とても失望したんだ。だから……」

「キャドウィックさん、二階へ上がって、エレイン・ドーソンに会わせてもらってもいいですか?」ロザンナはキャドウィックの言葉を冷たくさえぎって訊いた。

老人のあとについて階段を上りながら、マークにささやいた。「いったいどういうことなのかしら?」

マークは肩をすくめた。「わからない。まさかニック・サイモンではないだろうね?」

「ニックがライバル社に情報を渡すわけがないわ。自分でここまでやって来ることはあっても、『デイリー・ミラー』の誰かを送り込むなんて!」

「確かにそうだ。でも、私たちふたりを除けば、このことを知っているのはニック・サイモンひとりだろう。いや――君のお兄さんにも話してたね。少なくとも、ほのめかしはした」

「セドリック? まさか、セドリックは情報をメディアに渡したりしないわよ。絶対に」

「このことは後から話そう」とマークが言った。「いまはもっと大事な用がある」

三人は二階のアパートメントのドアの前に立った。ミスター・キャドウィックが鍵を開けた。

「どうぞ」と小声で言う。「入ってくれ。なかはもう知ってるだろう！」

ロザンナとマークは、十二時間ほど前にこっそりと忍び足で逃げ出した、狭くて暗い部屋に足を踏み入れた。ロザンナは、それがエレインであろうとなかろうと、怒り心頭の若い女性がドアのすぐ前に立っていて、これはどういうことなのかと激しい口調でなじられることを、半ば予想していた。だが廊下には誰もおらず、部屋のなかも静まり返っている。

まさか窓から出ていったのでは、という考えがふと頭をよぎった。だがそんな命に関わる危険な真似をしたとは、とても思えない。

マークの先に立って、ロザンナは居間に足を踏み入れた。隅のスタンドランプがひとつだけともっていて、部屋に弱々しい光を投げかけている。

ソファにひとりの女性が座っていた。分厚いパーカーに、マフラーを巻き、手袋をはめて。もう二時間近くも部屋のなかにいるようには見えず、まるでいつでもすぐに出ていく準備ができているかのようだ――いや、実際そのとおりなのだろう。部屋に入ってきたマークとロザンナに、女性は顔を向けた。だが何も言わなかった。驚いて立ち上がりもしない。女性はただふたりを見つめるばかりだった。その目に怒りはなかった。怒りはおろか、わずかばかりの苛立ちも、いや、戸惑いさえもない。そこにあるのは、ただ惨めさばかりだった。諦念だけだ。ロザンナとマークの前に身体を丸めて静かに座っているこの女性にとって、大切なことはもはやただひとつきりのように見えた。人目を引かないこと。できる限り目立たず、ひっそりと人生を送ること。この女性は怖がっている。だがその恐怖もまた、もはやそれを原動力に闘志を燃え立たせることもできない段階にまで達してしまっている。恐怖はもうとうに彼女の一部になっており、腕や足、口や鼻と同じように、取り除くことなどできないのだ。恐怖はもはや光を放ってはいない。それは彼女のなかに埋もれ、彼女のなかに織り込まれてしまっているのだ。

もうひとつ、ロザンナにはすぐにわかったことがあった――この女性はエレイン・ドーソンではない。

8

「お父さんに電話するわ」とマリーナは言った。「きっと心配でおかしくなっちゃってるわよ。それはちゃんとわかってるんでしょうね？」

ロバートは肩をすくめた。「知らないよ。電話しなきゃ駄目なの？」幸せとはほど遠い声でそう訊く。

マリーナの膝はいまだにふにゃふにゃで、手も震えている。部屋にいたのが本物の強盗だったとしても、これほど驚き、混乱することはなかっただろう。

私の息子。ロバート。最後に見たのは、生後四週間のときだ。頭にふわふわの産毛が生えた、薔薇色の柔らかな赤ん坊だった。マリーナを怒らせる意図など毛頭なく、それでも常に泣き叫び、ほとんど眠らず、いつもお腹をすかせていた。マリーナのパニックの目盛りを極限にまで上げ、彼女を何日にもわたってヒステリックに号泣させた存在。

ふたりはいま、居間に座っている。ロバートが暖炉に火をつけるあいだ、マリーナはロバートのために分厚いパン切れ三枚にバターと具を載せて、ココアを作った。

十六歳の男の子に、ココアでいいんだろうか？　キッチンに立ち、神経を鎮めるためにときおり白ワインを喉に流し込みながら、マリーナはそう自問した。パン切りナイフもしっかりと握っていられないほど、手が震えていることに気づいた。ワインを勧めたほうがいいんだろうか？　いや、お酒は駄目だ。若い子たちって、何を飲むんだろう？　コーラだ。でもコーラはこの家にはない。

結局出してみると、ココアで大正解だったことがわかった。ロバートは一気に飲み干し、餓死寸前の勢いでパンにかぶりついた。

「なんてこと」パンを食べるロバートを見ながら、マリーナは言った。「一日じゅう家にいたんなら、どうして冷蔵庫から何か取り出して食べなかったのよ？　もう長いあいだなんにも食べてないんでしょう？」

ロバートは首を振った。「昨日の昼から食べてない。でも、盗むのは嫌だったから」

私はあなたの母親じゃないの、と言いかけたが、なんだかその言葉はひどく間違っているような気がした。どうしてロバートが、マリーナを母親だと思えるだろう？　自分でもとてもそうは思えないのだ。実際のところふたりはいま居間に一緒に座って、互いにこれからどうすればいいかわからずにいる他人同士だった。

マリーナはこっそりとロバートを見つめた。デニスに本当にそっくりだ。はるか昔、若い頃の恋人の、ある種のしぐさまでをも思い出させる。だが自分に似たところはどこにも見つけられない。ハンサムだ。背が高い。スポーツが得意そうに見える。だが同時に、とても繊細で、内気そうだ。

「私のこと、どうやって見つけたの？」とマリーナは訊いた。デニスとのあいだにはなんの交信もない。もう何年も。

ロバートは目を上げた。「何年か前、父さんの机の上に住所があるのを見つけたんだ」と言う。「それで、書き写しておいたんだ。別になんにも考えずに。で、最近、ちょっと行ってみようって思ったんだ。運がよければ、まだここに住んでるかもしれないって」

ケンと結婚してこの家に引っ越してきたときに、デニスに住所を知らせたことを、ぼんやりと思い出した。ということは、八年前だ。結婚しました、ここに住んでいます、と簡潔に明快に書き送った。後になって、そもそもどうしてデニスに知らせたのだろうと自問した。別にデニスに何か期待していたわけではない。ロバートの三歳の誕生日に、デニスから小さな男の子の写真が何枚か送られてきた。そのときマリーナは、もうこういうことはしてほしくない、自分は人生のこの章をきっちりと終わらせたいのだから、と返事を出した。それ以来、デニスは二度と連絡してこなかった。デニスがマリーナのことを人類史上最も冷たい母親だと思っているだろうことはわかっていた。だが同時に、そうでもしなければ、息子がいるという事実、そしてその息子を自分の人生の一部に組み入れることができないという事実と、決して折り合いがつけられないこともわかっていた。

八年間。ロバートはきっと、この住所を長いあいだ大切に保管しておいたのだろう。

「それであっさり空港に行って、チケットを買って、ロンドンまで来たってわけ？」とマリーナは訊いた。十六歳の少年にしては驚くほど自立した行動だと思った。

ロバートはうなずいた。努めてさりげなくしているが、少しばかり得意そうなのがはっきり出ている。

「だいたいそんなとこ。インターネットでEチケットを買ったんだ。後は空港で発券してもらうだけだった」

「お金はどうやって払ったの？」

とたんにロバートの自信が小さくしぼんだ。「父さんのクレジットカードで。でも全額返すよ。銀行には僕の貯金があるんだ」

「でもそのクレジットカードが、空港でも必要だったはずよ。ということは、お父さんのクレジットカードを持って家出したのね」

「でもお金は引き出してないよ。本当だよ。ただ、僕がまだ十六歳だってわかったら、チケットを売ってくれないんじゃないかって心配だったんだ。だから……」説明しかけて、ロバートはそこで言葉を切った。

「とってもお利口さんね」ほかに言葉を思いつかず、マリーナはそう言った。

ロバートの視線がマリーナを素通りして、その背後の暖炉の火に向けられた。「父さんのところにはもう戻りたくない。僕たち、お互いうまく行かないんだ」

「実際のところ、何があったのよ？」

「本当言うと、ずっと問題ばっかりなんだ」とロバートが言った。「父さんは、僕に文句をつけてばっかりでさ。僕が何をしても気に食わないんだ。何をするのも許してくれない。たぶん、できれば僕を監禁しておきたいって思ってるんだよ。このあいだ、パーティーがあったんだ。最上級生の卒業パーティー。みんな行くことになってた。なのに僕だけ、また行っちゃいけないって言われた。お酒があるからって。それに父さんは、僕がパーティーのあと誰かの車に乗り込んで、木に衝突するって思い込んでるんだ。ったく、僕のこと馬鹿だと思ってるのかよ！」

ロバートは挑戦的な目でマリーナをにらんだ。

「それで、パーティーの代わりに空港へ行ったのね」とマリーナが結論を言った。

「もう父さんの言いなりになんてなりたくないからだよ。今年の秋には十七歳になるんだよ！あとどれくらい僕を赤ん坊扱いしたら気がすむんだよ？　おまけに……」ここでロバートは言いよどんだ。

「なに？」とマリーナは訊いた。

「ロザンナが出ていっちゃったんだ。だからもう家には絶対耐えられない」

「ロザンナ？」

ロバートは驚いたようだった。「父さんが結婚したの、知らなかったの？」

「知らない。だって、そんなこと聞いてないもの。まあ私たち、いずれにしてもなんの連絡も取ってなかったんだけど」

「そっか。五年前のことなんだ。ロザンナはほんとにいい人なんだ。父さんよりずっと理解があって、心が広くて。だいたいは僕の側についてくれるんだ。ほんとにクールなんだよ」

「で、どうして出ていっちゃったの？」

「ロザンナは昔、ジャーナリストだったんだ。それで今度、イギリスでの仕事の依頼を引き受けたんだよ」

「なんだ、それならまた戻ってくるんじゃないの！」

ロバートはマリーナをじっと見つめて言った。「ううん。戻ってこないと思う」

「どうしてそう思うの？」

「ロザンナと父さんのあいだは、もううまく行ってないんだ。しょっちゅう喧嘩してる。それにロザンナは、ジブラルタルで幸せじゃないんだよ。父さんと一緒にいて幸せじゃないんだ」

「あなたがそう思うだけなんじゃないの。お父さんとロザンナは、ぜんぜんそんなふうには思ってないかもしれないわよ。それにね、夫婦のあいだがうまく行かなくなる時期ってあるものよ。でもそのうちまたもとに戻るのよ」

ロバートは首を振った。「ううん。あのふたりはそうじゃない」それから唐突に、マリーナに向かって訊いた。「結婚してる？」

「離婚したわ」

「ほらね。もとに戻らないことだってあるじゃないか」とロバートが言った。

「それはまったく別の話よ。いい、ロバート、さっきも言ったとおり、私、お父さんに電話しなきゃいけないわ。あなたがどこにいるか、お父さんに知らせなきゃ」

「でも……」

「でないと、私が罪に問われることになるの」

「でも、僕の母さんじゃないか」

「養育権はお父さんにあるの。それは別にしても、お父さんはそこまで心配や不安にさせられていいほどの悪いことはしていないと思う。このままじゃよくないわ。あなたとお父さんのあいだにどんな問題があろうと関係なく」

ロバートは不満そうな顔をした。「でも戻りたくない」

「でもロバート、ジブラルタルの学校に行ってるんでしょう。友達もそこにいるし、生活のすべてがそこにあるんでしょう……そんなに簡単に逃げ出せないわよ。ただお父さんが、あなたはお酒の出るパーティーに行くには若すぎるっていう意見だからってだけで！　ついでに言えば、私だってあんまりいいとは思わないわ。あなたの年でお酒を飲むことだけど。私のところにいたって、そういうことが許されるかどうかは疑問だわね」

「それだけじゃないんだ……父さんの言い方なんだよ」とロバートがあいまいに言った。

マリーナにはロバートが何を言いたいのか想像がついた。デニス・ハミルトンとの関係は、何年にもわたるものだった。だからデニスのことはよく知っている。デニスが基本的にはいい人間なのはわかっている。だがかけひきが得意だとはお世辞にも言えなかった。自分の意見を押し通したいときには、非常に荒っぽく乱暴な態度に出ることもあった。マリーナ自身、そのせいでしょっちゅうデニスと衝突していた。思春期の少年にとってはもっと辛いだろう。

「電話番号を教えて」それでもマリーナは、そう言い張った。「電話しなくちゃ。番号案内にかけて調べることだってできるのよ。でも、教えてくれれば、その手間が省ける」

「わかった」と、ロバートはしぶしぶ言った。それから突然マリーナの目をまっすぐに覗き込んだ。目、とマリーナは唐突に思った。この子の目は私譲りだ。

まるで鏡を見ているようだった。感動的な感覚だった。

「ここにいてもいい？」とロバートが訊いた。

マリーナは驚いた。「今晩？」

「ずっと」

「ロバート、私……」

「父さんのところには戻りたくないんだ。それに、ほかには誰もいない。僕の母さんじゃないか。だからもしかして……」

「なに？」

「もしかして、僕と会えたら喜んでもらえるんじゃないかって、思ってたんだけどな」とロバートは言ったのだった。

9

「すみません」ロザンナはブレント・キャドウィックに言った。「でも、あの女性は私たちが探しているエレイン・ドーソンではありません」

三人は再び廊下にいた。誰も閉めることを思いつかなかった玄関ドアから、切り裂くような冷気が入り込んでくる。キャドウィックは失望をあらわにしていた。望んでいた衝撃的ニュースが、ほんの数秒で無に帰してしまったのだ。

でも私ほどがっかりはしてないでしょうね、とロザンナは思った。

突然、疲労感に打ちのめされそうになった――そして、深い苛立ちに。自分がどれほど成功を望んでいたかに、いまになって気づいた。エレインを間一髪で逃し、捜索を中断するしかないと思ったときには、悲しくはあったが、それでもこう思えた――その人はエレインだったかもしれない。そしてエレインを見つけるチャンスはまためぐってくるかもしれない。

だがいま、事態は明らかだった。ロザンナとマークは間違った足跡を追っていたのだ。五年たっていることを思えば驚くべき具体的な情報は、結局間違いだったと判明した。たまたま同じ名前で、探しているエレインにどこか似ている女性。それだけのことだったのだ。ロザンナもマークも、以前とまったく同じように、なんの手がかりも持たないままなのだ。

この謎はきっと、二度と明らかにはならないだろう。

「でも」とキャドウィックが強情に言った。まるで頑固さで事実をいささかなりとも変えることができるかのように。「あの子は本当に変じゃないか!」

「確かに」とロザンナも認めた。奇妙な視線、あの恐怖……あの女性の何かがおかしいことは、疑うまでもない。

「でも、だからといって、彼女が私たちの探している人だということにはなりません」とマークが言った。

「わしはよかれと思って」とキャドウィックが言った。

「私たちも感謝しています」と、しぶしぶながらロザンナも言った。

三人は途方に暮れたまま、そこに立ち尽くしていた。

今日じゅうにロンドンに戻るのは無理だ。ロザンナはぐったりとそう考え、次の瞬間に思い出した。もう一度デニスに電話しなくては。

そのとき、引きずるような重い足音がして、三人は振り返った。エレイン・ドーソンという名の女性が、ゆっくりとアパートメントから出てきた。

「もう行ってもいいですか?」と女性は訊いた。

これほど従順で、ほとんど卑屈ともいえる態度を取る彼女に、ロザンナは驚いた。彼女はキャドウィックに閉じ込められたのではないか。キャドウィックはまずジャーナリストを送り込み、それから、おそらく彼女にとっては奇妙なことに、まったく別の誰かに会うのを期待していたらしいふたりの見ず知らずの人間に引き合わせた。この女性が怒り狂って激しく罵り、説明と幾重にもわたる謝罪を求めたとしても、少しも不思議ではない。訴えると言って脅すことだってできるはずだ。それなのに、彼女はどんどん小さく、目立たなくなっていくように見える。そして、これ以上被害を広げずにこの状況から抜け出すこと以外は、何ひとつ考えていないかのように。彼女は、できるなら消えてしまいたいと思っているようだ。その視線のひとつひとつが、こう言っている。私はここにいない！　私のことはできるだけ早く忘れて。あなたたちは私に会わなかった。私は存在しない！

「もちろん、行ってくださって結構です」本来ならそう答えるべきブレント・キャドウィックに代わって、ロザンナは言った。キャドウィックは黙ったまま、へそを曲げたようにじっと床を見つめている。「こんなことになって、本当に申し訳ありませんでした。ある人と名前が同じだということで、ひどい目に遭わせてしまいましたが、もちろんあってはならないことでした。本当にごめんなさい」

女性がロザンナを見つめた。その目は恐怖で翳《かげ》っている。「男の人が、私の写真を撮っていきましたけど」と、小さな声で言った。「あの人もあなたたちの仲間ですか？」

ロザンナは首を振った。「ジャーナリストです」と答える。「あの人がどこから情報を得たのかは知っていますが、私たちの誰が漏らしたのかはわかりません。これから調べてみますが、いまのところは、とにかくわけがわからなくて」

女性の目が少し見開かれた。「ジャーナリスト？」と訊く。息遣いが急に荒くなった。

「そうです、『デイリー・ミラー』の。でも……」

「何が目的なんですか？　あの写真をどうするんですか？」

目の前の女性がパニックに陥りかけているのがわかった。ロザンナは彼女の腕に手を置いた。

「たぶん、どうもしませんよ」と、落ち着かせるように答える。「だってあなたは、私たちが探している人ではないんですから。だから、あなたの写真はメディアにとってはなんの価値もないはずです。たとえどこかに載ったとしても、すぐに……」

「それ、どういう意味ですか、どこかに載ったとしてもって？　どういうことですか？　もしかして……」

「おそらく誰も……」マークが落ち着かせるように口を開いたが、若い女性は、たったいままでの硬直した人間とは急に別人のようになって、すぐにマークをさえぎった。「おそらく？　おそらくですって？　おそらくなんて言葉に頼るわけにはいかないのよ！　絶対じゃなきゃ駄目なの。絶対に、どんなことがあっても、私の写真が新聞に載ったりしないって！　わかる？　絶対じゃなきゃ駄目なの！」

女性の顔は蒼白だった。「大事なことなの！」と彼女は叫んだ。「ものすごく大事なことなの！　あなたたちにはわからないのよ……」

女性が突然泣きだして、ロザンナは驚いた。大声で、絶望的に泣いている。そして壁にもたれたままゆっくり崩れ落ち、彼女は床に身体を丸めると、泣きながら、震えながら、汚れた廊下に倒れ込んだ。

ロザンナとマークは、なんとかして女性を車まで運び込んだ。倒れた彼女を置いたまま帰るわけにいかないのは明らかだった。それにロザンナは、エレイン・ドーソンという名のこの若い女性に語るべき何があるにせよ、ブレント・キャドウィックのいるところでは駄目だと思った。キャドウィックの顔には、センセーションへの欲求がありありと出ている。得られた情報をどうするか、わかったものではない。いまだにロザンナは、リー・ピアースに連絡をしたのはキャドウィックではないかと疑っていた。この見知らぬ女性が何にこれほど怯えているのかはわからないが、秘密を打ち明けるのに、ブレント・キャドウィックほどふさわしくない相手もいないのは確かだ。

もちろんキャドウィックは、自宅の居間を提供しようと申し出た。そして、それでも訪問客を引きとめることはできないとわかると、荒々しく罵り始めた。感謝の気持ち、尊敬の気持ちが足りないとなじり、社会全体の冷たい風潮を愚痴った。だが誰も耳を貸さなかった。倒れ込んだ後すっかり呆然自失の女性を、マークがなんとか車の後部座席に座らせ、ロザンナはその隣に乗り込んだ。

キャドウィックの罵倒を無視したまま、三人は夜の闇のなかへと出発した。ロザンナは、トニー・ハーパーがまだどこかに隠れていて、後をついてこようとしていないかを確かめようと、懸命に後ろの窓から外を見つめた。だがどうやらハーパーは、とりあえずはおとなしく立ち去ったようだ。いずれにせよ、すべてが暗く静まり返っているので、怒り狂うキャドウィックを除けば、誰にも出発を見られてはいないだろう。

誰もひとことも発することなく、二十分ほど夜のなかを走った。やがてマークが、ライトのなかに突然浮かび上がった、州道から枝分かれした細い農道に向かって、急にハンドルを切った。車はしばらくのあいだ石やその他でこぼこの道をがたがたと進んで停まった。マークがヘッドライトを消し、エンジンを切って、車内灯をつけた。

彼はふたりの女性のほうを振り返った。

「そんなに居心地のいい場所じゃないのはわかってる」と、申し訳なさそうに言う。「でも、少なくともあの不愉快なキャドウィックからは充分離れてる。これ以上先へ進む前に、話し合わなきゃならないと思うんだ。ドーソンさんがそもそも我々と一緒に来たいのか。来たくないなら、どこへ送っていくべきなのか。または、もしよければ……」マークは一瞬ためらったが、先を続けた。「何をそれほど怖がっているのか、話してもらえないでしょうか、ドーソンさん。というのも……我々にはあのジャーナリストの件ではある意味で責任があるわけですから。もちろん、彼が現われることを決して望んではいなかったのは本当ですが。でもとにかく、このことで何か重大な不都合が起こるのであれば、力になれるかもしれません」

女性は反応しない。マークを素通りして、虚空を見つめたままだ。まるで彼女自身が存在などしていないかのように、ぼんやりと。

ロザンナは女性の手を握った。氷のように冷たくぐったりしている。「ドーソンさん――エレイン、まず最初に、私たちのほうから少し説明したほうがいいかもしれませんね。おそらくもうおわかりだと思いますけど、あなたは人違いの犠牲になったんです。私たち、五年前に行方不明になった、やっぱりエレイン・ドーソンという名前の女性を、必死で探しているんです。キャドウィックさんは、とあるテレビ番組を見て私に連絡してきて、行方不明の女性にアパートを貸していると言ったんです。それでリーヴさんと私は、ロンドンからここまで来ました。

でも蓋を開けてみれば、あなたは確かにエレイン・ドーソンという名前ではあっても……」

そのとき、女性が反応を示した。ブレント・キャドウィックの家の廊下で泣きながら倒れたとき以来初めて、自分の意志で動いた。女性は頭を動かして、ロザンナを見つめたのだ。その目はいまだに背筋が寒くなるほど空っぽだったが、彼女のなかの何かが変わったように見えた。かすかな生気が感じられた。これ以上身を隠してはいたくないという願望が。

「私の名前はエレイン・ドーソンじゃありません」と女性は言った。そして突然、驚くほど素早く車のドアを開けた。

「だめ！　ここからじゃそんなに遠くまでは行けないわよ！」女性が走り去ろうとしているのだと思ったロザンナは、驚いて叫んだ。

だが女性は、逃げようとしたのではなかった。前のめりになると、石ころだらけの農道に嘔吐したのだ。あえぎ、震えながら、何度も何度も。

吐き終わった後、女性は重い息を吐きながらじっと座席に座り込み、ロザンナが差し出したハンカチを取って、口をぬぐった。

「すみません」と、ようやく女性は言った。

そして、再びロザンナのほうを向いた。「私の名前はパメラです」と言う。「パメラ・ルーク。エレイン・ドーソンっていう名前は、ここ何年かの偽名です」ハンドバッグをつかみ、なかをかき回す。そして探しているものを見つけると、ロザンナの膝の上に放った。イギリスのパスポート。

パスポートを開いたロザンナは、目を疑った。

「まさか!」と、あえぐように叫ぶ。

「なんだい?」とマークが訊いた。

呆然と、ロザンナはパスポートを見つめた。疑いの余地はない。写真、それに生年月日……。

ロザンナが手にしているのは、行方不明のエレイン・ドーソンのパスポートだった。

検印
廃止

訳者紹介　1973年大阪府生まれ。京都大学大学院博士課程単位認定退学。訳書にP・メルシエ『リスボンへの夜行列車』、S・ナドルニー『緩慢の発見』C・リンク『沈黙の果て』上下、『裏切り』上下等多数あり。2003年マックス・ダウテンダイ翻訳賞受賞。

失踪者　上

2017年1月27日　初版
2023年6月16日　5版

著　者　シャルロッテ・リンク

訳　者　浅《あさ》　井《い》　晶《しよう》　子《こ》

発行所　（株）東京創元社
代表者　渋谷健太郎

162-0814/東京都新宿区新小川町1-5
電　話　03・3268・8231-営業部
03・3268・8204-編集部
URL　http://www.tsogen.co.jp
暁印刷・本間製本

乱丁・落丁本は、ご面倒ですが小社までご送付ください。送料小社負担にてお取替えいたします。

ISBN978-4-488-21108-0　C0197

『犯罪』に連なる傑作短編集

SCHULD◆Ferdinand von Schirach

罪悪

フェルディナント・フォン・シーラッハ
酒寄進一 訳 創元推理文庫

◆

ふるさと祭りで突発した、ブラスバンドの男たちによる集団暴行事件。秘密結社にかぶれる男子寄宿学校生らによる、“生け贄”の生徒へのいじめが引き起こした悲劇。猟奇殺人をもくろむ男を襲う突然の不運。麻薬密売容疑で逮捕された老人が隠した真犯人。弁護士の「私」は、さまざまな罪のかたちを静かに語り出す。
本屋大賞「翻訳小説部門」第１位の『犯罪』を凌駕する第二短篇集。

収録作品＝ふるさと祭り，遺伝子，イルミナティ，
子どもたち，解剖学，間男，アタッシェケース，欲求，雪，
鍵，寂しさ，司法当局，清算，家族，秘密

2011年版「このミステリーがすごい！」第1位

BONE BY BONE ◆ Carol O'Connell

愛おしい骨

キャロル・オコンネル

務台夏子 訳　創元推理文庫

◆

十七歳の兄と十五歳の弟。二人は森へ行き、戻ってきたのは兄ひとりだった……。

二十年ぶりに帰郷したオーレンを迎えたのは、過去を再現するかのように、偏執的に保たれた家。何者かが深夜の玄関先に、死んだ弟の骨をひとつひとつ置いてゆく。

一見変わりなく元気そうな父は、眠りのなかで歩き、死んだ母と会話している。

これだけの年月を経て、いったい何が起きているのか？

半ば強制的に保安官の捜査に協力させられたオーレンの前に、人々の秘められた顔が明らかになってゆく。

迫力のストーリーテリングと卓越した人物造形。

2011年版『このミステリーがすごい！』１位に輝いた大作。